夕阳断桥/著

forever

爱着爱着就永远

love

重庆出版集团 重庆出版社

图书在版编目(CIP)数据

爱着爱着就永远 / 夕阳断桥著. —重庆:重庆出版社,2015.9
ISBN 978-7-229-10095-7

Ⅰ.①爱… Ⅱ.①夕… Ⅲ.①长篇小说—中国—当代
Ⅳ.①I247.5

中国版本图书馆CIP数据核字(2015)第121612号

爱着爱着就永远
AIZHE AIZHE JIU YONGYUAN
夕阳断桥 著

出 版 人:罗小卫
责任编辑:袁 宁
责任校对:刘 艳
装帧设计:重庆出版集团艺术设计有限公司·黄 杨 陈 永

重庆出版集团
重 庆 出 版 社 **出版**

重庆市南岸区南滨路162号1幢 邮政编码:400061 http://www.cqph.com
重庆出版集团艺术设计有限公司制版
自贡兴华印务有限公司印刷
重庆出版集团图书发行有限公司发行
E-MAIL:fxchu@cqph.com 邮购电话:023-61520646
全国新华书店经销

开本:720mm×1000mm 1/16 印张:20.5 字数:275千
2015年9月第1版 2015年9月第1次印刷
ISBN 978-7-229-10095-7
定价:32.00元

如有印装质量问题,请向本集团图书发行有限公司调换:023-61520678

代序：我们这十年

闺密十年，我自认为是这个世界上最了解这本书作者的人。所以我面临的问题是，如何在几天几夜通宵达旦也说不完的话里，抉择出要说哪些话。于是，这篇序被我删删减减，推倒重来，又纠结再三，完全没有她笔下"颜笑"的果断和爽气。

2005年之前，在我仅活了约二十年所建立的稚嫩价值观里，认为只有原本毫无关系但却要走过一生的爱人，才需要制定经营策略。然而家人却并不如此，即便把最坏的情绪留给他们，也血肉相连。

朋友之间也并非如此，因为彼此拥有安全距离，不用因为牙膏有没有从尾端开始挤而产生分歧。再者，彼此还存在安全时间，三天或一周一见，很是愉快。

后来我才知道友情需要经营，亲人之间更需要。

这些新的认知，是在2005年秋天认识夕阳断桥以后，在这十年之间，她教会我的。

我们在一个外地杂志社编辑来深见作者及老友所组的饭桌上认识，我属于凑热闹出现在席间。我的斜对面那个戴着民族风大耳环，抽着男士浓烟，在聊天时间或观察每一个人的那个人，就是夕阳断桥。

几天后，她给我送来一对中国结的耳环，说是因为席间我们探讨饰品时我提了一句"不知道哪里买得到中国结的耳环"，她又刚好知道哪里有得卖，就买来送给我了。后来，我们就约着一起吃柳州螺蛳粉，接着成为了好朋友。再后来，我逐渐了解了她。她并不善于社交，她的朋友屈指可数但是如果碰到她认为值得交的朋友，她会默默把你放在心上，一直存放在她心里。

我很感谢她十年前来找我，才有了后来"夏汐"和"颜笑"的故事。

我们俩就是那种会因为挤牙膏问题而产生分歧的人。她讲究秩序和原则，必须从尾端开始挤牙膏，我大大咧咧很随性，想怎么挤就怎么挤，因此她经常被我弄得很抓狂。我倒是想得开，反正她从尾端开始挤我又不难受。

她的家中齐净到瓶瓶罐罐的朝向角度都必须保持一致，客厅厨房洗手间的拖鞋都必须是各有专属。有一次我故意将一个塑料袋蹂躏成团塞在她的抽屉里，第二天她打电话给我很严肃地说："你说我是不是年纪大了，我一点都不记得我家抽屉为什么会有一个乱七八糟让我抓心挠肺的塑料袋。"

我们俩还经常去她小时候居住的大院里吃侗族菜，每次去她都会指着她住过的那栋楼，跟同去的朋友说："你看！我的小时候就是在那里度过的。"每次她说完，我就会摆出一个手势，示意她加这一次已经说了共九次了。有一回，她因为去洗手间走在后面，我则和朋友已经快走出大院了，"深受其害"的我跟朋友介绍说："这是她童年生活的大院，而且每次她都会介绍，我都听八百遍了，这次居然没说"，话音未落，只见她气喘吁吁地追上来，一手叉腰一手举高说："你看！我的小时候……"

这些有趣的事数不胜数，比如这本书中出现的"两毛钱买药吃""被疯子抢鸭脖子""电梯礼仪"等事，都真实地发生过。她就是这样一个刚正不阿的二货，跟她做朋友，要有一颗强大的心脏随时准备迎接吐槽和挑战。跟她一起出门，我总是提心吊胆，但她自己出门，我更胆战心惊。我怕我不在她身边，万一她闯了祸，没有人可以保护她。

她是一个能活出很多标签的人：细腻、深爱、丰富、计划性、规律性，还是绝对的情感动物，心事重重。而我则恰恰相反：粗心、火暴、直接、突发性、应变性、绝对地理性导向动物，没心没肺。

也是。她是巨蟹座。我是狮子座。从星座上说，是“水火不容”的两类人。偏偏这样两个截然相反的人，风风雨雨地走过了十年，而且将永远并肩走下去。

她的心上，的确装了太多的东西。

她记得每一个重要的日子，除了你能想到的那些重要时刻，她还记得和恋人第一次看电影、第一次吃冰淇淋、第一次对方说了一番令她感动的话语是哪一天；也记得我们一起旅行去云南、有一回冒着大台风穿越整座城市去吃小龙虾是哪一天，当然也记得我的浅草吧在哪一天转让，我是在哪一天被曾经的恋人劈腿，甚至记得我在哪一天突然不再介意别人不礼貌地评论这段感情。她说：“那一刻于你好像别人是在说陌生人的事，就代表你已经康愈了，这样的日子值得我记住。”

这记性，简直不能忍！

不能忍的还有她的纠结，她这一个特质主要表现在爱情上。

我们曾经一起看《梅兰芳》，我翻版了台词送给她，“谁毁了你的纠结，谁就毁了夕阳断桥”。她纠结，并不是因为缺失勇气，而是害怕给别人造成伤害。她跟初恋分手时哭着问我：“如果你和他在一起那么多年了，始终得不到一个圆满的结果，你会怎么办？”

我生气低吼：“没有如果！不可能发生！最多半年！不同意拉倒！”可是，她居然令人发指地等了又等，盼了又盼。

她草率而结的婚，过得并不幸福。好几次，因为她毫无底线的忍让，气得我恨不得打她一顿。可她却说：“好不容易有个家，能忍就忍了吧。”

她结婚，什么都不要，连婚戒都是自己掏钱买的。然后花9块钱领个证，见证人只有我，在民政局替他们拍了几张照片，就把自己嫁掉了。她离婚，也不声张，从民政局出来拍下离婚证发了条彩信，就算是给关心她的朋友一个交代了。

所以,我常常咬牙切齿地骂她:“你能不能对自己好一点?”

2012年,她爱上一个男人。起初她也很纠结,因为她在深圳,他在长春。是我鼓励她勇敢地追求这份爱情,要挟说要买两张机票押送她过去。后来她勇敢地去了,一年来回飞了五趟,一共飞了三万公里。再后来他为她辞职来到深圳。我们在一个烧烤大排档大口喝酒大口吃肉时,他猝不及防地出现了。我曾经对她说过,“勇敢一点。这可能是你人生最后一次爱情了”。她听了我的话,结果痛彻心扉。可是她说,她不后悔,甚至感谢我当初的怂恿。他们在一起的两年,两个人吵吵闹闹、分分合合,每次分手都痛得惊天动地,每次和好又欢喜得像两个孩子。他们为这段感情各自做了最大的牺牲,最终在纠结中越爱越深,也越伤越深。

在提笔写这本书之时,她并不能像提及陌生人一样提及他,甚至是与他相关的字眼,但写完之后她似乎轻松了很多。只是这过程中,我无法确定她流的眼泪累计起来是3公斤还是13公斤。但我很希望收回当初那句话,我希望她还有勇气再去爱,去相信,去追求。我希望她能和幸福修好。

相信我,如果你是她的朋友,你会很幸福。因为她会十年如一日地记得你的生日,你的喜好,你忌口什么,你热爱什么,你想收到什么礼物。但是你也会很辛苦,因为你会因为她是爱情信徒而担心她的安危,也会因为她的纠结、专注、宁愿伤害自己不伤害他人而急得跺脚,她还会因为你钱包里人民币没有从大到小排列而唠叨你半年。

我就是这样被她爱和虐的。

因为她是一个热爱写作的人,热爱古典文学、诗词歌赋,虽不通棋书画,但谈得一手好钢琴,还说得一口好外语,加之她多愁善感,所以她经常说出许许多多感人的话,我已习以为常了,认为这不过是她表达情感的九牛一毛。

去年有一天,我们俩在常去的咖啡馆里,有一搭没一搭地聊着天,她突然淡淡地数着,说她跟初恋长跑最终分手,接着又跟前夫闪婚速离，前不久那一次人生最为炙热的爱情也告终了，最好的青春年华陆陆续续被几个或痴情或无赖的过客霸占了。而我也是几经荆棘，人生几度秋凉。十年中，曾经一起吃饭的两对人，她对面是我，我对面还是她，只是我们俩旁边的人都换过几个面孔。

“只有你，从未离开，我要写本书送给我们的十年。”她说完，我便感动得一塌糊涂了。当然，我没有哭，因为那个叫夕阳断桥的闺密依旧坐在我对面，而那些跟着时光一同消失在我们心里的人我也并不觉遗憾，所以我心里头是高兴的，庆幸的。

高兴的是她终于迎来了一段自由的、潇洒的、宁静的、安逸的、不用因为他们而哭而笑的空窗期，高兴的是那只陪伴了她十一年的大眼京巴胖胖还健在。高兴的是在她的鼓励和支持下，我已经找到了我的“吴广彬”，和他开始研究相守一辈子的经营术。

庆幸的是，不管生活如何摔打，我和她还始终相伴彼此的左右。

夏汐和颜笑，仍然肝胆相照。

第二天，她兴奋地跟我说：“我想用那首歌名作为书名，就叫《爱着爱着就永远》。你觉得怎么样？”

我觉得很妙。妙在：不管你信和不信，爱，是无时无刻不在的，是永远不会消逝的，也是会永恒的。

这本书，是夕阳断桥在向我们的十年致敬，我在里面看见我们的往昔，也看见她极力掩藏的内心世界。这本书，是小说，也是一个我所不熟知的背后的故事。零碎的生活片段，与真假掺杂的情节，是她构想中的世界。但字里行间，传递的真诚和纯善，无比真实。与十年前坐在我斜对面的她给我的感觉，如出一辙。

十年如一，不忘初心。

似水流年，惺惺相惜。

我想说的还是那句：我永远不会不找你。

浅 草

自序：时光不老，我们不散

香港著名主播查小欣曾说过，“女人要有几个死党。当你孤独一人的时候，还有死党为你端茶送水，而不是声嘶力竭地问：为什么那个最爱你的人不能来陪你”。

我喜欢“死党”一词，甚于“闺密”。

因为死党，意味着一生一世，相依相伴，至死不弃。

很庆幸生命中有这样几个死党，她们不仅是我无话不谈的闺中密友，也是与我肝胆相照、顺逆与共的朋党。风霜刀剑，还有她们伴我闯、帮我挡。

十二年前我去南京疗伤，南京的死党正积极备战考研，但仍抽出时间陪我K歌，带我去吃辣出眼泪的水煮鱼。深夜里我们坐在她家的沙发上看刘若英的演唱会，我不声不响地落泪，她默默地抽出纸巾递予我。后来我回到深圳，她托人给我带来爱尔兰的可儿家族合唱团的LIVE演唱会DVD，盒子里夹了一张便签，她清秀的笔迹写着“禁止悲伤”。她去灵隐寺为我祈愿，如愿听到我的好消息时她开心得泪流满面。幸福戛然而止时，她在长途电话里对我说：“夕阳，不要怕，我一直在。”

十一年前我去青岛，青岛的死党陪着我穿街走巷，教我做可口的姜母鸭，带我吃遍青岛的美食。漫步在石老人的浅滩上，她拾起一枚牡蛎，扒开递给我说：“夕阳，你那么好，你必须幸福。”后来她给我寄海参补身体，她悉心辅导我“这段话如果加一些生动的行为描写会更感人”。她给我寄作者亲笔签名的诗集，她在网络那端将辜负我青春的男子教训一通后拉黑了他，然后给我介绍在深圳工作的山东男人。她说：“怕什么，三条腿的蛤蟆不好找，两条腿的好男人遍地都是。夕阳，你那么好，你必须幸福。”

十年前广州的死党来看我，带着精美的饰品和蛋糕香气的熏香蜡烛，还有给我的爱犬买的狗窝、水壶。走的时候，她对我说：“亲爱的夕阳，你值得更好的人。”那些年我们经常厮混在一起，后来她怀了宝宝，行动不方便，却仍旧一针一线地为我绣了幅新婚图，一钉一钻地为我做手机壳。她刚怀孕时来新家探望我，离开后发来一条短信：“亲爱的，坐在回广州的火车上，想到你，眼泪怎么也止不住。你一定要幸福啊。”前几年她带着儿子回老家，我去沈阳看望他们。正值秋冬交替的时节，天空飘着鹅毛大雪，我们在冷风中紧紧相拥，微笑的脸庞冻得通红。去年她带着儿子来深圳探望我，正巧爱犬患病，我强忍着鼻酸，回脸看她，早已泪盈于睫。

九年前一个在博客上关注我多时的女孩从湖南来到深圳，我们成为了死党。元旦的时候，我们在海边放烟花吃烧烤；休渔期到来之前，我们驱车去惠东享用“最后的”海鲜。失业了，我们在一起；失恋了，我们在一起；流离失所了，我们仍然抱团在一起。她舍不得给自己买超过五百块的衣服，我生日她一掷千金，买了条施华洛世奇的项链送我。后来她去了纽约，卖掉攒了许多年的钱买的一套小公寓，手里只剩下五万块钱。知道我生活发生了变动，她一个越洋电话打过来说：“缺钱就吱声，多的没有，五万全给你。”

四年前，在微博上发起为留守儿童捐鞋的活动。她发私信问我要银行账号说：“我没有支付宝，也不会网购，我把钱转给你，你替我买鞋子捐了吧。”我担心透明度不够而引起误会，她却说：“我看过你的书，我相信爱动物的人心眼都不会太坏。”后来我们相约一起探望流浪动物，渐渐成为死党。那年七夕我救下一条流浪狗，放在宠物医院治疗，她每天傍晚都会赶来陪我一同溜狗喂狗，直到我们一起给小狗找了户好人家领养。同时，她又收养了宠物医院里另一条无人问津的土狗。深秋的清晨，我走投无路时给她打电话，她跳下床换好衣裳，飞驰而至。抱着我的狗狗，拖着我和我的衣物，东奔西走地为我们寻找落脚的地方。

走笔至此，不得不提这些年始终在我身边最为亲近的一个死党。从初恋到失婚，这些年陪我庆生的异性面孔换过几个，而她，是唯一一个每年生日都陪在我身边的人。她曾背着我偷偷教训伤害我的人，也曾瞒着我在婚恋网注册替我征婚。我生活捉襟见肘又赶上电脑报废时，也是她人生中最幽暗的一段时期，她身无分文却对我说："等我这月发了工资，你把钱都拿去买台好点的笔记本。"我成年后的第一个单身情人节，也是她与现在的丈夫的第一个情人节，她为了给我买一束紫桔梗，生生教人蹭花了车。加完班已是夜里11点，她打来电话问我在做什么，我随口说了句"在看美剧，突然好想吃鸭脖子"。她一转方向盘，绕道找了间"煌上煌"，提着两袋鸭件兴冲冲地给我送来。十年浮沉，住所换了六七处，身边的人也聚聚散散，唯有她，一直在。始终在。无论贫穷还是富贵，健康或是疾病，顺遂或困苦，她都陪伴着我，支撑着我。去年的一个晚上，她突然来电说："我找到一家中医馆，听说这里的医生很牛，他马上要下班了，你赶紧打车过来。"我去到，医生号脉后说出一堆毛病，并开出三万元的高价诊疗费。在我看来，多少有些危言耸听了，她却急得像热锅上的蚂蚁，忧心忡忡地叨咕："那怎么办呀？你必须得治，多少钱都要治好。嫌贵我借钱给你看病。你必须好好的。我们说好要一起慢慢变老的，万一你出什么意外，我怎么办？"这些年，每次去KTV，我们必定合唱一曲《一个像夏天一个像秋天》，"你拖我离开一场爱的风雪，我背你逃出一次梦的断裂。如果不是你我不会相信，朋友比情人还死心塌地。如果不是你我不会确定，朋友比情人更懂得倾听。遇见一个人然后生命全改变，原来不是恋爱才有的情节……"不过如此。一场接一场的恋爱风雪，一次又一次梦的断裂，这个坚韧的女战士，披荆斩棘，驮着遍体鳞伤的我杀出重围。一路走来，我以为自己早已刀枪不入。被驱逐出家门时我没有哭，潦倒得要贱卖首饰时我没有哭，一个人住在破旧的出租屋里时我也没有哭。但当她俯下身温柔地对跟随我十一年的爱犬说“胖胖，谢谢你一直陪着你妈妈”时，我泪如雨倾。

相遇，相悦，相吸，相欢并不难，难的是持之以恒的相守相护相扶相伴。

她们，是我的“夏汐”。她们，是我的“颜笑”。她们，是我跌倒后的拐杖，她们，是我浴火重生的力量。

之所以絮叨这些陈年往事，不过是想说，生活并非一路花团锦簇，人生总有度日如年的沉潜期。所幸，还有几个死党不离不弃。她们是黑暗中的光亮，是寒世里的火焰，是绝望时的希望。因了她们，事隔经年，回首来时路，我方能豁然开朗。也只有在回忆里，我才能客观地评断与感知，哪怕是炽热烈阳下徒步穿过狭窄的穷巷，在昏暗逼仄的小店里买一把奄奄一息的非洲菊，因了她们相伴左右，也为我织就了一幅又一幅的良辰美景。

小说终归是小说。有太多的虚构与杜撰。但投射其中的情感，是千真万确的。

陈小春在一次微访谈中谈到自己与郑伊健20年的友情时说：“20年的友情，对我们来说，意味着人生。”

感谢陪我走过人生中高低浮沉的每一位“颜笑”与“夏汐”。

我喜欢现在的自己。我感恩一路守护的你。

时光不老，我们不散。

直到死亡，将我们分开。

目　录

Contents

第一章

求不得，爱别离

L · O · V · E

1

女孩约莫十三四岁的光景，一身剪裁正当好的校服裙，簇新的燕子领下系了个藏青色蝴蝶结，原本朴素的八片裙经过悄悄改良，添了些褶皱，更近似太阳裙，映衬得一双小麦色匀称的腿愈加修长。女孩一扬眉，青春逼人的气息扑面而来，颜笑不由自主地轻蹙眉头。

二指拈起餐牌，驾轻就熟地翻到酒水页，女孩下意识地撇了撇嘴："选择这么少。你这里有什么酒？"

"妹妹，我这是咖啡清吧，不卖酒。"双手叠在腹前，侧身而倚，颜笑和颜悦色地解释，"就算我这里有酒，也不能卖给你。"

"为什么？"女孩猛然摔下餐牌，皓齿朱唇中迸出的三个字，如同珍珠跌落琉璃盘，清脆利落。

"卖酒给未成年人，最高罚款两千。"女孩稚嫩的瞳孔中，闪烁着不依不饶的倔强，颜笑暗中叹了口气，敛色说道，"我不做赔本生意的。再说，女孩子家家喝什么酒？赶紧回家写作业去！"

稍一侧腰，从贴墙的书包里寻摸出一沓票子，"啪"地摔在桌上，女孩挑起眼尾趾高气昂地说："我有钱！"

"有钱也没用。我这儿不卖酒。"傍晚7点正是晚市高峰期，颜笑直截了当地回绝，想当然地认为讨了没趣小姑娘自会离开。也就是一盏茶的工夫，从后厨巡视一圈出来，女孩非但没撤，面前还多了听奥丁格。"小样，还挺会喝。"嘴角微微下拉，颜笑心里且惊讶且懊恼，不由得疾步走上前去，目光锐利地盯着无端冒出来的蓝黄交错的德国麦啤，辞色俱厉问:“哪儿来的?”

“买的呗。”女孩老练地跷起二郎腿,露出紧实饱满的小腿肚,在膝头放肆地摇晃着,下巴扬成最佳颜值的45度角,冷眼斜睨着颜笑,阴阳怪气地回击,“你不卖自然有人卖。姐有钱还怕买不到酒?”

“小破孩还敢叫自己姐?”颜笑一挑眉,趁女孩不备,眼明手快地夺下啤酒,往自己身前拉拔。女孩反应也不慢,招财猫似的扬了扬手腕,一掌拍在颜笑手背上。颜笑一惊,“啊”的一声,半握的手本能地回缩,电光石火间,酒又回到女孩手上。

“小破孩都斗不过,你也好意思教训我?”女孩意气风发地轻轻摇晃酒瓶,递到颜笑眼皮底下,右手食指勾住拉环,不怀好意地挑了挑唇角,“嘭”的一声清脆利落地打开了酒,反手昂头就要往嘴里灌。

“要喝出去喝!我这里禁酒!”顾不得抢夺中溅起白腻细密的酒沫,颜笑气急败坏地和女孩拉扯着,口中滔滔不绝道,“现在的孩子都什么毛病?小小年纪,又烟又酒,把身体往死里作!女孩子家家的,不知道自爱,一会儿没看住就出幺蛾子。你哪个学校的?信不信我找你班主任?”

女孩不理会颜笑的絮叨,双手紧紧环抱住啤酒罐,任由飞溅的泡沫仙女散花似的喷射,落在她光洁紧实的手背上,逐渐被热血的体温所蒸发。二人正拉扯着,一个四十出头的中年妇女推门闯入,左手挎着鲜橘色爱马仕包,弯曲的右食指抠住车钥匙,火冒三丈地冲了上来。妇女一把拉开颜笑,逼视着女孩,挂着车钥匙的食指杵在女孩眉心间上下颤动片刻,一个“你”字在唇齿间来回游荡,始终说不出所以然来。女孩似乎对眼前的一切司空见惯了,手中抱着酒罐子,鼻孔倔强地朝天撅着,眼尾眉梢都写着不屑。女孩越英勇,妇女越愤慨,陡然间举起手,“啪”地切掌掴向女孩的左脸。

“喂!你谁呀?”当前形势下,母女二人的身份都写在两张水火不容的脸上,颜笑了然于胸,却还是按捺不住侧身护住女孩,明知故问,“你凭什么打人?”

“凭什么？就凭我是她妈！”妇女语速飞快，字字利索，一言一语就如同一盘尖椒拌黄瓜，又辣又脆，“我教训闺女，还需要你发许可证吗？”

颜笑本就是个竹筒子打水直来直去的人，经女孩这么一闹再加上妇女这么一激，她嘴上也就把不住门了：“要教育孩子领回家去教育，在我的地盘上以大欺小、撒野耍横，就必须征求我同意！”

“真拿自己当号人物了。”妇女一扭臀，右手熟练地一划拉，将鲜橘色爱马仕包往腰侧一别，稍一倾身捞起那听被酒泡溅得黏黏答答的啤酒，全身血液涌上丰润的脸庞，原本就蓬松如芒草的发卷瞬间炸开了毛，“我女儿还有7个月才满15岁！诱拐未成年人喝酒，你这是犯法你知道吗！”

“这酒不是我……”

最关键的辩解词还未迸出，女孩已抢了先机，事不关己地乜笑道：“原来这是酒啊，上面全是德文我根本看不懂，还以为碳酸饮料呢！”

上下眼皮犹如撑了根牙签似的大开着，眼睛瞪若铜铃，定睛打量女孩，颜笑徒劳地张着足以塞进半个拳头的大嘴，惊诧地发不出半点声音，未说出口的话外音在胸腔里呐喊：“我去！这么浑然天成的演技，不考电影学院可惜了！”

“你这么做生意太缺德了！真是掉到金钱粪坑里去了！”女孩毫无破绽的天真成功蒙骗过母亲，妇女举着那听麦啤，富态的肉头鼻鼓风机似的舒张着，一张宽阔似满月的圆脸凑到颜笑眼前，咬牙切齿地警告：“我要报警！我要告工商局！我要找城管！我要向税务局检举你！”

“随便！”短短一息间，颜笑已迅速调整好心态，胸有成竹地瞥一眼女孩，不卑不亢地还击，“反正真相只有一个。我店里有监控，是人是鬼一会儿警察来了自有判断。你最好多找些相关部门，能把电视台的记者找到更好。我权当你们给我的‘浅草吧’做免费宣传了。”

女孩到底涉世不深，抬眼偷瞄见形同虚设的摄像头，立刻被唬住了。女孩朝颜笑使眼色求放过，一面换了张热情的笑脸，亲热地挽过母亲藕节似的壮臂，娇嗔地央求：“妈咪，我错了嘛，别生气了好不好？别报警了，多丢人呐。赶紧回家吧，我都饿死了。”

女孩连撒娇带拉扯地将妇女拽出卡座，临了，妇女仍不解气地回过身来，霸气侧漏地指着颜笑撂狠话：“告诉你，这事没完！”

要不是碍于饭点客满，颜笑估计已笑得东倒西歪了。纵然很努力绷住了笑，失控的声音也出卖了她的得意：“嗯哪。好的。我等着您啊！”

母女俩拉扯推搡着离去，颜笑情不自禁地“啧啧”两声，扭脸对水吧台的收银小妹愤愤地说：“瞧见没，这就叫上行下效。当妈的什么德行，女儿就什么德行。老的拿自己当女王，小的肯定一身公主病！”

“姐，那母老虎不会真跟咱没完吧？”

皱眉扫一眼忧心忡忡的收银小妹，颜笑脸色一沉，气鼓鼓地说：“身正不怕影斜，做亏心事的都理直气壮，我怕啥！”

2

秦淮河畔，春晖明媚，水光潋滟。约定的出游被昊子繁忙的工作一而再再而三地耽误后，夏汐瞒着他订了飞往南京的机票，一厢情愿地为两个人安排了一场说走就走的旅行。

抵达禄口机场，夏汐拨通昊子手机，将不远千里捎来的光明乳鸽，捂暖水袋似的紧揽在怀中，一双眼睛笑作了两道拱桥：“宝贝，猜猜我在哪？”

不等昊子接话，字正腔圆的航班信息广播率先揭晓了答案。

“你怎么来了？”一见面，昊子开门见山地问。他的语速不紧不慢，音量不高不低，平静若水的声线隐藏着不易觉察的不满。

“我请假陪你出差，你不高兴啊？”尾音虽是上扬的提问；夏汐的语气却是轻快的，小别重逢的喜悦如同涨水的秋池，在她充满期待的心中盈溢，占据了她脑仁所有的空间，容不得她有片刻的思疑。

“怎么会呢。”昊子飞快地打消女友根本不存在的疑虑，眉头轻皱地说，“毕竟我是出差，还有其他同事，怕影响不好。”

“放心吧，我不会影响你的工作。”迫不及待地双手奉上一路被保护周全得微温的乳鸽，笑意盈盈地缠上前去，夏汐嗔声说，“我都计划好了。我自己单独住一间房，你就假装我不存在。该工作工作，该睡觉睡觉。我呢，自己四处逛逛，等你有空了再来找我。”

话虽如此，这么大个活人跋山涉水地来到他面前，怎允许他忽视？

“你呀！”昊子刚扯下乳鸽翅膀，夏汐立刻会意张大了嘴。昊子顺势将夏汐搂进怀中，一面喂她吃鸽子，一面奈若何地叹气，“你这么任性，一声招呼不打，花几千块钱怒刷存在感，我敢怠慢你吗？”

“那你不生气了？”

“我要跟你生气，早气死八百回了。”

拉过夏汐的行李箱，一手牵起夏汐的手，二人依偎着踱向酒店前台。填写入住登记表格时，夏汐麻花一般拧着腰肢，眉飞色舞道：“宝贝，我是认真的。你真的不用陪我，我一个人可以的。”

接过信用卡，在签名处挥笔画符，昊子头也不抬，言简意赅地打断夏汐：“少啰唆，我都安排好了。”

手肘平放于前台柜板上，侧身微笑，偏头打量高自己大半头的男友，以45度角欣悦地仰视他，夏汐情不自禁地赞美道：“说一不二，够男人！我喜欢！”“简单、粗暴”是夏汐对昊子的爱做的诠释，也是他最初吸引她的性格亮点。

昊子学名欧阳昊，五年前，夏汐到英语系报到第一天即被学姐告之，繁重的精读及翻译作业需要配备一台电脑，并向她举荐了计算机系的怪才欧阳昊。碧空如洗，秋风习习，入学第一天的晌午，夏汐放弃了午睡，边打听边探路，从食堂摸索至丹枫轩。午间时分，浑厚的谈笑声从身后的男生宿舍每一扇灰扑扑的门窗中冲出，雄性荷尔蒙的气味混杂着烟草味与汗水味，钻进她的鼻息。17岁的夏汐第一次如此贴近异性气息，心里乱如撞钟，怯生生地伸脖朝传达室瞄了一眼。传达室里空无一人，端着饭盒陆续上楼的男生们，像搬食物的蚂蚁似的，依次驻足，饶有兴致地打量她，继而露出意味深长的黠笑，兴冲冲地散去。

“看什么看？我又不是真人蜡像！”“陈列品”夏汐终究被那些不请自来的观光客惹恼了，瞪大了眼睛狠狠剐了一眼那个倒霉催的男生，愤然转身，一鼓作气爬上了4楼。407的寝室门以140度的广角肆意地敞开着，如同一个张开怀抱迎接孩子的母亲，欢天喜地、毫无保留地绽放胸怀。夏汐双手交抱在胸前，下巴颏死死抵在锁骨间，眼里只有脚下那双内增高步步生烟的鞋尖，犹如一个高速滚动的网球，瞬间穿过了畅叫扬疾的走道。

一道球形白光闪进407，没等男生做出反应，夏汐先声夺人，气势汹汹地问：“欧阳昊在不在？谁是欧阳昊？”

宿舍里五六个男生面面相觑，无人应答，只是相互使了个眼色，目光齐刷刷地扫向坐在窗边正若无其事吃泡面看《生活大爆炸》的男生。窗下的男生聚精会神地盯着笔记本屏幕，一丝不苟地吸溜泡面，丝毫不理会身后的挤眉弄眼。房间里仿佛多出一道无形的屏风，将他与聒噪的世界隔绝开来。

师姐曾友情提醒夏汐：“欧阳昊不好交道：那家伙有点恃才傲物，酷帅酷帅的，你最好有个心理准备。”尽管没有得到认肯，但“泡面男”种种令人发指的表现，使夏汐对他的身份确信无疑。她一个女孩子闯进男生宿舍，不相干的人都对她侧目，唯有他拿她当空气一般不理不睬。夏汐越思越是气不打一处来，一发出膛炮弹似的冲到窗边，梗起脖子抻直脑袋，宛如一只嗷嗷待哺的燕雀，怒气冲冲地质问：“欧阳昊，你为什么不接我电话？”

“我又不认识你。”欧阳昊停下手中的塑料叉子，晒蜡染布条似的泡面稳当地挂在半空，他眼皮也不抬地吐出六个字，理直气壮得让夏汐无言以对。

"就算你不接电话，我人都来了，你看我一眼会死啊！"

欧阳昊不接腔，左眼眼尾稍稍一挑，匆匆地睨了夏汐一眼，旋即不动声色地回到屏幕前。一旁抱团看戏的男生们窃笑嘀咕着，窸窸窣窣的私语就如同刷锅的钢丝球一般，来回摩擦着夏汐本已躁动不安的内心。

"喂！你能不能尊重一下别人！"来之前，夏汐自以为做足了心理准备，誓要用绕指柔融化铁石心肠。不承想，真与一颗"钢铁心"正面交锋，她脆弱的自尊心一下子就被击垮了。"去他的温柔耐心！不懂得尊重的人也不配得到尊重！"夏汐懊悔地跟自己的天真赌气，不假思索抓起视线所及的蓝光鼠标，"嘭"的一下重重掷向桌面，恶声恶气地诘问："我来请你帮忙，就算你不帮，也用不着甩脸子吧？你还是不是男人？懂不懂怜香惜玉？"

"有吗？"欧阳昊抓起鼠标翻来覆去地仔细检查着，慢条斯理地回答，"没闻着（香）也没看见（玉）啊。"

喜剧效果往往来自于对比强烈的反衬。欧阳昊说得一本正经，却惹得一旁看热闹的男生们哄堂大笑。哄笑声中，夏汐就像一只不慎跌落沸水中被灼伤的虾子，从面庞到耳根，从颈项到手背，但凡暴露在衣服外的皮肤，无一不由粉白渐变成嫣红。

"欧阳昊！你浑蛋！"

欧阳昊终于抬起头寻声领骂时，夏汐已经一溜烟跑得没影了。

3

一夜之间,夏汐与欧阳昊中间掀起的寻人风波,就像是学校食堂里的一道芝士焗龙虾。它的出现是个意外,需要消化的时间比寻常的南瓜豆腐要多几天,但也仅此而已。

不消几日,大家便淡忘了那个秋日午间的插曲。身为当事人,夏汐当时的羞辱也随着时间被磨成了用以自嘲的趣谈。

这天中午,打饭回到红豆斋,远远看见一个熟悉的身影。夏汐高声"哎"了一下,三步并作两步奔向引荐人,快人快语地开启吐槽模式:"师姐,你该配副眼镜了。就那家伙,哪根筋哪条骨头跟帅沾边啊?他那根本不是酷,是不懂礼貌好吗?拽得跟周杰伦一样。可他又不是周杰伦!"

"你们谈崩了?"师姐一脸愕然,双眼迷茫,机械地问,"那他为什么找我要你的电话号码?"

"因为他有病!"夏汐一跺脚,本因菜肴丰盛而扣不紧的饭盒盖,顺势被颠落地面。一只手恭敬地托举着盈溢的饭盒,微躬着腰,夏汐小心翼翼地探出另一只手拾起饭盒盖,嘴里骂骂咧咧道,"我给他打过电话,他不接。但号码总知道看吧?明明手机上有还跑去问你要,他是猪啊!"

"他手机丢了。"

"活该!"

"说是去华强北修鼠标时被偷了。"

“……那也活该!”

“他说顺便帮你询了电脑价。”

“用不着。猫哭耗子假慈悲。”想到自己出手太重摔坏了欧阳昊的鼠标间接致使他丢了手机,夏汐心里隐约不安起来,底气十足的声讨也变成了赌气一般的嘟哝。

“那也是昊子哭耗子。”师姐抿嘴坏笑打趣,“我们都喊他昊子。既然你们两个都是HAO子,又何必自相残杀呢?相煎何太急啊妹妹!”

“谁跟他是同根生!”夏汐一面与师姐犟嘴,一面接听手机:“你好,哪位?”

“是我。”

那是当众奚落过她的可恶声音,就算把音频剪碎重新拼凑,夏汐也能一下子辨认出来。然而此刻,当着师姐,夏汐故作冷漠地反问:“你谁呀?”

“欧阳昊。”

夏汐原以为自己已经熄灭的怒火,在听见欧阳昊声音的那一瞬,立即死灰复燃了。过去几天她不得不克制的愤懑与不得不压抑的委屈,此刻正在胸腔中熊熊燃烧着。电话那边自报家门后,夏汐倒吸一口凉气,一字一顿地从齿缝间挤出五个字:“我、不、认、识、你。”

“电脑帮你看好了。四千五左右。准备好了给我电话。”话音刚毕,短促的断线声接踵而来。夏汐知道:这一次对阵,自己又败了。隔着电话,夏汐也能看见欧阳昊那副目空一切的模样,她以牙还牙的报复之于他,就是无色无味无分量的气体,他根本不放在眼里。

“犯不着跟他置气,他那人就那样。”师姐同情地拍了拍夏汐手背,宽慰说,“你要想省事呢就请他帮个忙,你非要赌这口气呢就想其他办法。不过据我所知,文科生里电脑比他好的还真没有,计算机系的水平中,他也是排得上号的。”

“识时务者为美女。他都上赶着求我了,干吗不使唤他?”夏汐貌似回应师姐,实则说服自己别逞一时之快误了大事。就这样,夏汐回拨了电话，别别扭扭地买回一台电脑。几周后，系里组织溜冰比赛。夏汐也没打听清楚旱冰与真冰的区别，自以为儿时在少年宫图新鲜玩过几回滚轴溜冰算得上经验型选手，于是莽撞地报了名。套上冰刀鞋夏汐顿时傻了眼，喉头一紧身子一蜷，颤颤微微地把着扶栏，目视前方，梗着脖子问一旁换冰鞋的人："溜冰鞋怎么没有轮子啊？"

"你问这问题有意义吗？"换鞋的人面无表情地抬起头，声音跟冰面保持一致的温度，"事已至此，你最该关心的问题应该是：让我牵着你滑，还是你自己当众摔个狗啃屎。"

如同慢镜头回放一般，夏汐瞠目结舌地缓缓扭回头，被寒冷和惊恐征服的身子瑟缩着，颤抖的声音陡然拔高了8度："欧、欧阳昊，你、你想干吗？"

欧阳昊依旧不正面回答她的问题，坦然地摊开手心，厚实宽大的手掌如同一匹柔软舒适的布帛，铺展在夏汐眼前，由不得她拒绝。

夏汐没有兄弟姐妹，自她有记忆以来就不知父亲为何物。因此，夏汐的肌肉组织群对异性的气味与体温，毫无经验可言。被欧阳昊握住的一刹那，夏汐心中一沉，喉头一紧，紧张中略带兴奋，惶恐之余又暗藏期许，仿佛手腕前的一块肉陷入熊掌似的，只能听任他的掌控。那份刺激而惊惶的心情，一直持续到溜冰大赛结束。号称"睡美人"的夏汐深陷失眠的苦恼。辗转反侧的夜晚，脑海里反复闪现欧阳昊那张扑克牌似的棱角分明且冰冷的脸孔，被欧阳昊牵过的那只小手，就像是在辣椒水中浸泡过一般，隐隐作痛之余，指肚依稀残留着他掌心的温度。这就拉倒啦？翻来覆去的长夜里，夏汐鼓腮提气，愤愤不平地想：简直莫名其妙！平白牵了我的手，牵完连个说法都没有！流氓！

饶是气恼，终究要维持女生最后的矜持，来回琢磨的短信始终安静地存放在夏汐手机中的草稿箱内。一周后的周末，欧阳昊突然来电约请夏汐，语调是平淡的，语气却是不容拒绝的："半小时后，华强路的兰州风味见。"

什么人啊！请客吃饭连洗脸的时间都不给别人！夏汐暗地里恼火

地抱怨，腿脚却不听使唤地夺出门去，招手拦了辆的士，跳上车气都没喘均匀，急赤白脸地催促司机："华强路，兰州风味，师傅麻烦您尽快，晚了要出人命的。"

缴了车资拔腿奔进餐馆，夏汐第一眼看见的就是欧阳昊那张"扑克脸"。那张宠辱不惊的脸孔面前，椒红菜绿地码着香气诱人的孜然羊肉、炸土豆、臊子面和热冬果。

瞟一眼气喘吁吁的夏汐，欧阳昊抬腕看表，声音拣珍珠似的冷清且脆生："你迟到了8分钟。"

夏汐攥实的粉拳藏在桌底，自顾自地落了座，咬紧牙槽，目光炯炯地问："你为什么请我吃饭？"

夹起一筷羊肉送进口中，欧阳昊挑眉逼视着夏汐，理直气壮地回答："我爸妈去旅游了。我不想一个人吃饭。"

来的路上，夏汐已在心中设问、假想出他的回答并准备了多种应对方案。然而，她怎么也没想到，"对手"竟强硬至此。如果说欧阳昊此前的沉寂在夏汐心中投出阵阵涟漪，那么他此刻的回答便是涨潮时防不胜防的惊涛骇浪，让她连日的愤懑在他的理所当然面前，竟成了无处发射的哑炮。

接触一年以后，夏汐才渐渐懂得，在欧阳昊的词典里，"我不想一个人吃饭"就等同于"我想见你"。看上去五官端正身材挺拔思维敏捷的欧阳昊，在情感世界里患有严重的表达障碍。两人一起看《如果·爱》时，夏汐奔腾的眼泪令欧阳昊措手不及，他分明心中怜惜，话到嘴边却成了："哭成这样，至于吗？"还有一次，周末两人逛民润超市，有个男人推车过猛，车框撞到了夏汐的腰上。欧阳昊不问她伤着没有，反倒追上那男人，揪住对方的衣领不依不饶地要他道歉。末了，夏汐哭笑不得问他："人家又不是故意的。撞都撞了，讨个不痛不痒的道歉有那么重要吗？"欧阳昊一甩头，义正词严地表示："不小心才让他道歉的。如果他是故意的，我就揍他了。"

那时候，他们的关系还处于似是而非的暧昧期。在长达一年的接触、试探、深入了解过后，夏汐逐渐理解了欧阳昊含蓄节制的表达方式。正因为太在乎，所以害怕输，于是假装不在意。如同北方寒冬时节的暖气片，欧阳昊口是心非的关爱总是以蜿蜒曲折的方式输送着温暖。莫衷一是的言语，像极了南方盛夏的榴梿，外表难以亲近，内容难以下咽，但若真生吞活剥后，那团不易觉察的内火会孜孜不倦地滋养着食用者。初中那会儿，夏汐的内分泌严重失调，母亲听人说榴梿滋阴调经，托人挑了个硕大的金枕头榴梿带回家，连诱劝带央求，盯着女儿将榴梿吞下。夏汐捏紧鼻翼，眉心皱成“川”字，眼睛闭成两条黑线，挣扎着咬下一口榴梿肉，怪异的味道直冲脑门心，呛得她连声干呕。夏汐以为自己永远不会爱上那股臭烘烘的榴梿味，可那糯软甘香的臭榴梿渐渐征服了她的味蕾。半年后，夏汐和所有女孩一样每个月都有“大姨妈”来探视，她再也戒不掉榴梿的飘“香”。

看上去彪悍的动物往往色厉内荏，比如浑身是“剑”的刺猬。看上去坚硬的食物往往金玉其中，比如榴梿。欧阳昊就如这刺猬与榴梿，冷硬的外表下藏着柔软的内核，冷不丁穿透坚硬的管道，幽幽地捂暖了夏汐的心，她便再难戒掉对他的依赖。

欧阳昊不善于表达，夏汐不甘于主动，二人就这么僵持着，比朋友多一点比情人少一点地交往一年。终于在一个秋蝉鸣落叶黄的夜晚，两人找了个免费的公园，坐在清凉的石椅上，有一搭没一搭地闲聊着。夏汐歪靠在椅背上，微微含胸，稍倾着身子，侧脸端详欧阳昊，朱雀似的眼睛清亮而灵动。欧阳昊沉默片刻，突然逼近夏汐，眼波流转如星火般闪耀，语焉不详道：“喂，你再这样，我就要吻你了。”

“我怎么啦？我哪——”夏汐茫然地微张着两片玫粉色嘴唇，依旧目不斜视地凝神望向欧阳昊。没等“样了”问出口，他已经吻了上来。

五年时光倏忽而过，如今二人鲜有那样炽烈绵长的热吻。如洗脸刷牙一般规律的蜻蜓点水的浅吻中，再难重拾“鹅肝”的鲜嫩。离开南京前夜，昊子在电话里告知夏汐晚上有饭局，夏汐嘴上应承着：“没关系，你忙你的。”转过头，夏汐又追发一条短信：“明天就要走了，今晚想去秦淮河转转。不用担心我，你少喝点酒。”只扫了一眼信息，正在备份硬盘的昊子脸上瞬息风云突变。作为团队主管，陪甲方吃饭是一个项目功德圆满的句点。可一想到夏汐为自己请长假滞留南京，除了接机那天二人在总统府前的法国梧桐树下留过影，半个月来他只陪她傍晚去雨花台散过一次步，只给她买了几块石头作为纪念，欧阳昊心底还是隐约有些歉意。他到底亏欠了她。尽管这份因她不请自来的歉意使他不悦，但比起让她那个路痴独自在夫子庙游荡的不安，欧阳昊更愿意接受前者。

今时的夫子庙早已不是文人墨客的专利。日以继夜的，夫子庙门庭若市，全国各地慕名而来的游客，不分白昼黑夜地涌入朱雀桥的两头，挤进乌衣巷的巷口。欧阳昊自罚三杯酒向客户赔罪告假后，在川流不息的人群中找到了夏汐。黄包车夫为二人讲解秦淮八艳正说得起劲，另一家旅游公司的观光车司机因争抢地盘而与他们的黄包车夫起了口角。

“奶奶个呆皮，信不信我弄死你！”

“不信！有种你过来弄死我！”

“你再说一个字试试！”

“一！我说了！你来呀！”

两位司机兼导游，各为其主吵得不可开交。夏汐双手把着椅棚两侧，双脚腾空，脖颈后仰，神色凝重，屏住呼吸死死盯着身旁的欧阳昊。倘若二人真动起手来，首先受伤的必定是此刻被黄包车夫抬离地面半尺高的夏汐！命悬一线时，夏汐楚楚可怜地张望她唯一的依仗，而他却始终冷静甚而冷漠地旁观着。

保安闻讯赶来调解，直到围观游客散去，长达十分钟的争执中欧阳昊始终不发一言。事态平息后，欧阳昊跳下车，双目如鹰地瞪了黄包车夫一眼，扔下二十元钱，牵过夏汐离开是非之地。

走了很远一段路，夏汐惊飞的魂魄这才缓过神来，指腹轻捻欧阳昊手心嗔怪：“你真够淡定的。你就不怕他们真打起来伤着我啊？”

“南方人指鼻子骂一个小时也不会动手的。”陡然收住脚步，借着路灯正色打量惊弓之鸟似的夏汐，昊子顿了顿，轻叹一声，和颜悦色说，“你不是爱吃小龙虾吗？走吧，带你去吃十三香龙虾，定定惊。”

“哦耶！爱死你了！”小龙虾三个字犹如一剂定心丸，顷刻间将夏汐悬空的心稳稳地搁置进肚子里。夏汐飞身跃起，双臂环绕，将自己像件衣裳一样勾在欧阳昊身前，照着欧阳昊的脑门欢喜地啄了一口，孩子似的没心没肺地嬉笑起来。

欧阳昊含蓄地牵动两下嘴角，轻拍夏汐后背，尴尬地示意：“稳重点。大庭广众的，赶紧下来。”

秦淮河畔，灯火阑珊。树熊般依依不舍地离开自己的“桉树”，夏汐死死挽住昊子，伸展五指与他的手指恋恋地交缠在一起，深情地阖上眼说：“宝贝，我好爱你。你爱我吗。”

欧阳昊心头一颤，目不转睛地咕哝道：“嗯。爱。”

那一刻，夏汐对这简短直接的爱意深信不疑。在女人有限的感知世界里，男人心中必然充盈着爱，才会为她舍下工作。而作为一个有理性有担当的雄性动物，责任感强的男人从不置女人的安危于不顾，无论，他是否爱她。

4

傍晚的南澳海港，烟霞缭绕，波光潋滟。铺了张简易塑料布的小方桌上，横七竖八地摆着辣酒煮花螺、椒盐皮皮虾、清蒸石斑、生蚝煎蛋、姜蒜炒花蟹、鼓油皇吹筒仔、白灼蛤蜊、三寸菜心、海胆炒饭和泥猛鱼豆腐汤。母亲举起的筷子，在空中犹豫片刻，又无所适从地垂手放到碗边，低叹一声："点这么多菜，吃不了，太浪费了。"

"叔叔阿姨，你们趁热吃啊。"似乎看不懂二老的细微表情，他们越是迟疑，井一越是殷勤，一面起身夹菜一面对颜笑的父母说，"你们难得来一趟，一定要多吃一点。人家都说'食在广东'，而且深圳是海滨城市，来这里一定要尝尝渔民刚捞上来的海鲜。"

"我爸妈吃不惯海产，他们觉得腥。"端起碗拦截下井一手中的生蚝，一边招呼伙计添一份炒牛河，颜笑一边用眼色示意父母多少吃一点，别拂他面子。

世界上有一种无知叫自以为是。譬如有人从科巴藏区的小村落远道而来，好客的都市人顿顿以汉堡、比萨为他开"洋荤"，孰不知对于科巴村民而言，一碗热乎乎的牛肉面才是舌尖上的幸福。又譬如井一瞒着颜笑，背地里邀请二位老人来深圳探亲，自作主张地安排了一系列胡吃海喝的活动，却不知老人更愿意在家为孩子亲手做一顿家乡菜。所有自以为"把我认为最好的给你就是爱"的爱，都是一种强人所难且水土不服的情感。看似无私的付出其实极为自私，一厢情愿地给予，贪图的是自己给出去那瞬间的愉悦，而被迫接受的那方，常常左右为难。

"浅草吧"开业刚十个月，还处在敏感动荡的上升期。颜笑原想等生意稳定了，事务不那么烦琐了，再接父母到深圳长住。怎料，井一几次催婚不成，求胜心切，便另辟一条曲线救国的蹊径，将二老"骗"到深圳试图与他们联手逼婚。

"叔叔，阿姨，这次请你们来，除了想正式拜见二老，感谢你们当年支持颜笑来深圳发展之外，还想和你们商量一件事。"潮润的海风幽幽地吹起，暴露在空气中的皮肤因而湿答答黏糊糊的，连带着心绪也泛着潮气。晚餐进行到一半，气氛静默得令人困窘，井一仍不合时宜地眉眼堆笑地提出："你们也知道：我比颜笑大一轮，今年都32了。家里人天天催，我自己也着急。所以，想当面征求二老的意见，不知道你们能不能同意让笑笑嫁给我。我保证一辈子爱她、照顾她、保护她……"

“儿大不由娘，女大不由爹。”父亲捧起汤碗，呷一口鱼汤，意味深长地瞧一眼颜笑，徐徐地接过话茬说道，“你们俩都是成年人，谈也谈了两年，彼此应该有足够的了解了。要不要结婚，什么时候结婚合适，完全可以自己把握。我们作为父母，可以给你们支持和帮助，也会给你们祝福，但就是不能替你们做主。”

井一并不知道，女儿孤身走异乡始终是颜笑父亲医治不好的一块心病。两年前，颜笑本应在家备战中专升大专的考试，只因暑假和同学到深圳旅游，只因为一次偶遇，她的人生便如同一艘转航的渡轮，偏离了航道。

那一天在人流如织的华强北，余光瞥见一个小伙子正鬼鬼祟祟地尾随在她们身后，脏兮兮的爪子正伸进同学的手袋中寻摸手机。颜笑一把拽住手袋，闪电似的夺回同学的手机，大声呵斥：“喂！干吗偷我们手机！”小伙子也不胆怯，稍一愣神，立刻回击一连串的骂。小伙子越骂越起劲，挥在半空的拳头仿佛时刻准备着抡向颜笑。熙熙攘攘的人行道上，没有一个人挺身而出。就在他的拳头砸向她的肩膀的一刻，颜笑及时从包里抽出太阳伞，劈头盖脸将敲向对方。眼看一场厮打铿锵登场，人群中窜出一道黑影，三两下流畅帅气的擒拿动作就将小毛贼制服。警察赶到时，小伙子被拔刀相助的“侠士”扭押着，鼻梁歪斜，眼绽红筋，嘴角还挂着牙龈渗血混杂着唾液的粉色泡沫。警察了解案情后连问颜笑几声“伤着没有”。颜笑手中的伞柄已在敲打中趔乱飞出几米远，她仍不解气地挥动着少了柄的太阳伞，如同复读机似的循环声讨：“这小偷太可恨了！偷我们东西还骂我们娘！警察叔叔，你必须把他抓起来严惩不贷！”一旁的“侠士”实在看不过去了，将颜笑拉到一边，低声劝慰：“妹子，咱还是见好就收吧。你看，他都那样了，你们手机也抢回来了，你人也没伤着，差不多就行了。别回头他定不了罪，反咬你一口告你故意伤人，你说呢？要不，我跟着去录口供，你们几个女孩就先撤吧。”

“一人做事一人当。人是我揍的，我自己担着！”洒脱地一甩肩，紧握住脱了柄的“武器”，颜笑挥别小伙伴，一往无前地随警察进了派出所。录完口供后，见义勇为的“侠士”提出护送她回去。作为答谢，颜笑请“侠士”吃了顿汉堡，并与他交换了电话号码。接下来的几天，井一以尽地主之谊为名，约请颜笑去了趟欢乐谷，吃了一顿台塑牛排，喝了两次咖啡。与其说颜笑被井一的热情好客所打动，倒不如说在他临危相救时她已折服于他的侠骨柔情。回到岳阳，颜笑便如实向父母禀报：“我爱上了一个人。我要去深圳。”18岁的恋爱，犹如破土而出的春笋，饶是青涩稚嫩却又势不可挡。父母软硬兼施、费尽唇舌也挽留不住女儿那颗蠢蠢欲动的心。无论父母施行怎样的计策，颜笑都以绝食抗议应对，逼得两位老人只能含着泪眼在叮咛声中送别女儿。

“让她去闯闯也不是坏事。”那会儿父亲泪眼婆娑地安慰母亲，心头却盼着女儿回头是岸，“到了那边，人生地不熟的，吃了亏碰了壁，她就会明白‘在家千日好’的道理。”然而两年过去了，女儿丝毫没有“悔”意，非但没有回家的打算，甚有在深圳扎根的趋势，欢欢实实地开了家咖啡清吧。都说“父母在不远游”，二老就只有颜笑这么一个孩子，原本一家三口的日子其乐融融，仅因为一次旅游的一次邂逅，眼前这其貌不扬的小伙子就把女儿的魂魄连带着人一块勾走了。也不知他使了什么计谋，平日里素来听话孝顺的女儿不惜与父母顶撞、抗争，直到昔日亲密无间的一家人，无端横亘出900公里的距离。仅凭这一点，父亲对井一都有说不尽的不满。当初你“拐带”她时不征求我们意见，现在倒需要我们帮助了？父亲闷声喝汤，冷眼旁观井一的尴尬，心想：我才不上你的当。我们来，是看女儿的，不是嫁闺女的。

“叔叔阿姨，我是这么想的。趁二老都在，如果你们不反对，我就把我父母也接到深圳来，争取年前我们就把证领了……”如同一位志在必得的说客，纵然气氛僵到极点，井一还在做徒劳的争取。颜笑抬起胳膊肘捅了捅井一，脸上复杂的神情说不清是对他唱独角戏的同情还是嫌弃，一面用眼神示意他闭嘴，一面接起电话，喏喏地应了两声陡然神色突变，声音低沉道：“你们先稳住，我马上回来。”

“爸，妈，浅草吧那边有点急事要我处理，我得赶紧回去。你们慢慢吃，一会儿井一带你们四处转转。那个，你少絮叨多带他们走一走看一看，晚一点送他们回我那儿啊。”匆匆交代了几句，抓起手机投进包里，意味深长地看了井一一眼后，颜笑头也不回地冲进满天的落霞里。

5

女学生自带啤酒的风波过去了一周，工商、税务和街道办的人，隔三差五就来清查浅草吧的证件、账目。起初，颜笑并未将两件事联系到一起，怎料对她而言原是可以不了了之的生活插曲，偏被好事之人损人不利己地放大成了主旋律。傲睨万物的妇人挟女儿回家后，从女儿的书包中翻出一封言辞率真炽烈的情书，以及半包拆了封的爱喜烟。威逼之下，女儿交代了半个月来与学长在浅草吧约会的恋爱全过程。妇人对颜笑以及“浅草吧”的怨怒，一发不可收拾。在妇女眼中，一家距离学校不远的环境清幽的咖啡厅，加上一个“不作为”的老板，就等于一张毒害青少年致使女儿堕落的温床！尽管女儿承认啤酒非浅草吧提供的，妇人依旧不依不饶地找相关部门投诉，联系记者，给学校写举报信，誓要铲除这颗“毒瘤”。这一日，妇人联合几位家长，在浅草吧门口拉起了横幅，并叫来了记者，声势浩大地讨伐该咖啡厅损害未成年人的身心健康。颜笑赶到时，浅草吧内外已像初一、十五的寺庙一般，被里三圈外三圈的看客，堵得水泄不通。

听闻老板回来了，本地小报的记者举着速记本，泥鳅似的穿过人群，凑到颜笑身前，一本正经地问：“根据举报，有初中生在你店里抽烟、喝酒、卿卿我我你都视而不见。你知道这样做已经触犯了《未成年人保护法》吗?”

颜笑还没顾上辩解,人群已经炸开了锅。心切的家长们纷纷扯着嗓子喊:“为了赚钱残害青少年,你不亏心吗?”

“你从哪里听来的小道消息?”颜笑也不示弱,怒目扫视一圈,厉声道,“多了我也不说。你们现在就可以搜店。要能从我这找出烟和酒,我立马关门!要是搜不出来,别怪我不客气!”

“就算你不卖,你也不能纵容孩子在你这儿抽烟喝酒!”妇女挥舞着女儿的“罪证”,歇斯底里地摇晃着半包爱喜烟怒问,“你懂法吗?容留吸毒是刑事罪!比自己吸毒还要严重!你不售卖,但给他们提供场所,你更可恨!”

被捏弯了腰的香烟撒花似的飞散而出,如同点着的引线一般,引爆了围观家长的担忧与愤怒。众人纷纷响应,声讨此起彼伏:

“别以为你不卖就脱得了干系。你就这么眼睁睁看着孩子学坏?缺不缺德!”

“十几岁的女孩抽烟喝酒,你就在一旁看着,你还是人吗!”

“昧良心赚学生钱,你就不怕遭报应!”

“我们辛辛苦苦养大的孩子,全让你给带坏了!”

……

颜笑徒劳地争辩着,无奈寡不敌众,她刚一发声,立刻被人群不满的音浪吞没。哄闹声中,一把清亮的女声穿透嘈杂,叩问人心:“证据呢!你们一群人在这哭鸡鸟号的,谁能拿出证据来!”拨开人群,拱到颜笑身边,一袭天蓝色长裙的夏汐冷脸环顾一周,睨眼盯着记者问:“你好歹是媒体从业人员,能不能有点新闻操守?给人定罪总得有证据吧?你哪只眼睛看见学生在这儿抽烟喝酒了?无凭无据就给人家下罪状,你和那群有眼无珠的闹事大妈有什么区别?”

“你这人怎么说话的!”

“你们都不干人事,我凭什么跟你们说人话!”

“欸,你谁呀!”

“爱谁谁!”

夏汐的仗义执言打乱了讨伐大军的节奏。侧目打量这位蓝裙蓝眼影蓝刘海的怪女子,人群开始骚动,攻击目标也转了方向:

“这人谁呀?有你什么事啊!”

“看她那打扮,估计也不是什么好人!”

“人以群分。她能帮腔说话,能是什么好人!”

“对!我就不是好人!都别惹我!”夏汐双手掐腰,帅气地一扬眉,利索地甩开一头若隐若现的蓝色长发,恶声恶气地逼问每一位声讨者,“确实不关我事。但又有你什么事?你家熊孩子在这儿抽烟喝酒卿卿我我啦?你亲眼看见学生在这儿不学好啦?你是受害者还是见证者?毫不相干的人跑人家店里闹什么闹?闲出屁来自己找个空地放了就完了,非跑这来作出声响!吃饱了撑的!”

端详着面前这位气场盖世的姑娘,偷瞄几眼被她质问得错愕心塞的围观群众,颜笑情不自禁地“扑哧”一下笑出声来,默默在心里为这豪气的姑娘竖起两只大拇指。

“那天的事情是这样的……”多亏了夏汐的“开山劈路”,颜笑这才抓准机会趁人群声息时简单说明了来龙去脉,继而对小报记者放一记回马枪,“口说无凭,店里的监控记录可以作证。但是,我建议先报警。如果我真的行为不当,相信警察不会坐视不理。同样,如果是你们造谣滋事,警察也不能不管。”

“对!必须报警!”夏汐声援颜笑道,“聚众闹事、扰乱公共秩序、妨碍他人正当营业都归警察管。”

夏汐边放话,边神情肃穆地摸出手机拨打110。心中无底却参与闹事的围观者见势头不对,“轰”地作鸟兽散。余下一拨看热闹不嫌事大的看客,稍息抱臂,等着看任何一方的笑话。

人影见稀,颜笑母亲娇小的身影,渐渐近了。母亲双手捧着早已晾凉的炒牛河,双目湿润,满面惶惑,低眉垂眼地支吾说道:“我怕你没吃饱,担心你忙起来顾不上吃饭……”

方才的场面有些失控,颜笑丝毫没有觉察出母亲的到来,也不知道母亲来了多少时间又听进多少恶言。强作镇定地拂了拂母亲干瘦的手臂,颜笑轻声问:“没事,我不饿。我爸呢?”

“他有点晕车。我让井一先送他回去休息了。”

“那您也打个车回去休息吧。”信手抓了些散钞塞进母亲手掌,颜笑温柔地敦促说,“我这边还没那么快完事。处理完了我就回家。”

“我,我还是,留下来陪着你吧。”母亲喏喏低语,带着哭腔,“她们人那么多。”

矮小的母亲,犹如一只亲眼看着孩子被狮子撕咬的母羚羊,又似一位家长会上因孩子成绩年级倒数第一而被点名批评的母亲,看上去那样凄惶无助。颜笑鼻头一酸,一把搂住母亲,心头像被弯刀剜去一块肉似的又空又疼。

警察来后,颜笑一五一实地交代了事情始末,不留情面地斥责妇人:“睁大你的眼睛看清楚!自己偷偷买了酒溜进来,我不让她喝,她还跟我抢。你女儿堕落赖不着我!也不看看自己什么德行!所有的腐烂都是从根烂起的!”

人证物证俱在,妇人无理便短了三分,既怕颜笑追究自己闹事责任,又不甘心就此罢休,因而转头为难颜笑的母亲:“大姐,我看你样子也是个老实人。您也有女儿,如果您女儿14岁就抽烟喝酒又早恋,您受不受得了?”虽心疼女儿被围攻,但作为母亲,老人对妇人的心情感同身受,因而含着一句话,双唇微启,泪影闪烁,许久说不出一二三来。

“那也怪你自己教育失当。”夏汐冷笑,“女不教,母之过。赖得着别人吗?你付人家保姆费了吗?自己家教不严,凭什么指着人家帮你管教孩子?”

“关你屁事!”妇人怒吼一声,张牙舞爪地扑向夏汐,眼看就要拉开一场厮打。灵巧的一个闪身,弓腰一跃,夏汐跳到民警身后,扬扬得意道:“看不惯我就要管。最烦你们这些恶人先告状的泼妇!出了事从来不找自己的毛病，净往别人身上推责任！”

有了警察的干预，“啤酒风波”总算真正告一段落。征求颜笑的意见后，民警只给了妇人一个口头警告，被损坏的财物则由颜笑自愿承担。望着妇人斗败公鸡似的身影远去，夏汐由衷地冲颜笑抱拳作揖道：“老板，我敬你是条女汉子！”

“得饶人处且饶人。她也是恨铁不成钢急的。”颜笑苦笑，一面清理面目全非的桌椅，一面道谢，“对了，刚才谢谢你为我出头。想喝什么？我请。”

“不用。我也是闲的。”夏汐顿了顿，颦眉低顾足尖，叹气苦笑，“我等的人又没来。正好憋了一肚子气没处撒呢。”

“不管怎么说，我欠你一顿。”颜笑双手递上名片，慈眉善目地打量着面前的“蓝精灵”，莞尔道，“什么时候有胃口了，给我打电话。”

“一言为定。”夏汐不再扭捏，扯了张下菜单写下自己的姓名和电话号码，爽快地递了过去，沉思片刻，直言说道，“其实，你那天就该报警的。有时候，对别人过于善良也不好。”

“我也没想到事情会闹得这么大。打开门做生意，总希望息事宁人。”

“我懂。有时候，你以为你只是踩了狐狸的尾巴一下，却不知藏在它身后的老虎伺机而动。”

“可老虎头上不会自己凿个王字啊，万一真惹上‘李钢’，不就摊上大事了。”

“你怕事，事就不找你了吗？”夏汐一甩头，打过蜡的宝蓝色刘海翩翩起舞，“纵容一个人作威作福，就等于默许她在你这儿称王称霸。我们不当欺世霸主，但也不能做委曲求全的农夫，留着蛇让它咬吧？”

“也是。”

“一样米养百样人。林子大了什么鸟都会碰上，还是自己多加小心吧。”

夏汐撂下一句话，挥了挥衣袖，谜一样地出现又谜一样地飘走。怔怔地望着她的背影消失不见，颜笑乐不可支地总结："这姑娘挺神呐，有意思，我喜欢！"

"确实神神叨叨的。一会儿狐狸老虎的，一会儿又是农夫和蛇的，"在一侧旁听多时的收银小妹好奇地探问，"姐，你说，她会不会是在野生动物园上班？"

6

从浅草吧出来，夏汐漫无目的地游荡着，沉沉的暮色仿如一块垂重的金丝绒布，压得整条街道都垂头丧气的。夏汐拒听电话，欧阳昊的短信于是像街头派发的传单一般，冷不丁地窜进她手中。短信来得殷切，但内容大同小异，无非是解释自己工作忙抽不开身赴约，请她包容与体谅。同一个借口使用多了，就像是失去弹性的橡皮筋，虚有其表却再无作用。这已经不知是第几次，欧阳昊临时失约，叫夏汐傻子一样从天亮空等到天黑，从沸汤热菜等到残羹冷炙。无端地，夏汐又记起一年前的春天，自己在西湖畔枯等一下午，直到雷峰塔闭门，欧阳昊也没有出现。沿着长桥绕着南屏山，夏汐步履沉重地走着，漫天飘飞的柳絮像是她倒淌进心底的眼泪，没完没了地洒落。夏汐不愿，或许是不敢揣测欧阳昊屡屡失约的真正原因，只能不断温习他将自己捧在手心含在齿间的曾经，就像一个落难公主，明明饿着肚子睡在草席上，满脑子却想的是昔日的锦衣玉食、高床软枕。高冷的欧阳昊，曾经为了在她身边多待一会儿而陪着她乘坐和谐号从深圳到广州再从广州折返深圳，然后依依不舍地独自搭最后一班列车去广州；他也曾为了早一秒钟见到她而不理会在篮球场上摔破的膝盖，跛着脚骑车赶来。有一次，二人相约去电玩城，途中碰上挑担卖樱桃的流动小贩。夏汐欢欣雀跃道："樱桃！我最喜欢吃这种国产小樱桃了！"欧阳昊随口问了价钱，迟疑道："宝贝，樱桃怕压怕挤，我们一会儿要打电动，拿着它不方便。"夏汐拢住笑，也不反驳，不悦地走开，抬手截了辆的士只身回家了。欧阳昊没追上夏汐，转过身，拔腿去追小贩，将担子里的樱桃通通买下，气喘吁吁地出现在夏汐面前，满面憨笑地负"樱"请罪。

《欲望都市》有句经典台词，"男人不来看你，不是因为他不能，而是他不想"。一个人若想见你，哪怕天上下刀子他也会排除万难赶赴你身边。反之，即算是风和日丽天下太平，他也会找到借口不露面。正因为欧阳昊那样在乎过她，越是昔日热烈的曾经，愈加衬托出今日的落寞。当美好回忆再不能慰疗失望，便只能听任一颗心渐冷下去，直到再也找不出理由自欺。

"你忙吧，让我一个人静静。"在欧阳昊的短信轰炸下，夏汐平淡无奇地回应了一句，简短的几个字压抑着心中的失望，暗想：说再多有什么用？我要的不是对不起。我只想要一个实实在在的拥抱，一个唾手可得的男友，一个共进晚餐的伴侣。仅此而已……

颜笑推开门，便看见无精打采的井一坐在餐桌前，百无聊赖地摆弄着一副缺张的扑克牌。父亲端了张板凳坐在阳台上，背向门扉，心事重重地闷头抽烟。灶台前是母亲忙碌的身影，时而抬起深秋树杈似的肌黄肃杀的五指，抹去脸上纵横的泪水。见状，颜笑整理好心情，笑语盈盈地蹦到母亲身边说："事情都解决了，警察叔叔把那泼妇狠狠教育了一通，她不敢再来惹事了。"放下袋子里的奶油草莓，喜鹊似的叽喳开了，"妈，您尝尝，这是进口的奶油草莓，可甜了。"

母亲使劲吸溜鼻子，定睛看了看颜笑，嘴角一弯，泪水越发汹涌。

"你就会报喜不报忧。"父亲掷下烟蒂，踮起脚尖左右摇摆着捻灭了火星，沙哑说道，"井一都告诉我们了。你这咖啡厅没开一年，这已经是

第四回大事故了。还不算那些没事儿找碴的竞争对手，和横行霸蛮的流氓地痞。”

“听他瞎说！”溜溜的眼珠横切至眼角，愤愤地斜眼瞪向井一，颜笑漫不经心地说，“别说门面生意了，就是在写字楼里上班，也难免会碰见胡搅蛮缠的人。碰到事没什么，关键是我有能力解决对不？”

“万一解决不了呢？”母亲下巴抖动，哽咽地问，“我们又不在你身边，万一再碰见今天这种情况，一群人围着你一个小姑娘骂，那可怎么办？”

“那就让他们骂。骂得再凶狠，我也不掉一两肉。”怜爱地为母亲拭泪，紧紧将瘦削的母亲搂在怀中，颜笑嬉皮笑脸地宽慰，“再说了，警察帮理不帮亲。他们人再多，道理还是在我这边，他们不能把我怎么样。”

“你那是没碰上真正的恶霸。”久不作声的井一有板有眼地说着，几张扑克牌在拇指与食指间转动，音量不大却字字惊心，“你忘了当初抢你们手机的那个小偷啦？要不是我及时拦着，他就把你揍了。”

井一话音未落，母亲的肩头明显一紧，枯瘦的身子漏气皮球似的又缩小了圈。父亲低沉地长叹一声，慢吞吞地从裤兜里摸索出一根中南海，打了几次火，这才哆哆嗦嗦地把烟点着：“这生意我们不做了。不能做了。我们惹不起总归躲得起，犯不着为卖几杯咖啡几块点心，把命搭进去。”

“爸！没您想的那么危险！你们别听他危言耸听。”颜笑一跺脚，使出全身的力气愤然地推了一把，毫无防备的井一因为失重，一个踉跄栽下椅子，脱口而出地怒吼一声：“干什么你！”

“你干什么？你想干什么！”

“我们是为你好！”精心安排的逼婚晚宴失了算，却不想一场意外成功地将父女二人“分化”，井一顿时来了精神，步步紧逼道，“我一直不赞成你开咖啡厅。一个女孩怎么应付得了那么多无赖？我都说了，你喜欢画画就去报个班学画，我养着你，回头咱们再生个孩子，安安稳稳地过日子不是挺好的吗？”

"是啊是啊,"母亲点头如捣蒜,连声赞许,"女孩子还是平平稳稳的好。"

"好什么?"父亲掰开水龙头冲熄了烟,瞟过母亲的眼神如同打量一个不懂事的孩童,既责备又包含深沉的怜爱,话中有话道,"生意不做了也得找份办公室的工作,女孩最要紧的是自重,如果不能自食其力,让别人怎么尊重她?"

"上班也行,等有了孩子……"都说关心则乱,不承想颜笑的父亲并没有因为担忧而走进他布下的温柔陷阱,井一只能顺坡下驴附和着说话,怎料这微妙的用意仍被老人一眼识破,不假思索地将他打断:"结婚和开店是两码事。今天我们只谈'浅草吧'的事。至于你们俩的婚事,我还是那句话,你们自己做主。"

搁浅鲤鱼似的腮帮鼓动着,井一仍试图扭转局面,却被颜笑拖出了屋子。

"你走吧。"板着青岩石一般的面孔,颜笑压低了嗓子,忍无可忍地责问,"害我爸妈这么担心,你高兴了吗?"

"你什么意思? 知道你想你爸妈,我出钱接他们过来,鞍前马后地伺候着,我这么用心良苦,到你嘴里就成用心不良了?"

"用心?"颜笑抽动嘴角,冷眼反问,"你什么居心你自己清楚。"

"对! 我清楚着呢! 我的心日月可鉴!"自己挖空心思结亲,却遭冷遇,井一也来了脾气,愤愤不平地说,"男大当婚女大当嫁,我没什么见不得人的。"

"为逼婚,你就可以不择手段?"

"逼婚? 对! 就算是我逼婚了,那也是你逼我的!"

"为了达到目的,无所不用其极。这样逼来的婚姻,你觉得有意思吗?"

"有意思! 谈恋爱不结婚的那是流氓! 我谈恋爱就是为了结婚生子。"

"真有意思! 你想结婚就结婚,你问过我想不想了吗? 背着我把我爸妈找来，为了逼婚该说不该说的一股脑全倒出来害他们担心，你尊重过我吗？”

“那你尊重过我吗！”井一如同一头走投无路的孤狼，脖子上的青筋暴绽，面目狰狞，双眼通红地嗷叫，“我跟你说过多少次，我是独子，我32了，我想结婚生孩子有什么错！”

“错就错在你不该一意孤行、不择手段！”

“终于说出心里话了吧。”井一冷笑，逐渐舒展的神色苍凉而绝望，“我一意孤行，意思是我一厢情愿，你根本没打算跟我结婚，对吧？”

“对！”话赶话说到这个份上，兵刃相见的两个人谁也不甘心败下阵来。失去理智的颜笑咄咄逼人地回击，“你就是一厢情愿！你就是自说自话！你就是没事找事！你就是越俎代庖！你就是不考虑我的感受的自私鬼！”

“行，我算是明白了。”井一撇嘴，笑得比哭还难看，“不管怎么说，你总算给了我答案。我也没必要自讨没趣了。”

见他那副凄然的模样，颜笑心中一软，伸手想要拉住井一，不料他扭脸咬牙切齿地撂下一句：“颜笑，我算是看清你了。你就是个玩弄感情的骗子！”

方将探出去的求和之手，徒然僵在腰间，“倏”地收回背后。颜笑一咧嘴，笑得言不由衷：“对。我就是个骗子。看清楚了赶紧走人，不送！”

第二章

你走吧，我不哭

L·O·V·E

1

二人刚打了个照面，颜笑万般无奈地耸肩说道:“幸亏你及时给我打电话了，要不了几天，估计我的孩子就保不住了。”

“天哪!”夏汐惊呼，目瞪口呆地盯着颜笑的小腹，囫囵问道，“什么情况? 几个月了? 医生怎么说?”

“往哪儿看呢?”信手抓起一粒花生米，掷向夏汐绯红的面颊，颜笑蹙眉嗔怪，“想什么呢你! 我是那种人吗?”

“是你自己说的……”朱唇微噘，眼角下弯，夏汐委屈地申辩。

“我是说这个孩子!”食指围着浅草吧绕了一圈，稍作沉吟，颜笑轻蹙眉头，嗓音低沉地说，“你别看这地方不大，可都是我一手一脚垒起来的，一砖一瓦里都浸透着我的心血。天花地板墙面就不消说了，柜门上每一个把件，墙上每一张海报，桌面上每一件摆设，厨房里每一样餐具都是我亲自淘回来的，就连留言板上的笔和纸，都是我顶着7级台风从八卦岭批发市场捎回来的。打不到车，怕它们淋湿了，我用雨衣裹了几层塞在怀里跑回来，自己浇成了落汤鸡，它们毫发无损……”语调婉转地诉说，犹如一曲低回的渔舟唱晚，听得夏汐愁肠百结。颜笑呓语似的絮叨，像是倾诉，又像是旁白，音量越来越低哑，音色越来越厚重。短暂的停顿后，颜笑轻微抬起头，目光幽幽地环顾一圈，沉重地反问:“花费那样多的精力、时间和心血，把它打造成今天的样子，说它是我的亲生子，不为过吧?”

“我懂。浅草吧是你倾力打造的作品。而作品，就是创造者的孩子。”

“终于碰到个明白事理的人了。”颜笑咧了咧嘴，欲笑还颦，轻声叹道，“那你肯定也知道：要一个母亲割爱的沉痛。”

“为什么？”夏汐挑眉，拉开一副搏斗的架势，声音立刻拔高了八度，“好端端的干吗要卖孩子！”

“为了我爸妈。”颜笑摆头，努力挤出的微笑透着苦涩，“那天之后，我妈天天以泪洗面，我爸也总唉声叹气。他们虽然没有强迫我转让浅草吧，但看着他们因为担心我而茶饭不思地消瘦下去，我实在不忍心。”

“就听说‘舍不得孩子套不着狼’的，”眼前的颜笑，与那天斗志昂扬的浅草吧老板判若两人，不忍见她的颓相，夏汐故意调侃说，“没听说过舍得孩子套爸妈的。”

“手心手背都是肉，换成你，怎么选？”

“就没有别的办法吗？”

“他们不在我身边，本来就够担心的了，再加上我男朋友火上浇油，就更没有回旋的余地了。”

“确定他是你男友吗？”夏汐怔了怔，瞪大的眼睛如同折耳猫眼中琥珀色的两颗丸子，直勾勾地盯着颜笑问，“哪有自家男人不帮忙反倒添乱的？”

“唉，别提他。说起他就胃胀气！”

“我要是胃动力就好了。”夏汐挤眉弄眼地打趣，“谁让你胀气，我就负责给你解决。”

“神经！”颜笑一巴掌拍在夏汐手背上，终于露出舒心的笑容，“合着你帮我收拾烂摊子，我再把你当个屁给放了？”

“有什么不可以的？”夏汐洒脱地甩一甩蓝刘海，嬉笑说，“姐专治各种不顺气。专业排毒二十年。”

“二货！”二人笑作一团，颜笑从吧台柜底掏出一瓶芝华士，得意扬扬地勾搭问，“你酒量怎么样？咱俩PK一下？”

“你这不是不卖酒吗？”

“不卖酒给客人不代表老板自己不能喝酒啊。”颜笑娴熟地拧开瓶盖，旋又迟疑地放下酒瓶，闪闪发亮的眼眸渐渐敛住笑意，“再说，也许很快，我就不是老板了。”

“行了。明日愁明日忧。今天先陪你不醉方休。”夏汐宽慰着，狎昵地挽过颜笑，瞬间拉拢了两人的间距，“那边有家‘煌上煌’，走，买下酒菜去！”

把臂穿过街道，冲上安全岛，颜笑与夏汐手里各提着两袋下酒鸭件。等红绿灯的当口，一道黑影忽然从身后闪出，紧接着一只常年挖煤似的黑爪，精准地伸向颜笑手中的鸭翅尖。

“干什么！”颜笑大喝一声，握袋子的手本能地紧抓住提手不放。与此同时，夏汐也在第一时间伸出援手，死死攥住了袋口。一时间，三只手毫无章法地争抢着鸭翅尖，两只白面馒头一样的手掌各朝一个方向，涂炭似的五爪力往另一处使。不消一会儿功夫，轻薄的塑料袋经不住三手鼎立的拉扯，“嘶啦”一下豁开一道口子，稀稀拉拉地漏出鸭翅尖。寡不敌众的炭手迅速松开袋子，俯冲向下，老鹰捕猎似的飞身探向落在地上的鸭翅尖。颜笑和夏汐这才得空打量“敌人”，这一打量不要紧，二人不约而同地倒抽一口凉气。眼前的女孩与她们年纪相仿，蓬乱的头发已结成绺，极不合体的褴褛衣衫披挂在她年轻的躯干上，露趾的凉拖晒出满是泥垢的脚趾，五官难辨的灰头土脸上，一双惊恐万状的眼睛，猫头鹰似的瞪向她们。

“疯子吧？”夏汐用手比画，用气流声做出口型。颜笑同样回以气息：“应该是。”

二人相视0.1秒，微微颔首，神同步地放下手中的食物，挽手飞奔而去。

逃回浅草吧，将自己扔进最靠角落的沙发，二人这才松了一口气，放声哄笑。

“那天斗泼妇的时候，你不是挺厉害的吗？”颜笑揉着笑得酸痛的腹部揶揄夏汐，“怎么你也会害怕？”

"我不怕不要脸的，但我怕不要命的。"夏汐心有余悸地朝外张望几眼，"你没看见她那个眼神，完全是一副'不给我吃的就跟你拼命'的状态。"

"唉，其实她也挺可怜的。"

"也是。希望那几袋鸭件能让她饱餐一顿吧。"

"来吧，走一个。"颜笑举起杯，言辞恳切地敬酒，"谢谢你那天为我出头。"

"谢什么啊？大恩不言谢。"夏汐淘气地吐舌作怪相，猛地灌了一口酒，随即呛出了泪花。

"我也没帮上什么忙。"夏汐缓过劲来，正了正神色，严肃而关切地追问："对了，你经营浅草吧这么不容易，你男朋友为什么要落井下石啊？"

"玩过植物大战僵尸吧？"颜笑狠呷一口酒，"啧啧"几声辣得频频锁眉，"我原以为，他会是我的阳光助我打怪，结果拼杀到最后，才发现他才是那个终极大怪。"

凝视屏息地认真倾听颜笑与井一相遇相恋、相爱相杀的过程，夏汐时而浅笑，时而沉默，时而咬唇。末了，夏汐目不转睛地望着颜笑，一针见血地问："你来深圳，不就是为了跟他在一起吗？为什么他想结婚你却退缩了？"

"拜伦说过，'为所爱的女人死，远比与她共同生活容易得多'。其实，对女人而言又何尝不是呢？让我为所爱的男人去死，同样比和他朝夕相处要容易得多。"深深地长吸一口气，感觉气流充盈整个胸肺，再悠悠地吁出，颜笑自斟自饮了一杯酒，娓娓说道，"排除万难，千里迢迢地为他而来，在一起并不是圆满的结束，而仅仅是考验的开始。"

两年时间，两个人在对方眼中都改头换面了。起初颜笑在井一朋友介绍的外资公司工作，没完没了地加班，井一打着心疼她身体的旗号，偷偷替她递交了辞职申请。颜笑赋闲在家，生活重心自然转嫁到井一身上，他受不了盯梢般的日子，又劝说她找点喜欢的事情做。好不容易贷款开了家咖啡厅,井一又着急结婚生孩子而棋出险招,逼得颜笑的父母日夜在家中担忧抹泪。

生活与爱情,从来就不是一回事。颜笑有洁癖,井一最大的爱好就是坐在床头看电影吃薯片。在一起的七百天里,两个人不知因为床头的薯片碎屑吵闹过多少回,谁也无法征服对方。不能改变又无法忍受的生活片段,成了爱情的常态。

“其实这些都不是最令我发怵的。”酒过三巡,颜笑对一见如故的夏汐彻底敞开了心扉,“最让我寒心的是我们价值观上的分歧。就拿前不久我给大学同学充Q币来说吧,也就充了50块钱,人家可能忙忘了不记得还我钱了。井一就抓着这件事不放,三天两头催我要钱,酸言醋语地说:‘你怎么那么愿意跟钱过不去呢?’最让我受不了的是,分明是他斤斤计较、自私小气,还要打着爱我的幌子,非说看不惯别人占我便宜!”

“是够心塞的。”夏汐连连摇头,感同身受地联系到自己身上,“爱情和生活就像两列背向而驰的火车,永远不在同一条轨道上。爱得再深切,与他一起生活完全是另一回事。”

就在不久前的世界杯决赛上,观战时仅因为夏汐问了一个天真的问题,“如果守门员力气够大,开球时直接踢进对方球门里,那算不算进球啊?”一起看球的还有两人的朋友和同事,欧阳昊当众蔑视地剜夏汐一眼,不留情面地打击她:“天哪,就你这点常识还看球!简直笨得让我伤心!”

打小体育成绩从未达标的夏汐,厌倦任何一种体育项目。为了讨欧阳昊欢心,也为了在他面前怒刷存在感,夏汐一次次勉强自己陪他观看体育节目。此刻,想到当时的窘迫,夏汐再次替自己感到委屈:“我倒不指望他感恩,但至少没必要当众奚落我吧。”

“说不清到底是哪里出了差错,走着走着,爱就淡了。”颜笑慨然长叹道,“从相互依存,到忘了如何相处,索然无味的关系里,只剩下互相挑剔彼此嫌弃的两个人。”

“即便最后粉身碎骨,还是要奋力去爱呀。”夏汐感喟,“曲终人散固然可悲，但这一生，如果没有一个人值得你不计代价地爱一场，岂不是更可悲。”

赞许地点点头，颜笑莞尔，凄然地举起酒杯：“所以，结局再破碎，哪怕到最后真的是‘菊花残，满地伤’，我也不后悔。”

“我也是。”

深深地看了一眼颜笑，夏汐心领神会地笑笑。伸手轻浅地与颜笑碰杯后，一口饮尽杯中酒，夏汐低头不语。时间就凝固在这一刻，在爱的世界中走投无路的绝望情绪，像珊瑚一样，在两个女人的心底，缓慢地形成。

2

听见钥匙拧动的声音，久候多时的欧阳昊迎上前去。门将拉开一条三指宽的缝隙，夏汐就如同一只活蹦乱跳的兔子般扑倒在他怀里。

“这都几点了？野到现在才回来！”母亲从沙发上笔挺地站起，步履优雅地凑近夏汐，见她两颊酡红酒气熏天，眉心登时拧成了连绵的山川，字正腔圆地训斥，“你怎么回事啊？不接手机不回短信。人家昊子等你大半天了，你成心的是不是？”

“对不起啦妈咪，”夏汐眼睛眯成两截黑线，眼神涣散地瞅了欧阳昊一眼，当机立断地推开他，一头栽在母亲挺拔的肩膀上，腻歪地撒着娇，“今天开心嘛，就跟朋友喝了几杯。妈咪，别生气嘛。”

“一个女孩子夜不归宿，醉眼迷蒙的，成何体统！”母亲双手抓紧她的上臂，用力一撑，扳直了夏汐的腰，一巴掌呼在她后背上，无情地命令，“洗脸去！一身的酒气！赶紧把你那身脏衣服给我换了！”

夏汐没有见过父亲，她对这个世界所有的认知，通通来自于母亲夏岚。夏岚在一所重点小学里任辅导员兼代课老师，她的威严曾令不少纨绔子弟不寒而栗。有一回，夏岚代课的三年级一班有个顽劣的留级生。夏岚板书时听见身后“咚咚”作响，一回身讲台底下鸦雀无声。几个来回后，夏岚将粉笔一摔，备课本一盖，声色俱厉道：“今天的课就上到这儿。但如果不把那个捣蛋鬼揪出来，谁都别想下课。”那是上午的第四堂课，学生们早已归心似箭，于是胆大的几个男孩子，不由分说地指向最后一排的罪魁祸首。夏岚走到几乎跟自己一般高的留级生面前，目光锐利地问：“是不是你？”留级生也不示弱，高傲地扬起下巴，斜睨着夏岚，四指弹琴似的流畅地在桌面敲动发出声响，满不在乎的神情似乎回应说：“是我干的，那又怎样！”

“起来！”夏岚一猛子扎下去，拉住留级生的胳膊，“噌”地拎小鸡似的将他提溜起来。借着一股怒火烧出的猛劲，不足90斤的夏老师，将和自己一般高的留级生推到墙根下，抬起课桌举过他的头顶，怒不可遏地命令，“给我举着！你那么喜欢敲桌子，就别跟它分开了！”自那以后，再也没有学生敢在夏岚的课堂上造次。他们都知道，夏老师发起火来，当真是无所畏惧、六亲不认的。

打夏汐记事起，校园里就流传母亲与顽皮学生间各式各样的“下马威”故事。夏汐进校后，也没少当众被母亲骂。有一年她代表合唱队领唱参加省级赛事，因为兴奋过度，夏汐在台上的表演过于浮夸。一谢幕，母亲一把将夏汐从队伍里拎了出来，勃然大怒道：“你是钟摆吗？让你唱个歌，你看你摇头晃脑的快找不着北了！”

如果说夏岚对学生要求严格，那她对自己的女儿要求接近严苛。也正因为夏岚严以律己，纵然她有时对学生过于严厉，旁人也无法诟病——毕竟，她对自己和自己的女儿更为严苛。但作为一个小女孩，夏汐无法理解母亲的苛刻。7岁那年，她因为贪玩迟到。母亲早已在班内守候着她。夏汐一走进课室，母亲二话不说，当着全班同学面，扬手给了夏汐一记耳光。放学后，夏汐伙同班上最要好的同学，在家中翻箱倒柜地找自己的出生证明。夏岚回家撞见遭浩劫似的犯罪现场，只是瞪大了眉眼，好同学便为求自保将夏汐出卖了。

“夏汐说她想去找她亲妈。”好同学低眉顺眼地交代“作案动机”，一面贴着墙根，战战兢兢地退到门口，怯懦地挥了挥手，“夏老师，我先走了，我妈还等我吃饭呢。”

夏岚掩上门，绷起脚尖踢开床下的杂物，一声不吭地坐在床沿，背对着夏汐，苗条平坦的后背，宛若一张扬起的船帆，疾速地舒张。

“本来就是嘛，灰姑娘和白雪公主的后妈才会动不动骂她们，对她们那么凶，还打她们……”夏汐心虚地拎着手指嘟哝，忽然感觉到自己双脚离地腾空而起，还没意识到事情是如何发生的，她已横躺在床中央。母亲猫腰操起一个公文包，劈头盖脸地抽打着惊叫声不断的夏汐。公文包里装着的家中所有重要证件和存折，瞬间横七竖八地飞散开去。夏汐边哭叫边讨饶，却没能阻拦母亲的抽打，攥着包扇掴女儿的夏岚，边抽打边悲泣：“你这个没良心的！忘恩负义！找你的亲妈去吧！走出这个门口，你就永远别回来！”

母亲打累了，扔开公文包，气喘吁吁地站在床侧，盯着夏汐看了好久。夏汐蜷缩作一团，失魂落魄地望着母亲，忐忑地计划着逃跑。突然间，母亲一转身，冲进洗手间扣上门闩，惊天动地的哭喊声，山洪一样从洗手间内爆发。

那是夏汐第一次看见母亲哭泣。就像是看见一座屹立不倒的雄峰，刹那间坍塌于自己面前。惊慌失措的夏汐已然感觉不到身体的疼痛，趴在洗手间门板上哀求认错，直到母亲平复了心绪，母女二人默不作声地收拾好屋子，从此谁也不曾提及此事。

多年后，夏汐陆续从亲戚的只言片语中拼凑出自己的身世。夏岚曾经有过短暂的婚姻，因为不能生育受尽婆家的冷落欺辱。离婚后，夏岚托远方亲戚从乡下寻了个健全的女婴。那个女婴，就是夏汐。没有人知道她的亲生父母是谁。重男轻女的生身父母，负担不起这张吃饭的嘴，在夏汐满月不久后，将她丢弃在儿童医院的长椅上。夏岚跑了几趟派出所与户籍处，这才如愿领养了夏汐。对于夏岚而言，女儿夏汐不仅仅是她相依为命的陪伴，也是她与不公的命运对抗的武器。老天不许我做母亲，我偏要养育一个出人头地的女儿，证明给讥讽过我的人看看：我不是占着窝不下蛋的母鸡！我比光会生蛋不会教育的女人，更胜任母亲的角色！

一个孩子性情养成与世界观形成的过程中，没有血亲的言传身教的影响力，远胜于基因遗传。夏汐还不了解自己身世的时候，经夏岚严苛的调教，已全然吸收了母亲的性格特点：好胜要强、独立上进、自我保护欲强且具有一定的攻击性。初二那年的家长会，同桌的女同学好奇地打听："夏汐，你为什么跟你妈妈姓？"夏汐抛给她一个大大的"卫生球"，反眼嘲弄："因为我跟我妈亲呗。跟妈姓的人多了去了，少见多怪！"

推测出自己的养成"剧情"时，夏汐已出落成亭亭玉立的高中女生。高中时代的夏汐，成绩名列前茅，能歌善舞，且是才学兼具的团支部书记。夏岚对自己培养的全能女儿甚感欣慰，鲜少对她动怒，母女二人的关系也因此得到缓和。饶是如此，夏汐始终没有向母亲求证自己的猜测。再强悍的女人，心里也有不能言说的伤。就像冷月撒在夜晚的寒光，阴森地透出凉意。儿时因不懂事已经凉透了母亲的心，夏汐不愿再旧事重提再惹母亲伤心。对给予她生命的那个人来说，她不过是一次欢愉后的意外产物。但对于养育她多年精心调教她的夏岚而言，夏汐是她一生的全部。

无须求证。夏岚视夏汐为己出。养母就是她的亲娘。

在这样特殊的单亲家庭中长成，夏汐一度认定，自己不需要父亲。母亲对她的管教虽然严厉，但在生活吃穿上，母亲从不曾亏待过她。多年前，母亲曾托人从香港给夏汐带回一件芬迪的朱红色T恤，夏汐爱极了那件T恤，逢有重要场合一定要穿上她的"护身服"。青春期的夏汐内分泌紊乱而胖到130斤，母亲一见她就摇头叹气。有一天夏汐刚把芬迪T恤罩上身，母亲伸手上来就扒拉，愁眉不展地说："这件衣服别穿了。你自己看看，这衣服被你撑成了几节，跟胖笋一样！"

"有你这样嫌弃自己女儿的吗！"夏汐一跺脚，扯下T恤踢到一旁，越想越寒心，趁母亲不备将那件"护身服"偷偷扔进了垃圾桶泄愤。气归气，母亲不中听的敲打还是起了作用。夏汐为了给自己争一口气，坚持节食和运动。一年下来，瘦了30多斤。体重跌破百回落两位数那天，母亲从衣柜抽屉底翻出她的"护身服"，将那件叠得平平整整，干干净净，隐约散发出玉兰花清香的T恤递给她，巧笑说："喏，一直给你留着呢，我就知道你有一天能瘦回来。"

就因为身边常年有个坚韧不屈又心思缜密的母亲，夏汐从未感觉到爱的匮乏。直到她遇见欧阳昊，夏汐才意识到，父爱的缺失是她心里的一个填不满的黑洞，不过是转换了空间让她误以为自己不需要。一旦身边出现一个异性，这个消失了的五维空间就会穿越时空而来，向她和他追索补偿。

所有的任性妄为和无理取闹，都不过是爱的追讨。夏汐渴求的，不仅是一份男女之爱，潜意识里，她希望欧阳昊能像兄长一样疼爱她，像父亲一样宠溺她。了解夏汐身世的最初，欧阳昊打心眼里疼惜这个女孩，但久而久之，不满与不甘就像雨后的新芽一样冒出了头。

"你总是要求我包容你，迁就你，这对我很不公平。"欧阳昊偶尔这样抱怨，"我知道你缺乏父爱，但我毕竟不是你爸爸。"

沸腾的滚水也有冷却的一刻，开得极盛的牡丹也有凋零的一天，谁又能指望温暖美好亘古不变呢？比如此刻，洗干净脸换了身休闲服的夏汐瞥见茶几上已凝固渗出油珠的羊肉串，乜眼冷笑："又来这招？每次都是先给一巴掌再给颗糖，我就那么好打发吗？"

"刚上完班，来看看你。"碍于长辈在场，昊子忍让地嗫嚅道："怕你没吃饭，就给你捎点你最爱吃的……"

"我从来就不爱吃羊肉！不信问我妈！"喝了酒，夏汐反而更加清醒。平日里不愿或不想面对的残酷真相，借着酒劲，一股脑地散发出来,“是因为我们第一次约会吃的羊肉,所以你一拿羊肉串我就笑！真以为我那么没心没肺吗？为了见你一面,我从中午等到后半夜,还被疯子抢劫,几串羊肉就想把我打发了？你自己说:这个月第几次放我鸽子了？那么不想见我,以后都别见了!”

“夏汐!”母亲的厉声呵斥,及时打断了夏汐的牢骚。将女儿推进房间后,夏岚双手垂在身前,右掌心搭在左手背上,清了清嗓子,仔细端详那个脸色如酱猪肝一样的欧阳昊,缓缓说道:“这疯丫头喝多了,你别跟她一般见识。不过,你别嫌阿姨唠叨,你们在一起时间也不短了,她的脾性你也了解。这孩子不像其他女孩那么物质,她找你不图钱也不图享受,就希望你能多陪陪她多疼疼她。毕竟,你比她大几岁么。”

“我明白。阿姨,您不用说了。”欧阳昊弯腰提上鞋跟,扭头漾出生硬的笑容,轻声说,“她没事我就先走了。加了一天班,我还没吃饭呢。”

欧阳昊走后,母亲蹑手蹑脚地潜进卧室,见夏汐紧闭的双眼上睫毛颤动,一眼便洞穿了女儿的小心思,摇头说:“别装了,起来吧,人都让你气走了。”

“他真走啦?”夏汐一骨碌爬起身,自讨没趣地悻悻说道,“真不经逗。”

“你也是的,不管怎么说,人家登门道歉了,你就不能给他一个台阶下?”

“我怕太过忍让,他就不在乎我了。”夏汐委屈地撇嘴。

“唉,年轻人呀……”

3

母亲因为忧心寝食难安，又犯了胃溃疡的老毛病。这一天，一家三口刚从医院回来，井一后脚便跟了进来。将一摞资料呈放在茶几上，双腿撇开成倒八字，双手合十作祈祷状，井一神气十足地讨赏："接手的人已经给你找好了。财力雄厚又是个文艺青年，价格开得合理，而且他保证会维持浅草吧的原貌，不会糟蹋你的心血。"

仿似一位心急意迫准备收网的渔人，井一眼珠溜溜地转动着，时而看看颜笑，时而转向她的双亲，只坐等鹬蚌相争的结果。如此积极地为浅草吧寻找买家，井一自然有他的私心。当初颜笑辞职在家，每天关于一日三餐吃什么都要给他打好几个电话。为了摆脱精神束缚，井一游说她找点喜欢的事情做。颜笑思来想去，找了几个好友筹钱，又向银行申请了贷款，开了这家咖啡清吧，一偿少年时的梦想。井一的公司在城东，浅草吧位于城西，起早贪黑的颜笑出于多方面的考虑，在城西租了间公寓，收拾好自己的细软，彻底与井一分了"家"。习惯了热饭暖枕的伺候，颜笑一抽身，井一才觉察出屋里有个女人的好来。加上今年家里催婚催得紧，井一便萌生了娶妻生子的念头。但真正迫使他痛下决心的，还是一个在浅草吧附近上班的台湾男人。自浅草吧开张那天起，台湾男每天中午便像打卡上班一样到浅草吧报到。12点30分落座，点一份卤肉饭，配一杯美式咖啡，是台湾男每天中午雷打不动的"标配"。哪怕周末和节假日，他也从未缺席。半年下来，这个问鼎"全勤奖"的台湾男与颜笑之间，从开始的点头之交发展到谈笑风生。情人节那天，台湾男如期而至，手里捧着一束将脸遮挡住一半的娇艳的红玫瑰。尽管示爱的花束被颜笑拒收，台湾男依然定时现身浅草吧，打卡上班似的风雨无阻。颜笑对此只字不提。井一从服务生的闲谈中听说此事，一个人YY了许多颜笑与台湾男欢歌笑语的画面，越琢磨越感觉事态严重。作为被蒙在鼓里的那一方，井一想当然地认定，颜笑的保留是一种心虚的回避。为此，他三番五次央请颜笑搬回身边，却遭到她的婉拒。井一多方打探，然后像星座专家分析星盘一样在纸上写写画画，将自己与台湾男的优劣做出图表进行比照，结果发现自己胜算极低。台湾男是与颜笑年纪相仿的小伙子，据说是英国留学生，长相酷似陈学冬。跟这样一个前途无量的花美男较量，除了比对方多两年的感情基础，井一压根看不见自己胜出的希望。换作他是颜笑，兴许毫不犹豫地选择可塑性更强的台湾男。井一并不了解，对于心性单纯的女孩来说，仅凭感情基础便敌得过一切。井一暗中与台湾花美男较量，越比较越焦灼，试探着问颜笑“除了闹事的，浅草吧是否也出现过别有用心的主”。颜笑不知他葫芦里卖的什么药，不假思索地摇头否认。被触怒的井一抛出一枚“深水炸弹”，咄咄逼人地追问：“那个送你玫瑰的色鬼难道不是别有用心？难怪你不肯搬回来。你闪躲是因为你心里有鬼，还是因为你自己根本就三心二意？”

“因为我内心坦荡！”到了这一刻，颜笑才真正领会井一连日来的“小动作”的动机与起因。被猜忌的感觉如同散落的针线包，绵密锐利的针尖密密麻麻地扎在颜笑心头，疼痛来得猝不及防，虽不犀利却让人缓不过劲来。颜笑之所以拒绝搬回去，是因为浅草吧每晚10点打烊后还有近一小时的清扫与结算工作，即使赶得上最后一班地铁，从城西到城东路程又要耗费一小时。

“就算你不在乎我路上辛苦，不心疼我每天赶夜路，难道你也不担心我的人身安全吗？”颜笑横眉切齿地反诘，胸口剧烈地起伏着，面颊因愤慨而泛起红潮，“至于那个人，他怎么想的我不管，在我眼里他就是一个客人！顶多是个熟客！每天进进出出好几拨客人，我有必要向你一一报备吗？还有，人家也是个正人君子，麻烦你用词尊重一点。”

“还说只是普通客人。你不了解人家，怎么知道他是正人君子？”

“懒得理你。胡搅蛮缠。”

“你这是强词夺理！”

“你就是小人之心！”

“别拿客人的名目糊弄我！每天那么多客人，个个都送你玫瑰吗？”

“你还别不信，送我花的客人真不少！”回想他因不信任自己而做出的试探与揣度，颜笑气急败坏还击道，“我不说就是因为知道你小心眼！再说了，如果我真动了别的心思，你拴得住我的脚，能拴住我的心吗？”

“那你就是承认自己动了心思了？”

“你……简直不可理喻！”

维持一段关系的和谐安稳，至少需要一方知进退。偶尔爆发的争执又或是针对不同事物的不同见解，并不会磨损感情，但抓着一件事不放孜孜不倦地起争端，则很容易侵损感情。道理就如同水滴石穿、绳锯木断，井一对台湾男事件锲而不舍的追究，磨光了颜笑的耐心，反倒教她越来越认清他的心胸。日后他再借题发挥时，颜笑索性不予理会，他对她莫须有的指责，她既不反驳也不气恼。井一投出的每一颗“石子”都沉入大海，他挥出的每一拳都像击中了棉花，得不到一星半点的回应。颜笑越不置可否，井一心中越没有底气。沉默最伤人。一个人恼你骂你和你争吵至少说明她在意你，反之，任你面红耳赤鸡飞狗跳，对方就是置若罔闻不接招，多半是因为不屑，甚至是不在乎。台湾男风波还未平息，浅草吧又接二连三地遭逢各种突发事件，颜笑现身的频率就更低了，井一像警犬一样嗅到了危险的信息，这才出此下策，想用婚姻绑架颜笑。风华正茂的女子，但凡有些追求与梦想，谁又甘心委身围城洗手做羹汤呢？颜笑的几次推托在井一看来，就是她另攀高枝的前兆，情急之下便瞒着她找来二老做说客。井一无度地挥霍着颜笑的耐心，终于，在他的步步紧逼下，她节节败退、逃之夭夭。

“浅草吧我会转让，但不会转给你安排的那个人。我这么做是为了我爸妈，不是为了你。”将父母支出去买水果后，颜笑收起资料，端正地递给井一，“从现在开始，我的事不需要你费心了。”

“你什么意思？”

“字面意思。”

“我也是为你好……”

“得。以后不需要了。”侧身望出窗外，晌午的阳光洒在颜笑半边脸上，影影绰绰地投映出一张清丽的剪影。憋闷数月的冤屈，此刻像海豚吐珠一般，从颜笑的口中逐字迸出，“井一，你为什么这么做，我们俩心照不宣。两年了，你口口声声说为我考虑做的每一个决定，其实都是为了你自己。你嫌我没时间陪你背着我把我工作辞了，又嫌我太缠身催我找事干，现在又因为不信任我布了这么大一盘棋，你扪心自问：你做这一切真是为了我好吗？”

“怎么不是呢？”颜笑吐出的每一个字，都踩中了他的七寸，井一扯出脖颈上的老筋申辩，却是那样力不从心。

“不，你不是。你想方设法让自己舒坦，却从来没考虑过我的感受。我既然能为你而来，我就不会跟别人走。”眼眶中洇出了雾气，喉头似有尾小鱼在游动，颜笑沉吟了一会儿，哽咽说道，“两年了，我一直受你情绪的左右，一直听你的安排，一直为你而活。因为爱你，我纵容你的摆布，可最后我得到了什么？没完没了的争吵，子虚乌有的猜忌，有恃无恐的强迫……我不想再这么憋屈地生活了，现在，我只想为自己活一次，可以吗？”

“我做事确实没有分寸，”颜笑侧脸上坚定的神情令井一意识到事态的严重，紧张地来回搓动手掌，呼吸急剧地试图挽救这段关系，“但我的出发点都是为了我们好。我这么做，完全是因为我爱你，非常爱你。”

“你根本不懂什么是爱。”颜笑扬了扬嘴角，一颗晶莹的泪珠沿着人中滑入口中，“真正的爱，是自由的爱。我爸妈再舍不得我，当初也送我上了火车。他们担心我担心得茶饭不思甚至生病，也没有要求我做任何事。不以爱的名义胁迫对方,这才是爱。而以爱绑架对方的不是爱,是残忍。”

双手在徒劳地抓着无形的空气,井一几番张开了口,遂又闭上了嘴。良久,颜笑回过身,凄楚地冲井一浅笑:“我爱你,是因为你是你。而你从来没有爱上过真正的我,所以你一直试图摆布我改造我。两年来,我一直顺着你的步伐在走,而你一直在修正我的脚步。你是我棋盘上的王,而我只是你棋局里的卒子,这就是我们本质上的差别。”

“颜笑,”沙哑低回地唤出这个名字,井一喉咙如火燎般焦灼,干哑得憋出两个字,此后无话。颜笑句句在理,使得他无从抵赖。

“放过彼此吧。”轻轻倾身走到井一面前,目光温婉地由发丝至足尖将他端详一遍,颜笑言轻意决地说出自己的决定,泪水连着分手请求一同迸出眼眶,“我不后悔为你而来,但我也没有信心再跟你走下去了。我深爱过你,也许现在仍然深爱着你,但我担心再这样纠缠下去,怨恨会吞噬掉爱意。我不想看见我们恶语相向针锋相对的那个局面,所以,我们就到此为止吧。”

比颜笑年长一轮的井一此前也有过几段感情经历,自然理解颜笑字里行间的感激与决绝。颜笑所惧怕的结局也正是井一所不愿看见的。有时候,一个戛然而止的省略号,远胜于一个千疮百孔的句号。因为懂得,所以慈悲。这一刻,井一不再是那个咄咄逼人的男友,而只是一个怜香惜玉的男人,一如他们初见时的模样。千言万语只融会成一个脉脉深情的眼神,沉思许久后,井一哑声说:“明白了。强扭的瓜不甜,我不逼你了。但是,我会等你。一直等。”

颜笑默默地送井一出了门,他道了一声“再见”,她回了一句“珍重”。

送别井一,颜笑失魂落魄地进了屋,后背贴着门板缓缓地滑落跌坐在地上,脸埋进膝头,无声地哭了起来。

敦煌山洞出土过一份唐朝的《放妻协议》,其中主要内容是“即以二心不同,难归一意,快会及诸亲,各还本道。解怨释结,更莫相憎。一别两宽，各生欢喜”。不适合的人勉强凑在一起，并不是幸福的起点，分手也并非幸福的终结。倘若两个人在一起结怨相憎，莫如分道而行各求欢喜。

颜笑哭了好一会儿，估摸父母该回来了，于是起身洗了把脸，用热毛巾敷了会儿肿胀如杏的眼睛，惆怅地倚门等待着。离开井一，转让浅草吧，深圳之于颜笑便真真是一座陌生寂寥的空城了。颜笑并不知道，前方有怎样的际遇恭候着自己，但她十分清楚，井一不会当真等她一辈子，就像她也不会用一生的光阴祭奠这段爱情。

如同世间大部分有始无终的爱情，他们终将会朝着自己理想的生活走去，遇见一个正当好的爱人，各自寻觅属于他们的欢喜……

4

接起陌生电话，辨别出对方的声音，夏汐惊讶地打趣：“几天不见，你怎么就换号码了？样子没变吧？”

“严肃点。”颜笑微微蹙眉，轻描淡写说，“分手了。我怕他打电话来，更怕他不打来，索性换个号码，从此相忘江湖。”

颜笑语气轻柔，语调平坦，但夏汐的心头却像被黄蜂蜇了一下，猝不及防地疼了起来。同为女人，夏汐谙悉那不痛不痒的陈述背后的隐痛。比无望更令人绝望的，叫作心存希望。恋人分了手，再见是痛，不见更痛。他来是错，不来也是错。曾经的亲密无间如同一道隐形伤口，被撕开以后，从前的爱与愁血淋淋地袒露在外，当事人只能不闻不问、各自疗愈……

颜笑嘴上说要夏汐帮忙收拾东西，夏汐赶到浅草吧时，颜笑面前已经摞着两个纸箱，立着一个鼓囊囊的编织袋。颜笑没有觉察到夏汐的存在，出神地望着眼下她唯一能带走的杂物发呆，三魂七魄丢了一半似的目光游离神情涣散。见她魂不守舍的模样，夏汐心头又是一紧，提了提气走过去，故作轻松地拍打颜笑肩头问："劳力在此。说吧，需要我干点什么？"

"能帮我找个地方存放这些东西吗？"脚尖蹭了一下面前的纸箱，颜笑仰起下巴，眼中泪光闪烁地轻声说，"他们要把这儿改造成中餐厅，这些东西都用不上了。我那儿堆不下了……"

地方放不下是假，怕自己触景伤情是真。夏汐心中有数，也不说破，轻轻一扬头，痛快答允："没问题！我保证不拿你一粒咖啡豆，不顺走你一只咖啡勺。"

"我巴不得你都拿走，"颜笑被夏汐一本正经的表情逗乐了，眉心渐渐舒展，继而幽幽地叹了一口气，"都拿光了才好。省得我看着闹心。"

颜笑终究没有接受井一的帮助，自己找了个财大气粗的本地人接手浅草吧。井一始终不够了解颜笑。继续经营咖啡清吧或是改成中餐厅，对颜笑而言，毫无分别。浅草吧从转让的那一刻开始，更与她再无关联。就像亲手将孩子送养出去的母亲，她纵有再多的不舍与牵挂，也法改变她丧失主权的现实。在梦想与亲情的角逐中，她做了梦想的逃兵。横竖都是要"遗弃"心爱的孩子，颜笑宁愿自己为它挑选"领养人"。如此，她便与井一互不相欠。如此，他们才可互不牵念。

一只脚迈出浅草吧大门，夏汐下意识地扭回身，惋惜地张望几眼。颜笑始终不曾停下脚步，背过手去拉住夏汐，急切地催促："别回头。我怕我一回头，就舍不得走了。"夏汐心中一怔，挽着颜笑疾步离开，情不自禁地哼唱起来："走吧走吧，人生难免经历苦痛挣扎；走吧走吧，为自己的心找一个家。"

二人拐出街区，驻足停在连草绿色浅草吧招牌都看不见的人行道上，颜笑渐渐收住脚，慢慢松开葱根一样冰凉白皙的五指，站在半米远的地方，聚精会神地凝视夏汐，如同欣赏一件华美的瓷器，看得夏汐心里直发毛。

“对不起，我不该唱这首歌。”

“你唱歌真好听。”颜笑没头没脑地回了这样一句，神情之恳切让夏汐回想起五年前自己第一次在欧阳昊面前开口唱歌，他也给了她同样的称赞，也是这番陶醉的眼神。那时候，夏汐模仿刘德华唱“筷(刽)子手”时，欧阳昊郑重其事地纠正她：“什么筷子手？还调羹手呢。”那时候，欧阳昊很爱听夏汐唱歌。一对小情侣经常混迹于五块钱唱一首的清唱吧，每次欧阳昊都要怂恿夏汐登台演唱，台下观众一鼓掌，他比她笑得还要灿烂。就像一个培养出优秀学生获奖时的启蒙老师，彼时的欧阳昊端详夏汐的眼神，自带一种与有荣焉的骄傲。那时候，他认定她是自己的女人，他们荣辱与共，她获得的欣赏中理应有一半是他的。不知从何时开始，夏汐故意在昊子面前高唱：“你就像一个筷子手把我出卖，我的心仿佛被刺刀狠狠地宰”，他却连眼皮都不抬一下，全然一副事不关己的淡漠。

“你是第二个真心夸我唱歌好听的人。”夏汐落寞地嗫嚅，似曾相识的一幕当真让她的心像被刺刀划过一般，火辣辣地淌着看不见的鲜血。不知道夏汐因何突然失落，颜笑善意地开解她：“那只能说明这世上的瞎子太多。”

“明明是聋子好不好？”夏汐撇嘴，“你用眼睛听歌啊？”

“谁不是呢？”

“你意思是我颜值不够，所以被忽略了歌喉？”

“好在你反应还不慢，哈哈哈哈哈哈……”

“你以为人人都跟你似的，跟二师兄一样，又笨又丑！”

两个人你一言我一语地嬉闹起来，夏汐突然想到了什么，清了清嗓子，话锋一转说：“对了，你还打算继续住这边吗？”

“怎么？”

“我家楼下有套单身公寓出租，面积虽然不大，家电全齐，拎包即住，你要不要考虑一下？”

颜笑本就计划妥善安排好父母后另寻住处，以免自己进进出出时路过浅草吧触景伤情。不想善解人意的夏汐先她一步提出建议，颜笑心中不由得一暖，迟疑说道：“我是打算搬家，但没计划这么快挪窝。房子大小无所谓，就我这体格，给块板子就够睡了。关键是房租，带家电的房子租金肯定不便宜吧？还了贷款我得先把开浅草吧前借的款都清了，而且我这边的房子还没到期，得先转租出去才能收回押金。”

“如果只是钱的问题，那你就不用犹豫了。”颜笑说得委婉，夏汐听得真切，知道她目前最大的顾虑和包袱都是一个钱字，于是爽快提出，“押金我先帮你垫付，生活上缺什么我先给你买，咱们住得近了，彼此也好有个照应。”

“你怎么对我那么好？”颜笑用黠笑掩饰内心的感动，挤眉弄眼地调侃，“说：你到底对我有什么企图？”

“哎哟，你的自信是淘宝上淘来的吧？就你这样的，我还真看不上。”夏汐坏笑回击，以报先前的一箭之仇。笑闹了好一会儿，夏汐凑近颜笑的耳朵，欲盖弥彰地悄声嘀咕，“实话告诉你，我不是对你好，我这是在放贷。”

荷西在世时总喜欢借钱给朋友，对此，三毛颇有微词。荷西意外身亡后，三毛孤身赴马德里处理他的身后事，得到了众多朋友的帮忙，她由衷地感慨：“原来这些情义都荷西生前放的贷。”夏汐一丝不苟地说完故事，颜笑定睛注视她好一会儿，一字一顿地说：“那，你可得好好活着。”

“怎么？”

“我可不想那么快还贷。”

“那我可得收你利息。”

“成交。反正有拖无欠。”

二人就这样捧着纸箱拖着编织袋，有说有笑地走了一路。一辆的士徐徐地停在她们面前时，两个人忽然沉静下来，彼此看上去都有些伤感。将纸箱和编织袋塞进后尾箱，夏汐抖抖肩，振作起精神，笑问颜笑："亲爱的，新生活开始了，你接下来有什么打算？"

"先好好陪我爸妈几天再说。"颜笑抬头看一眼一望无际的湛蓝天空，喑哑多时，方才愁眉苦脸地说，"反正岳阳我是回不去了。送他们回家以后我就真的是孤家寡人了。"

"胡扯！"夏汐一耸鼻子，气不过地狠狠瞪颜笑一眼问，"你不是还有我吗？"

"对，我还有你这个'贷主'。"将夏汐轻推上车，扬一扬手当作道别，颜笑打起精神调侃说，"赶紧走吧，照顾好我的东西啊！"

趴在窗边凝神望着那个孤清的身影越来越小越来越远，夏汐的视线渐渐模糊了。猫腰半躺在的士后座上，想起颜笑那句"反正岳阳我是回不去了"，夏汐低伏在皮革座椅上，莫名地难过起来。

5

雨说下就下。如同一个闹情绪的婴孩，没来由地哭个不停。夏汐出门时还是晴空万里，下了班却发现世界已经淹没在老天爷的泪海里。离公司最近的便利店在两个街区以外，雨势滂沱，即便跑过去买到伞，人也湿成注水肉了。夏汐权衡了一下，直接冲进地铁站，到埗后反手盖过头顶，淋着雨一溜烟跑到欧阳昊公司楼下，拨通了他的电话。

"对不起啊，我还在科技园开会呢。"接通电话好一会儿，欧阳昊才恍然大悟，"宝贝，真的对不起，我忘了今天约了你。下午一上班就到客户这边来了。"

黑压压的天空如同一块穿孔的幕布罩在夏汐脸上，连风带雨地漏进她心里。有那么几秒钟的时间，夏汐不敢相信自己的耳朵，一手捋着散乱的滴着水的长发，一手下意识地将听筒贴近耳根问："什么？你说什么？"

"我还在科技园客户这里，不知道什么时候能完事。"喉结微微下挫，欧阳昊歉疚地喏喏请示，"要不，你先回家，改天我们再去看电影。"

大雨倾盆，他竟想不起过问一句她是否记得带伞又是否湿了身。过去，知道夏汐粗心，欧阳昊每天都会在她出门前发信息提醒她检查是否带了钱包、钥匙和雨伞。他记得她该更换隐形眼镜的时间，总是早早替她备好博士伦的"里程"并提醒她："你的隐形眼镜该换了啊，戴久了对眼睛不好。"他知道她过马路爱闯红灯，于是不厌其烦地叮嘱她："千万别跟汽车抢道，你不差那一分半秒。"就连她的生理期他都尽在掌握，到时候便像个碎嘴老太太似的叨咕她："少吃辣，少吃冰，不然肚子疼谁也替不了你。"就因为他事无巨细的关怀，相恋第一年的纪念日，夏汐为欧阳昊写了首情歌，"一个人过马路，对面的绿灯在闪耀，你仿佛在催促，快跑快跑，绿灯要变了不得了。一个人过马路，不远处有人卖香蕉，你依稀在微笑，做我的香蕉，一生不变最爱的味道。呜……车水马龙的路上，呜……人来人往的路上，我的世界，我只看到你。"以往，邪魅狂狷只是欧阳昊给自己刷的一层保护色，看上去漫不经心的他，从不吝啬为夏汐贡献关爱。但不知从何时开始，他的提醒渐渐稀疏，叮咛渐渐式微，每晚临睡前道的那句"爱你"也成了复读机式的机械语言。他们因计算机结缘，日久岁深，他开始埋怨她胡乱下载程序总让自己收拾烂摊子。世间所有的变化都有迹可循，人们本能地回避伤害，但往往伤得更重。比如此刻，欧阳昊将一周前的电影约定忘到了九霄云外，甚至忘了给夏汐一句关心和问候。

欧阳昊还在费力地以工作做推搪，夏汐直接挂断电话，心有不忿地睥睨写字楼大堂的保安，双手下意识地抱在濡湿的胸前，清傲的目光仿佛在对他宣示："看什么看！我又不是被人遗忘在角落的咸菜！"

头也不回地走进扬起烟雾的水帘之中，夏汐拨通颜笑的手机，干脆利落地问："你什么时候出发？算上我一个。"

两天前，颜笑将父母送上开往岳阳的火车后，决定给自己的心情放一个假，并邀请夏汐同游丽江。当其时，夏汐不假思索地摇头摆手，这才过去不到40小时，她急转180度的态度不由得令颜笑咂嘴："奇怪，今天连太阳都没露面，你怎么判若两人？"

"不想在深圳待了。待腻了。"夏汐鼓着腮帮在雨中慢步而行，说不清是和谁在赌气，听任密集的雨珠弹药似的射向她。早晨出门前着力画的弧形眉已被雨水冲刷成原本的模样，脱落的妆容和倒立的八字眉，使夏汐看上去活脱一个京剧中的丑旦。

"你可想清楚了，我一会儿就订票，争取后天动身。"

"有什么可想的？不就是一场说走就走的旅行吗？明天一早我就请假。"

说走就走的旅行，被大多数人供上了神坛，仿佛那是一个多么超然的行为。其实走不了的人，多半受羁绊所累。拔腿就走的人，也不过是心中了无牵挂。仅此而已。

晚上欧阳昊来电话说买好了后日的《哈利波特与阿兹卡班的囚徒》电影票，并表示这次绝不失约。欧阳昊为自己今日的疏忽找了许多理由开脱，却由始至终不曾过问夏汐一句："雨下得那么突然，你带伞了吗？雨那么大，你怎么回的家？"

夏汐手捧姜汤，耳机夹在颈间，裹在被子里的身体感受到他带来的寒流侵袭，心里对他的怨念又多了几分。冷笑着聆听欧阳昊一个人的独白，直到冷场，夏汐这才不动声色地结案说道："去不了。后天我已经在昆明了。"

"出差吗？"欧阳昊一愣，错愕地问。

"旅行。"稍作停顿，夏汐不怀好意地反问，"对你来说：有区别吗？"

"……"

"你反正没空陪我去。就算我在深圳，你也没时间搭理我。所以，我在哪儿，因何而去，对你来说毫无分别。”

“……”

外表高冷狂傲人，往往色厉内荏，比如欧阳昊，既不屑于拌嘴也不善于争吵。对话再次陷入越来越频繁的沉寂之中。欧阳昊的沉默是不知道如何打破僵局，而夏汐的无语是因为她不想就此和解。在他们之间，夏汐总是掌握着修好的主动权。饶是如此，她也有厌倦的一天。就像一个每天背LV日日喝燕窝的白富美，迟早对这奢靡的生活感到无聊。有一次二人结束历时五天的冷战后，一见面，欧阳昊便扑上前去从身后搂紧夏汐，在她耳边低语：“你呀，你就是颗难以融化的糖果。看着甜，吃到嘴里才知道心有多硬！”就好比此刻，倘若夏汐道出被雨浇湿的真相，又或是撒个娇卖个萌嗔怪他几句，给他一个台阶道歉哄哄她，二人便能重归于好。可夏汐就是不愿向欧阳昊讨这份怜爱。她想要的爱，是像父亲和兄长一样打断骨头连着筋的爱，是他自发自愿主动的关心，而不是经她敲打后被动的赠送。

就算我是一颗大白兔奶糖，长期被弃置在冷冻柜里，你要我怎么不融化？夏汐悻悻地琢磨着，懒懒地说了句：“不早了。我挂了。”

6

莺飞草长的盛夏，却赶上了丽江的雨季。虽是西南的七月，一旦细雨绵绵，凉意便顺着发根钻入头皮，渗入背脊梁骨，教人不由自主地直打哆嗦。出发前，夏汐兴致勃勃地买了两顶同款不同色的遮阳帽，不料完全派不上用场。多亏了夏岚心思周全，偷偷往夏汐的行李箱里塞了件春秋款的薄外套，一路上，夏汐与颜笑两个人你推我让地达成约定，两个人值岗似的轮换着一人一天穿上它，这才适当地避免了风寒的侵扰。余下的时间里，二人将行李箱里的短袖T恤与衬衫，左一层右一层地裹在身上取暖，吉卜赛流浪者似的打扮，惹得不少游客侧目张望。

夏汐第一次出远门，母亲放心不下，辗转搭了几层关系找了个昆明的朋友招待她们。将二人的吃住游玩安排妥当后，负责接待的人还替她们买好了昆明开往丽江的大巴车票。品尝着著名的汽锅鸡、烤饵块、红烧鸡枞、过桥米线，颜笑啧啧称赞："还说你妈对你严格，这都多慈爱了，隔着这么远还给你弄这么多好吃的！"

"那对呗。"夏汐一五一十地说出自己的身世，欣慰地说道，"这几年我也渐渐体会到她的用心良苦，她对我严加管教，也是出于爱之深责之切。虽然她从没亲口承认过我是收养的，我也没向她求证过。其实，也不需要求证。"

"所以呀，爱这东西，跟血缘没有绝对的关系。"颜笑频频首肯，嘴里塞满了美食囫囵轻语，"古话说得好。'亲，至也。亲，近也。'但凡发自真心的爱和付出，那就是亲的。是不是一脉相承，都改变不了她爱你的事实。"

话落至此，二人默契地摸出手机，各自给家人报了个平安。结束通话后，二人会心一笑，夏汐露出狡黠的笑容，眼角上挑地问颜笑："那你呢？"

"我什么？"

"你是我亲朋友吗？"

"游山玩水这等好事我都捎上你了，你说呢？"

饶是亲密无间，也总有相互磕绊的时候。晚上回到酒店，颜笑换好睡衣正吹着头发，只听得洗手间内夏汐的惊叫："天哪！你怎么把内衣裤挂在厕所里！"

"巴掌大的地方，不晾这儿晾哪儿？"颜笑继续卷着发尾，镇定自若地反问。

"你不是有洁癖吗?"

"对呀,所以必须每天勤换内衣啊。"

"厕所味道这么大,你就不怕沾上味?"

"这底下在修路,晾窗外边灰尘更大。"

"而且,你怎么能把耳环放洗手盆上?金属沾了水会生锈,锈斑又会弄脏白瓷。这样放一晚上,洗手盆上的锈迹就洗不掉了。"

愤然掷下风筒,趿拉着一次性拖鞋,颜笑不情不愿地冲进洗手间,卷走内衣和耳环,气呼呼地嘟哝:"吹个头都不安生。你是处女座派来折磨我的事儿姐吧?"

夏汐板脸看着她收拾,轻声嘲讽:"就你这生活习惯,还好意思嫌弃别人不讲卫生。"

同游第一天,生活细节的小差异在两个人心中投下一道浅浅的阴影。接下来的几天,二人虽努力迎合对方的生活习惯,却免不了碰上需要磨合的小问题。晴一阵雨一阵地游了几天昆明,最后一站是位于滇池度假区的民族村。观看歌舞表演时,服务人员端上琳琅满目的茶盘,娓娓而谈:"这是白族的'三道茶',意味着一苦二甜三回味的人生。"呷一口第一道茶,灌喉的苦涩使得颜笑浑身一激灵,斜眼偷看夏汐,见她也正五官收缩地咂巴嘴,颜笑登时乐了,示弱地说:"算了,我原谅你了。"

夏汐不语,满脸写着问号。颜笑因而笑得更开怀了:"毕竟认识时间不长,我们也正处在'一苦'的磨合阶段,挺过去了,总会熬出甜来的。"

"切。"夏汐嗤鼻,眼睛却弯成下弦月,"好像谁不能吃苦一样。不就是你总忘关灯总爱迟到的坏毛病吗?我忍你!"

"那你发牢骚和尖酸刻薄时,我也让着你。"

二人笑成一团,心中郁结一哄而散。

昆明通往丽江的路上,淅淅沥沥的雨点敲窗。大巴靠边休息时,夏汐跟随几个陌生的游客,冒雨跑到附近土坡上临时搭建的"公厕"方便。解决完毕，夏汐被两个腰圆膀粗的村妇迎头堵住，向她追讨如厕费。夏汐没带钱，好说歹说对方也不动容，死死攥住她的袖口不放人。夏汐深知，以自己的体格别说以一敌二，就是一对一也难挣脱。武力解决不了，对方又油盐不进，心里还担心大巴到点就发动，夏汐又急又气挤了挤眼睛差点掉下金豆子。危急之际，颜笑及时出现了。事后，据夏汐的描述，手举着雨伞在雨雾中渐行渐近的颜笑，形象高大如女超人琳达。

横扫一眼村妇扣押的专业手势，颜笑立刻明白过来。从包里翻出两块钱伸了过去，威而不怒地说："松开她。拿去，不用找了。"

"凭什么呀？"二人跑开好一段路，夏汐才缓过神来，脚下的步子越迈越快，怫然不悦地碎碎念叨，"她们搭了两块砖头，就勒索我一块钱，这不是强盗行为吗？你还白送她们一块，凭什么呀？你这是助纣为虐你懂吗？"

自己的一番好意又招来抱怨，颜笑刚要发作，想到自己在民族村的承诺，便又按捺住火气，循循善诱说："出门在外别太逞强。毕竟这是人家的地盘。能息事宁人就别火上浇油。"

颜笑言之有理，夏汐纵有不甘，也只能咕哝几句，老老实实地随她上了车。二人坐定，颜笑忽然偏过脸去克制地嬉笑几声，继而肩膀抽动地哈哈大笑起来。

"对不起。我越想越好笑。我只是想去给你送个伞，没想到还赶上给你交'赎金'了。哈哈哈哈哈哈……"

"喂！还想不想继续做朋友了？"夏汐嗔问，自己也没能敛住笑，瞬间笑得花枝乱颤，"真的，幸亏你来了。不然我真要让一块钱给憋死，丢不丢人！"

"喂，以后我不在，你可别轻举妄动。"笑声渐息，抬肘轻撞夏汐手臂，颜笑忧心忡忡地叮嘱，"收收你的犟脾气。没我给你撑腰，别随便跟别人起冲突。听见没有！"

"听见啦。我欠你一块钱的情。"

"明明是两块。"

"那一块是你自愿给的小费,不能算我账上。"

"小气鬼!"

"假大方!"

二人侧身,乜眼互相较量着,目光交会的一霎,谁也绷不住笑,便又嘻嘻哈哈地笑作一团。

7

这些年来的过度开发,导致丽江古城过于商业。无论走在哪一条青石板路上,无不是人声鼎沸车马喧嚣。夏汐与颜笑商量后决定入住五公里外的束河古镇。二人在镇口的石碑旁合影,凉嗖嗖的雨点打在脖后,夏汐不由自主地缩了缩脖子。走进古镇,颜笑并不急于寻找客栈,而是在巷首的小店里买了两条扎染围巾,顺势将玫红色围巾在脖子上绕了两圈,信手将靛蓝色那条递给夏汐说:"喏,这颜色跟你的刘海简直绝配。"

"那就再买件蓝袍子凑成一套蓝精灵装好了。"夏汐讪笑着指了指挂在横架上一件伦敦蓝的改良版薄罗长袍,示意店主:"拿一件我试试行吗?"

"你穿大码吧?"仔细端详着被好几件短袖T恤包裹成粽子一样的夏汐,店主迟疑地询问,"我这儿最大号只有中码,中码你能穿吗?"

"我穿小码的。"夏汐回答得斩钉截铁,面上稍有不悦,冷眉等待着。

"要不,你先试试中码吧?"店主翻出印着"M"符号的长袍,伸手递了过去，执意劝说夏汐，“这种袍子需要宽松一点才能穿出味道。”

霎时间，被母亲勒令脱下芬迪T恤的折辱感又涌上心头，颜笑的叮咛瞬间被忘到九霄云外。夏汐拧眉，怒视细胳膊细腿的店主，一板一眼地问：“把小码拿来，我要是能穿上，你就把中码的吃掉，可以吗？”

“她开玩笑的。”正翻看架上衣服的颜笑急忙打圆场，惊呆地瞪着夏汐，缓步走向她，在她耳畔咬牙低语：“你干什么！我可不想一来就挨揍。”

“最痛恨这种以貌取人的俗人！”躲开颜笑眼中的两团火光，夏汐小声地愤愤道，“我难道不比她了解自己的身材？凭什么她非逼我穿中码？我长了张穿中码的脸吗？”

“受不了你。不喜欢可以走，犯不着惹恼她。”匆忙付了围巾款，颜笑展开双手夹住夏汐前臂，不由分说地将她架出店外，哭笑不得地嗔怪，“你说说你，芝麻绿豆大的事情都要跟人家干架。就算我练过空手道，也经不住你没事找事吧？再说：老虎还有打盹的时候呢，女保镖难道没有休假的机会？”

“你真练过啊？”

“没有。”

“那你还说要保护我。”

“我确实不会花拳绣腿。”夏汐一脸正襟危坐的严肃，颜笑克制不住地笑出声来，“不过，如果你非要跟人干仗，那我只能为你拼命啦。”

饶是朋友间的谈趣，颜笑这一番调侃，还是让夏汐像喝了一碗红糖姜水似的心中又甜又暖，没正形地撇嘴还击：“我也就是跟人打打嘴仗，不像你，上来就要找人拼命，还说我是好战分子。”

二人漫不经心地谈笑着穿行青石板巷，夏汐有一茬没一茬地与颜笑说着话，不时翻看手机又悻悻地放下。颜笑问夏汐是否在等电话，她心不在焉地否定，手上的动作却说了谎。

“想人家了就主动打个电话呗。”颜笑这才理解夏汐一路上像刺猬一样的易怒，原来都是在借题发挥。她真正想“对阵”的那个人，却始终不曾现身。

“我不打。”夏汐说得坚决，神情却郁郁寡欢。

“不打就别想。想他就找他。”右手搭在夏汐肩膀上，颜笑语重心长地劝慰，“直线是两点之间最短的距离。同样，简单直接的关系也是两个人之间最近的距离。把简单的问题复杂化，既为难别人又为难自己，何苦？”

似乎被颜笑说服了，夏汐扭扭捏捏地给欧阳昊发了条短信，却迟迟收不到回音。热锅上的蚂蚁似的握着手机团团乱转着，一种输了人又输了阵的屈辱感攫住了夏汐，不由得嘟嘴埋怨起颜笑来，“都是你。我就说不该主动吧。这下子，我把天梯端过去了，人家都不跟下台阶，丢不丢脸？”

“你可真纠结。”颜笑灵巧地闪身从背后蹿出，一把夺下夏汐的手机，大大咧咧地说，“想弄清状况，打个电话不行吗？你不打我打，反正我脸皮比你厚。”说话间，颜笑已迅速找到欧阳昊的号码拨了出去，听筒里却传来机械的播报：“您所拨打的用户已关机，请稍后再拨。”

“瞧，事情根本不是你想的那样。人家关着机，怎么回你消息？”

堵在嗓子眼的一股怒气将消，一颗心旋即又悬吊在喉咙，夏汐一脸惊讶地瞪着颜笑，良久，匪夷所思地问：“他为什么要关机？”

“问我啊？”颜笑举高双手作投降状，费解地反诘，“你都不知道我怎么可能晓得？”

“不想联系拉倒。”意识到自己的失态，夏汐正了正身姿，关掉手机，天鹅一样骄傲地抻高脖子仰起头，违心地嘀咕，“以为谁离了他活不好似的，谁稀罕呀。”

一个失联的电话，扰了两个人的情绪。好长一段时间，夏汐与颜笑低头不语，眼里只有脚下潮湿得长藓的青石板砖。静默地慢行到“束缘居”门口，颜笑伸头探望，但见满园的向日葵迎风摇摆，宛如一排排一行行无忧无虑的灿烂笑脸。

“就住这儿吧？”颜笑回头莞尔，眼里漾出期待，看似征求意见，夏汐未置可否，颜笑的脚步已听从内心的召唤迈过门槛，倾身往园内走去。猫腰蹲在一株向日葵下，辨认真伪一般探出两指轻轻拂过向日葵的根茎，颜笑欣喜地招呼夏汐："快来看，这花是真的！这些向日葵开得多好啊！你想象一下，每天我们一回来，就能看见那么多张笑脸，心情得多愉快呀。"

"幼稚。"夏汐轻嗤，绷紧的五官却渐渐松弛下来。

刚在客栈一层角落的里屋安顿好，蜂鸣似的手机铃声奏出悦耳的曲调。夏汐瞠目结舌地愣在原地，满面疑惑地望向颜笑："我不是关机了吗？""赶紧接呀。先接了再说。"颜笑慌忙帮夏汐找到电话，摁下通话键塞到她手中，压低嗓子，心急意迫地在她耳边催促，"我趁你不注意开的机。给人定罪也总得先搜集罪证不是？有话好好说啊，别让矛盾继续恶化。"

"我刚到大连。"周水子国际机场清亮的航班广播，为欧阳昊的行踪做了最好的证明，"原本这边有个项目安排我考察，我本想推掉陪陪你，既然你不在深圳，我就亲自跑一趟。"

"借口！我都出来四天了，为什么不找我？"听见欧阳昊身后字正腔圆的机场广播，夏汐盘旋多时的一颗心终于着陆，情绪得到了安抚，言语间仍不依不饶道，"明知道我第一次出远门，你也不闻不问，真够冷血的。"

"我打过好多电话，你一直关机。"摩肩接踵的旅客从四面八方涌向候机厅出口，欧阳昊双腿夹住行李箱，一手挡住话筒屏蔽嘈杂，疲惫的声音极力解释说，"我往你家打过电话，知道你平安就放心了。我以为你还在生气不想接我电话，所以想着先让你冷静几天消消气。"

"你惹我生的气，你不来灭火，我这气怎么消？"夏汐这才想起来，因为航班晚点，飞抵昆明当天，她一直忘了开机，以至于欧阳昊一直联系不上她。纵然如此，夏汐仍无法原谅欧阳昊连日来的冷落，心中耿耿于怀于是眼中便有了潮气，"你以前不是这样的。你现在越来越不在乎我了……"

“怎么会不在乎呢？别胡思乱想了啊。”欧阳昊急匆匆地安抚两句，及时制止了夏汐的埋怨，“先不说了，人家来接我了。”

相互叮嘱了几句，夏汐恋恋不舍地挂了电话。转过头，发现颜笑正满心忧虑地注视着她，唉声叹气说：“唉，姐姐，你这样任性是不行的。”

“你不了解情况，他以前……”

“你也会说是‘以前’。时过境迁，你还指望人家一成不变吗？”颜笑将削好皮的苹果递给夏汐，语重心长地说，“我们可以包容一个婴儿在公车上哭闹，也可以容忍一个小孩在花圃里尿尿，但你能接受一个成年人做这些事吗？以前可以耍的性子，随着年龄增长就是不得体的错误。”

夏汐撇嘴，心里明白颜笑的话外音，嘴上却胡搅蛮缠地辩解：“我又没在公车上哭没在花圃里尿。”

“我是想告诉你，撒娇可以，但是得有度。人不能一味放纵自己，因为谁都受不了一个长不大的孩子。”咬下一口苹果，颜笑摇头叹气道，“别拿任性当个性。这世上除了亲生父母，谁都不可能一辈子惯着你。”

“我爹妈可没惯着我……”

颜笑意识到自己失言，歉意地抬起手呼向唇边自行“掌嘴”，苦口婆心地劝说夏汐：“你想啊，生身父母都做不到的事情，怎么能苛求一个原本毫无关联的人呢？被善待是一种福分，要惜福不要强求。因为谁对我们好，都不是义务。”

“那你呢？”夏汐将苹果啃得只剩下果核，正要找东西擦手，那边厢，颜笑已递来纸巾，夏汐若有所思地问，“你为什么对我好？”

“因为你是深圳第二个对我见义勇为的好人。”

“其实我那天帮你，完全是在帮我自己。”夏汐如实相告。因为父亲的空缺，夏汐时常遭到同龄孩子的欺负，母亲的强势又使她怯于求助。那一天，当颜笑被一群来势汹汹的家长声讨时，夏汐在她的脸上看到了自己童年时期的孤立无援。

“小时候我不敢反抗，只能偷偷躲在被子里哭。现在，我有能力保护自己了,所以我不允许以多欺少仗势欺人的恶行在我眼皮下发生。”

“得了吧。连两个村妇都搞不定,你还想拯救众生?”想象着十多年前一个瘦小女孩在校园霸凌中水深火热的日子,颜笑心头不由得一紧,虽然故作轻松地嘲谑夏汐,脸上的神情却越来越严肃,“放心吧,有我在,以后谁也不能欺负你。”

“拜托,明明是我保护你好吧?”夏汐奚弄道,眼眶却渐渐湿润了。

“没有我,你现在还困在砖头公厕里呢。”

“那也是我们互相保护,我也不是好欺负的。”

“行,说好了,”颜笑找出新买的米酒,从电视柜下摸出两个茶杯斟满酒,煞有介事地将酒杯举过头顶,信誓旦旦说,“以后我们肝胆相照,守望相助。”

“一言为定。”

“一诺千金。”

豪情万丈地碰了杯干掉酒,夏汐举着空杯,陡然神色突变,惊恐万状地责问颜笑:“喂,你没洗杯子吧?”

颜笑倒地捶足,夸张地演绎着懊恼:“我后悔了。我不想跟你肝胆相照了……”

第三章

爱若变难堪就要放

L·O·V·E

1

客栈的主人是一对中年夫妻。家中两个孩子先后去了北京和上海求学，夫妻二人便把家园改造了一下，申请经营民宿客栈。取名“束缘居”意味在束河结缘，也有随缘随喜之意。招揽生意是其次，主要是院子里人来人往添些生气，两口子便不那么寂寞。叫海燕的女孩与颜笑年龄相仿，她是客栈里唯一的服务生，也是客栈主人的远房亲戚。夫妻二人将表侄女接到城里来帮忙，主要是为了让这个打小在田地里生活的女孩增长些见识。海燕在“束缘居”工作了大半年，视野开阔了，心眼也跟着活泛了。见夏汐与颜笑总是早出晚归，借着提供早餐的工夫，海燕将豆浆和油条粑粑搁在圆桌上，扭脸朝铺满向日葵的院子环顾一周，转动着眼珠轻声耳语道：“楼上有个男游客总是打听你们的消息，你们要留神哦。”

海燕手脚并用地绘声绘色道：“那人总问我你们从哪里来，做什么工作的，要在束河待多久。也不知道他安的什么心。不过，”海燕挤眉弄眼地眨巴眼睛，如同一个扶了老奶奶过马路后立刻向老师禀报的小学生，喜不自胜地邀功道，“我可没告诉他。”

“干得漂亮！”颜笑竖起拇指，及时给海燕以鼓励，顺手递给她一根油条作为奖赏，胸有成竹地表示，“放心吧，我们有的是办法对付色狼。”

话虽如此。难得天公作美，遮阳帽终于派上了用场。夏汐与颜笑向海燕借了两双袖套，带着SPF50^{+}的高倍防晒霜，从头发武装到脚趾。在丽江古城租了两辆单车，一路向北，沿着姹紫嫣红的乡音小道，停停走走，有说有笑地骑回束河古镇。靠着墙根泊稳了单车，低头研究自己晒得通红，红得发烫，烫得隐隐作痛的手背，夏汐大惊小怪地呼叫海燕："海燕海燕你快帮我看看，我的手是不是晒熟了？"

海燕人也实在，一面打扫院子里的落叶，侧目扫了一眼夏汐的手背，频频点头说："是的咧，估计明天就要脱皮。"

"明天？"颜笑冷不丁伸出晒伤的手，举在猛烈的阳光下，烤羊腿似的转动着，啼笑皆非道，"看见没？我的手已经有几道裂纹了。"

"什么冰冻三尺非一日之寒！全是骗人的！"看看颜笑手上的"丘陵"，再仔细检阅自己的伤情，夏汐闷闷不乐地说："原来晒出高原红，只需要半天工夫！"

"我说让你们买副手套戴嘛，"海燕支好扫帚，不紧不慢地"补刀"说，"你还说你有秘密武器，不怕。"

"现在知道中午的太阳有多毒了吧？"颜笑朝海燕使了个眼色，不怀好意地戏弄夏汐，"不听美人言，吃亏在眼前。你就等着毁容吧。"

"啊！我脸也晒伤了？"夏汐惊恐地捂住脸颊，拔腿就往房间里跑，身后留下一串银铃般的笑声。旋即，意识到自己被耍了，夏汐折回身，拖张椅子找了个阴凉的地方坐下，没好气地说，"毁就毁了。反正你比我漂亮，你都不怕毁容，我怕什么？"

三个女人在院子里谈天说笑的动静惊醒了二楼宿醉的男游客，顶着一头杂草垛一样的头发，从围栏上探出半个脑袋，睡眼惺忪地问："美女，你们是哪里人啊？"

三个女人面面相觑，谁也不接腔。海燕眨巴着眼睛暗示："就是他！"

夏汐心里一咯噔，再看颜笑，也是一副严阵以待的紧张相。

出师不利碰了钉子，男游客仍不死心，兀自干笑几声，嘴角快要咧到耳后，声如洪钟地继续套着近乎："束河那么多的客栈，我们能在这里碰到就是缘分。既然是有缘人，不妨交个朋友，对不对？"

"对个屁！"颜笑做了个鬼脸，用唇语啐了一句，起身挑眉挤眼地示意夏汐撤回房间。“这就是你对付色狼的办法？”夏汐暗笑，也不甘人后地抽出椅子，准备走人。

“美女，别走啊，别辜负这么好的阳光嘛。”见势头不对，男游客也顾不上自己的形象，说话间已飞身从二楼大步蹿到她们面前，拦住二人的退路，觍脸挽留：“反正也没什么事，咱们聊聊好不好？”

夏汐正要破口大骂，颜笑忽然一把揽过她的腰，扭捏作态地柔声唤道：“亲爱的，来，抱抱。”

被颜笑突如其来的柔媚吓破了胆，夏汐的鸡皮疙瘩瞬间抖落一地，情不自禁地“噫”了一声，深深地锁紧眉头，愕然地瞪着颜笑。夏汐不配合，颜笑反而将她搂得更紧实，贴着她耳根窃窃私语：“又不是真的。装你都不会？真想被他调戏啊？”

“这就是你对付色狼的高招？”夏汐嘟哝着靠向颜笑，生硬地轻轻抱住她，脸贴在她脑后，吐枣核似的一个字一个字地往外蹦：“亲爱的，我爱你哟。”

见状，男游客忍俊不禁地连连摆手说：“误会。你们误会我了。”从睡裤里掏出烟，向海燕借了个打火机，男游客和颜悦色地解释，“我听老板说你们是广东来的，正好我打算去那边打工，所以想找你们打听一下那边的收入水平和生活成本。”

“早说呀。”就像她猝不及防地搂住夏汐一样迅猛，颜笑又猝不及防地松开夏汐，抬腿往一侧蹴开半米远，“一大男人，光明磊落一点不行吗？还以为你打什么坏主意呢。”

“对对对，怪我没说清楚。”男游客赔着小心，拉过椅子稳稳当当地坐下，饶有兴致地打听，“你们都是做什么工作的？一个月多少工资啊？”

“关你什么事！”许久没有吱声的夏汐这时候反应过来，瞟着那张灰鸽色中年屌丝的脸庞，不耐烦地翻起眼皮露出杏仁般的眼白，恶狠狠地说，“就不告诉你！讨厌！”

莫名其妙地被夏汐拽回屋里，颜笑还没回过神来，就挨了一通数落:“你说说你,人生地不熟的,一点防备心都没有。”

眼圆如珠,颜笑一脸无辜地反问:“我又怎么啦?”

“他说他不是别有用心你就相信啊?你了解他吗?真打算告诉他实情啊?万一他跑到深圳来缠着咱们怎么办?万一他动了歪心打劫我们怎么办?万一他趁我们不在偷我们东西怎么办?万一……”

“哎哟我的亲姐姐,哪有那么多万一呀。”

“不是你说的吗,出门在外,不怕一万,就怕万一。”

“好好好,就算他是万一,我们俩还斗不过他一个啊?那不是还有海燕吗?再说,我也没打算跟他说实话,就是想挤对挤对他。”

“还说呢。你打算怎么跟人斗?文斗、武斗还是智斗啊?”回想起颜笑灵机一动的那一出“好戏”,夏汐哭笑不得地嗔怨,“就你装拉拉的那戏码,傻子都能看穿。还以为你的办法多高明呢。”

“我也是病急乱投医嘛,”颜笑不服输地梗脖争辩,“他冷不丁就堵在我们面前,我脑子一片空白,能想出招就不错了。”

二人正说着,酒意未消的男游客拍门追问:“美女,我真不是坏人。出来一下,跟我说说情况成不成?”

“看吧,我就知道他没安好心。”夏汐跳到窗前,隔窗扯开嗓子高喊:“海燕,快报警,让警察叔叔来抓流氓!”

“谁流氓?你才流氓呢!”酒精扰乱了他的中枢神经,男游客并未意识到自己此刻目露凶相,拍打门板的手掌愈加用力,“别敬酒不吃吃罚酒,赶紧给我开门把话说清楚!”

“滚开!”说时迟那时快,没等夏汐反应过来,颜笑已拉开门缝攥着一把水果刀,刀面朝前举在缝隙间,面无惧色地呵斥,“滚!给我滚远一点!”

男游客和夏汐同时被震住了,本能地往后退了几步,消停有半分钟,又不死心地蹲到门边,躲开水果刀,露出半张脸邪笑说:“暴脾气,我喜欢。反正大爷有时间,今天就陪你们耍耍。”

“来吧,反正刀子不长眼睛,谁怕谁呀!”夏汐推过茶几抵住门,颜笑毫不示弱地在门缝中上下挥动着水果刀，与他僵持到客栈老板和古镇保卫赶来。男游客被带走后，颜笑这才放下刀，虚脱地跌坐在抵门的茶几上，精疲力竭地说：“我说过我有办法保护你吧？”

“嗯。”夏汐垂头沉吟，如鲠在喉，惊魂未定地嘱咐，“下次别那么拼了。你也说刀子不长眼睛，万一伤着自己怎么办。”

“还有下次？”双眼皮睁成了单眼皮，颜笑惊慌说道，“你盼我们点好行不行？不会那么点背总碰上疯子吧？”

“也是。”夏汐窃笑，成竹在胸地说，“有你在，疯子都要绕道走。”

2

几杯酽茶下肚，经历一番盘问后，男游客彻底醒了酒。受了一通教育后，男游客灰溜溜地回到客栈，站在怒放的向日葵园中眺望一层角落里的客房，逡巡不前。夏汐与颜笑勾着手出来觅食，走进院落抬眼便撞见了那个手足无措的男人。三个人不约而同地打了个冷怔，男游客嘴角翕动，堆出干巴巴的笑容，困窘地搭讪说：“二位，真是抱歉，昨晚喝大了，但我真的没有恶意。”

夏汐打了个冷鼻，高高地扬起下巴，鼻孔朝天地从他身边路过。相较于夏汐外放的激烈反感，颜笑不动声色的平静反倒更叫男游客忐忑。这个看上去冷静的小姑娘，心里住了一只训练有术的猛虎，稍有不慎便会扑击而出，不惜两败俱伤也绝不给对手留一线生机。二人吃过晚饭回来，海燕告诉她们，男游客退了房，留言说请她们原谅他醉酒后的鲁莽。

"算他识相。"夏汐嘴不饶人,如释重负的神色却露了怯。颜笑没有发表看法,目光凛凛地瞟一眼那人倚过的矮墙,森森地冷笑了一下。

听说二人次日要上玉龙雪山,海燕建议她们骑马上山走一走茶马古道,再坐缆车下山:"这样,可以看到不同的风景,而且你们在大城市里也没多少机会骑马不是?"

翌日清晨,扒了几口米线,两人兴高采烈地迎着朝露赶往玉水寨。出租车在海拔2400米的路面飞驰,夏汐顿感头晕目眩呼吸困难。听取了司机的建议,下了车,二人先花五十块钱买了瓶便携氧气背在肩上。租好防风衣,各自挑了双手套,颜笑选中一匹5岁的雄壮的大白马,夏汐则相中一头皮毛油亮年仅一岁的褐色小马。行山经验丰富的白马打前站,牵马的纳西汉子寡言少语,憨笑时黧黑的面孔亮出两排百合色的板牙。四个人两匹马晃晃悠悠地上了山,不多时,豆大的雨点稀稀拉拉地落了下来。适逢雨季,原本山路四处泥泞,再一落雨,埋伏在山道中的稀泥潭更教马儿寸步难行。四个人两匹马在望坝台稍事休息,马儿嚼着草,马夫喝着暖身酒,夏汐扶住颜笑肩头,腿肚子依旧回来打转。雨中的丽江,像是做雾化治疗一般笼罩在漫天的烟霭中,从望坝台俯眺,依稀可见城内阡陌纵横,但又难辨东西南北或新城旧镇。再往上,便是美如画卷的高原湖,但上山的路更加崎岖蜿蜒,陡峭凶险。

"颜笑,把氧气给我吸两口吧。"脸枕在颜笑圆润的肩胛窝上,夏汐心有余悸地央求,"刚才被惊着了,高原反应都给吓出来了。"

"不行。"颜笑一扭肩,躲开夏汐,反手取下氧气瓶交手抱在胸前,佯嗔道,"这才走了几步?你现在就吸光了,到了山顶怎么办?"

拗不过颜笑,夏汐讪讪地重新爬上马,向着高原湖继续前进。

雨势越来越湍急,山路越来越隘险,沉稳的老白依旧步履矫健,年幼的小马却越来越焦躁不安,每走一步都如履薄冰,草率的步伐激起无数水花。夏汐心里乱成一锅粥,七上八下地却不敢高声喊叫,只能咬住嘴唇脸色煞白地匍匐在马背上,默默祈祷自己和马儿一同平安度过。细雨夹杂着微风,四人二马举步维艰地盘行,皑皑雨雾中,云烟缭绕,看不见山巅也望不到湖泊。隐约听见潺潺流水声时，山端訇然作响，人仰马翻的呼救与呻吟随即而起。

“发生什么事了？”在纳西汉子的帮助下，夏汐与颜笑跳下马，惶惑不安地等待打探消息的马夫回来。

“前面有个游客堕马了，好像是摔断了腿。”朴实的纳西汉子抹一把颈间的汗水，擦掉脸上的雨水，担忧地说，“天气不好，上去也看不见啥子，还不安全。”

“回去吧。”不需要和夏汐商量，单看她惨白如纸的脸色，颜笑便做了决定，“走，下山。”

四人二马停下来休整时，营救队伍抬着一个中年男子从她们身边擦过。堕马的游客侧身蜷着腿，脸色灰青，痛苦不堪地“哎哟哎哟”直叫唤。夏汐的目光直勾勾地追随着堕马游客的身影，冰冷的五指死死扣住颜笑的手腕，瞠目结舌地请求：“太吓人了。我不要再骑马了。要不，我们走着下山吧？”

二人手牵手战战兢兢地跟随纳西汉子下了山，在山脚下歇息了好一会儿，夏汐才像从梦中惊醒一般，小心翼翼地跺了跺脚，确认自己踩在平坦的水泥路面上，便又结结实实地踏了两下，抚着胸口大喘气：“好险好险，终于安全了。”

夏汐忽然瞧见颜笑背上的氧气瓶，如同饿了几天的饥民看见了猪蹄髈，争先恐后地扑上前去，扯下氧气抱在胸口，贪婪地嘬了几大口，这才依依不舍地递还颜笑：“来，吸两口氧，压压惊。”

手机短信提示音一响，颜笑眼皮都不抬地取笑夏汐：“真够准时的啊。你们家‘耗’子又来向猫司令报到了。”

夏汐刚要反击，低头刷一眼手机屏上的文字，人便如通了电似的全身颤抖起来。

“怎么了？”

“没事，有点冷。”匆匆藏起手机，极不自然地笑了笑，夏汐吸吸鼻子，轻声说，“回去吧，我累了。”

回到束河古镇，夏汐非说内急等不到回客栈解决，急匆匆地找了个公共厕所一猛子扎了进去。颜笑将附近的烫印店、东巴纸坊和服饰店逛了个遍，百无聊赖地玩了会儿转经筒仍不见夏汐出来，心中不免疑窦丛生。正要给夏汐打电话，耳朵却叫迎面走来说着闲话的两个女游客拐走了："也不知道那女孩碰见什么伤心事了，哭得怪可怜的。"

坏了！颜笑心头一沉，拔腿就往公厕里冲。还没进门，"哇哇"的哀哭声就像是雷公手中的引连鼓，声声入耳地直灌而来。除了她夏汐，谁还能哭得那样高亢婉转？颜笑又急又恼，挨个拍打门板呵斥："喂！搞什么？夏汐！你给我出来！有事说事，号什么！"

哭声戛然而止，骂声此起彼伏：

"瞎拍什么！"

"神经病啊！"

"吓我一跳！"

"夏汐，你出不出来？再不出来我踹门了。"颜笑踮起脚尖，把脑袋依次探进齐胸高的公厕门板，在一片叫骂声中找到了涕泪纵横的夏汐，扯住她的衣领将她拽了出来，张大了鼻孔，出离愤怒地瞪着她。

"给。"低眉顺眼地将那条误发给她的短信伸到颜笑眼皮底下，哭红的眼睛宛如两枚捂熟的圣女果，夏汐憋着委屈，嘤嘤地说："是昊子发的。但不是发给我的。"

"丫头，从大连给你带了烤鱼干，找个时间见一面吧。"只瞥了一眼，颜笑心中已是万马奔腾，却怕自己的反应引发更大的震动，因而故作轻松反问："你怎么知道不是发给你的？"

"他从来没叫过我丫头。"

"那也许他突然想跟你开个玩笑，又或者丫头就真的只是个丫头片子。"不由分说地打断夏汐的胡思乱想，颜笑从包里摸出皱皱巴巴的面巾纸送了过去，"事情都没搞清楚就肝肠寸断了，你也太沉不住气了。"

"我本来没想哭的。"接过纸巾在脸上乱抹一气，夏汐臊眉耷眼地为自己辩护，"我就是想一个人静一静。"

小时候受了欺负，夏汐尝试过向母亲告状，结果不是被批评太软弱，就是被夏岚惩罚后的坏学生，变本加厉地报复她。久而久之，不管受了多大冤屈，夏汐都往肚子里咽。实在难过得不行，便找一个无人的角落，关上门窗熄了灯，抱头坐在黑暗中，仿佛随着时间的流逝，所有的不愉快也会静静被捎走似的。起初，夏汐的确只想躲在厕所里排解情绪毒素，顺便想想下一步该怎么做，结果旁边老有人打电话，恩恩爱爱地说个没完。一想到从马背上翻下摔断腿的有可能是自己，非但没人慰问，还发现她深爱着的男子对她漠不关心之余对别人大献殷勤，夏汐越想越怄得慌，这才悲从中来号哭不止。

“哭有什么用?”颜笑眨巴着眼睛怜惜地望着夏汐，“如果是个误会，白浪费那么多水分。要真有什么事，哭也解决不了问题。”

眼角下垂，咬出牙印的嘴唇弯成一张弓，夏汐神色黯然地求助：“那你说我该怎么办?”

“回家。当面把事情弄清楚。”

“可是去泸沽湖的费用都交了。”

“钱重要还是你重要?”颜笑反眼“啧”了一声，抽出身份证，不容置喙地吩咐，“赶紧的，打电话问问还有没有明天的机票。”

碧空如洗的早晨，一轮暖阳如同一枚咸蛋黄，高挂在东方。满院的向日葵嬉笑着伸展着腰肢，迎着阳光，欢快地摇摆。海燕亲自下厨为她们煮了两碗饯行米线，米线没有搁辣子，二人却吃出了泪花。

依依惜别后，夏汐心事重重地上了车。颜笑若有所思地趴在车窗边上，忽然惊喜地拍打夏汐，手指着身后的带状阳光，兴奋地叫嚷：“快！快看！雪山！”夏汐一回头，便看见一道耀眼的金光，穿透了云雾缠裹的玉龙雪山，拉成一道金线，端端地照射在她们身后。传说中，风之女守护世间爱情的一米阳光，在连日的阴雨后，穿云破日，洒在她们远去的身影上。

两个人痴望着一路相随的带状金光，良久，夏汐打了个饱嗝，幽声说:“我一打嗝,嘴里全是海燕的味道。”

“噫,你好恶心。”颜笑皱眉耸腮,却不禁湿了眼眶。

在雪山之光中穿梭、远去,两个人都了然于胸:这悲喜交加的旅程不复重来,这无忧无虑的时光也无法倒转。就如同这可欲难求的一米阳光,今生今世,也许再难遇上。所幸,除了回忆,她们仍拥有彼此——那个任何时候都不惜一切代价,从恶臭脏乱的深潭中奋力将沦陷者拉拔起来的莫逆之交。

3

欧阳昊一觉醒来,还是没有收到谭雪的回复,心里觉得奇怪,这才想起翻查手机短信记录。这一瞧,心里顿时打翻了调味架,酸甜苦辣咸一股脑涌上心头。呆望着手机好一会儿,坐在床头虾腰捧着手机,慌神地给夏汐打电话。夏汐关了机,欧阳昊想起来夏汐曾用颜笑的手机给他打过电话,匆忙跳下床打开电脑,登录移动官网。好一通搜寻后,翻查出颜笑的号码,欧阳昊心惊肉跳地拨了过去,对方也是关机。这样一来,欧阳昊彻底失了神志,心中又懊恼又惶恐,却又藏着几分说不清道不明的窃喜。

“兴许,这是天意。”欧阳昊这样安抚自己。一个无心之失,败露了他的小秘密,尽管不清楚它将带来怎样的后果,却总比自己惶惶不可终日好一些。就像一个偷盗未遂的毛贼被抓个现形,饶是挨了顿胖揍,一次死个痛快也比成天担惊受怕舒坦。小半年来,欧阳昊每天胸口揣着一面小鼓,不管面对夏汐还是谭雪,都有种做贼心虚的惊慌。如今一个手滑发错了信息，倒将他的阴暗面推到了明处，反而让他如释重负了。联系不上夏汐，欧阳昊索性变被动为主动，给夏汐发了条消息，大义凛然地承认："昨天那条短信确实是我发的。但事情不是你想的那样。等你听完我解释，要杀要剐都行，你给个痛快话。"

"说吧。"夏汐一落地，便召欧阳昊面谈，看着他一脸坦荡的硬气，她也懒得拐弯抹角，直截了当问，"丫头是谁？短信是怎么回事？只要你跟我说实话，我保证不生气。"

夏汐看上去出奇的平静，如同一面波平如镜的湖水。从夏汐的语气中听不见任何的情绪起伏，欧阳昊领了旨便如同服了定心丸，这便一五一十地做了交代。欧阳昊虽是技术人员，但与前线的客服人员形成关系紧密的服务链。谭雪作为应届毕业的实习生，五个月前被分派到欧阳昊的小组。和其他应届生不同，谭雪少了几分初生牛犊的莽撞与冲动，待人接物多了几分谦和与礼貌。业务培训期间，欧阳昊就发现这个清秀的江南女孩格外认真，处理客户投诉时也分外耐心，不由得对这个女孩刮目相看。谭雪上岗不久，遇上一个胡搅蛮缠的顾客，明明是对方使用不当造成系统故障，却在电话里把她祖宗八辈都问候了个遍。谭雪也不恼，仍耐心地讲解着操作守则，温吞地建议："您先按照我说的办法试试，如果还是用不了，我再给您安排技术人员上门，您看这样行吗？"顾客骂骂咧咧地扣了电话，谭雪怔怔地看着电脑，十指如飞地进行客服登记，一颗水滴形状的泪珠，从下眼睑的中心位置，晶莹跌落。欧阳昊听说了这件事，捧了杯咖啡走到谭雪面前，轻轻搁下咖啡，温和地说："客服也是人。没必要太忍让。惯出他们的坏毛病，受气的还是我们自己。"

"啊，没事。"惊诧地抬起头，轻轻一晃脑袋，如同甩掉毛屑碎发一般甩开挂在卧蚕处的那滴晶莹的水珠，谭雪抬肩莞尔，"他说他的，我反正不掉一两肉。多一事不如少一事，和气生财嘛。"

习惯了夏汐逞一时之快的勇猛，眼前女子的委曲求全，反而叫欧阳昊更为折服。欧阳昊越过客服部，以技术主管的身份给顾客打去电话，说是解决故障，言辞却是犀利的，口吻也是奚落的。欧阳昊此举遭到了顾客的投诉，由于没有填报故障单而越权操作，欧阳昊因此受到了口头批评并被扣除了当月奖金。谭雪过意不去，执意请欧阳昊吃了一顿麦当劳。自那以后，两个人便经常一起去食堂用餐，一起加班，一起探讨处理方案。技术部与客服部仅一墙之隔，一来二往，谭雪也成了技术部的常客。每次出现，谭雪手里总有一份为欧阳昊捎带的早餐，或是一杯现磨咖啡。久而久之，墙里墙外便有了闲话。往年部门活动时，欧阳昊坦荡荡地携眷出席，资历久一点的老员工都知道他是个名草有主的人。好操心的已婚妇女免不了要提醒谭雪："注意点影响，欧阳昊可是快要结婚的人。"谭雪也不愠不臊，和和气气地微笑反问："那又怎么了？我们只是谈得来，我又没跟他谈恋爱。"为避免流言蜚语，欧阳昊这才私下里约谭雪见面。

"人家总给我带早餐，我出趟差，给她捎点手信，只是礼尚往来。"

"那是，来而不往非礼也。应该，应该的。"夏汐笑着，两块苹果肌却像是刚注射了玻尿酸，坚挺地僵在两腮，如同扣动了扳机，口中"突突"地放着冷枪，"你们一来一往也不是一天两天了，还在乎这一回吗？敢情她还真是个丫头片子啊。怎么，她比我年轻、比我漂亮吧？我说你那么沉迷加班呢，原来是有美人做伴流连忘返啊？嘴上说只是同事，给袋鱼干都要避人耳目，心里有鬼吧？还是你迫不及待想见人家，拿鱼干当诱饵骗小妹妹啊？"

"够了！"欧阳昊大喝一声，显然被自己的怒吼吓了一跳，惊呆了半秒，像是打量一个陌生人似的睨着夏汐，"你不是保证过不生气吗？说这些夹枪带棒的话有意思吗？"

"没意思！"如同飘过头顶的一场过云雨，夏汐突然间变了脸，面红耳赤地叫嚣道，"我哪里有你有意思？你都跟别人暗度陈仓了，还不允许我生气？你多有意思啊！"

"谁暗度陈仓？你能不能别这么阴暗？"胸脯剧烈地起伏着，欧阳昊双肩颤抖,鼻孔扩张,炯炯有神地瞪大了眼睛,强势的辩驳中暗藏着上当受骗的委屈,“我就知道！你怎么可能那么通情达理!”

“对！就你通情达理。你跟年轻丫头私会可不就是通情吗？不止通情,你们那就叫通奸!”

“夏汐!”欧阳昊猛一顿足,一个拳头擂向墙壁,两团火球在他瞳孔中熊熊燃烧,“你越说越脏了!”

从丽江到深圳,近三小时的飞行时间里,夏汐闭目佯睡,心里却像一本展开的故事书,跃现一章又一章的故事情节。夏汐在心里,为那个不曾谋面的丫头杜撰了各种身份角色,编写了她和欧阳昊之间的各种关系,唯独没有勇气将他们设想成最有可能的情投意合的男女关系。夏汐希望他们只是疏远的同学关系,或者是同事间的连带关系,她甚至侥幸地推想,没准丫头只是他的某个亲戚,又或者是领导家的女儿,可能他曾跟我提起过,我没留神给忘了。可是,当事实像滚烫的山芋一样落进夏汐的耳朵里,当故事情节发展成一墙之隔的适龄男女的惺惺相惜,当想象的画面清晰地呈现出欧阳昊与一个年轻秀丽的女孩一同打饭一同加班一同重温着他们曾在大学校园里的旧日时光,夏汐再也无法抑制大脑里野草一样疯长的不堪的念头,拔高了音量控诉:“苍蝇不叮无缝的臭蛋！你们不做肮脏事,谁会往你们身上泼脏水？”

“我们没你想的那么龌龊!”欧阳昊攥紧双拳,贴着夏汐的鼻尖咆哮,飞溅的唾沫星喷洒在她脸上。由于距离过近,欧阳昊酱紫色的脸庞在夏汐眼中放大成一坨变了形的猪肝,一坨抽搐的猪肝。夏汐本能地往后一仰,膝盖一软,脚底一打滑,险些猝倒在地。欧阳昊眼明手疾,拦腰扶住夏汐,手腕贴靠她肌肤的一瞬间,夏汐像只受惊的珍珠鸟,倏地跳到一旁,一巴掌拍在那只救起她的手上:“别碰我！脏!”

“你简直……”酱紫色的猪肝渐渐恢复了血色,继而失了活力渐变成青灰色,直到一片惨白。欧阳昊双唇翕动,攒了半天的词,终是吞下那句“不可理喻”,怒火中烧地盯着夏汐好一阵子,咬牙拂袖出了房间。夏汐飞身追了出去,死死揪住欧阳昊的袖口,尖利的指甲狠狠地抠进他的皮肉，歇斯底里地喊叫起来："你想干什么？又想去找她是不是？不许去！"

"你放手！"欧阳昊左闪右躲地甩动胳膊，试图摆脱夏汐却又怕伤着她，暗暗地收着力气，"我现在跟你说不通。等你平静下来我们再谈。"

"我很平静！"夏汐这一嗓子喊得太过用力，声音如干裂的柴火一般劈了叉，高亢而嘶哑地嚷着，"你现在就给我说清楚！你今天不说清楚，哪儿都别想去！

二人的撕扯正激烈，大门不声不响地敞开了。夏岚飘然地闪进屋，迅速关上门，向两个衣衫不整的人投来意味深长的一眼。夏岚到了单位，肠胃不适跑了几趟洗手间后，便告假回家。还没出电梯，就将屋里的动静听得真真切切。皱着眉头在门外站了好一会儿，夏岚这才轻悄地进了屋，见那二人也不说破，只抬了抬眼皮，轻描淡写地问："昊子来啦？在这儿吃晚饭吗？"

到底还是夏岚老辣。她一如往常的态度倒臊得欧阳昊没了方寸，一双手搁在身前不是背在身后也不是，言辞闪烁地回应："不，不了。我待一会儿就走。"

"吃。"夏汐瞪了欧阳昊一眼，趁机抱住他手臂，边往房间里拖边斩钉截铁地说，"他在这儿吃饭。妈，你随便做几个菜就行。"

不由自主地被夏汐拖回了房间，欧阳昊挣出手，又气又恼地低斥："放开。不是嫌我脏吗？"

"你就是脏！"夏汐压低音量，强忍着不让打转的眼泪花花流出输了气势，咬牙切齿地说，"有主的人了，还吃别人的早餐喝人家的咖啡，一口一个丫头叫得那么亲昵，用鱼干勾引小姑娘，臭不要脸！"

"我就不该跟你说实话！你就不值得信任！"受到辱没的欧阳昊转身要走，夏汐登时没了主意，生怕他这一走就是放虎归山再也唤不回来了。不假思索地飞扑向前，夏汐一把搂住欧阳昊后腰，使出吃奶的力气，龇牙咧嘴地照着他肩胛就是一口。欧阳昊一声惨叫，抡臂往后一搂，被弹开的夏汐顷刻间跌坐在地上。这一幕发生得太突然，疼痛像吸了水的海绵，迅速延伸到身体每一处的神经末梢。欧阳昊与夏汐惊恐地对望，试图厘清那一霎时互相伤害的原因。两个人一高一矮，一个捂肩站着，一个抚臀坐着，相互鼓着眼珠泡着腮，咬着后槽牙，气急败坏地瞪着对方，"咻咻"地喘着粗气。房门之外，夏岚不动声色地刨着丝瓜皮，屏气凝神地听着房间里的动静。

一场战争在夏岚的眼皮底下，轻悄而激烈地进行着。

因为缺乏理解与体谅，年轻的恋人总是彼此伤害，蹑手蹑脚却又惊天动地。

4

夏汐在欧阳昊面前的强硬，到了颜笑那里，就成了泄气的皮球，干瘪而柔软。如同一只受了大型犬欺负的观赏犬，可怜巴巴地跑回主人身边，无须赘言，一副眼泪汪汪的模样已足够让颜笑我见犹怜。

"完了，昊子喜欢上别人了。怎么办？我该怎么办？"夏汐带着哭腔，垂头丧气地问颜笑。

"他亲口承认了？"颜笑的语气是轻的，抽出纸巾递了过去，愁云满面地交抱双臂，下巴轻扬，怔怔地望着夏汐，不知该如何安慰。

"没有。但我就是知道。"所谓的感情直觉无不来自对另一个人的了解、认知以及在相处中的经验累积。夏汐的判断，来自于和欧阳昊在一起的1875天，来自于灌溉了他们喜怒哀乐的45000小时，"他说他只把她当妹妹看，但我知道：他跟他亲妹妹的关系都没有这么亲近。自从她出现，他和她单独相处的时间比跟我在一起的时间都多。如果他对她没有好感，他不会为她做那么多事。”

“那你打算怎么办？”颜笑蹙眉，默默捏紧拳头，眼神忧伤而坚定，“不管你做什么样的决定，我都陪你一起承担。”

“不知道。”夏汐躲避着颜笑的目光，茫然远望，浓重的鼻音仿佛一群振翅的蜜蜂，嗡声低吃说：“我真的不知道。他说他们之间很清白，什么都没有发生。”

“你信他吗？”

夏汐低头不语，手足无措地盯着地面，良久，低低地啜泣起来。见她一副六神无主的样子，颜笑轻轻摇了摇头，长长地叹了一口气，咬住牙根沉思片刻，仿佛下了很大的决心，一字一顿地说：“如果你愿意相信他，那就改改你的脾气，好好在一起。如果，你决定放弃，要打要骂都交给我。教训他们的事不用你出手，我替你出这口恶气。”教训欧阳昊的念头，在颜笑心中生根已不是一天两天的事了。第一次遇见夏汐，就是因为她被欧阳昊放鸽子。那时候起，颜笑就觉得这个把女友当剩菜一样，饿了吃两口饱了就弃之不顾的男人不太靠谱。加深了解后，耳濡目染欧阳昊对夏汐的种种忽视，教训他的念头便像酒曲一样在颜笑心里发酵。颜笑邂逅夏汐的时间与欧阳昊认识谭雪的时间相近，可小半年光景，她只见过他一次。就是那一面之约，欧阳昊还很不绅士地迟到了。迟到半小时的欧阳昊坐定，先给自己倒了满杯的苦丁茶，迫不及待地呼叫服务生取来餐单点菜。满足完一系列的自我需索后，欧阳昊这才想起来桌边还坐着一个人，客套地冲颜笑点了点头便算打过招呼，连句多余的寒暄都吝于付出。餐间，欧阳昊惜字如金，服务生错将颜笑讨要的辣椒酱搁在他身前，他也不知行个方便传递一下。借着欧阳昊去洗手间的空当，颜笑拉过椅子与夏汐贴身而坐，不悦地说：“这么不给你面儿，他真是你男朋友吗？”

正所谓“不看僧面看佛面”，在颜笑看来，男人如何对待你的朋友，取决于你在他心目中的位置：“这跟女婿都要讨好丈母娘是一个道理。男人要想获取芳心就得打入女人的内部生活，取悦你的朋友，讨好你的家人，为自己争取更多的认许。除非他不在乎你，也就无须顾及你身边人对他的看法。”

夏汐以欧阳昊最近工作忙累而为他开脱，心中却清楚颜笑的判断不无道理。曾经的欧阳昊为了讨好夏汐寝室的姐妹，主动在圣诞节为每个人送上一份礼物。但那只是曾经的昊子。如今的欧阳昊，连应酬她的心思都欠奉，何况是取悦她的闺密？

“我不知道。我还没想明白。”眷恋的目光追随着右手中指上转动着的蓝宝石戒指，夏汐嘤声说道，“现在放弃，五年的感情就没了，我不甘心。可是原谅他，又没了尊严，我也不服气。”

“傻瓜，你那不叫原谅，叫姑息。”注视着夏汐手中光彩熠熠的戒指，颜笑苦笑，残忍地一语道破，“你以为息事宁人就不会失去五年的感情吗？爱情是道双选题，不是你选择对方就代表对方的答案也是你。你再专注再执着，他也有可能有权利选择别人。否则，他也不会因为一个认识五个月的女孩，忽略有五年感情的你。”

“他没有选择那个丫头！”夏汐猛一抬头，被泪水冲刷得面目全非的粉妆，如同一块阡陌交错的畦田，挂着墨汁的睫毛急促地忽扇忽扇为自己争辩，更是为昊子争辩，“就算他真对那个谭雪动了心，现阶段也只能算是思想开了个小差，并没有犯实质性的错误。你不能将他一棍子拍死，就算是法律，也不能给精神出轨定罪，难道不是吗？”

倒抽一口凉气，柔润的两片嘴唇扩成一个圆圈，颜笑定睛凝视夏汐，难以置信的神情如同看见铁树开花、九星连珠等奇观异相。颜笑愣了好一会儿，暗暗放弃了游说夏汐的念头，唉声叹气道：“好吧，我说过，不论你做什么决定都支持你。希望你不会后悔，更希望他懂得珍惜你。”

“其实他对我挺好的。”举起手中的蓝宝石戒指，夏汐认真地辩驳，像是要说服颜笑，更像是努力说服自己。恋爱第一年纪念日，欧阳昊耗尽所有的积蓄，买了枚蓝宝石戒指送夏汐。两人有一次吵架，夏汐赌气将戒指除下扔到欧阳昊怀里，他也正在气头上，想都不想拈起戒指拉开窗户猛一投掷，一道弧线蓝光便从二人眼前一闪而落。事后两个人在杂草丛中找了一夜，徒劳而返。欧阳昊一米八几的大高个儿，虾着腰找一晚上，好几天都直不起腰。见他那副颓败如被风吹折的芦苇，夏汐不忍心再责怪他，心里因那枚遗失的蓝宝石戒指黯然神伤许久。欧阳昊也不再提起此事，却默默地攒了一年的钱，独自跑去免税店，却被告之同款戒指已停产。“他知道我是蓝色控，所以托了好多朋友帮忙，好不容易从美国E-BAY上买到同款的二手戒指，又跑去珠宝维修店改了尺码，这才给我找回一模一样的戒指。”夏汐幽幽地诉说，声若陶埙，低沉如泣，“他真的对我挺好的。其实你说得对，我确实太任性太孩子气了，这些年我的坏脾气没少让他吃苦。就算他真对别人动了心思，也不能全怪他，我也有责任。天天喝黄连的人忽然瞧见一碗蜂蜜，难保不动心，不是吗？”

“唉。”颜笑低头看看夏汐指间的蓝宝石，遂又抬头瞅瞅她额庭的蓝刘海，忽然就懂得了她标新立异背后的传统与执着。残酷的大实话如同一团炽焰火球，烧心烘肝地灼烤着颜笑，她几次张开口，话到嘴边又“咕咚”一声生吞活咽下去。非要走到爱的尽头，人们才愿意相信，曾经的深爱与最终的漠然，曾经的亲密与最终的陌生，曾经的炽热与最终的冷清，都是合情合理的感情常态。纵然如此，爱情中仍不缺少夏汐这样善于自欺欺人的傻瓜，沉溺在曾经的温暖甜蜜中长醉不醒，不愿面对感情变质的难堪。

旁观者清。颜笑作为一个客观的看客，早已预见故事的结局。在颜笑看来，欧阳昊敢于承认自己与谭雪超出同事之谊的交往细节，已然是做好了失去夏汐的准备。欧阳昊完全可以编个幌子欺骗夏汐让彼此都好过一些，然而他却连骗她的心思都吝于花费。饶是欧阳昊的身体暂且没有背叛夏汐，但在精神上，他早已辜负了她。

颜笑深知，夏汐很难挽回一个不在意让她心痛的男人，正如同自己很难唤醒那个甘愿在往事中沉醉的女人。

“五年的感情不是一件旧衣裳可以随手丢弃的，”颜笑沉吟不语，夏汐也不敢仔细看她，低眉顺眼地抽着鼻子，吞吞吐吐地说出心里话，“我想试着懂事一些，对他好一点，再给大家一个机会。”

“也好，”颜笑鼓励地点了点头，哂笑拍手，“决定了就好好表现，别给自己留下遗憾。”

“但愿我们能挺过这一关。”夏汐浅笑，泪盈于睫。

“嗯，但愿。”颜笑哽咽说道。

5

夏汐一身纯白色蛋糕裙，脚踩蜡笔画帆布鞋，蹦蹦跳跳地从马路一端蹿到另一端，眉开眼笑地出现在颜笑面前。一个月没见，夏汐消瘦许多，细胳膊细腿罩在蓬松的蛋糕裙里，远远看上去就像是八音盒里站在钢琴板上翩翩起舞的芭蕾舞者，纤细且娇柔，惹得颜笑莫名地心疼。

“他呢？”颜笑扭脸问。

夏汐面色一沉，囫囵道：“要加班，晚一点过来。”

二人四目相对，陷入短暂的沉默。谁都不忍说穿，却从对方的眼神中心领神会。丽江之行后，加班二字就成了她们避之不及的雷区。因为欧阳昊与谭雪那一墙之隔的微妙关系，寻常的加班也成了非同寻常的约会代名词。纵使夏汐与欧阳昊有过五年的感情基础，也敌不过他与谭雪朝夕相对的现在。阿基米德可以用一根杠杆撬动整个地球，谁能担保在时间轴上“现在”这个支点的作用力下，谭雪不能撼动欧阳昊的爱情呢？

“他确定会来对吧？”颜笑不放心地重申一次，“名额有限，我好不容易帮他申请到的。”

“嗯,他说了肯定来。”夏汐强调着,心头却没有十足的把握。

颜笑回深后,通过招聘网站,在一家本地杂志社谋得一份美食版块的采编工作。为了推荐特色餐饮,颜笑走街串巷,神农氏遍药尝百草似的,包里装着纸笔相机,出现在鲜为人知的小餐馆里,点一桌稀奇古怪的菜品,试吃后写篇图文并茂的食评。偶尔有新店开张或星级餐厅推出新品,也会向杂志社发出试食邀请,这时,颜笑便会叫上夏汐,美其名曰:“你口语那么好,正好给我当翻译。”帮忙翻译是假,拉她出来散心解闷是真。之前喜来登酒店专程从法国请了位大厨现场演示神户牛肉的各种吃法,法国大厨笑容亲切地片下一片轻薄如纸的牛肉放进夏汐盘中。樱花粉的牛肉片上,大理石一样的纹理清晰可辨。夏汐目瞪口呆地盯着盘中的生牛肉,咽了咽口水,一股酸液从胃部反上喉头。夏汐犯难地举着叉子,迟迟不敢下手。见状,颜笑一叉子扎下,抢过牛肉一口吞下,自告奋勇说:“I go first!”(我先来!)

“怎么样?”夏汐一脸担忧,悄声问颜笑。

“有点生。”颜笑轻声说,气定神闲地竖起拇指,冲着法国大厨微微笑:“Terrific! I love it!”

“你这水平都够格给我当翻译了。”夏汐抿嘴嘀咕,眼窝渐暖,当下明白了颜笑的苦心。那以后,但凡有免费“甜头”,夏汐便像条小尾巴似的吊在颜笑身后,跟着她走街串巷,“蹭”吃“蹭”喝。这一天,振兴路上一家老字号的印度小厨邀请媒体品尝咖喱宴。因为欧阳昊特别喜欢咖喱,因此夏汐软磨硬泡地央求颜笑捎带上他。可是直到宴席结束,媒体同仁纷纷收拾家伙撤出餐厅,欧阳昊仍然没有出现。夏汐一遍遍打电话催促,欧阳昊唯唯诺诺地应和着,就是迟迟不现身。末了,夏汐赌气问:“她是不是也在加班?”欧阳昊稍作犹豫,避重就轻道:“快了,马上完事。一会儿我就去找你。”可就是那一刹的迟疑,夏汐的心便像个灌满铅的球体,摇摇欲坠地沉落谷底。当着颜笑,夏汐不愿表现出伤感,讨了个餐盒将红咖喱三文鱼盛满,讪笑说:“他晚点来找我,到时热给他吃。”

欧阳昊爽约完全在颜笑的意料之中。夏汐选择原谅当晚，颜笑便瞒着她给欧阳昊发去一条长短信，言辞恳切地请求：“夏汐真的很爱你。我第一次遇见她是因为她在等你。我们在一起她聊的最多的话题是你。我们刚下昆明飞机，她在机场商店买的第一样东西，就是给你买的礼物。在丽江不管看见好吃的好玩的还是好看的，她总想带回来跟你分享。收到那条短信，她一个人躲在公厕里哭。感情的事，我没有权利干涉，也无权指责你什么。我只想让你知道：她是一个好姑娘，希望你能珍惜她。请别让她受伤。”不知是出于羞愧抑或不屑，欧阳昊始终没有回复颜笑，而她也像操盘高手似的，从欧阳昊的漠然中早早预知了这样的走向。

咖喱鱼温度太高，而降解塑料太软，夏汐抽起塑料袋的同时，餐盒的盖子便张开一道小口，橙红色的咖喱汁飞溅而出，花苞一样蘸在夏汐雪白的蛋糕裙上，迅速漾成一团，凌霄花一样在心口处盛开。夏汐放下餐盒，翻包找湿巾的瞬间发现餐盒要倒，便又抽出手去扶稳欧阳昊钦点的红咖喱三文鱼。饶是再次被欧阳昊放了鸽子，饶是他再次让她难过不已，夏汐仍手忙脚乱地为他而忙活。颜笑在一旁看着夏汐忙如陀螺，忍不住轻喝：“喂！如果他对你不好，不要自己死扛。”

“没有。他真是加班。”怕颜笑不信，夏汐加重语气地强调，“真的。”

“他要敢欺负你，我饶不了他。”

“放心。”夏汐终于包粽子一样用左一层右一层的塑料袋裹紧餐盒，心满意足地挽过颜笑，细声宽慰，“他要敢造次，不用你出马，我先掀翻他。”

6

感情一旦起了变化，就像长了斑的香蕉，生了虫的苹果，即使味道没有改变，但到底有些碍眼。许是出于惭愧，欧阳昊陪伴夏汐的时间较之前多了一些，他甚至勉强自己陪她吃生冷的日本料理，陪她看冗长的文艺电影，陪她钻进花卉市场的宠物店逗弄猫猫狗狗。饶是如此，因了谭雪的存在，夏汐总觉得他的陪伴有些敷衍了事，他的吻有些心不在焉，甚至他说“我爱你”时也总有点口不对心的搪塞。夏汐留在欧阳昊肩胛的齿痕久久未能消散，欧阳昊无心之失推跌夏汐而造成的软组织挫伤也许久不愈。经过那样激烈的一场对抗后，他们倒是不再争吵了，只是，不管见面还是在网络、电话的两端，他们不再活跃，惯例的问候之后，常常是长时间的压抑和沉默。

国庆长假，欧阳昊主动提出与夏汐旅行度假。这是在计划的旅游数次告吹后，他首次主动提议换个地方度过二人世界。夏汐想当然地将欧阳昊的示好当成扭转局面的前奏，满心欢喜地收拾行装，裙袂飘飘地出了门。一路从深圳飞抵北海，经北海乘火车到桂林，由桂林搭渡轮前往阳朔，夏汐凄惶地发现，无论地点如何变换，他们依旧话不投机半句多。这比起争吵打闹，沉默的杀伤力更为残暴。恋人之间的静默不语，如同一块密不透风的墨色布帘，遮盖住对方的心，让你看不见摸不着琢磨不透。

从登机开始，欧阳昊便自觉地关掉手机。偶尔开机接收信息，也十分留神地调成静音模式。夏汐不知他葫芦里卖的什么药，忍让地不闻不问，生怕不小心说错一句又会掀起一场腥风血雨。夏汐虽佯装不知，但从欧阳昊频密的指尖动作也能猜出一二。欧阳昊每低头看一眼手机，夏汐的心便被撕裂一点，她不断地提醒自己：忍住，千万要忍住。我说过要信任他，我答应过给他时间。

这天傍晚，二人路过一家手工银饰店，夏汐把玩着制作精良的对戒，楚楚可怜地央求："昊子，咱们买对对戒吧。把我们的名字刻在戒指上，这样不管你在哪儿，我都和你在一起。"

"你知道我不习惯戴这些东西。"避开夏汐恳切的目光，欧阳昊温和而坚定地拒绝，"你喜欢我给你买一个，我就不需要了。"

"你试试看嘛。"夏汐不死心，不由分说地拿起男戒套进欧阳昊的无名指，店主也伺机煽风点火道："正合适！说明你们跟这戒指有缘。买对戒就是这样的，如果你们相中的戒指两个人正好都戴着合适，说明你们会像对戒一样分不开。"

"还是有点紧。"欧阳昊旋转戒指，三下五除二将它除下，放回绒布托盘上，勉为其难地耸肩说，"这东西罩在我手中感觉像紧箍咒一样，勒得慌。"

"尺寸可以改。"为了做成生意，店主努力地争取着。

"你不是说对戒要买大家都合适的吗？改了就不叫缘分了吧！"欧阳昊抓住店家话语中的漏洞反击，店主一时语塞，再看夏汐，脸色已由红富士变成了青苹果。

"算了，戴不下就别勉强了。"夏汐负气地除下女戒，挤出苦瓜一样的笑容向店主道了谢，拉起欧阳昊径直朝店外走去。

"别呀，你喜欢我送你。"意识到自己的直接伤了夏汐的心，欧阳昊积极补救道，"要不，就照你说的刻上名字买一对，我偶尔戴戴行吗？"

"不用了。你还是先回短信吧。"夏汐晃了晃脑袋，手指着欧阳昊裤子口袋里闪烁着荧荧绿光的手机，欲哭无泪。

"可能是公司的事，不用管它。"欧阳昊手忙脚乱地掏出手机关掉，苍白无力的遮掩，就像是一个成年人奉劝另一个成年人要相信世界上有圣诞老人一样荒诞可笑。

“走,你想刻什么字?”

“算了。”夏汐咬住下唇,虚弱地摇了摇手,嘤声说,“就算戴着你的名字,也戴不稳你的心。何必自欺欺人呢。”

不等欧阳昊作出应对,夏汐撇过头,裙摆飘飘地背向而去。欧阳昊疾步追上前,拉住夏汐胳膊,刚低唤一声“宝贝”,便被她扬手制止了:“不用解释,什么都别说了。”幽暗的黄昏,悠长西街,转动在夏汐眼中的汪汪泪水,如遥星似冷月。

说再多有何意义?远去的终归远去了,如同倒下的瓦砾,就像是手绢上褪色的残红,旧时的美好一去不返,谁都无能为力。夏汐终于明白,她和欧阳昊之间的距离,不仅仅隔着技术部与售后部的那一堵墙,不仅仅败给每天至少10小时的工作时光。千里迢迢,日月兼程,纵然他们四目交投朝夕相对,那个叫谭雪的女孩始终尾随在他们身后,横亘在他们中间。

夜里和衣枕在丁丁客栈的双人床上,夏汐眼神空洞地仰望天花板,声音悠远而清冷:“昊子,开机吧。我想看看她都跟你说了些什么。”

“……”

“至少现在这一刻我还是你女朋友。我尊重你的隐私,但我也希望你尊重我的知情权。可能我真的不够聪明,但我还没有傻到甘心做一个被蒙在鼓里的傻子。”

欧阳昊叹了口气,慢动作回放一样缓缓地摸出手机,胆战心惊地交到夏汐手里。

满屏的信息,无不来自被欧阳昊称作丫头的女孩,密密麻麻的思念中,夹杂着她心急意迫的告白与要挟:“你跟她说清楚了吗?她同意分手吗?我真的好想你,好爱你,好担心你!再不回我消息,我就直接飞去找你了!”

同样是女人,夏汐了然,谭雪任性的文字背后必然有着亲密关系的支撑。事情发展到这一步,夏汐惊讶地发现自己竟然没有了愤怒,她甚至感觉不到伤心，只是被铺天盖地的寒冷与绝望包裹着。就像一个迷失在雪山之巅的旅人，耗尽了所有力气连呼救都爱莫能助时，与世界诀别以前，眼睛里看见的呼吸间嗅到的，只有一望无际的冰冷。

"现在可以跟我说实话了吗？你们到底到哪一步了？"夏汐以为自己不会再哭了。她以为自己已为欧阳昊流干的眼泪，此刻如断了线的珍珠，顺着眼角汩汩而下。冰锥一样的话语，一字一句地凿问欧阳昊的心。

"不是你想的那样。"眼瞧着夏汐活死人一样四肢渐冷，欧阳昊一骨碌坐起，痛心疾首地看着她，手足无措地捶打自己的大腿根。那天从夏汐那带着肩伤回家，谭雪早已守候在楼下。欧阳昊本不想与她纠缠，可她温柔得像一只玉兔，歪着脑袋腻在他肩头，指尖如溪水轻抚他的伤口，泪水滴答地抱歉："对不起，都怪我。我不想把事情变成这个样子。可是我没办法不爱你。"

"我不知道自己为什么会把持不住吻了她。"欧阳昊垂头丧气地坦白，"我发誓，我真的不知道为什么那一瞬间鬼迷心窍了。可能是心里憋了太多的邪火需要宣泄，而她正好在我身边……"

"然后呢？"

"没有然后了。我用生命起誓，真的只有那么一次。"

"然后她就像牛皮糖一样黏上你了，甩不掉摆不脱了？"

"她说，那是她的初吻，要我对她负责。"欧阳昊含混不清地低声说道，仿佛口中包着砂子一样字字硌牙。看着他魂不附体得宛如一只待宰的羊羔，夏汐难以自持地笑了。笑声地动山摇，笑得涕泪奔流，"第一次？哈哈，第一次！我第一次心动，第一次牵手，第一次亲吻，第一次说我爱你，第一次……我把所有珍贵的第一次通通献给了你，我又该找谁负责？"

"我知道。对不起，宝贝，你别这样。"夏汐迟缓到过激的反应令欧阳昊大感震惊，心如刀绞地抱住昔日与他一同探索过许多美好的第一次的女子，眼窝渐渐发热，"都是我不好。五年的感情不是一份可以吃完就丢的快餐，我并不想放弃你。我也舍不得我们之间的那些第一次，所以才带你逃离深圳，努力找回当初的感觉。”

“找不回来了。你已经把我弄丢了。”深深地看了欧阳昊一眼，嘴角缓缓提拉，濡湿的嘴唇弯成一条小船，夏汐骄傲地昂起头，盈盈泪珠挂在睫毛前端坚强地不肯坠落，声轻如蚁说，“如果你爱我，你不会舍得让我这样疼。如果你爱我，你不会允许她接近你。如果你爱我，你不会舍得让我一次次地等待。如果你爱我，你不会允许自己吻她。如果你爱我，你不会在我和她之间摇摆不定。如果你爱我，你不会弄丢我们之间的感觉。因为……”夏汐陡然停顿，揣着白馍一样的胸口惴惴不安地跳动着，死死咬住下嘴唇用力地吸气，良久，艰难地说出：“因为，这些如果不会发生在我身上。我这么爱你，我不允许自己这样伤害你。”

“对不起，宝贝。真的很对不起……”欧阳昊痛苦地抱头低语，此时此刻，当残忍的真相刀子一样切割着曾经的爱情，除了抱歉，一切都无可挽回。

“别说对不起，你辜负的不只是我，还有你自己。”夏汐吸了吸鼻，哂笑道，“什么都别说了。睡吧，我困了。”

背对欧阳昊虾腰侧躺，滚滚的泪花汹涌而出，夏汐暗自绝望地想，如果，就这样睡过去从此不再醒来，该有多好。

欧阳昊醒过来的时候，房间里已没有了夏汐的痕迹。床头柜上摆着她为他买的最后一份早餐，餐盒底下压着一纸字条，字条旁边是她戴了许多年的脚链。那是他送她的第一份生日礼物。夏汐不知从哪部韩剧中看来的传说：脚链是恋人相约来生再续前缘的信物。那年夏汐生日，欧阳昊打了两个月的暑期工攒下一笔钱，买了这条铂金与黄金交错的脚链，情深意切地许愿：“如果有来生，我仍愿在下一个轮回里截住你。”

言犹在耳，物是人非。欧阳昊将5克重的脚链握进手掌，却被它压得心头沉甸甸的。夏汐就那样离开了他，离开了他们的爱情，离开了他们共有的五年初恋。曾与他相许终身的姑娘，就这样不告而别。

“昊子，我曾说过，如果有一天你不爱我了，无论我多么爱你，我决不纠缠让你为难。所以，我走了。因为我厌倦了等待。等你出现，等你回头，等你重新爱上我，等你决定我的去留。等待让我变得卑微，让你变得陌生，也让我们的爱变得不堪。最后，谢谢你曾经爱过我，也谢谢你最后的坦诚。我原谅你了。去爱她吧。如果她能让你快乐，我愿意成全你们。祝你们幸福。”

不是每个人都有运气等到浪子回头。即使等到奇迹出现，他也不再是她深爱的那个天真无欺的少年。离开前，噙泪凝视熟睡的欧阳昊，夏汐心如刀割。五年的感情终究敌不过五个月的新鲜感，这场爱情的战争，她早已不战而败、片甲不留。时光那么凉，人生那样长，未来他仍将遇到无数个五天、五周、五个月，他到底经受得起多少次诱惑？而她，又能承受多少次咬碎牙根的忍耐与等待？

“算了吧。”夏汐默默劝说自己，“放过他，放过爱，也放过自己吧。”倘若今生尚且不能如约相伴走完，何必相许来世？爱情，从来都是你死我活的厮杀。脱下脚链的那一刻，夏汐痛下决心：爱情已死，今后她要为自己好好地活一场。

夏汐别过脸，拖着满箱漂亮衣裙，头也不回地带上门。

迎着和煦的晨光，只身拖着行李箱走在阳朔陌生的青石板路上，夏汐的耳边响起郑愁予的诗句，“我达达的马蹄是美丽的错误，我不是归人，是过客”。

不过如此。他们，只是在最美的时光里，路过彼此。夏汐扬头微笑，迈着流星大步走出西街，将那颗千疮百孔的心，狠狠地抛在身后。

第四章

除了青春，我还有你

L·O·V·E

1

夏汐没有想到，当她孤身一人失魂落魄地返深，颜笑竟出现在接机大厅的最前排，手里抱着一束粉红猪，眉飞色舞地朝她挥手。颜笑的喜悦那样热烈，笑容那样真诚，仿佛她迎接的并不是一个在爱情战役里落败的逃兵，而是一个久别重逢的至亲。

“喏。”颜笑在出站的人流中准确地找到夏汐，飞扑而上，给她一个大大的拥抱，并在同一时间将那捧由11只粉色公仔猪扎成的花束，送到她怀里。夏汐瞥见藏身花束中的卡片，旁若无人地读了起来：“亲爱的，鲜花会谢，爱人会走，但粉红猪不会凋零也不会离开。我会和粉红猪一起，陪你到老。”夏汐默读着颜笑的鼓励，鼻尖渐酸，视线逐渐模糊。颜笑见状，心头泛上一阵酸楚，却强笑说：“神经病，哭什么。你看这机场，每天成千上万的人来来往往、离合聚散的，谁也没有因为舍不得而停下脚步。该走的终归要走，该来的迟早会来，没什么大不了的。”

“神经啊！”夏汐抽抽鼻子，轻推颜笑，哭笑不得地轻斥，“我哭不是因为舍不得他，而是庆幸我还有你。”

“真的假的？”

“假的。”

“我就知道！”

“真的。”夏汐咧嘴，眼里还噙着泪，强颜微笑地挽过颜笑，一手曲臂抱着粉红猪花束，轻声说，“亲爱的，谢谢你。”

“客气啥，我也不过是在放贷而已。”颜笑赔笑与夏汐打趣，须臾间想起了什么，正了正神色，情真意切地说：“还记得你躲在柬河的厕所里哇哇大哭吗？”

“嗯。”夏汐低眉，神情有些不安与羞涩。

“亲爱的，”颜笑顿了顿，怜惜地望着夏汐，一字一句地说，“我再也不想看见你那样伤心了。以后不管遇见什么事，都别躲起来一个人哭。虽然我的肩膀不够宽厚，但是我愿意让你依靠，一辈子。”

“喂，你是溜肩，”颜笑这一番恳切的言辞，勾得夏汐眼窝发热，为了转移情绪，她赶紧插科打诨道，“你能保证我靠着不会滑倒吗？”

“喂，我还没嫌弃你是削肩呢。”

“怎样？负负得正，两个溜肩靠在一起，不就平整啦？”

为了验证“溜溜相靠”的理论，颜笑和夏汐扳直了清瘦的肩膀，齐头并进地走出了机场。坐上开往市区的机场大巴，颜笑这才向夏汐和盘托出：“昊子给我打过电话，让我代他向你说声对不起，请我这段时间费心照顾你。”

“猜到了。”夏汐苦笑，别过脸去看着灰蒙蒙的车窗外，“你又没有未卜先知的超能力，他不说，你怎么会知道我今天回来。”

“你还好意思说！他只说你走了，也不知道你几点的飞机，你又一直关机联系不上。既然要回来就不能买早一点的航班吗？害我捧着一堆猪，在机场溜达一天了！”

“对不起，让你担心了。”夏汐回脸望着颜笑，欲言又止地浅笑，哽咽地抱歉，双手下意识地将那束粉红猪抱得更紧。

“咳，我还不了解你？肯定是这班机票最便宜呗。”颜笑满面春风地安慰夏汐，比手画脚神色夸张地演绎起来，“我权当机场一日游了，在这儿待一天没少吃好东西。你不知道吧，机场必胜客的比萨芝士特别厚，二楼那家葡式茶餐厅的猪仔包有这么大，快赶上我的大饼脸了！”

“得了吧，面包要有你脸大老板不得赔死？”夏汐调侃，尽管去的时候身边坐着的是另一个人，但多亏了颜笑的陪伴，回家的路才不那么孤单。

纵使夜深，车窗外的街景却越来越鲜亮夺目。离家越来越近，二人仍有说不完的话题。夜幕笼罩下的红树林，葱葱茏茏地映照在深圳湾海面上，极似一位恬静优雅的大家闺秀，笑而不语却足以撩人心醉。

“我们的第一个情人节，就是在这里度过的，他还偷偷为我放了烟花。”夏汐痴痴地望着被车身渐渐抛离的红树林，眼神如梦如幻，“为了不被保安抓住，他背着我跑了好远，就躲在那块堤坝的礁石后面……”

“其实，我能听出来，昊子对你的愧疚是真心的。”颜笑无奈地摇摇头，沉思道，“但我想，他现在对你更多的是感激。”

“感激？”瞳孔放大成两颗玻璃弹珠，眉毛弯成两道拱桥，夏汐惊讶地反问，“感谢我放了他？感谢我成全了他们？感谢我没有一哭二闹三上吊纠缠他？”

“感谢你替他做了决定。”颜笑声若蚊蝇，神情凝重，迟疑地说出内心真实的看法，“他确实应该感谢你。感谢你先退出这场角逐，感谢你承担了分手的责任，感谢你没有让他背负不忠的骂名，感谢你在这段恋情结束时仍然善待他。”

“咳，我没你说的那么伟大。”夏汐提腮仰头，憋住眼眶中蠢蠢欲动的泪水。爱情都如同一张贴身膏药，粘黏久了，撕扯下来难免带着疼痛，于人于己都无可避免撕心的痛。夏汐沉吟良久，轻声说：“我只是不想结束得太过难堪。我只是不想再做徒劳的挣扎到最后，我只是害怕他牵着新欢向我逼迁的那个局面。我只是想在曾经的爱灰飞烟灭以前，给自己最后留下一些尊严。”

颜笑频频点头，欲语凝噎，久久地望着夏汐，泪光闪闪说：“这一切都不是你的错。正因为你为他倾尽所有，而那个女孩还是块待开采的原石，蕴藏着无限的惊喜与可能性。他好奇他贪图新鲜都是他的问题，你不必背负他的错误。”

“还是年轻好，”夏汐扑闪睫毛，浅浅一笑，强忍多时的泪水涓涓流淌，“也许是因为那时候两个人都一无所有，就像两个空空如也的行李箱，拼了命想填满对方。即使是一串羊肉，一碗青瓜鸡蛋汤，一枝桔梗花，一束焰火，都能换来满心的欢喜。随着年纪和阅历的增长，箱子里的内容越来越丰富，见多识广后心思也越来越复杂，欲望也越来越多，人便越来越难取悦和满足。当初，他说喜欢我的率真任性，现在，他怪我不够温顺懂事。很讽刺对不对？曾经打动他的特点，竟然成了他嫌弃我的缺点。原来，成长就是不断推翻自己、否定过去……”

“拜托，别跟霜打的茄子似的。你才23岁，还很年轻好不好？”为避免夏汐继续沉沦在悲伤中，颜笑及时打岔，“你的青春期长着呢，这才哪儿到哪儿啊。”

“也对。”夏汐摆摆头，努力甩开心中反反复复起起伏伏的残念，强颜欢笑道，“我不仅有青春，我还有你。”

“可不是嘛。等着瞧吧，昊子现在不懂得珍惜你，日后有他哭的时候。”

“喂，以后别再叫他昊子了。”夏汐低语，目光幽远，“他已经不是我的昊子了。”

“对，不提了。再也不提他了。”轻轻拍打花束里的粉红猪，颜笑郑重其事地许愿，“让野猫对付那只臭耗子去吧！”

“喂！”

“好，我闭嘴。”嘴唇抿成一条线，颜笑抬手，嬉皮笑脸地做了个拉拉链的动作，顿时没了下文。

“我是想说，我也就是根嫩茄子，不像你，才21岁，还是根刷绿漆的小黄瓜。”

“边去！老黄瓜装嫩才刷绿漆呢，我本来就嫩，用得着刷漆吗？”

闻此对话，前座一袭绿色灯心绒套装的中年妇女猛然回头，恶狠狠地瞪了二人一眼。颜笑与夏汐互换一个眼色，头碰在一起，掩嘴窃笑。

2

别了阳朔，夏汐如常工作，下了班照例陪母亲窝在沙发里看电视剧，依旧跟在颜笑身后出入各种特色餐厅。只是，在路边看见小贩叫卖马蹄时，夏汐习惯性地买一斤回家，仔仔细细地逐一削去绀紫色马蹄皮，渐渐在面前码出一盘雪白的马蹄肉，再将它们一个一个地塞进嘴巴里，暗自嘲笑自己健忘。夏汐曾经是不喜欢马蹄的，至今仍不喜欢。她嫌马蹄在唇齿的碰撞间会散发出一种泥土气息。可是，欧阳昊偏迷恋这种果实的泥土香。那些年，夏汐削去一圈皮，欧阳昊便急不可耐地囫囵叼去。如今他已是别人的昊子，却剩下夏汐自己，食之无味地咀嚼他的心头好。夏汐苦笑，她以习惯豢养的爱情，最终只留下了惯性。

这一天，夏汐起床时感到眼睛干涩痛痒。起初，夏汐不以为意，滴了几滴眼药水，便匆匆赶去上班。到了下午，疼痛加剧，泪液莫名增多，眼睑无端地痉挛起来。夏汐告假去了眼科医院，被告之她这是眼角膜溃疡。医生提了些常规问题，试图找出发病原因。末了，医生问："你隐形眼镜戴多久了？"

"七八年了。"

"我是问你现在戴的这副戴了多久？"

"我早晨起来才戴上的，也就七八个小时吧。"

"我是问你戴的是年抛、季抛还是月抛？隐形眼镜是不是过期了？"碰上思觉如此迟钝的病患，医生也有些气急败坏，像是训斥一个没有常识的傻孩子一样责问夏汐，"你戴隐形眼镜那么多年，不知道隐形眼镜有保质期的吗？这东西本来就容易造成角膜损伤，尤其是过期的隐形眼镜，残留的沉淀物最容易引起角膜发炎和溃疡了。”

“哦。”夏汐喏喏地应和，骤然想起自己真的很久没有更换隐形眼镜了。过去都是欧阳昊替她操心这件事，许是他的心思不再放在她身上所以疏忽了，而她从来就不曾在意过。这一刻，夏汐忽然意识到，她失去的不仅是欧阳昊和因他而生的习惯，还有因他的照顾而周到的生活。她就像个跛足的人失去了拐杖，突然间寸步难行。离开了欧阳昊，夏汐看似如常的生活，潜伏着无数的暗流。

“纵然举步维艰，但我总要学会脱拐。只有学会了自己行走，我才不惧怕失去任何人。”事后，夏汐配了副框架眼镜，并对陪她验光的颜笑如是说。

23岁开始学习独立自理还不算太晚。夏汐在颜笑送她的卡通台历上认真标注自己的生理期、隐形眼镜到期日等种种自我提醒，背着母亲偷学烹饪女红，胃痛时自己灌热水袋暖胃，头疼时自己抹药油按摩太阳穴。过去由欧阳昊承担的照顾均已卸任，23岁的夏汐开始学习自己照料自己，自己疼惜自己。

11月下旬，高楼目尽欲黄昏，梧桐叶上潇潇雨。欧阳昊在电话里委婉地提出见面请求，夏汐不置可否。撂了电话，夏汐冲出门下楼左拐，闯进颜笑家，惊魂未定地请求：“他说想见一面，你替我去好不好？”

颜笑敷着深海泥面膜，舌尖顶着上颚，依稀从深褐色泥滩中露出半张嘴，含混不清地问：“谁？”

“昊子，不，欧阳昊！”夏汐颦眉噘嘴，俨然对颜笑缺少默契感到不满，微嗔道，“他说整理了我的衣服和书，你帮我把书拿回来，衣服直接扔了吧。上面全是他的气息，我不要了。另外，再帮我把他留在我家的东西还给他。”

“不就是几件衣服几本书嘛，发个快递不就完了？非得见面呀？”腮帮子被泥膜束缚得动弹不得，颜笑嘟着嘴，口中唾液滚滚，费劲地劝解，“你要是不想跟他接触，我帮你打电话跟他说。”

“随便。”夏汐自己也无法理解，莫名地毛躁起来，“反正我不想听见他的声音，不想看见他这个人，不想知道关于他的一切！”

怔色看了看夏汐，颜笑如梦初醒——夏汐不愿意看见分手后有了变化的欧阳昊。无论，他因为失去她而变得神采飞扬或闷闷不乐，对她而言，都是一种折磨。因为深爱过，她自然希盼他好，但倘若他因为离开她而更好，无疑是对她的鞭挞。颜笑猜想，夏汐最不愿看见的，是在他身上多了另一个人的存在迹象。假使不见面，她便永远不必知晓他另结新欢的事实。所有未经证实的，都不必信以为真。至少，她还能给自己逝去的初恋，留下最后一丝温存。

颜笑定下见面的时间地点，给欧阳昊发了条短信。见到她的那一刻，欧阳昊错愕的神情中，夹带着愧疚与释然。一切似乎在他的期待之外，却又在他的意料之中。

“咱们也不用拐弯抹角了。我来就是想告诉你，如果你对夏汐还存有一丝丝善意，请你别再打扰她的生活。”将夏汐整理好的衣物推到欧阳昊面前，颜笑面无表情地说，“你的东西拿回去，她的东西我带走。从此你们互不相欠了，各自安好，谢绝打扰。”

“这里有个杯子，我在阳朔买的，希望你帮我转交给她。”欧阳昊恭敬地放下杯子，双手搭在膝盖间诚恳地表示，“颜笑，我知道你对我有意见，但我还是要谢谢你。之前没有回你消息很抱歉，不是不想回复，而是不知道如何回复。谢谢你那么关心她，谢谢你代替我照顾她，谢谢你。”

“你们已经没有关系了，你有什么资格谢我？”欧阳昊诚意拳拳，颜笑并不买账，横眉冷对问，“偷完了腥还要立牌坊，你以为你谁呀？”

“我没有！”头摇得飞快，欧阳昊急赤白脸地解释，“我发誓，我和她在一起时没有出轨。”

“精神出轨不算出轨？和别人 Kiss 不算出轨？非要睡在一个被窝里才叫背叛？”颜笑撇嘴，冷鼻干笑，“那你对自己可够宽容的。”

“不管你信不信，我们之间早就出现问题了。”被颜笑一诘问，欧阳昊瞬间没了气势，臊眉耷眼地为自己开脱，“之前我们有一对对杯，有一次吵架她气极了把我那只摔碎了。后来，在她家争吵得最厉害的那次，我又失手把她的那只打碎了。实不相瞒，以前我不相信缘分。但看到那一地碎陶时，我信了。我知道我们之间的缘分尽了。”

“最烦你这种敢做不敢当的。不爱就不爱，非要为自己的移情别恋找借口，用琼瑶戏码包装过的变心还是变心，你骗得了自己说服不了我。”冷眉冷眼地拿起面前的马克杯，颜笑嗤之以鼻问，“碎了就是碎了，再买个新的也不是原来那个杯子了。再说，你打碎一个又给她买一个，这算是诀别礼还是想再续前缘？”

“你想复杂了。”欧阳昊脸上白一阵红一阵，面酣耳热地解释，“她特别喜欢机器猫，正好看见这图案的马克杯，就给她买了一个。我没别的意思。”

“你这么做，考虑过现在那个谁，就是什么坛子什么雪的感受了吗？”颜笑顿了顿，见他不予否认便知他们已公然出双入对了。心里蓄积已久的一团怒火，轰然一下蹿升至脑门心，颜笑抬眉，怒目教训欧阳昊，“我算看出来了，你根本不懂爱！看过《离婚了就别再来找我》吗？不打扰是对前任最大的尊重，懂吗？既然你都吃上锅里的了，就别再回头惦记碗里的！自古新欢旧爱难两全，你已经选择了别人，就请你放过夏汐。她不需要你不痛不痒的关心，请你别再打扰她的生活！”

语毕，颜笑拉开椅子，抽起属于夏汐的那袋衣物愤然离去，甩下一个目瞪口呆的男人，和一只孤零零的马克杯。

夏汐看见东西时，颜笑已经在外采访了。夏汐留在欧阳昊那的书和衣服，被颜笑原封不动地带了回来，附言条上写着：“我想了想，你的东西还是由你自己处理比较好。所以通通给你取回来了，要烧要扔你看着办。”衣物里还多了件不属于夏汐的物品，一对粉蓝色高温釉中彩的细瓷对杯。字条上，颜笑端端正正地写道：“听说你的对杯碎了，所以重新送你一对。你未来的那个他，无论他是谁，我只愿他待你善、对你好。杯子的谐音是一辈子。人生这条路，不管有多少险阻，我都会陪在你身边，一辈子。”

“神经。”夏汐小声嘟哝，爱不释手地把玩着粉蓝色细瓷对杯，脸上逐渐露出分手两个月以来最为由衷的笑容。

3

颜笑受命追踪报道一位民间高手。这位被人们称作“土哥”的神秘人士，当过公务员，开过西餐厅，也担任过五星级酒店的掌勺大厨。退休后，土哥潜心钻研厨艺，自创了一套“铁片烹煮”技艺，隐居在高楼林立的彩世界小区内，开了家必须刷脸才能享用的私房菜馆。

采访这一天，土哥要展示自己的绝活：鲍鱼红烧肉、葱烧海参以及鲍汁鱼肚。受邀的记者个个不甘人后，借采访之名拉来八方食客。夏汐也混在其中。土哥推崇细火低油的健康饮食，每一道菜都在明火与锅底之间隔了块自制的铁片，出品精致且不紧不慢。每一道菜上桌，一行人狂风扫落叶一般“唰唰”几下便清了盘。晚餐过后，众人撂下碗筷，三五成群地分拨占领客厅、书房以及阳台，从容地品茶、抽烟、闲谈。十六七人的试菜队伍中，只有夏汐一个人，一趟一趟地抱着碗盘瓢盆往厨房跑，来回淘洗抹布擦净餐桌，遂又跟土哥争抢洗碗权：“您都忙活一天了还没吃饭，赶紧吃点东西歇息吧，我来洗。”

阳台上正在吞云吐雾的30开外的男人，观察着玻璃门内忙碌的小身板好一阵子，两指夹烟指了指夏汐，眯着眼向同行的男记者打听：“那女孩谁呀？”男记者浸淫社会多年，练就了一身察言观色的好本领，当即带着男人来到夏汐面前，指着身旁的男人颇为得意地介绍：“美女，认识一下吧，这位是平安足球队的种子选手。”

“那又怎样？”夏汐头也不抬，猫身蹲在地上，专心系上垃圾袋。

“国足哦。”

“切，”夏汐翻了翻眼皮，不留情面地奚落，“那又如何？不也降级了吗？”

种子选手脸上当时就挂不住了，鼓着眼珠气呼呼地瞪着夏汐，急赤白脸道：“我们早就回到顶级联赛了，你的资料库有没有更新？”

“抱歉，我只看英超、意甲、德甲、欧冠和世界杯。”提起垃圾袋站得笔直，夏汐轻蔑地瞟了种子选手一眼，冷笑说，“国足？没兴趣。”

“你这姑娘怎么这么尖刻？”同行的男记者看不下去了，扒开种子选手挺身而出，疾言遽色问，“老师没教过你要尊重别人吗？”

“老师只教导我们人要互相尊重。”面对两个牛高马大气势汹汹的男人，夏汐丝毫不怯场，不紧不慢地反诘，“什么叫互相，懂吗？意思是不懂得尊重别人的人，也不配得到尊重。”

“哎，你这人有病吧？我们好言好语地跟你聊天，怎么不尊重你了？”

“你们尊重土哥了吗？”夏汐猛地掷下垃圾袋，昂起胸脯，怒目而视道，“他一个人给这么多人做饭，自己一口没吃。你们一大帮子，撂碗就各玩各的，谁都没想着搭把手。凭什么人家一个伺候你们一群？向我讨尊重？你们尊重过谁了？”

颜笑正在房间里与土哥进行访谈，听见一浪高过一浪的动静，连忙跑来支援夏汐，还没闹清楚怎么回事，先拉开一副随时干仗的架势，扎着马步严阵以待问：“怎么回事？谁欺负你了？”

“她那么犀利，谁欺负得了她？”男记者打个冷鼻嘲弄，“我们本来也没别的意思，文体不分家嘛，人家就是想交个文人朋友，平白无故地被她戏谑一番。”

“我不想交朋友。”夏汐扬眉，直截了当道，“况且，我也不是文人。”

男记者困惑地看了看夏汐，又瞄了瞄颜笑，费解地问：“你们不是记者吗?”

“他不也不是吗?”夏汐指了指种子选手,清了清嗓子,直言不讳地说,“我敢肯定,今天这堆人里面至少有一半都不是为采访而来的。蹭吃蹭喝没关系,好歹有点眼力见吧?礼尚往来懂不懂?都白吃白喝了,还不知道干点活呀?”

“嘿,这姑娘属炮仗的吧?”被夏汐这样一激,在一旁观战多时的种子选手也来了脾气,夏汐也不依不饶地回敬一句:“我要是属炮仗,那你必须属陀螺呀,欠抽!”

种子选手歪嘴斜眼地睨着夏汐,忽而就笑了起来。就像是守门员碰上一个角度刁钻的点球,夏汐的大无畏激发了种子选手迎难而上的体育精神,也笑着挑衅:“敢不敢留个电话,关于足球和做人,哥们儿都得好好跟你说道说道。”

夏汐手里正抓着手机,却睁眼说白话说:“电话?没有!”

“那加个QQ吧。”

“也没有!”

“差不多行啦,”男记者担心事情闹僵了难以收场,自行找了个台阶,和稀泥地劝慰,“女人还是温柔点好,过于刁蛮将来不好找婆家。”本是一句逆耳的忠言,不巧却戳中了夏汐的死穴。颜笑正要帮腔,夏汐一个凌厉的眼神制止了她,五官紧绷,冷若冰霜地从齿缝中挤出几句:“找不找得到婆家跟你们没关系。先搞清自己的身份再说话。他是种子选手,不是种马。”

遭到这样的辱没,种子选手彻底出离了愤怒,扬手作状地叫嚣:“给脸不要脸。你要不是女人,信不信我削你!”

“不信。”夏汐侧脸高扬起下巴,带着喜出望外的得意,叫板道,“来,削一个试试。”

“好啦,别闹了。”颜笑赶忙打圆场,将夏汐拉到自己身后,老鹰一样张开双臂护住她,拧眉厉色问:“你们有完没完?两个大男人纠缠一个女孩,害不害臊?”

扛不过众人的劝说，男记者与种子选手互相推搡着进了客厅。厨房里只剩下闺密二人，颜笑了解了事情始末后轻叹："这件事你确实有点过了。窈窕淑女，君子好逑。你对人家没意思可以委婉拒绝，没必要这样撞击人家的玻璃心嘛。"

"你没留意他无名指上的戒痕啊？"夏汐撇嘴，面露嫌恶，"肯定是刚才偷偷摘下来骗取一夜情的。"

"你这就未免太武断了。没准人家是真的离了婚……"

"就算离了，肯定也是刚离。印痕那么深，勒痕那么清晰，肯定是结婚好些年了。就算离了也不会超过一个月。刚离开一个同床共枕多年的发妻，见个小姑娘就蠢蠢欲动？不带这么贪新厌旧的！"

这下子，颜笑彻底明白了。夏汐之所以愤慨，全是因为代入感太强。尽管分手已有五个月，但在夏汐眼里，所有与爱侣分道扬镳的男人，都是欧阳昊。她见不得他们另寻新欢，是因为她打心眼里仍无法接受欧阳昊移情别恋的残酷事实。

"贪新厌旧也总比喜新恋旧要负责任一些。"颜笑暗忖，庆幸自己隐瞒了马克杯一事。否则，照夏汐这悲催的自愈能力，若让她知道欧阳昊既关心她却又爱着别人，那她这辈子都别想摆脱那道叫初恋的阴影了。

三个人的爱情，从来都是腥风血雨。浴血奋战到最后九死一生。由来只闻新人笑，几人懂得旧人泪？

"唉，"颜笑低回曲折地幽幽长叹一声，既心痛又无奈，爱莫能助地摇头说，"夏汐，你不能因噎废食，不能因为一个男人不忠，就宣判几亿男同胞的死刑。"

"昊子没有不忠。"夏汐红眼争辩，声音轻得连自己都几乎听不见，"至少我离开他的时候，他们还没有真正在一起……"

4

为了相互照应，夏汐不仅替颜笑在自己楼下租了间公寓，还征得她同意留了把钥匙。有了那把钥匙，夏汐便能自由出入颜笑的小窝，得空时替她打扫卫生，偶尔帮她换套床上用品，更多的时候，则是从家里往颜笑的冰箱里搬运辣子鸡、红焖虾、姜母鸭、松鼠鳜鱼、冬笋牛肉等家常菜。母亲夏岚工作起来虽巾帼不让须眉，可回到家，却是蕙质兰心的贤主。小到清洁做饭，大到缝纫织衣，都不在话下。不仅如此，夏岚那双手，如获神助般既能拉手风琴、弹钢琴，还烧得一手住家好菜。别看夏岚对夏汐要求极为严格，但她的严厉都仅限于学习培养和规矩建立上。在家务活这件事上，夏汐自幼便被母亲拒之厨房门外。孤儿寡母的生活之艰辛，不言自明。但无论遇到什么困难，哪怕发着39℃高烧，夏岚也坚决不让女儿给她煮一碗白粥。家里大大小小的活，都被夏岚独包大揽。有一回夏汐校服衫掉了颗纽扣，自己正笨重地穿针引线，母亲进屋瞧见了，一把夺下，一本正经喝道："赶紧复习去！以后这些活都放着等我来。"

"君子远庖厨。"夏岚苦口婆心地教育女儿，"你要想将来有出息，就别学这些没用的。什么绣花养鸟洗衣做饭，都是女人讨好男人的小伎俩，靠不住的。要是有能耐，男人都得上赶着好吃好喝地伺候你，不愁没人照顾。"就这样，在母亲与初恋男友的精心照料下，夏汐在那个以爱为名的恒温无尘的保育箱中活了23年，直到谭雪的出现，打破了照顾她周全的保育箱。为了不再倚赖旁人生活，夏汐把颜笑的小窝当成了练手的实验室，一来可以替忙碌的颜笑分担些内务，二来也可以锻炼自己的动手能力。

自与颜笑成为近邻，夏汐的好胃口无端缩小了，尤其在母亲做了大鱼大肉时，夏汐总是夹几筷子便停下，佯称自己吃饱了。夏汐一面放筷，眼珠一面滴溜溜地转动紧盯盘子，夏岚便明白女儿心里惦记着楼下那个要好的朋友。“安心吃你的吧，”夏岚抿口含笑，“锅里还有呢。”

“谢谢妈！”飞快地塞了几口饭菜，夏汐噘着一张油晃晃的嘴，轻轻在母亲面颊上啄了一口，抱着热乎乎的红烧肉，飞速跑下楼。

月朗星稀，作息规律的左邻右舍都已收拾好厨房看上了8点档的民国剧，带着采访任务出门的颜笑还未归家。听见敲门声，夏汐跳下沙发，拧开微波炉，将那道热了几遍已经有些干燥的红烧肉稍微加温，趿着拖鞋语笑嫣然地迎出门去，口中嬉笑说：“又忘带钥匙了？你咋不把自己给忘在大街上呢？”

“怎么是你？”房东张婶儿看见开门的夏汐先是一怔，继而半倚着门，搭着手掌，苦着一张脸，喋喋不休地埋怨，“小汐呀，这租客是你找来的，当初你拍着胸脯向我保证这人绝对可靠。可是她租我房子才半年，没有一个月是按时交租的，哪回都得让我催。这不，10号收租，今天都15号了，账上没动静人还不见影。不是婶儿不给你面子。婶儿的情况你也知道，每月就指着这点租金吃饭。你朋友老这样婶儿也为难……”

“婶儿，您听我说：她肯定不是故意的。”小区里住了十年以上的老街坊都知道，张婶儿那张嘴就是个水龙头，一旦拧开了就收不住。夏汐连忙打断她的话柄，轻握张婶儿手腕，言之凿凿地安抚，“您看，这个点她都没回家，确实是工作太忙。这样行不行，您要是信得过我，一会我就回家给您转账。我先替她给您转三个月房租，回头我批评她，保证让她以后按时交租。行吗？”

“我要是信不过你，能那么便宜把房子租给她吗？”一听说能一次性收三个月房租，张婶儿脸上的愁云即刻烟消云散，嘴里仍像上了发条的发声器一样絮叨，“现在的年轻人一点责任心没有。也就是十几年的老邻居，知根知底。婶儿看着你长大的，知道你不能坑婶儿……”

“对对对，我坑谁也不能坑婶儿呀。”夏汐赔着笑，扫一眼微波炉，敦促道，“婶儿，您就把心揣到肚子里吧。就算她跑了我也不能跑，就算我跑了我妈也跑不了。那什么，我屋里还有点事，要不您先回去，我一会儿就给您转账。放心，三个月租金肯定分文不少地转给您。”

“那行。我先回家等你动静啊。你们要实在有困难也没关系，昨天还有地产经纪给我打电话问房子要不要出租呢。”没有了听众，张婶热情不改，一路念念叨叨地下了楼。望着她虎背熊腰的背影，夏汐长吁一声，轻轻带上了门。要说这张婶，也是个可怜人。年轻时她也是个如花似玉的美人坯子，嫁了个本地渔民的后代，夫妻俩的恩爱甜蜜一时传为远近佳话。虽说生完孩子就跟打了气的气球一样发了福，一张脸饱满得恰似北方的白面馒头，但丈夫依旧像哄孩子一样宠着她。女儿念高中那会儿，张婶被查出患有三高，每天不是头昏就是心慌，早早便在单位买断工龄办了内退。退下来的张婶，每天早晨上茶楼吃几笼点心，再跟着证券市场的散民炒炒股票，收市后上菜场转一圈，回家给丈夫孩子做顿晚饭，优哉游哉的日子也叫邻里羡慕了好一阵子。女儿念大二那年，张婶的丈夫大冬天早晨跑去水库游冬泳，结果小腿抽筋附近又没有救生员，就这样不声不响地淹死了。丈夫没了，一家三口的小康生活突然没了依靠。丈夫虽是渔民出身，但他是家族酒楼的二当家，挣的钱比许多博士生都多。张婶内退后根本不担心生计问题，因此也没有自缴社保的意识。丈夫这一走，家里顿时没有了收入，就像是消防栓的水泵突然没有了水，叫母女二人干着急。潮汕人不仅排外，而且重男轻女。公婆对儿子娶了个北方媳妇本就有意见，加上张婶只给他们家生了女儿，在男方家里更是人微言轻。丈夫在世时家族生意自然要分他一杯羹，可是人走茶凉，兄弟几个厚葬了他没出三个月，便向张婶提出：“二嫂，酒楼生意不景气，二哥那份工资恐怕不能一直给你们出粮了。”不等张婶提出异议，他们又说：“你看你还不到五十岁，一个人总闷在家里胡思乱想也不好，不如找个工作有个寄托，还能自食其力，几好呀。”由不得张婶抗议上诉，母女俩就这样被切断了经济来源。就像是在茫茫大海上被游轮放逐到海面的一艘小艇，听任她们风雨飘摇自生自灭。生活所迫，张婶将股票清了仓，打家政散工换些钞票，一分钱恨不能掰成两半花，节衣缩食地供女儿念完大学。前年终于熬到女儿出嫁，张婶这才结束了一天跑几户上门清洁的钟点工生涯，搬去与女儿、女婿同住，将自己的房子租出去，挣一份微薄的生活费。

小区里上了年纪的老人都说，福气都是有气数的。过早享受清福，总归是要偿还的。要不然，在海边出生在海边长大的张婶丈夫，怎么好端端地就淹死在水库里了？自打张婶丈夫意外去世，再没有人羡慕她，看她的眼神多是带着同情与怜悯。但渐渐地，人们开始躲着她，回避着她祥林嫂似的哀怨的眼神和诉说，尤其躲避她诅咒一般的提醒。早两年，夏汐打算趁五一假期进行近视矫正手术。张婶也不知道打哪儿听来的消息，自说自话地登了门，拉着夏岚嘀咕一下午，反刍似的来回嚼着舌根子："小夏，你可别怪我多管闲事。我看着小汐长大的，我是真担心她出事啊。你想想我老头的遭遇。淹死的都他妈是会水的，世界上哪有百分之百的安全？况且手术本来就没有保票，万一那零点几的失误率就让小汐赶上了呢……"

夏岚本来没觉得矫正近视是多大个事，经张婶这么一吓唬，她心里也七上八下地不安起来。任凭夏汐摆事实讲道理，母亲就是把心一横，面色铁青地命令："订金退不了就不要了。反正，这手术你不许做！"

张婶就是这样一个人。丈夫出事前可爱，家庭变故后可气又可怜。但凡谁家有点风吹草动，她就像精通土遁术的忍者一样现身了。说是为老邻居着想，却屡屡给大家添乱。夏汐觉得，张婶之所以将一件小事放大成九死一生的大事，而且事事亲临，主要源于内心的空虚。一个空虚的人是可怜的，更是可怕的。你永远无法想象一个空虚的人为了填补内心的空洞会做出什么不当之举。一想到这儿，夏汐换上鞋子，匆匆跑上楼，赶紧把三个月的房租给张婶汇了过去。

5

“干吗替我交一季的房租?”

“我还没审问你呢。”夏汐收紧眉心,暗叫,这个张婶！收了钱还多嘴！炯炯有神地瞪着颜笑反问,“手头紧干吗不告诉我？为什么要自己死扛?”

“我不缺钱。”装作翻看采访笔记,颜笑避开夏汐的目光,支吾说,“忙忘了。”

“月月忙月月忘？你少年痴呆啊?”夏汐哂笑,没好气地翻了个白眼,“你是不知道张婶的厉害,晚两天付房租,她能让整栋楼的人都以为你占她便宜欺负她们孤儿寡母。”

“杂志社拉不到广告,效益不太好。工资总不按时发。”纸终究包不住火迟早瞒不住夏汐,颜笑索性讪笑承认,“原本谈好底薪3000,稿费另算。上了八个月班,我还没收到过稿费呢。”

夏汐不接话,心里飞速拨拉着隐形算盘:房租1800,颜笑每月就剩1200生活。快餐盒饭平均十块一份,有时采访晚了打车回家又是三四十的开销,这还不算她背着一笔未清偿的贷款,日子能不捉襟见肘吗?

“你是猪啊!”夏汐眉心深锁,既心疼又气恼,“访问别人伶牙俐齿的,跟我说句大实话有那么难吗?”

“你都学习独立了,我不能像蚂蝗一样总叮着你的血吸吧?”捉迷藏一样偷喵一眼夏汐,颜笑怂肩自嘲,“你在我这儿已经放了那么多‘贷’,再欠下去,我怕我下辈子都还不清了。”

“我愿意!”夏汐陡然拉下脸来,循着微波炉“叮”的一声响,端出喷香的红烧肉摆在桌上,闷声闷气威胁,“再跟我客气,信不信我拉黑你!”

颜笑轻盈地蹿到桌前,一道光影掠过,两指夹起一块肉扔进嘴巴里,咂巴几下,解颐俏笑,口齿飘香道:“别,好不容易认识你这么个冤大头,你要是拉黑我,以后谁管我吃喝呀。”

“知道就好。”夏汐嘟嘴扬颔,扬扬得意地说:“我账上还有8000,明天全取出来给你。”

“不用……”

“咱俩之间,没有不字!”粗暴地打断颜笑,夏汐杏目圆睁问,“马上要过年了,你回家不得准备点钱啊? 穷馊馊苦哈哈地回去,不怕你爸担心啊? 不怕你妈天天抹眼泪啊?”

“你盼我点好成吗?”最了解女人的果然是女闺密。这几日,颜笑正为没钱回家过年发愁,苦思冥想找不出对策的难题,就这样被心细如发的夏汐化解了。颜笑心头既感动又羞惭,总觉得从学生家长在浅草吧闹事开始,夏汐一直卖力帮衬着她,而她空有一腔热血却不知道如何偿还夏汐的这份情义。享用着加热好几回的干香如油渣的红烧肉,雪亮的瞳仁渐渐失了神采。托腮望向夏汐,颜笑撇嘴,自怨自艾问:“亲爱的,你说,当初如果我没来深圳,还会混成现在这样儿吗?”

“你可别想逃。”夏汐明察秋毫,单是抬眉看了颜笑一眼,便洞悉到她内心深处那个摇摆不定的盘算,“你要甘心躲回岳阳天天看报搓麻混日子,我也不拦你。但是,我会看不起你。我认识的颜笑,绝不会遇到点挫折就打退堂鼓。”

颜笑轻啐:“你做翻译可惜了,你该改行当侦探。”

“拜托,洞察人心那是心理医生的专长。有点常识好不好?”

“就你? 屁大点事都哭天抹泪玩自闭,正常人叫你辅导都得患孤独症。”

“孤独症也比鸵鸟病强。”夏汐冲颜笑眨巴眼睛,取笑说,“不是你说的吗,年轻是一切的本钱。在这个时代,你有模样有能力还有青春,还怕没有拨云见日的那天？”

“对！承你吉言！”颜笑端起茶罐一样大的马克杯猛一摇晃，险些泼夏汐一脸茶水，“等姐发达了，保证百倍千倍地报答你。”

“口说无凭，立据为证。”夏汐说笑间，从采访本上扯下一张纸，抓过笔一同递给颜笑，“趁热打铁，赶紧写下来。”

“白痴。”颜笑嗔睨着夏汐，顺从地接过纸笔，一笔一画地写下：“本人承诺，无论将来是否成功发财，都与闺密夏汐共同进退、肝胆相照。倘若她受人欺负，本人必将有钱砸钱，没钱拼命，绝不轻饶欺负她的人。立据为凭。颜笑。”

“握笔杆子混饭吃的人就是废话多。”夏汐邪笑揶揄，小心翼翼地折好承诺书塞进口袋，继而再扯下一页纸，挥毫如刀地写道：“本人承诺，像爱自己一样爱颜笑，善待她、保护她、理解她、照顾她、支持她、帮助她，直到死亡将我们分开。夏汐。”

“啧啧，真像情书。”颜笑咧出牙床神色夸张地摇头，“难怪陈朝民那天问我，咱俩是不是一对‘拉拉’。”

“陈朝民是哪位？”

“上次采访土哥时他也在啊，我们杂志社新来的摄影师。”

“哦。”夏汐做了个怪相，不怀好意地挤眼睛，“麻烦你转告他，他瞎！我对你可比对情人好多了。”

“那是，你要是个男人，说不定我真会爱上你。”

“呸。爱情就是个屁，放完就没影了。”夏汐忽然就想起了欧阳昊。想到欧阳昊当真就这样放手让她一去不回，想到颜笑无数次为了保护她剑拔弩张，夏汐垮脸撇嘴，感慨万千道，“他会为一个人舍弃我，而你会为了我对抗整个世界。这就是情人与闺密的区别。”

“话虽如此，”喉头抖动，做了个吞咽动作，颜笑心有余悸地试探说，“麻烦你尽量改改你的急脾气少树几个敌人行吗？好歹，也给咱们留几个朋友嘛。”

“烦躁。我就这德行。”果断地瞪她一眼，夏汐嗔怒说。

"好好好，你继续走你的粗暴路线。"颜笑举双手投降，啼笑皆非说，"大不了，我为了你与全人类为敌。"

6

脚步还没停稳，陈朝民掮着包，托着相机，朝夏汐粲然一笑，亲切地叫了声："哟，犀利姐，早啊。"

夏汐睥睨他，迅速从头到脚地将他扫视一番，不紧不慢地问："你哪位？"

"陈朝民。"

"哦。"夏汐怔神思索片刻，一本正经地问，"陈朝民是哪位？"

"颜笑的同事。"陈朝民干笑着，说话间已侧肩放下包，摸出自己的名片递上前去，"她还要开会编前会，让我先来跟你会合。"

"哦。"夏汐心不在焉地应了一声，低头踢开脚边的小石子，无聊地左顾右盼。

"我们见过。"夏汐已摆出一副拒人千里的姿态，陈朝民却不在意，一面调整镜头一面跟她套近乎，"上次在土哥家。"

"哦。"夏汐只想草草结束这无趣的对话，没头没脑地问，"你渴吗？"

"还好。"

"我去买瓶水。"瞥一眼不远处的民润超市，稍作斟酌，夏汐客套地问，"你喝什么？"

"啊？不用了，谢谢。"

陈朝民话音还没落定，夏汐扭头就走，他慌忙抓起背包追了上去。

夏汐结了账，埋头看着小票，嘴唇翕动兀自嘀咕半天，忽然怒气冲冲地杀回收银台：“你找错钱了。”

“麻烦你去服务台。”收银员面无表情地回了一句，眼睛根本不往夏汐这看。这样不可一世的态度当即惹恼了夏汐，晃着手中的电脑小票，不依不饶地问：“你找错的钱，我凭什么找别人负责？我就找你！”

收银员不知是身体不适还是家里出了状况，又或者是早会挨了批评，正好憋了一肚子邪火没处发，于是鼻子不是鼻子眼睛不是眼睛地剜了夏汐一眼，吼道：“没看见我现在很忙吗？有问题麻烦你找服务台。”

“你这是什么态度？”夏汐愈加光火，火冒三丈地怒斥说，“老板碰上你这样的员工真是倒了血霉了。这不是钱的问题，是你这种中饱私囊的行为太可耻！我告诉你，这两毛钱我不要了，留给你买药吃！”

教训完收银员，夏汐昂首挺胸地走向服务台，将小票往高台上“啪”地一拍，意犹未尽道：“我要投诉！”

“小姐，请问有什么能帮到你的？”

“我不需要帮忙。是我帮你们抓内鬼。”夏汐侧过身子，怒不可遏地瞪着收银员，“收银员中饱私囊你们知道吗？少找顾客钱，态度还极度嚣张！”

拿起电脑小票定睛看了半秒钟，服务台工作人员一头雾水地说：“小姐，小票没有错啊。”

“怎么没错？”夏汐言之凿凿地说出了令她终生懊恼的一句话：“二八十四，她应该找我六毛钱，却只找了我四毛！两毛钱打发乞丐都拿不出手，她好意思自己藏着！”

“呃，小姐，”工作人员极力克制自己的情绪，婉转地表示，“二八，应该是一十六。要不然，您再用计算器算一遍。”

“怎么可能？”夏汐的第一反应不是难为情也不是歉疚，而是震惊。尽管学生时代数几乎没有及格过，夏汐无论如何还是不相信自己连这么简单的乘法口诀都会记错，于是乎旁若无人地背了起来，“一八得八，二八十四，三八二十四，哪里有错？”

陈朝民双脚内侧夹着背包，手托照相机，歪头靠在扶梯一侧的墙根上，饶有兴致地观看了好一会儿，听见夏汐理直气壮的反问，只觉一口老血涌上胸头，大有喷薄而出之势。

“喂，四四得多少？”陈朝民揹上背包，信步走了过来，强忍住笑，一本正经地问夏汐。

“十六啊。”

“那两个八是不是四个四？”

“对呀。”

“那二八是多少？”

夏汐张大嘴，半天没说话，忽然扭过身朝服务台的工作人员鞠了一躬，两颊涨得像熟透的柿子，垂头含胸地囫囵说了句“对不起”，一溜烟跑出民润超市，搁在服务台上的水都忘了拿。

“你可真行啊。”陈朝民扛着包，左手一瓶水，右手一部相机，追出好远才赶上夏汐，气喘吁吁地调侃，“小学的数学老师没让你活活气死啊？”

“要你管！”翻了个白眼别过脸去，夏汐难为情地埋下头，假装玩手机。

“拿着，奖励你的。勇气太可嘉了。”伸手递上那瓶引发闹剧的蒸馏水，联想到夏汐在土哥家与种子选手打嘴仗的场景，陈朝民难以自持地狂笑起来。乐了好一会儿，目光炯炯地端详夏汐，眼角眉梢都带着喜悦，“我说，你可真有血性。”

“废话，没血的是木乃伊。”

“你说你长得挺梅花鹿的，性格怎么那么刺猬呀？”

夏汐第一次听见别人用动物形容她的容貌，一时间也拿不准长相梅花鹿是褒是贬，于是反过脸来仔细打量陈朝民。见他一头齐耳的长卷发，三七开的郭富城式刘海，浓眉大眼红口白牙地镶嵌在一张标准的国字脸上，颔首若有所思道：“嗯，我看你也挺像比熊犬的。”

“你怎么骂人呐？”

“许你说我像鹿，不许我说你像狗？”

“我那是夸你。”陈朝民打开相机，翻出民润超市里偷拍夏汐的照片，递到她眼前，“自己看，你侧脸是不是特别像一只小鹿？梅花鹿多好看呀，眉清目秀的，充满灵气。”

“赶紧删了！”陈朝民毕业于中文系，由于热爱摄影，毕业后从文字编辑过渡到摄影记者。但他自认为大学四年的古、现代汉语与各代文学史没有白学，这一点充分体现在他过去的爱情经历上。其他男生追求女孩送花送香水送包包，陈朝民只需动动嘴皮子或是笔杆子，就能捕获芳心。令他大感意外的是，眼前的夏汐显然不吃他这套，非但没有被他别具一格的赞美打动，反而板着一张脸斜眼瞪他，“谁给你的权利偷拍我？赶紧给我全部删掉！”

土哥家上演的那一幕，不仅让种子选手大跌眼镜，也让陈朝民对这个杨柳细腰的弱女子刮目相看。从跑社会新闻开始，到拍生活栏目，陈朝民见过不少与夏汐年纪相仿的女生，她们不是娇生惯养便是唯唯诺诺，除了五官身形大相径庭，性情都是千人一面的平庸或无趣。碰到夏汐以前，陈朝民颇为欣赏颜笑的爽直刚正，可见识过夏汐的耿直尖锐，便又觉得颜笑的练达圆融少了点趣味性。见多了以退为进的伪谦和，陈朝民更欣赏夏汐的据理力争。难得的是，夏汐的性子不是对谁都使，而是有的放矢，只针对那些触犯她底线的人和事。忽然冒出一个疾恶如仇恪守原则的人，就像是四季如夏的广东忽逢大雪，又像是阳春三月里突然下的一场晴天冰雹，因为难得一见，反而倍觉稀奇。

“自我感觉不要太良好哦。”陈朝民狡黠地挤眉弄眼，决心逗弄珍贵的夏汐，“我只是在试光、调镜头，是你自己闯进来的，怪不得我。”

“你删不删？”

“不删。”

两腮因用力咬紧后牙槽而下陷，夏汐气势汹汹地定睛瞪着陈朝民，鼻翼两侧如蝴蝶扑棱翅膀似的微微扇动，猛然间转身，流星大步地走了。

“啊喂！”陈朝民快步追上前去，忽然间笨口拙舌起来，“别走啊，开个玩笑，还真生气呀？”

夏汐也不看他，黑着脸冷眼盯着他手中的相机，陈朝民短叹一声，老老实实地在夏汐眼皮底下，将偷拍她的照片一一清除。

“喂，”不放心地检查了一遍相机，确认没有留下后患，夏汐阴声阴气地叮嘱，“今天发生的事不许跟任何人说。尤其是颜笑。”

“哪件事？”费解地琢磨了一会儿，陈朝民恍然大悟，“两毛钱买药吃的事？”

“刚说过不许提！”

“哦，哈哈，好，我不说。哈哈哈哈哈哈……”

7

采访结束，见天色尚早，陈朝民提出请二位美女K歌。夏汐别扭地说没心情，颜笑却难得地拂逆她，挽过她前臂言笑晏晏地请求：“走吧，咱们也好久没唱歌了。别看他姿色平平，他可是我们社的歌神。”

“歌神？”夏汐撇嘴，皱眉嘟哝，“我看他像大神。”

“颜笑，你什么眼神？”饶是不情不愿，夏汐终归被颜笑推上了的士，陈朝民心里乐开了花，眉开眼笑地扭着脖子问后座上的二人，“瞧瞧，就我这长相，丢到韩国，不是玄彬也是宋承宪，对吧？”

“那你至少得先长高十公分。”夏汐毫不客气丢过去一句大实话。颜笑往后一仰，托着下巴看看副驾驶的陈朝民，又撇头研究阴阳怪气的夏汐，若有所思道：“奇怪，你们俩今天都有点奇怪。是不是我不在的时候，发生了什么？”

“没有！”夏汐活像被人踩了尾巴的小猫，语调“呼啦”一下拔得老高，信誓旦旦地说，“绝对没有！”

“鬼才相信。”颜笑凑近夏汐，摇头晃脑地逼视她，“说，你是不是又闯祸了？”

“她……”

“你闭嘴！”陈朝民半跪在座椅上，身子与靠背形成45度斜角，扭头正对着二人，刚一开口便被夏汐呵斥住了，“因言获罪是最愚蠢的，懂吗？”

陈朝民摊开手，微微含胸，缩着脖子，表情无辜地说：“我什么也没说。”

一种剑拔弩张的紧张气息在那二人的眉目间流动，颜笑更加确定自己的猜测，既好奇又隐隐地担忧起来。拍打着前座的椅背，颜笑佯怒威胁：“赶紧交代。陈朝民，你还想不想混了？信不信我跟主编要求换掉你。”

那边厢，夏汐一言不发，却用西餐刀一样锋利的眼神审视着他。“女人。”陈朝民苦笑，向司机投去求助的目光，摇头说：“女人真不好惹。不告诉你，我会丢工作。告诉你，她现在就能弄死我，命都保不住。”

“什么事这么严重？”他们越是欲盖弥彰，颜笑却是求知心切，原本是玩笑一般假装生气，竟渐渐真的有些恼怒起来，“你们俩一个是我拍档，一个是我闺密，合起伙来蒙蔽我，你们觉得合适吗？”

“这得问她。”意味深长地看了夏汐一眼，陈朝民缩手缩脚地背过身去，规规矩矩地窝在自己的座位上。回想起夏汐有板有眼地跟人家理论，非说二八一十四，还让人家拿两毛钱买药吃，陈朝民先是掩口窃笑，继而前合后仰地狂放大笑起来。

没办法，夏汐只能臊眉耷眼地和盘托出，像是小狗在主人鞋里撒了尿又或是玩耍时咬坏了主人的袜子一般，扭捏着不敢正视颜笑，吞吞吐吐地说：“我不说不是怕你笑话我，是怕你气我到处惹事给你丢脸。”

“你还知道丢脸呐?”尽管事发时颜笑不在场,但以她对夏汐的了解,大脑里已在她的叙述中还原了当时的情形。颜笑本想严肃以对,却被抽动的肩膀出卖了她,索性开怀大笑奚落,“小学数学都没过关,还好意思让人家买药吃。丢人丢大了吧？看你以后还敢不敢惹是生非。”

“该惹还得惹。”夏汐吐舌做了个鬼脸,自己也忍俊不禁笑出声来,“大不了,以后再也不去民润超市了。”

“不至于吧。”陈朝民回眸坏笑。

“万一那个收银员被调派到其他分店又让我撞上了呢?”夏汐皱着鼻头,煞有介事地说,“丢人没事,但绝不能栽在同一个人手里丢两回面儿。”

三人爆笑如雷,就连一直不吭声的司机,也“扑哧”地加入了他们。

事情说开了,低压的气氛也天高云淡起来。三个人在KTV里点了两打喜力,不知不觉就剩下一堆空酒瓶。夜晚是人的防备心最脆弱的时候,加上酒精的作用,三个人逐渐放松下来,相互间说的话越来越频密,也越来越私密。不知是谁开的头,讲起了自己逝去的爱情。颜笑与陈朝民将历届前任一一交代后,目光齐刷刷地落在夏汐身上。

“到你了。”陈朝民打了个酒嗝,喷着酒气说。

“没有。”夏汐言简意赅,心里莫名地焦躁起来。

“怎么可能?”陈朝民歪着脑袋乜着眼睛,讥诮的笑意一闪而过,“以你的条件,怎么可能没有。骗弱智呢吧?”

“她说没有就没有。”体察出夏汐情绪的变化,颜笑随即懂得了她的心思。在夏汐心里,她是没有前任的。那段长达五年暂别近一年的爱情,仍在她心中发酵。即使与欧阳昊形同陌路,她对他的爱依然不曾更改。因此,在夏汐不肯面对的内心深处,远去的故人依然是她深宵梦里人,不是前任。夏汐一天不承认欧阳昊是前男友,在她隐秘的内心世界里,她的爱情便依然没有过期。

“聊那些人有什么劲呐?”颜笑吆喝着替夏汐解围,一把拉过陈朝民,将麦克风塞到他手中,敦促道:“来来来,少废话,唱歌。《你最珍贵》,

会唱吧?”

一曲情歌唱罢,陈朝民又点了首《在劫难逃》。

陈朝民陶醉地握着麦克风低吟浅唱,冷不丁瞟一眼许久不吱声的夏汐,越发投入地唱道:“你的眼睛让我终于知道,你的怀抱让我在劫难逃。那些日子早已经无处寻找,可那些回忆跟着我奔跑。”

夏汐被这深情的歌声吸引住了,情不自禁地抬起头,却发现陈朝民正深情款款地注视着她,黑亮的眼眸藏着许多话,欲言又止的神情,深不可测……

第五章

我永远不会不找你

L・O・V・E

1

夏汐揉了揉眼睛，轻轻敲打酒后引起的疼痛的脑袋，眼前依稀闪过颜笑拉住陈朝民手腕与他深情对唱《你最珍贵》的画面，就像被雷电击中一般，心里忽然间明白了什么。想起此前颜笑提起新搭档的摄影师时不吝赞美的神情，以及当她误以为他二人有不可告之的秘密时的气恼，夏汐更加确定了自己的揣测。

手机里有五条未读短信，均来自陈朝民关切的问候，夏汐看也不看，直接选择了清除。至于颜笑与陈朝民之间是否超越了同事关系，还是颜笑单方面的好感，夏汐不曾过问也不想知道，更不打算对颜笑说出陈朝民私下里对自己的关怀。事关感情，永远多一事不如少一事。哪怕初心向善，也难保言多必失。尤其局势不明朗时，多说一个字，都容易被误解成叫板或示威。在处理三个人的感情关系上，夏汐有过切肤之痛，所以认定用感情挑衅对方尤为不道德。因为，不被爱的那一方，并不低人一等。就像环卫工人，同样也竭尽所能地辛勤付出过，不能因为他们的收入微薄而受歧视和排挤。因此，再见面的时候，夏汐含蓄地冲陈朝民点点头，眼神随即越过他飘向远方。每当陈朝民试图靠近一步说话，夏汐便像躲避撕名牌的对手一般，泥鳅一样从他身边溜开，现场随便逮住一个陌生人寒暄，压根儿不给他留一丝靠近的余地。

一夜之间，夏汐与陈朝民回到陌路。她对他客套得仿佛他们不曾共同经历“两毛钱买药吃”的糗事，他不曾给她深情吟唱过《在劫难逃》，而她也不曾收到他嘘寒问暖的短信。

颜笑的爱情触觉虽不如夏汐敏锐，但也并非麻木不仁。无可否认，在意识到陈朝民心有所属以前，颜笑对他颇为欣赏，但其吸引力也仅限于一支观望中的潜力股，并没有非要探囊取物的意图。觉察到陈朝民对夏汐动了心思，颜笑深感欣慰。尽管为二人牵线搭桥并非她的本意，但倘若他们真因此结缘，也是颜笑喜闻乐见的一桩美事。通过共同出入东奔西跑的半年合作与暗中观察，颜笑默默为陈朝民贴了三张标签：才情兼备、善良尽责、勇于担当。有了这三张标签，无论作为拍档抑或男友，陈朝民都是个上选的称职选手。且不说割爱是她目前唯一能回馈夏汐的感情“债”，也是她甘愿偿还的人情“贷”。即使没有那些欠款，只要他二人情投意合，颜笑也会当仁不让地成全他们。不为别的，就因为在她心里，夏汐获得幸福要比她自己幸福更重要。

饶是如此，颜笑琢磨再三，仍找不到最好的方式与夏汐开诚布公地沟通。都怪喝酒误事，颜笑清醒后恨不能抽自己几个耳掴子。要不是酒精作祟，她也不会拉着陈朝民唱情歌，事情也不会复杂到如斯境地。可现在，她既不能若无其事地否认：“那家伙就是我一同事，我对他从来没有想法。我看你俩挺合适，要不你吃点亏把他认领了？”也不能嬉皮笑脸地打岔说：“亲爱的，陈朝民那哥们儿不错，你领走吧。”如今的颜笑，就是那只吃不到葡萄的狐狸，不管是吹嘘葡萄香甜还是奚落葡萄酸涩，都显得格外虚伪与滑稽。颜笑思前想后，左右为难。在夏汐面前为陈朝民美言，担心她误以为自己对他有意，对自己的心思矢口否认又显得她那晚太过轻佻而且免不了会造成夏汐的误解：“我又不是捡破烂的。你看不上的人，凭什么让我收着？”颜笑越琢磨越感觉自己怎么说、说什么都不对，于是乎，一个欢歌缭绕觥筹交错的夜晚过后，三个人内心都产生了微妙的变化，忽然变得生疏与别扭起来。

周五是去一家充斥着人造的椰林风情的马来西亚风味餐厅试吃。由于约定在先，夏汐暗下决心，这是最后一次当颜笑的“小尾巴”。然而就在她最后一次跟班活动中，夏汐一个不留神，失手打翻了陈朝民的外接闪光灯，再拾起来时，闪光灯完全丧失了感应能力。夏汐翻来覆去地翻看那团仪器，愧声说了五个“对不起”，忙不迭地表示：“还能修好吗？要不，我赔你一个吧？”

“没事。”见她羞惭懊悔的紧张模样，陈朝民摆手亮出一副毫不在意的神情，镇定自若说，“小问题。我可以找原厂保修的。”

饶是陈朝民有意宽慰，夏汐还是不能安心。忐忑地吃了顿味同嚼蜡的马来西亚菜，匆匆奔回家找“度娘”。夏汐上网一打听，才知道那个型号的外接闪光灯叫价3750，而且贴吧里不少网友反映，“这玩意儿最不经摔，掉地下就废了，碰一下就碰掉三千多块，都赶上三线明星的出场费了。”

“不是可以保修吗？”夏汐弱弱地问，心里已经在盘算如何凑钱赔偿了。

“人为损坏谁给你修啊？”网友的神回复气得夏汐险些一口鲜血喷在键盘上，“这就好比你买件名牌T恤，自己剪两大窟窿，非找厂家退换，那不是找打吗？”

“我又不是故意的。”委屈地撇着嘴，悻悻地关上电脑，夏汐正绞尽脑汁地算着账，颜笑蹑手蹑脚地推门进来了。

“跑那么快干什么，有人追杀你呀？”颜笑嗔笑着，顺手端给她一碗陈皮红豆糖水，“喏，你妈让我给你捎进来的。”

“着急，回来上网，查点……资料。”自打陈朝民深情地对她唱了首《在劫难逃》，夏汐在颜笑面前说起他时，总觉得嗓子眼里像堵了条瑞典蓝丁胶似的，一发声便被黏住了，吐不出成句的字眼来。

“还需要查啊？他的设备都是社里配的，问我不是更清楚。”颜笑一直为那晚的失态自责，后悔自己的冲动行为将她和夏汐一同置于尴尬处境。难得出了这样一个意外，恰好给了她一个借坡下驴拨乱反正的好机会，遂大大方方地主动挑头问起陈朝民，“他是不是跟你说可以保修？”

“嗯。”夏汐眼睑低垂，轻言细语道。

“就知道那家伙会来事。”颜笑扬眉坏笑，耸肩轻撞夏汐的肩膀怂恿道，“那套设备早过保修期了，他这么说是怕你心里有负担。那家伙对你有意思，你没看出来？”

“胡说！”一巴掌挥在颜笑蹭过来的肩膀上，气力虽不重，声响却足以说明她的严肃。夏汐像个心事被拆穿的腼腆少女，面酣耳热地否认，“我是你的朋友，就算他自己想担着，那也是看在你的面子上。”

夏汐没有想到，在这段微妙的三人关系中，颜笑会把自己摘出来撮合他们俩。颜笑越是无私，夏汐越无法消受她的美意。这就好比是她们身陷荒岛，而颜笑忍饥挨饿，微笑着把最后一口粮食让给了她。夏汐断然不能接受这样的谦让。即使颜笑不会当真因此而饿死，但她心里刚刚燃起爱的火苗却因此而熄灭，叫夏汐怎能了无牵挂地接受这样一份感情？算起来颜笑跟井一分手也快两年了，好不容易再次动了心，怎能因她而被无情地将爱火捻灭？

“我看他完全是在走曲线救国的路线，”夏汐佯装笃定地说，“你爸妈不在，他没法讨好岳父母，所以就讨好你的闺密以引起你注意。”

话说到这份上，颜笑心知，再强攻只会适得其反，只盼着春节回家给那二人留下独处空间，于是话锋一转建议：“上回你不是借了我八千吗，我还没动。要不先还你五千，你给人家买个灯。”

“不用。借出去的钱就是泼出去的水，哪有往回吸的道理？”夏汐睨着眼睛调侃颜笑，“你少在我面前装大方。我除了双薪还能拿年终奖，你能把稿费领回来就不错了。”

“我不是想帮你分担一点嘛。”

“你好好回家过个肥年，别让你爸妈担心，就是帮我最大的忙了。”

“钱你真不要？”颜笑扬起唇角，笑吟吟地模仿拍卖师的口吻，抡起拳头叫价，“五千块第一次，五千块第二次，五千块第二点五次……”

“婆婆妈妈的！不要！”夏汐反起眼皮，抛出一个嫌弃的眼神，哼哼笑说，“你好好揣着，我还指着它产子生孙，将来让我靠利息度日呢。”

2

作为中国的第一个经济特区以及文明城市，深圳过年严禁放鞭炮。加上这座城市里72%的外来人口乘上春运的快车赶往全国各地，一到过年，深圳便成了一座风卷残云的空城，冷清而寂寥。

除夕，吃过年夜饭，夏汐偎在母亲身边看春晚。颜笑打来电话，听筒里一片锣鼓喧天，鞭炮齐鸣好不热闹。颜笑扯着嗓门向母女二人拜了年，兴高采烈地叮嘱夏汐："你一会儿留神看手机，我给你发了彩信。移动网络大塞车，晚一点就能看见了。"

等到后半夜守夜的人身影渐稀，颜笑的彩信才姗姗来迟。夏汐一低头，鼻腔一阵酸痒。图片里，颜笑用炮仗拼成六个火红的大字："夏汐新年快乐"，另一张图片是被姹紫嫣红的焰火吞没的夜空，图下配文写着："一晃又一年了。这一年过得如梦似幻，唯有你的存在使我感受到真实。但愿我们就这样并肩前行，一年一年走进永恒里。你永远的朋友，颜笑。"

"神经病！过个年还要招我哭。"夏汐骂着骂着就笑了，笑着笑着又流泪了。

年初三，母亲去住在别墅区的朋友家打牌，走前交代过路程太远当晚就不回家了。夏汐应和着，拉开冰箱一看那些复杂的饭菜，实在懒得蒸煮加热。南方的冬天没有供暖，飘着冬雨气温挂在4℃的深圳，冷得心肝脾肺都打战。为了少沾凉水，夏汐胡乱塞了两根香蕉，嗑了几把南瓜子，最后又抓起果盘里的山竹，剥了皮"呼噜"几下囫囵吞了下去。

天色还没黑，夏汐便给颜笑打电话，语气很是慌张："颜笑，你说，我会不会死啊？"

"会啊。"颜笑陪父母走了一圈亲戚回来，刚进门，累得筋疲力尽，想也不想便说，"我也会死。人人都会死啊。"

"我刚才好像不小心吞了山竹核，咳又咳不出来，胸口噎得慌，我妈今晚又不在家，我怕我半夜会被噎死。"

"那你晚上睡觉千万别开空调。"听见夏汐微微发颤带着哭腔的声音，想象她惊怵的样子，颜笑哭笑不得地揶揄道，"热风特别耗电。万一你真噎死了，空调一直开着，多浪费电。"

"你……"

"放心吧，没听说过谁叫山竹核噎死的。"颜笑灵机一动，眨巴眼睛笑说，"陈朝民今年也没回家过年，要不我给他打个电话，让他陪你去趟医院？"

"那我宁可噎死。"夏汐噘嘴，没好气地说，"他非说闪光灯已经修好了，死活不让我赔钱。这事闹得，有钱没处赔，搞得我像肇事逃逸的司机一样，哪儿还有脸再见人家。"

颜笑也是女人。最了解女人的还是女人。因此撂了电话，颜笑还是联系上陈朝民，把事态往严重里说，让他赶紧跑一趟。夏汐穿着一身珊瑚绒的连体睡衣，捶胸跳脚地企图将不知道具体卡在何处的山竹核吐出来。听见门铃响，夏汐想也不想便拉开了门，见到气喘吁吁的陈朝民，两个人都愣住了。

"干吗？"夏汐故作镇静问，侧身堵住门缝，丝毫没有让他进屋的意思。

"你这是闹哪样？"陈朝民揪住连帽衣的帽子一角，将那顶栩栩如生的帽子扣在夏汐头上，如此，她看上去活脱一尊天蓝色机器猫了。

"你管我？"夏汐翻个白眼，紧接着又是"咳咳"几声咳嗽。也顾不上形象了，夏汐照着自己心口擂了几拳，依旧不见山竹核游走的踪影。

"换衣服。"陈朝民一只手掌撑在门板上，一面不容置疑地命令。

“干吗?”

“上医院啊。”陈朝民揪住帽子上机器猫的耳朵,忍俊不禁说,“当然,如果你坚持穿这一身出门,我也没意见。”

夏汐本无意跟陈朝民单独相处,可山竹核卡在胃部以上,嗓子眼以下实在难受。加上摔坏外接闪光灯一事她总觉得自己亏欠了对方,于是权衡之下,还是乖乖地换了身休闲服,套了件短款羽绒外套,老实巴交地跟在陈朝民身后下了楼。

二人一前一后来到颜笑所住的那个楼层,眼尖的张婶不知道打哪个犄角旮旯里冒了出来,气都不带喘地接连喊了几声:“小汐!夏汐!汐汐!”

无奈,夏汐只得堆着笑脸,晃晃悠悠地晃到张婶跟前,心不在焉地拜了个年。

“过年了,我来看看老邻居。你妈在家吗?”张婶说话间,被面皮撑得只剩下黄豆大的眼珠子,特技一样放出两道醒目的光束,齐刷刷地落在夏汐身后的陈朝民脸上,张婶喜出望外地喊了出来:“噫,这不是那谁的对象吗?上个月你还来过颜笑家。不对……”忽然意识到了什么,张婶看了看楼道左侧顶头紧闭的房门,扭脸再看一眼夏汐,两道新月眉蚯蚓一样蜷缩在眉骨上,自说自话地嘀咕:“颜笑不是回家过年了吗?你俩怎么又凑一块去了?这小子到底是跟谁好啊?”

“我跟颜笑,我们是同事。”好容易盼到一个与夏汐独处的机会,陈朝民窃喜地计划着如何献殷勤,怎料半路杀出这么一个程咬金来,急得他脸色煞白,用力地摆手否认,“我找颜笑是为了工作。我拍了照,要她选片,才能配文刊发。”

“搞不懂。”张婶向来有种能力,那就是甭管别人怎么说,她始终能坚守在自己构想的世界里,“现在的小年轻啊,今天跟这个好,明天跟那个好,怎么这么乱。”

“阿姨,话可不能乱说:说瞎话可是会构成诽谤罪的。”情急之下,陈朝民也口无遮拦起来,试图用法律镇住对方。不想张婶根本不买账,睥睨着他撇撇嘴说:“你少吓唬我。别以为我不知道,你来这不是一回两回了。孤男寡女的,谈工作都谈进屋了,谁知道你们在里面怎么工作的。”

陈朝民还想争辩,却看见夏汐掉头就走,急忙追了上去,一把攥住她的袖口。

“放开!”夏汐猛一甩手,一股无名火直蹿心头。

“那种嚼舌根的八婆的话你也信?”陈朝民就像是走夜路时无端从身后挨了几记闷棍,疼痛之余还不知道找谁算账,只能气呼呼地质问夏汐,“就算你不相信我,也该相信颜笑吧?我跟她要真有什么,她会打电话让我来找你吗?”

不说颜笑还好,说起颜笑夏汐更是懊悔惭愧。张婶虽讨嫌,但有一句话确实说在了点子上。年轻男女之间,若是没有暗流涌动,谁会浪费大好的闲暇时光与对方闭门独处?陈朝民既然三番五次假借工作之名登了颜笑的闺门,哪怕关系没有进一步发展,他也是带着目的而去的。如果没有夏汐的出现,他们也许水到渠成的出双入对了。夏汐的出现打乱了他们的步骤,干扰了他们的发展,让陈朝民变成了一只抱了西瓜丢掉苞米的狗熊,害颜笑成为还没正式开始便被割舍的输家,也让自己成了夺人所爱的不耻之徒。何况,被她抢夺的那个人,还是心里淌着血忍着痛也要成全她的颜笑!

“你听清楚,这些话我只说一遍。”冷眼乜斜着陈朝民,夏汐的口中飞出无数根钢钉,每一根都扎在他的心尖上,“不管你对颜笑有情还是无意,在我这里,你永远只是她的同事。我和你之间,连熟人都算不上。别以为替我赔了钱或带我上医院我就会领你的情,对我来说,男人只是件换季打折的处理品,随时可以换。但颜笑只有一个,她是我绝无仅有的限量版。我不允许任何人或任何事,影响我和她的感情。”想到陈朝民曾开玩笑说她们是一对,夏汐一字一顿地补充说明:“在这个世界上,除了我妈,比那些口口声声说爱我的男人还要爱我的,只有颜笑。所以,我不允许任何人包括我自己伤害她,哪怕是划伤指甲那么轻微的伤害也不行。你能明白最好，不明白也无所谓。总之，请你别再给我发消息打电话，也别再让我见到你。”

丝毫不给陈朝民申诉的机会，夏汐转身上楼，飞快地冲进家反锁上门，心跳若狂地和衣钻进被窝，身体仍不受控地瑟瑟发抖。

到了下半夜，夏汐叫隔壁女子的哭声吵醒了，迷迷糊糊地坐起身除去外衣，耳朵不由自主地竖起旁听。大抵是和男友闹分手，女子反反复复地哭号问：“你做不到，当初为什么要发誓？你不能永远爱我，当初为什么要跟我开始？”

“傻瓜。”夏汐像鱿鱼卷一样蜷在被窝里，背靠着冰凉的墙壁自言自语，鼻头一酸，视线便模糊成一片。

女人都奢望善始善终，而男人大多擅长始乱终弃。明哲保身的最佳方案不是不爱，而是不要轻易陷入一场爱情。慎始，方能慎终。即使因此错过一个人，也总好过稀里糊涂地开始，不负责任地辜负。

3

开春不久，发生了两件大事。其一是夏汐公司的老总与快件部的经理日久生情。老总的妻子在关外一所学校任教，二人是都市里常见的周末夫妻，而女经理的丈夫是个典型的后知后觉的技术宅。两人在一起三个多月，另外两位枕边人才渐觉异常。为了避人耳目，夏汐这个总经理助理就被迫成了这桩婚外情的掩护，不仅要做二人的传声筒，晚间会议后还时常被拉上车，以护送她回家的幌子，为那二人的约会营造假象。那二人相恋一百天时，总经理给夏汐下达的工作指令是制造一个浪漫隐蔽且安全的庆祝仪式。为此，夏汐在银湖的一家幽静的咖啡厅定了情侣卡座，那二人在卡座里呢喃缠绵时，她待命守在大堂盯着二人的手机，猎犬一样监察风吹草动。

世间毕竟没有不透风的墙。保密工作再严密，依旧有风声传到了女经理的技术宅的老公耳朵里。春暖花开的一个周六，技术宅老公自杀未遂被120呼啸着送进急诊室，尽管捡回一条命，夏汐却无法原谅自己迫于淫威做了这段婚外恋的帮凶。技术宅出院那天，夏汐在花店订了束黄玫瑰送去。黄玫瑰的花语是“对不起”，完成这件事后，夏汐不顾总经理的加薪挽留，连工资都顾不上结算，仓皇请辞。

另一件是颜笑决定另起炉灶单干。起步需要人力与资金。年后，颜笑便“拐带”了同乡兼中专好友邓小池一同返深。辞职后的夏汐也加入了讨薪阵营，火力全开地为颜笑讨要稿酬。由于颜笑所在的杂志社只是家买下刊号的民办杂志，向私人老板讨薪就如同长工从地主牙缝里讨食，阻抗极大。当初，老板假借避税之名游说颜笑签下了只标注底薪的劳动合同，至于口头承诺的稿酬，老板矢口否认，劳动局也无从入手。知道该老板最近正找人注资，夏汐便发动身边的义气儿女，冒充各路媒体记者，往老板的办公室、家庭座机和私人手机打电话，以报道欠薪为名，无孔不入地给他施加压力。老板虽心疼钱，但更担心影响不好坏了发展大计，只好从牙缝中抠出六万块钱，一次性偿还了亏欠颜笑一年多的稿酬。

颜笑领到钱，第一时间还清了夏汐的借款，余款则跟邓小池一起凑了十五万，注册了一家文化公司。为公司起名时，颜笑征求夏汐的意见，夏汐脱口而出：“就叫‘当然文化’吧，英文名叫‘Sure’，多理所当然！多拉风！”

“未免有点太自负了吧？”邓小池在内地广告圈混了几年，俨然一副前辈的姿态，似笑非笑说，“要让人家心甘情愿掏钱，第一印象很重要。一上来就是摆出舍我其谁的高姿态，很容易让别人反感。”

要是换一个人，夏汐肯定二话不说就跟她呛起来了，“连这点自信都没有，那还开什么公司？”可人是颜笑拉来的，不看僧面看佛面，夏汐不能让颜笑为难。另一个原因是夏汐本想以之前的房租借款参股，可颜笑坚持退了她的钱，“你刚失业，好多地方要用钱，技术入股就行了，钱你必须留下。”没有出钱就没有话语权，尤其在陌生的邓小池面前，夏汐无端地自觉矮了半截。因此，遭到她的抢白，夏汐只是翻了翻白眼，撇嘴不说话。

邓小池想了好几个自认为高大上的公司名，均已被他人抢注。末了，公司还是以“当然文化”注册，但在夏汐心里，那不过是她们退而求其次的选择，就像是她挥汗如雨地为别人做了桌饭菜却遭到对方挑肥拣瘦的嫌弃，最终，她们虽为了疗饥勉为其难地咽下，但厨娘却很难因此而欣慰。

就因为取名一事，夏汐与邓小池还未曾熟络，就有了隔阂。

不管怎么说：成立了自己的公司终归是件值得庆贺的事。邓小池说：“咱们必须吃顿大餐开个好头。”受了她的感染，颜笑也搂过夏汐的肩膀，眉飞色舞地表示：“姐有钱了，说吧，你想吃啥？姐埋单！”

看她二人沾沾自喜的得意劲，夏汐一点也高兴不起来，像是被碎石子卡住了气管，心口隐隐作闷。夏汐失业了，颜笑却成了老板，骤然间的角色互换令她倍感失落，好像自己不再被颜笑所需要。更令她气结的是，横空而降的邓小池对她而言完全是一个频道不同的陌生人，却是与颜笑共同成长的深交。她们喋喋不休地笑谈往事，夏汐根本插不上话，只能干瞪眼木然地看着，被一堵无形的墙壁隔挡在她们共有的记忆之外。莫名地，夏汐对邓小池有了抵触。就像是寒世里抱着取暖的两只刺猬，突然空降下另一只刺猬，无论颜笑拥抱哪一只，被她背向而对的另一只，免不了会被她的芒刺扎伤。因此，夏汐负气说：“还没挣钱先学会花钱了，我可没这习惯。你们去吃吧。”

觉察到夏汐的异样，颜笑拢了拢嘴，提了个两全的建议：“要不，我给土哥打电话？上他那儿吃过好几顿，咱们还没自己掏过钱，正好上门看看他。”

尽管这顿饭的性质不一样，夏汐还是那个夏汐，兴致勃勃地猜测：“土哥，土豆饼里是不是放了罗勒？鱼里是不是搁了紫苏叶子？”夏汐一面提问，一面埋头一笔一画地在小本子上记录：“煲汤放一勺红醋能让汤变成奶白色，放半个苹果能调出汤的甘甜。”

收拾厨房时，颜笑跟夏汐打趣：“瞧你认真好学那样，还真想改行当厨师啊？”

“我就是想陪土哥多说会儿话。”不知道为什么，自邓小池出现后，颜笑与夏汐的关系变得紧张起来，就连她的调侃也让夏汐感觉到刺耳。擎着块干毛巾，兀自擦干盘盘碟碟上的水渍，夏汐沉着脸，半带埋怨道，“一晚上就听你们俩聊那些陈年旧事了，我再不找话题跟土哥搭两句嘴，他老人家不得闷死？”

土哥的情况颜笑是了解的。土哥有过两段婚姻三个子女，都因他的关系移民国外。拿到绿卡的前妻和儿女就像断了线的风筝，一去不回。前半生都在为家人奋斗，刚步入耳顺之年，土哥却成了孤家寡人。一次采访，颜笑问土哥：“你在酒店做星厨都有徒弟和帮厨，做私房菜却只能一个人忙前忙后。你为什么要开这样一家私房菜馆？”土哥摸摸头，露出门牙脱落的齿洞，憨笑说：“跟厨房伙计说不到一块儿。还是这里好，每天人来人往的，热闹。”夏汐当时就红了眼眶。颜笑在杂志上为土哥开辟了一个私房菜专栏，每月一期采访。夏汐不管多忙，也要穿越半个深圳跟着，就为了陪土哥多说两句话，帮他干点力所能及的活儿。

人群中的土哥是寂寞的。三个人中的夏汐，也是寂寞的。

寂寞的夏汐在彩世界小区门口就爆发了。

三个人乘电梯下了楼，邓小池怡然自得地和颜笑商量着重新布置房间的事，忽然拍了一下阴着脸的夏汐，不容置否地说：“对了，把你的钥匙给我，省得我再去配了。”

初来乍到，邓小池无处落脚，搬去与颜笑同住分摊房租无可厚非。但催促夏汐交出钥匙就像是不懂事的小学生在课桌上画的三八线，非要与她分清楚河汉界。并且，在夏汐看来，邓小池以这样的方式孤立她，是经过颜笑默许的。饶是颜笑打圆场说：“配把钥匙要多少时间，一会儿回去我就给你配。”但自尊心严重受创的夏汐却二话不说，掀开包摸出钥匙，狠狠地拍进邓小池手里。

出了电梯，迎面走来一个青春逼人的女子，挣死扒活地拉着落地门的把手，门却纹丝不动。夏汐积压多日的怒火，就在这一刻被点燃了。指着门上的圆形标志，夏汐气势汹汹地斥责拉门的女子说：“小姐，这个字念推！”

“至于吗？”邓小池不了解夏汐，也就无从理解她突如其来的暴脾气，主动搭把手推开大门，微笑着向无故受牵连的路人赔不是：“不好意思啊。”

“习惯了就好。”颜笑本能地替夏汐解围，讪笑说，“她就是颗海胆，看着坚硬，内心特别柔软善良。”

“用你说？”夏汐心里犯起了嘀咕，想起此前和颜笑搭电梯时进来个两手空空的女子，毫不客气地吩咐颜笑：“12楼。”末了，连句客套话都没有。颜笑不受尊重地被使唤了，夏汐当时就火冒三丈，阴阳怪气地假意跟颜笑闲聊：“你知道吗，在日本有种职业叫电梯小姐。别看人家以此为生，被服务的客人还会跟她们道谢。”

“可不是吗，”夏汐开了个头，颜笑便心领神会，接茬说，“枉我大中国还是礼仪之邦，就是有那些不自觉的野蛮人毁我上下五千年的文明！”自知理亏的女子叫夏汐臊得无法自处，电梯到了8楼便匆匆逃了出去。那时候，她们是共患难同歼敌一个鼻孔出气的铁磁，现在却只剩下夏汐孤军作战，而颜笑则像个说书人一样不痛不痒地在战后为她加条注释说明。

出了小区，夏汐说了句：“我还有事，你们先回去吧。”便朝着相反的方向，步履匆匆地走去。望着夏汐落寞的背影，颜笑眉头一紧，低声告诫邓小池：“以后当着夏汐的面，咱们少说点陈芝麻烂谷子的事，别招她不开心。”

4

三个女人一台戏。夏汐与颜笑相识快三年时间，从来没有红过脸，却在三个月内因了邓小池的关系，屡屡站到了对立面。邓小池就像是一块被扔进湖心的金属钾，在二人原本祥和的关系中产生了剧烈的化学作用，"嘶嘶啦啦"地带出不少动静，搅乱了这池原本波平如镜的湖水。

公司初成立，为了节约资金，三人合计暂且在颜笑与邓小池合租的公寓里办公，即夏汐家楼下。夏汐没有告诉母亲辞职一事，其一是避免母亲担心，更重要的是怕母亲不省心。夏汐初中时因不肯协助班上的小恶霸作弊，那个家里颇有钱势的暴发户二代便连同几个顽劣学生告她的黑状，造谣她偷钱，她因此被老师惩戒坐到了教室最后一排。那个时候，教室里座位在前三排的都是品学兼优的三好学生，倒数两排的则都是姥姥不疼舅舅不爱的差等生。吃了这样的哑巴亏，夏汐没敢找母亲叫屈。一来她已离开母亲所在的小学不再属于母亲的保护范畴，二来她也怕母亲责怪她懦弱无能。夏岚从其他同学嘴里听说此事时，夏汐已在班上末排听了三个星期的课。母亲也没和夏汐打招呼，找来教育局的干事和报社记者，风风火火地杀到学校。暴发户二代虽然在年级里耀武扬威的，但说到底也是个半大的孩子，哪里见过这种阵仗？当一群面孔严肃、胸口别着记者证的叔叔阿姨将他围住让他一定要说实话时，暴发户二代的脸都吓绿了，前言不搭后语地交代了实情。夏岚沉着一张脸一声不吭地听完孩子的交代，"噌"地站起，切着手"砰"的一声拍在讲桌上，怒目圆睁地逼视班主任，舌头像上了楦机关枪一样，劈头盖脸地一通控诉："你根本没有深入了解情况，凭什么听信一个坏学生的片面之词就惩罚我女儿？夏汐近视一百多度，离黑板那么远根本看不清字，她这三周根本没上好课，谁来赔偿她损失的受教育机会？难道这就是你所理解的义务教育？我也是老师，我为有你这样的同行感到羞愧！不光因为你不辨是非，更因为你对学生进行等级分化！像你这种不分青红皂白对学生实施等级制度的老师，简直是人民教师队伍里的毒瘤！是我们教育界的耻辱！"

经过母亲的声讨，夏汐又回到了教室前排，但她却许久不敢看班主任的脸。所以，这一次，夏汐还是决定让辞职真相烂在肚子里。她怕母亲顺藤摸瓜了解原委后，又疾恶如仇地找上门，轻则折辱不检点的二人，重则再把警察和民政局的人找了去，闹得公司鸡犬不宁甚至捅出更大的娄子来。于是，夏汐独自咽下这个哑巴亏，辞职三个月，仍将母亲蒙在鼓里。

所有不能自圆其说的谎言，都是缺少职业道德的。夏汐既然决定隐瞒母亲，就必须打好攻防战以免被揭穿的那天母女二人都下不来台。不叫母亲看出破绽，夏汐就必须按惯例作息如常上下班。可是，如今的"公司"就在母亲眼皮底下，下楼拐个弯就到，极易被抓个现形。偏偏邓小池嗜睡，睡起懒觉来打雷都吵不醒。有时颜笑在洗手间，夏汐连敲带拍好一会儿，都没人来应门。心惊肉跳地站在门口，眼角不时飘向楼梯口，夏汐既担忧被母亲撞见，心里同时又埋怨邓小池索走她的钥匙。邓小池毫无纪律性不仅体现在爱睡懒觉上，拜访客户时她也总是磨磨蹭蹭地梳妆打扮误了约定时间。

夏汐在母亲的严格要求下，已然成为一个遵纪守时的良民。哪怕约了同学上街玩耍，母亲也会督促夏汐提前半小时出门，说是万一路上有个突发状况也有余闲时间应急以免迟到。母亲的言传身教下，夏汐永远是班里第一个交作业的学生，永远是早自习第一个到的模范生，以至于成人世界里的任何状况下，她依然保持着第一的出席率。而守时，在懒散的人群中，就意味着永远的等待。习惯早到的夏汐常因为拖沓的邓小池而迟到，向客户致歉时，她觉得自己洁白如新的人生出勤表上因此而布满污点。

"我们是一个团体。一个人不守时，就会导致客户怀疑我们的诚信和能力。如果我是客户，我也会质疑：最起码的时间观念都没有，怎么保证能如期交作品？"夏汐完全是站在公司利益的立场上批评邓小池，对方却不以为然斜眼说："我做了3年广告文案，从来没有哪个甲方因为迟到而否定过我。广告是门创意艺术。搞艺术的人最要紧的是有个性。守时是中规中矩的小学生伎俩，我不需要靠这个加分。我的才华就是我的武器。有作品撑腰，硬气点也正常。诸葛亮不还让刘备三顾茅庐呢。"邓小池半开玩笑地戏谑，字里行间似乎在取笑夏汐不了解广告圈，分明是个门外汉却可笑地在行家面前班门弄斧。这种时候，颜笑便讪笑着打圆场，一面对夏汐说："小池说的有一定道理，毕竟她大学读的就是广告专业，又在圈子里混了几年，比我们有经验。"一面跟邓小池解释："夏汐也是为公司着想，她对什么事都特别认真，精益求精也是对的。"

中间夹了个老好人，夏汐与邓小池便始终辩不出个孰是孰非。没有规范约束，邓小池继续我行我素地睡懒觉、迟到、用餐后将油腻腻的碗筷泡在池子里久久不洗，以夏汐受教养成的生活习惯截然相反的生活态度，膈应着她。夏汐对邓小池的不满，就像滚雪球一样膨胀着，因了颜笑的不作为，对她的不爽也与日俱增。公司成立半年后，越滚越大的雪球撞上树桩一般被击打得粉碎，一场迟到的战争终于爆发了。

起因是公司接了两单业务赚了点钱，正巧赶上话剧《武林外传》在深圳巡演。颜笑与夏汐都是话剧迷，便商量着一同看一场唤醒青葱记忆的演出。邓小池对话剧无感，当颜笑提出可以将话剧票折现作为她的奖励时，邓小池极似一个生怕自己掉队让别人把便宜捡了去的任性孩子，却竖着眉毛反问："你们都去看不带我去？凭什么？"

最终，颜笑买了三张前排话剧票。距演出开场只剩半小时，邓小池还在华强北以狂欢的姿态逛街，夏汐想到正好有个大学同学住在保利剧院附近，于是建议："她如果赶不及，可以问问看我同学要不要票。680元一张票，不看太浪费了。"

颜笑话才说一半，电话那头的邓小池就炸了毛："迟到不等于不到。我说不看了吗？再说，这是我的福利，凭什么转给别人？就算我不看，这钱也必须浪费在我身上！"

夏汐长这么大，就没姑息过这么损人不利己的小人。饶是中间碍着颜笑的情分，夏汐也无法听之任之，夺过手机便是一通厉声数落："邓小池，我再放纵你我都会瞧不起自己！你迟到还迟出道理来了？你还真拿自己当格林威治子午线了？所有人的时间都得以你为参照？你以为你是谁啊？坐井观天的牛蛙，真敢拿自己当凤凰！"

"你走吧。"教训完邓小池，夏汐苦着一张黑脸对颜笑说，"咱们是第一排的票，有个风吹草动都会影响台上的演员。她不会写尊重两个字，我可丢不起这个人。把票给我，你也别看了，就说我强行把票抢走了，省得你左右为难。"

"这事是她过分了，回头我得好好教育她。你也消消气，犯不上为一张票坏了心情。"颜笑劝慰着，在开场前五分钟，将属于邓小池的话剧票原价卖给了票贩子，拉着夏汐走进近剧院，以行动支持她来终结这场对抗。

在邓小池成套成堆的歪理面前，夏汐总有一种无力感。就好比良民遇见泼皮，过去25年她所受过的教育，多年来沉积的素养，在那样一个心中没有规则的人面前，丝毫不起作用。话剧票犹如一根导火索，拉开了二人长达小半年的战争。这场伤了和气的战争没有赢家，三败俱伤。

"当然文化"成立一周年当日，夏汐交还新办公室钥匙，神色凝重地说："公司上了轨道，我也可以放心离开了。虽然说'道不同不相与谋'，我还是打心眼里祝福你们越办越好。"

颜笑心头有些酸楚和不舍，转念又想到那些周而复始的分歧与争执，便只好顺了夏汐的心意，再一次收回她的钥匙。

5

夏汐感觉母亲夏岚近来有些反常。都快退休的人了，母亲突然学习起了QQ聊天和传照片。在夏汐印象中，母亲并不是一个学习能力特别强的人。有一年学校组织国际交流，一个叫Alice的悉尼小女孩作为交换生，被安排住进夏汐家。Alice到达前三天，母亲提前进入紧张的备战状态，叫夏汐将常用的英文单词写下，以拼音标注发音，每天捧着那个小本子循环往复地读诵。Alice到深圳的那个早晨，母亲提前半小时叫醒夏汐，煞有介事地请她帮忙温习英语。夏汐出门前，母亲又问了一遍："欢迎你到我们家来，英语要怎么说？"

"Welcome。"夏汐轻轻皱眉，心想，来来回回念叨800遍了，就算是只鹦鹉，大概也已经学会了吧？

可母亲毕竟不是学舌的鹦鹉。夏汐与Alice一前一后地进了家，母亲热忱地接过Alice的背包，牵起她粉白的小手，舌根在唇腔里转了半个圈，激动地说："你好，欢迎光临。"

就是这样一个对新生事物接受度几乎为零的母亲，却在年过五旬时学起了网聊，每天架一副眼镜坐在电脑前，聚精会神地盯着屏幕，绷着食指艰难地在键盘上逐个字母地敲击。有时夏汐经过她身边，母亲像只受了惊的小鸟一样警惕地伸展十指护在屏幕前，生怕电脑上的那点小秘密叫女儿看了去。见母亲如临大敌的紧张模样，夏汐暗忖，能征服一个女强人使她变得神经兮兮的，恐怕也只有爱情了。

夏汐很想找个人聊聊母亲的变化，可自打她离开“当然文化”，与颜笑之间的互动便与日俱减。说起来，她们依旧楼上楼下地住着，按理说是抬头不见低头见的近邻关系，但三个月来，她们压根儿没有见过几面。夏汐找了份外企的国际采购工作，作息时间也与国际时间接轨，常常是颜笑入睡时夏汐方将打开MSN与美国供应商交谈，当她困顿不堪时颜笑刚从睡梦中苏醒。好容易盼到一个正常休息日，夏汐叩开门想找颜笑聊聊，邓小池却像石柱一样杵在屋子中央，眼神还不安分地不时飘来。夏汐本就与邓小池不对付，她可不想授柄予人。母亲疑似梅开二度一事在她看来并不是件喜闻乐见的好事，加上近在咫尺的关系，夏汐担心邓小池嘴一瓢讲出不中听的话传到母亲耳朵里，因此几次张了张嘴，又生生将掏心窝的话咽回肚里。

深秋时节，一树一树的异木棉恣意盛放，整座城市像被胭脂色纱缦围裹着。颜笑来电约请夏汐赴一场晚宴，夏汐刚枕下，迷迷糊糊地回了几句：“邓小池也去吗？她去我就不去。跟她没话聊。”

不一会儿，颜笑亲自登门，坐在床沿脉脉不语地注视夏汐，倩笑嫣然。

夏汐拉下被子露出半张脸，眼睛眯着一条缝细细打量颜笑，见她如仕女图一般盈盈秋水淡淡春山的妆扮，“呼啦”一下掀开被子坐起来，目光直勾勾地问：“你恋爱了？”

“也不算。”颜笑娇笑，微微一颔首，眼波流转道，“邓小池的远房表哥，在4S店上班，见过几次面感觉还行。所以今晚想让你帮我检阅一下。”

夏汐心中犯着嘀咕，揉了揉眼睛，筛糠一样摇晃脑袋，似乎要摆脱那股不明所以的恼火。

“一起去嘛。”颜笑看不穿夏汐的心理活动，满怀期盼地央请，“见个面，帮我参谋参谋。”

女人征求意见时，心里多数已有了决定。与其说颜笑指望夏汐的参谋，倒不如说她需要夏汐的认可——对她的决定的认肯，对她的选择的接纳。因此,夏汐了然,无论她是否出席,早晚也要与邓小池的远房表哥打照面。

所谓的小聚会,活脱一个声势浩大的亲友见面会。夏汐估计到深圳才一年多的邓小池把她在深圳所有认识的人都拉来造势了,在COCOPARK的露天酒吧街,拼了三张长桌才容下那浩浩荡荡的十七八人的亲友团。夏汐揣着沉甸甸的心事坐在长桌尽头的角落里,脸上如同白板一样面无表情。听着各路人马对名叫刘晓的男主角的各种吹捧,夏汐全程阴着脸,噤若寒蝉。

“你觉得他怎么样?”借着敬酒之机,颜笑俯耳低语,殷切地等待夏汐的点评。

“不怎么样。”夏汐愤愤地琢磨,一个男人如果足够优秀和自信,还需要拉这么多人马来助兴吗?但在浓浓的夜色里,望见颜笑秋水一样流淌的眼波,夏汐沉吟片刻,真诚地说:“还行。关键是你喜欢。你开心就好。”

闺密的认许,就如同签证官盖下的同意章,又似孩子参加选秀比赛前得到家人的鼓励与支持,给了颜笑无穷的力量。整个晚上,颜笑犹如一只花蝴蝶似的,翩然飘至亲友团每个人身边,浅酌一口再飞回刘晓身边,频密地与他互动,聊聊家乡的美食,用岳阳话你一句我一句地唱着童谣。夏汐远远地望着,静静地听着,仿佛自己被困在一部观光电梯中,隔着坚实的玻璃窗,观看那一场宾主尽欢的表演。

窗外风光无限都与夏汐无关。她不过是这场热闹中一个可有可无的看客。

刘晓在众人哄抬下牵住颜笑的手,颜笑并不真心地稍作反抗,他便有了勇气低下头,小鸡啄米似的在她额头浅吻一口。颜笑娇羞地笑了,唇角轻扬地眺向夏汐,眼角眉梢都在诉说:“亲爱的,你看,我真的很快乐。”

无可名状的凄惶潮水一样涌来,瞬间将夏汐吞没。夏汐原以为,母亲是这世上爱她至深的人,颜笑是与她密不可分的至交。但那些以为,皆不过是她自以为是的以为而已。母亲的爱,依旧会分予他人,颜笑身边也会出现取替她的另一半。若是早知这世上没有一种关系牢不可破,没有一份爱可以从一而终,当初她不如从了陈朝民,至少她不必在旁人幸福时备受冷落。一念及此,夏汐不由得悲从中来,干涩的眼眶中渐渐潮湿。

颜笑和每一位客人碰杯言笑,注意力却始终集中在夏汐身上。见她落落寡欢地喝着闷酒,阴着脸摆手打发走路边兜售生意的烧烤摊贩,颜笑架起一杯红酒,娉娉婷婷地走到夏汐身旁,"叮咣"一声碰杯问:"你今晚不对劲,到底怎么了?"

"没什么。"三个字赌气一般争先恐后地冲口而出,夏汐轻轻咬住下唇,眼眶中霎时热泪滚滚。

"喂,你别吓唬我。"颜笑喝了不少酒,脚步有些飘忽,猛地拉过旁边的椅子,跌坐在夏汐身边,一把搂过她的肩膀,舌头有些打结,忧心忡忡道:"我检讨。最近确实疏忽了你,但我以为你知道的,不管见不见面,你对我来说都是最重要的人。不管你遇到什么事,我都会为你冲锋陷阵。"

"真的没事。"想到母亲防贼一样防范她的手势,夏汐耸耸鼻梁,头枕在颜笑肩胛间,哭丧着脸说,"我就是想不明白。为什么我喜欢吃的餐馆都倒闭了。我爱过的人都离开了。大家都热热闹闹的为什么我总是一个人?为什么我什么都抓不住?我只是希望简单温暖持久的陪伴而已,为什么就这么难?我亲爸亲妈不要我了,昊子不要我了,陈朝民也走了,就连我妈现在也快不要我了。还有你,你会不会也离开我?"

"你作死啊!"颜笑怒斥,轻轻地一巴掌呼在夏汐脸上,鼻尖一酸心头一紧,豆大的泪珠滚出眼眶,"你妈怎么可能不要你?我怎么可能离开你?就算你生我气不理我拉黑我,我还是会像吊死鬼一样跟着你缠着你的。"

"骗子。"夏汐撇嘴,喝进肚肠的酒精此刻都化作委屈的泪水,汹涌如注,"我跟邓小池吵架你也不帮我,我离开公司你也不留我。你跟他们一样，说一套做一套，最后还是义无反顾地抛下我。”

“你傻呀。”酒精也模糊了颜笑的意识，垂眉瞠目地瞪着肩头的夏汐，委屈地申辩，“我帮你说话，只会让她更反感你。我不留你是怕你干得不开心。我们一起经历过那么多风雨，我怎么可能扔下你？”

“我妈都快要跟别人走了，谁还会永远陪着我？”

“傻瓜！”颜笑一惊，这才意识到二人疏离的这几个月内夏汐所承受的内心煎熬与恐慌，心中既愧且悔，一字一顿说，“夏汐，你给我记住了。不管发生什么事，就算全世界的人都离你而去，我永远不会不找你。”

被胭脂色纱缦围裹的秋夜，酒入愁肠的夏汐与颜笑哭作一团。任由长桌上声息渐消的看客，看戏一样瞠目结舌地观望她们。

6

夏汐不喜欢刘晓。说不清是因为邓小池的关系厌屋及乌，还是对他本人的抵触。那晚刘晓找来代驾，开着那辆黝黑色奥迪A8送她们回家。大家正承受酒精的催眠时，只听见刘晓一个人喷着酒气大放厥词：“我跟你们讲，傻瓜才买豪车呢。汽车就是个消耗品，买了还不算完，油贵过路费停车费贵维修保养更贵，有辆车就等于腰上挂把刀，一刀一刀地割你的肉。我要不是有个便利条件，我才不稀罕开车呢。”

“真是偷了腥还嫌鸡膻！”夏汐不屑地反眼，心想，穷屌丝偷开店里的车约会，耍完威风还要装清高说风凉话，这表兄妹俩果然血脉相亲！这样想着，嘴角便掠过一丝鄙夷，夏汐阴阳怪气地反问：“那你今天明知道要喝酒，干吗还借车开?”

代驾司机虽目不斜视，但耳朵一直没闲着，听见这车是借来的，余光好奇地瞄了身旁一眼。就不经意的一眼，刘晓的脸上便有些挂不住了，故意打个酒嗝以示不耐烦，没好气地反问:“我不开车，谁送你们回家?”

顾虑到颜笑的感受，夏汐没再接话，心中扬扬得意地窃笑，还装出道理来了。大哥，您不知道地球上有种交通工具叫的士吗?

车子驶进小区，夏汐正要推门，刘晓回头扫她一眼，装出热忱问:“夏小姐住哪里呀?”

得知三人住在同一幢楼，刘晓抬眉瞪眼蹩脚地表示出惊叹，明知故问道:“哟，这么巧，你也跟她们住一块啊?”

画蛇添足的表演，无非是想强调三个女人的关系亲疏有别。夏汐相信，即便邓小池不曾交代过她的背景，颜笑也定会在刘晓面前详尽地聊起她。刘晓多此一举的行为，就像是一只好斗的公狗对着柱子抬腿撒尿以圈地界，无非是向她宣示:自己的好表妹与颜笑是一个俗称“她们”的团队，而夏汐，不过是一个微不足道的“她”。

碍于颜笑的面子，夏汐没有回应，心里冷冷地啐了一句:“无聊!”

虽说君子和而不同，但夏汐实在无法与表兄妹二人求同存异。正因为近朱者赤近墨者黑，人才应谨慎择友。越是关系亲近的身边人，越容易影响一个人的价值观。呱呱落地时人们无法选择自己的父母，因此选择什么样的朋友与爱人，对一个人心智的养成就更为重要。夏汐觉得，刘晓的一言一行都透着一股冒酸气的虚伪。如果说与邓小池成为同窗校友是在颜笑少不更事时没有选择的选择，那么对于如今她选择刘晓这样的伴侣，夏汐既感到纳闷，隐隐中又有些欲语还休的忧虑。她不说透，不仅因为她尊重颜笑，更是因为她信任颜笑有分辨优劣的能力。假以时日，夏汐暗想，颜笑总会做出正确的选择。

这一天，母亲做了剁椒鱼头和孜然寸骨，边摆盘码菜边吩咐夏汐:

“给颜笑打个电话吧。她不是湖南人吗，正好叫她来尝尝我做的湘菜正不正宗。”

“她最近签了几个单子，不一定有时间。”

“再忙也要吃饭啊。”夏汐找了新工作，这才轻描淡写地告诉母亲自己换了工作，以及颜笑自己成立公司一事。闺密二人谋得更好的发展本是件值得高兴的事，可是这阵子，夏汐脸上鲜少挂出笑容，和颜笑之间的互动也骤减。夏岚早就觉察出反常，因而不动声色地建议，“要不然我给她打包起来，一会儿你送下去。”

“不用了吧？她不一定在家。”夏汐吞吞吐吐地推辞，一个念头闪过，便想出一石二鸟之计，犹豫地问母亲，“妈，颜笑最近恋爱了，可是我却有点失落。妈，我这样正常吗？我是不是有病？”

“正常。”母亲心中似乎早就有数，盛一碗枸杞乌鸡汤轻放在夏汐面前，温柔地注视着她，娓娓说道，“你心里是不是觉得有点别扭甚至有点难受？是不是觉得自己的爱被分薄了？这就像是拉扯儿子长大的单身母亲在儿子恋爱时，有种被横刀夺爱的凄怆。这不是像世人说的‘恋子情结’，这不过是一种孤注一掷的付出的情感后遗症。你这人孤僻又尖锐，从小至大都没什么朋友，好容易碰见个知心的，好得就跟一个人似的。以前你的世界里都是欧阳昊，后来就换成了颜笑。你把所有的感情都寄放在一个人身上，当发现对方除了你以外感情还分散投资给了别人，你心里自然会不平衡。你把所有鸡蛋都放在一个篮子里，篮子打翻了能不心慌吗？可是，你不能怪别人。谁都不是救世主，你不能苛求别人一辈子只跟你好。你要记住，把一个人看得太重，不仅容易伤了自己，也会造成别人的心理负担。感情需要做分散投资，火力全开地依赖一个人，于人于己都不公允。因为，人生下来是一个人来，走的时候也是一个人走。谁都不可能陪你一辈子。你要学会跟自己独处，要学会承担自己、照顾自己，放过别人。”

小时候因为辅导员母亲的严厉，班上的小伙伴对夏汐敬而远之。与母亲分校后，了解自己出身的夏汐敏感而自卑，寄居蟹一样躲在以清傲堆建的硬壳中。在孤独中长大的孩子往往有着更深的感情需要与依赖。大学进校不久,夏汐便与欧阳昊打得火热。那时候的夏汐根本不需要朋友,欧阳昊冲她微微一笑,她的整个世界都被点亮了。某程度上,夏岚很感激欧阳昊。感激他像个身兼数职的中锋球员,全能多方位地填补了夏汐血缘中的空缺。一个欧阳昊,替补了夏汐的父亲、兄长、男友及朋友的席位。可也正因为如此,夏岚有些埋怨他的提前退场。就像一个以爱为囚的饲养员,豢养多年后突然放虎归山,而长期接受人工喂养的老虎已完全丧失自食其力的本能,只能自生自灭。如果不能永远宠溺一个人,当初就不应过分溺爱她。欧阳昊离场后,颜笑顶替他承担了夏汐所有的感情寄托。尽管二人相识只有三年多,但夏汐对颜笑的信任与依赖,远高于男女之爱。夏汐以为,这是个可以陪自己终老的伙伴,却忽略了颜笑不仅是她的闺密,还是颜笑自己的主人,拥有她自己的人生。

长久以来,女儿感情与生活中的高低起伏,夏岚都默默看进眼里。之所以不妄加指点,是因为切身的婚姻经历和多年辅导员的工作,足以让她体察人性的温暖与凉薄。夏岚希望给女儿足够的空间,让她自己体验感悟摸索着成长。但如今,夏岚对感情有了新的体会,正迟疑着不知如何告之夏汐,恰巧借着这个良机,便说出这番语重心长的教诲。

知母莫若女。夏汐借题发挥的试探,果然换来母亲的体己话。母亲看似循循善诱的引导,同时也是在为自己的异动做铺垫。尽管母亲没有挑明,在夏汐看来,这番旁敲侧击的劝导已间接地印证了她对于母亲近况的揣测。

"我明白。"夏汐善解人意地冲母亲眨巴眼睛,心中暗想,天要下雨娘要改嫁谁能拦得住呢?因而话里带话地表明自己的立场,"你说的我都懂。每个人都有追求幸福的权利。我明白的。"

"爱是可以并存的。"领会到女儿的心意,夏岚眉头一紧,诧异之余又有些羞涩。窘迫地沉默了片刻,夏岚还是决定缓一缓找个最佳时机将男友引荐给女儿,于是温和地望着夏汐,一语双关道,"我相信,就算颜笑恋爱了，甚至将来她结婚成家了，也不会妨碍她继续爱你。家人也好，知己也好，都是一辈子斩不断的缘分。也许她陪你的时间比过去少了，你们谈心的机会不如从前多了，但你们共同经历过患难的那些记忆，永远不会磨灭。”

“嗯。”夏汐心领神会，轻轻颔首抿嘴微笑，心里的泪水却已滂沱。老舍说过，“人，即使活到八九十岁，有母亲便可以多少还有点孩子气。失了慈母便像花插在瓶子里，虽然还有色有香，却失去了根”。这种丧失之痛，并不意味着她不为母亲感到高兴，只是在祝福母亲的同时，隐隐间，夏汐有种失去根基的恍惚。二十多年来，母亲全神贯注的爱是她生存之根。母亲一心一意的照顾使夏汐对自己的存在深信不疑。哪怕她的生命之源唾弃了她，至少还有养母夏岚视她如珍若宝。当这份全心全意的爱与陪伴被一个不明身份所分割，夏汐便感觉自己像株被连根拔起的鲜花，登时失去了生命力。

一夜之间，与她关系最为紧密的两个女人，各自有了新的生活。霎时间，夏汐感受到前所未有的凄凉。

回到阒无一人的房间，孤独像沼泽一样吞没了夏汐。抱膝蜷坐在黑暗的床角，夏汐摇头苦笑，轻声对自己说：“嘿，从现在起，你要学会独立，学会负担自己的喜怒哀乐。因为，今天开始，你就是真的‘孤儿’了。”

7

夏岚一直想找个合适的时机，顺其自然地将魏如海引荐给女儿。

谁曾想，千筹划万盘算都敌不过际遇的一个玩笑。

夏汐就那样撞见了魏如海，在夏岚最狼狈的时刻。

因不能生育被前夫下了休书后，夏岚曾立志此生不再依靠男人。一个人教育夏汐的那些年，无论吃了多少苦受过多少累，哪怕带病出席女儿的家长会或是在风雨交加的夜晚驮着发高烧的女儿跑向急诊室，单身的信念都不曾动摇过。有一年，夏汐报名参加亲子运动会“二人三足”的比赛。母女俩扯了半尺棉布条，绑住二人脚踝，每天晚饭后绕着小区绿化带来回兜圈子。练习了大半个月，临到比赛，夏岚不慎崴伤了脚。为了不让女儿失望，夏岚还是忍痛上了场，卓别林似的撇着一字步，一跛一踮地完成了比赛。尽管拿了倒数第一，母女俩的体育精神却使全场叹服。赛后，有学生家长建议夏岚：“还是再找个伴吧。身边有个知冷热的，不但能照顾你们俩，必要时刻他还可以替你上场。”夏岚一面用红花油揉足，一面微笑反问：“用不着，我自己能行。再说，我还能天天生病受伤啊？”

可人到底是吃五谷杂粮的哺乳动物，即使不惧病痛，却无法对抗衰退。这几年，夏汐像一只羽翼渐丰的离巢小燕，对母亲的依赖与需要越来越少。而夏岚对自己日见年迈的身体也越来越力不从心。夏汐与欧阳昊旅游在外的一个夜晚，夏岚忽然被腹痛从睡梦中惊醒，肚子里像吞进了一把手术刀，翻天覆地地绞剐着她。夏岚忍着剧痛冲向马桶，顿时感觉有千军万马从肠道奔腾而下。这边厢，还在痛苦地一泻千里，那边厢，灼热的胃阵阵翻心，一股酸汤沿着食道逆流而上。夏岚在虚脱前拨打了120，这才幸免于一场食物中毒引发的后患。倘若夏汐在家，兴许就不会发生这样的意外。女儿在的时候，夏岚不管多忙，总会为女儿做顿热饭菜。女儿不在家，夏岚的晚餐就应付了事。那天下班路上见一妇女挑着扁担卖米酒和各种凉拌小菜，夏岚便买了三两凉拌金针菇，回家就着馒头吃。由于新鲜的金针菇中含有秋水仙碱，食用后容易因氧化而产生有毒的二秋水仙碱，对胃肠黏膜和呼吸道黏膜有强烈的刺激作用。如果夏岚再年轻个十岁，也许能靠自身的抵抗力抵御过去，可她毕竟是年过半百的人了，即使用染发剂和BB霜从外表上不着痕迹地粉饰了她的生理年龄，但身体却是诚实的。年轻的时候，夏岚也犯过肠胃炎，头一天上吐下泻带发烧，第二天一早照样精神奕奕地为女儿做早餐，送女儿上学。可现如今，53岁的夏岚半夜叫肚里的金针菇一搅和，接连好几天都缓不过劲来，走个路都像是踩在云层里似的摇摇欲坠。那是夏岚第一次清楚地意识到自己老了。后来还有一回，小区门前修地铁的施工队不慎挖穿了水管，消防车开进了小区，家家户户都拎着桶抱着盆下楼打水。夏汐在苏州出差，夏岚只得自己提着空水桶下楼，吃力地往回抬水，一步三晃地摇到楼梯口，桶里的水已泼出去一半。夏岚双手抓住铁环，气喘吁吁地抬腿迈步，每走完一层便靠着墙角歇上好一阵。夏岚抵着墙根，看看自己被溢出的水打湿的鞋尖，再看看家里有劳力而象征性抱盆水或提着水瓶水壶轻巧上下的女人，第一次感受到刻骨的孤单。那一个下午，夏岚来回跑了三趟，在邻居的帮助下提回了足够食用与洗漱的水量。给帮忙的邻居洗了两个苹果奉上两盒冰红茶微笑道谢后，夏岚连晚饭都没顾上吃，轰然一下栽倒在床上，第二天都还直不起腰。要强了大半辈子，到了那一刻，夏岚却不得不承认，生活的确有她一个人撑不起的时候。

魏如海就是在夏岚向生活妥协示弱的时候出现的。魏如海几年前调入学校档案室。魏如海的结发妻子体弱多病，年轻时因为心疼她，魏如海坚决不要孩子。魏如海43岁那年，长期患心脏病的妻子因冠状动脉病变夺去了性命。魏如海和发妻是青梅竹马的初中同学，他的前半生以照顾她为己任。妻子撒手人寰后，魏如海就像个叫人偷去魂魄的躯壳，每天只是两点一线地活着，丝毫感受不到活着的乐趣。身边的朋友建议魏如海再找个伴儿，他却说那样对不起死去的妻子。也有人建议魏如海领养个孩子，他却说自己是经历过丧亲之痛的，怕自己没有足够长的时间陪伴孩子，不忍再叫孩子经历同样的痛苦。就这样，鳏夫魏如海为去世的妻子守节十年，直到遇见夏岚。

因为工作部门与工作范畴大相径庭，魏如海入校三年，夏岚也只是偶尔在需要翻看学生档案时和他打交道。起初,夏岚也随着大伙称他魏师傅。一年前的一个下午,夏岚走进刚做过清洁的档案室,还没来得及说明来意,脚底像踩了香蕉皮一样一出溜滑倒在地。魏如海赶忙从台子后面跑出来,小心翼翼地扶起夏岚,关切地问她:"伤着没?"夏岚转动四肢,表示并无大碍,魏如海还是不放心,坚持陪她去医院拍片子。

"咱们这个年纪骨头脆,摔一跤可不能掉以轻心。"夏岚经医生检查确定平安后,魏如海还是不放心地叮咛她,"以后最好别穿高跟鞋,那玩意儿不符合人体结构,伤膝盖。"夏岚应和着,开口闭口都是:"我知道了,谢谢。魏师傅,真不好意思,今天给您添麻烦了。"

"夏老师,如果不嫌弃,以后就叫我魏如海吧。"坚持把夏岚送回家后,看着那洁净而冷清的屋子,瞟见餐桌上还来不及收拾的一双筷子一个碗,瞧见茶几上一杯变了色的清茶,魏如海突然动了恻隐之心,恳切地请求:"一个人的日子不容易,这里面的苦我也吃过。你要是愿意,就拿我当个朋友。别的方面我不如你,但力气活水电工我还是够格的,以后需要人搭把手就给我打电话。"

起初夏岚并不在意,但是魏如海言出必行。学校发福利领米领油时,魏如海便主动请缨帮夏岚送回家,理所当然地将自己那份也捎了过来:"我一个人吃饱全家不饿,你还有个女儿,多囤一点你就少跑几趟超市。"学校年会上,碰见同事找夏岚敬酒,魏如海当仁不让地替她挡酒,"我喝醉了顶天睡一宿,她一个女同志万一喝难受了,好几天都缓不过来。"年终学校里搞抽奖活动,魏如海抽中一辆价值三千元的挑战者山地车,好几个同事和他商量以折扣价兑现给他,魏如海都没答应。晚会结束后,魏如海把车推到夏岚面前,诚心实意地说:"一会儿我把车骑你家去吧。我一个人用不上这东西,估计你女儿能喜欢。现在的小年轻都玩这个。"

起初,学校的老师之间传话说魏如海与夏岚恋爱,她还矢口否认。久而久之,夏岚也懒得辩驳,任由大家猜测她和魏如海之间的关系。尽管夏岚和魏如海之间并不是传统意义上的恋爱,但夏岚无法否认,藏在她胸腔内的那一颗心,就像冬天冻得昏死在路边的小鸟,被一双温暖的大手捂出了温度。她以为早已死去的一颗心,就在魏如海持之以恒的爱护下,渐渐活了过来。

两个人学校里彼此照应,QQ上谈心一年多,魏如海又找回了生活的乐趣。上个月,魏如海正式提出:“小夏,我希望能一直照顾你,一直做伴到老,你能不能考虑一下这事?”夏岚考虑了两天,回复说:“这事还得先征求我女儿的意见。如果我女儿不能接受,我只好跟你说抱歉了。”

就这样,夏岚做好了前期铺垫,却苦于找不到合适的时机,迟迟没能安排魏如海亮相。可就在检阅合唱队国庆表演的这一天,夏岚看排练时忽然头晕目眩,起初她以为自己是没吃早餐引起的低血糖,可中午到了食堂,看见花花绿绿的菜肴却又感觉不到饥饿。夏岚打了碗皮蛋瘦肉粥,刚喝了两口,眼前骤然一片漆黑,一阵天旋地转后便失去了知觉。魏如海闻声赶来,和同事一起将夏岚送往就近的医院,一面从她的手机上翻找出夏汐的电话,心急火燎地通知她:“你妈昏倒了,你赶紧过来一趟。”

夏汐正想问对方是谁,将手机拉开五公分外仔细看了看显示屏上的来电名字,心下便猜到了几分,“好好好”地答应着,从椅子上跳起,假都没请直奔医院。

第六章

爱是女人坚守的信仰

L · O · V · E

1

有个故事说，很久以前有个国王在狩猎中被老虎咬掉一根手指，最亲信的宰相却对他说："陛下，一切的发生都是最好的安排。"国王暴怒，并将宰相打入大牢。又一个月圆之夜，国王出宫狩猎，不慎被食人族逮捕。食人族欲将国王祭祖时发现他手有残缺，于是将他放了。国王回宫后，慌忙释放宰相，并对他说："你说得对，我却关押你，你怎么看?"宰相回答："陛下，一切都是最好的安排。如果我不是在大牢，肯定会被你带去狩猎。他们发现你有残缺而我是完整的时候，势必会将我吃掉祭祖，所以一切发生都是最好的安排。"

世间所有的因缘际会，都在混乱中井然有序地发生着。任何事情的发生与发展，都不听命于人的主观意志，也不受控于人的大脑支配，而是以目前这个阶段最适合的方式，有条不紊地进行着。

比如，夏汐与魏如海的碰面。

夏汐赶到医院时，夏岚已经苏醒。医生神色严肃地告诫夏岚："你这是胃出血引起的出血性休克知道吗？如果不是及时送院，后果很严重的。什么年纪就该做什么事，你都五十几岁的人了，按时吃饭的道理还不懂吗？这个年纪了，就不要总吃辛辣的生冷的食物刺激胃肠了，少吃高糖高胆固醇的东西，尽量不要吃内脏，一日三餐要定时定量。"

"对对对，我一定监督她。"魏如海哈着腰，频频点头，发自内心地附和医生，不时瞄一眼病床上的夏岚，温柔的目光中带着忧心，"她就是不知道爱惜自己的身体，以后我一定好好监督她吃饭休息。"

夏岚虚弱得发不出声音,嘴角微微上扬,表达着对医生和魏如海的感谢。靠在枕头上仰视满头大汗的魏如海,夏岚心里飘过一场太阳雨,和暖而温润。算起来,她成年后三十余年的人生都在为别人忙活。从前为公婆和丈夫,后来为女儿和学生。一个人强悍太久,会忘记自己也有被呵护的权利。然而此刻,当两鬓斑白的魏如海毕恭毕敬地向医生保证将监管她的生活时,夏岚陡然间找回一种被悉心疼爱的感觉。这一刻,她不再是不苟言笑的夏老师,也不再是以身作则的严厉母亲,而只是一个需要照料怜惜的小女孩。

夏岚心想,无论如何,我一定要想办法得到小汐的认可。

夏汐,就在这个时候,风风火火地闯进病房,心急如焚地扑到病床前,脸色煞白地一个劲追问:“妈,你怎么样了?到底出什么事了?好端端地,为什么会晕倒啊?”

忽然一团光影冲了进来,紧接着就是一连串的提问,魏如海盯着那个猫腰的背影愣了片刻,这才如梦初醒,拍着自己的后脑勺,满面窘态地表示:“是我打电话喊她来的,这一着急忘告诉你了。”

“谁让你叫她来的?”夏岚撇嘴嗔怪,语气却是温和的。

“你‘扑通’一下不省人事了,我不得通知你家属啊?”魏如海的为人和他敦厚的身形一样实在,掬诚相见道,“我怕你万一有啥事,做手术需要家属签名,所以我自作主张把你女儿喊来了。”

“来了就来了吧。”夏岚浅笑,顺水推舟地指了指魏如海,轻声对夏汐说:“这是你魏叔。”

“魏叔好。”尽管来的路上已预料到会跟他碰面,真正看见与母亲夜夜网聊的男人时,夏汐仍尴尬地找不出多余的客套话。短暂的局促后,魏如海率先打破了沉默,憨笑说:“你好你好,你就是小汐吧,常听你妈说起你。”

“哦,呵呵。”夏汐挖肠搜肚想找出合乎礼仪的恭维话,琢磨半天,这才挤出一句,“我也知道您。谢谢您通知我。”

“那什么,你先陪你妈坐会儿。我下楼转转,给她买点营养品。”

魏如海说话间人就没影了，母女二人大眼瞪小眼干瞪了好一会儿，夏岚才声轻如蚊地介绍："我们同事，管档案室的。前几年调来的。老婆去世好多年了，也没孩子，家里就他一个人。"

"我不关心这个。"饶是猜到有这么一个人存在，但存在于想象中的人和现实生活中的存在，到底还是不一样的。就像许多已婚女人猜到丈夫外遇时都会选择哑忍，直到和情敌正面交锋才发现自己根本忍无可忍。接受假想敌容易，面对真情敌则需要巨大的勇气。对于任何一种形式的爱而言，被分薄总归不是一件容易接受的事情。夏汐固然不好受，但总不能选择在母亲病榻前发作，只能忍气吞声说，"他是谁，条件如何都不重要，我只关心你是怎么想的。"

"我就是觉得我以前太高看自己了。"夏岚叹气，此刻因胃出血导致的虚弱彻底攻陷了她的心理防线，眼神幽幽，想起了不久前在麦德隆采购日用品，东西虽不重但体积颇大，夏岚一手夹着两条卷纸，一手抱着洗衣液，踮脚去够货架上的牙膏时，身上的东西噼里啪啦地掉了一地。于是有些难为情地承认，"人老了，睡眠就浅了，夜晚就显得格外漫长。睡不着的时候特别希望身边能有个人说说话，遇到事情也希望能有个人帮扶一把，散步时看见人家成双成对的竟然也会羡慕。唉，年纪越来越大，身体越来越差，确实有许多我扛不了的事，如果身边多一个人搭把手，日子会轻松一些。"

夏汐不接腔，频频咬唇皱眉，脸色渐渐沉了下去。听母亲的意思，就好像她只是家中一件中看不中用的摆设，从来指望不上她说句话搭把手或帮得上忙。夏汐心里没来由地堵得慌，也不知是气恼自己在关键时刻没有陪伴母亲身旁，还是气恼这猝不及防的改变。可看着面色蜡黄的母亲又不忍反驳，只好抠着手指哀怨地说："如果他能让你轻松愉快，那就再好不过了。其实你不需要跟我交代这么多，你满意就好。"

"不是你想的那样。"夏岚憋红了脸，摆摆手正要解释，魏如海抱了一怀的鲜花、水果和蛋白粉进来，夏汐头也不抬，低声说了句："有他照顾你我就放心了，我没请假就跑出来了，我得赶紧回去上班了。"

魏如海气还没喘匀，就看见夏汐一阵风似的从他身边刮过。"唉唉"地叫着夏汐，捧着那一怀东西，魏如海拔腿要追，却听见夏岚灰心丧气地叹道："算了，随她去吧。"

2

夏汐埋头跑出医院，身后被鬼追赶似的一溜烟冲到了街上。行人们纷纷侧目用异样的眼光打量她，夏汐怔怔地举起手抹一把脸，才惊觉自己满脸是泪。

熙熙攘攘的马路上，哭得妆容尽毁的夏汐掏出手机，抽抽噎噎地对颜笑说："我妈，我妈她……"

"小汐，你说什么，我听不清？"颜笑那头闹闹哄哄的，夏汐断断续续地听见颜笑高亢的声音，"晚点再说哈。我们正在收拾东西准备搬家，回头跟你解释。"

不等颜笑说完，夏汐挂断了电话，蹲下身子双臂环抱住自己，目光呆滞热泪滂沱，自问自答地嘟哝："搬家？也对，现在刘晓才是跟她最亲的人嘛。这样也好，走吧，都走了也好，没有什么大不了的。"

还有什么好解释的呢？她以为极为亲近的家人和好友，无不以突袭的方式离开她。夏汐认定，颜笑一定是受了邓小池的蛊惑，唆摆她远离自己，以便重新修建一个真正只属于她们的圈子。在这件事上，夏汐确实冤枉邓小池了。刘晓的同事刚装修好新房配齐家电，一纸委派书将他派去了外地。他想找个信得过的人帮他以租养贷顺便打理新房，于是发散大家寻找租户。邓小池听说后，带着颜笑登门参观，发现新房不仅位于繁华的商业区，房间宽敞明亮，而且属于商住两用楼方便接待客户。公司发展趋势看好，二人一合计，便决定租下这个集多重便利于一体的新房。由于事发突然，颜笑原打算安顿好拉上夏汐一起吃顿入伙饭，让她亲身感受一下新房的种种有利条件，再将自己换房的理由一一道出。不料事与愿违，突如其来的变数让夏汐误以为自己像过冬的咸菜一样，再无可用之处而被大家联手胡乱丢弃了。

夏汐带着哭花的妆回到小区，老远张婶像撞见鬼似的冲她嚷嚷："妈呀，你咋这副模样？吓我一跳！"夏汐不予理会，张婶仍喋喋不休地朝她碎步走来，"你说说你，办的是什么事？当初我就说年轻人不靠谱不能租给小年轻，你非说租个三五年没跑。现在怎么样？昨天说退租今天就叮光五四地开搬了。十万火急地，我上哪儿找租客续上啊？"

"不是还有押金吗？"夏汐翻起被泪水冲成熊猫眼的豆墨色眼皮，没好气地反问。心想：你张婶出了名的精于算计，超市里买个菜找不出两分钱还非要找人讨根葱的主，谁赖了得你的账啊？

"押金是押金，那合同上白纸黑字写着的当然得归我。"没见几个月，张婶又圆润了，嘟起那张出炉面包似的膨胀松弛的脸，悻悻地埋怨，"就没见过这样的，打发叫花子还得赏俩铜板吧？人家都知道事先打声招呼给个缓冲时间，谁像她们俩，哪有说走就走的？要不是看在你的面子上，我不能便宜了她们。"

"您还真不用给我面子。"张婶絮絮叨叨的抱怨，如同倾巢而出的马蜂，在耳边"嗡嗡"地绕得夏汐头皮发麻耳根酸胀，叫她原本就寒如冰雪的心越发冷了，于是阴声说道，"您要觉得当初给您找租客是我的不是，那我跟您道个歉。对不起了，我不该多管闲事。她们搬家我也不比您早知道，她们要走也不是我撺掇的。您要是心里不痛快，要打要骂要赔偿甚至要打官司，您请便，就是别冲我来，都跟我没关系了。成吗？"

"唉，你这孩子怎么这样？"

"对，从今往后我就这样了。"夏汐打了个哼哼，冷眼从张婶身边穿过，头也不回地上了楼。

经过颜笑所在的楼层，听见左侧尽头热火朝天的声响，知道她们还没搬走，夏汐停下脚步，稍作迟疑，遂又转过身上了楼，轻啐自己："贱不贱啊？人家开口邀请你帮忙了吗？人家需要你出现吗？别自作多情了！"

进了门，打开电视，江苏卫视正重播母亲最爱看的《非诚勿扰》。望着那一排花枝招展的女生，夏汐苦笑，每个人都在努力地寻找一个陪自己吃饭，聊天，看戏，散步，旅行的终身伴侣。只有你还固执地守在原地，奢望旁人维持不变。多么可笑！简直荒唐！

关上电视，打开电脑，QQ上的头像彩灯一样闪烁，介绍欧阳昊和夏汐认识的师姐，在QQ上慌里慌张地向夏汐汇报："听说了吗？昊子要结婚了。新娘好像和他一间公司的。"

夏汐想问，"新娘是叫谭雪吗"，想想自觉无趣，也不接茬，点击QQ右上角的×键，灰溜溜地下了线。

这一刻，夏汐对世界充满了怨恨。因为，全世界都在这一天与她为敌。所有她深爱的在乎的人，不约而同地排着队离她远去。夏汐觉得自己像个冒着傻气的果农，勤勤恳恳地播种、耕作、浇水、施肥、捉虫，倾注所有力气与心血顾看着几棵果树，却在瓜熟蒂落的时候叫别人捷足先登摘了去尝鲜。剩下她自己，呆望着光秃秃的果树，想不明白那些年执意的守候等待与倾心倾意，到底为了什么。

穷其一生，夏汐渴求的，无非是择一城终老，遇一人白首，与母亲相依为命，与闺密不离不弃。然而，她想要从一而终的男人，迎娶了别的女人；她以为朝夕相依的母亲，选择与另一人终老；她自视打断骨头连着筋的好闺密，连招呼都不打就抛下了她。

生活，远比夏汐想象中更严酷更寒冷更阴晴不定。

搬家公司的大货车绝尘而去，夏汐哭哭笑笑地煮好一锅白粥，给母亲打去电话，却听见陌生而熟悉的男人的声音："小汐啊，你妈刚睡。有事吗？"

"哦，那让她睡吧，我一会儿给她送粥。"

"这样啊。我已经给她煮了牛肚山药粥,医生说牛肚是以胃养胃,山药也是健脾养胃的。"魏如海迟疑地问,"要不,你也过来喝点?"

"不用了。那麻烦您一会儿告诉她我来过电话,有需要随时找我。"

"好嘞。"

"魏叔,我妈就拜托您多照顾了,谢谢。"诚心实意地向魏如海道了谢,夏汐这才意识到自己真真成了一个谁也不需要她惦记的局外人了。心理学提到,人类几大恐惧之一就是不被需要。大脑的运作是被占据,哪怕受苦也需要被某些人与事占据,反之,自我便开始融解。对任何一个人而言,比冷落疏忽更为雪上加霜的是,不被需要。

夏汐所在乎的每一个人都有了比她更为亲近的新伙伴,挣脱这种自我消融的困境的唯一办法,就是重新找到与她极为亲近迫切需要她的另一半。和欧阳昊分手三年后,夏汐从没有一刻像现在这般渴望有一个人,能牵着她的手顺着她的步伐一直走下去,直到走进永恒。

那天晚上,26岁的夏汐瞒着所有的人,登录著名的征婚交友网站。夏汐的征友宣言,简洁明了:"我不需要高富帅也不盲目追求浪漫多情,我只想要一双永远不会松开我的手,给我一个永远不会散的家。"

3

千奇百怪的求爱信中,夏汐唯独被赵小天的简述中所引用的叶芝的《当你老了》所打动。想象着数十年后的自己,头发花白,也许清瘦如初,也许像张婶一样成了发酵过度的北方大馒头,歪脖坐在炉火边打盹,腿上摆着一本翻看几页的书,身旁的耄耋老头也昏昏欲睡,口中仍细碎地呢喃着。

仅凭假象的画面，已叫夏汐泪流满面。

夏汐给赵小天回了邮件，很快，他便发来自己的QQ号。一来二往的，素昧平生的两个人透过网络，对各自的经历有了大致的了解。母亲出院前一晚，事先征求夏汐的意见，说是征求但在夏汐看来，那不过是一种委婉的知会："你魏叔对易经和中医都有些研究，他想搬来暂住些时日，带着我一起练晨操，通过饮食调理身体。你觉得行吗？"

夏汐本想问"他来了我住哪儿啊"，转念一想，这不是废话吗？家里就两间卧室，用脚趾头思考也知道该如何分配房间，又何必多此一问惹大家害臊呢？

"行啊。"夏汐违心地笑说，"正好最近工作特别忙，没什么时间在家，有他照应着，我还能安心些。"

"那你收拾一下，让他睡你那屋，你跟我挤挤行吗？"

"行。"这一次夏汐回答得干脆利落，暗自嘲笑自己异想天开，并庆幸没有让不该说的话蹦出口。

与赵小天聊了一个星期，二人在精神上已相当热络。这一晚，夏汐换洗好床上用品备好崭新的毛巾牙刷后，上了线总是心不在焉有一搭没一搭地应付赵小天。不管对方说什么，夏汐总是以"嗯""哦""呵呵"潦草回应，赵小天不明就里但也不急不恼，也不知他从哪里搜罗来一堆搞笑视频和冷笑话，一条接一条地传送过来逗夏汐开心。未果，赵小天发送了语音聊天的请求，声音充满眷注："你今晚不对劲，如果信得过我就说说看，就算我帮不了你，能听你发发牢骚也好。"

"其实也没什么，"夏汐心中五味杂陈，音色也低沉下来，"我妈在外面光鲜了大半辈子，她心里的苦只有我知道。其实我挺希望她过得开心、幸福，但……"

"但你不知道怎么跟那个人相处？"赵小天很小的时候父母就离了婚，他初二那年寒假，父亲牵着继母举着结婚证，连同身后几大箱子衣物，给了他一个终生难忘的亮相。所以，夏汐未说出口的纠结，赵小天感同身受,“不管对谁来说,这都不是件容易的事。别说突然给你领回个新爸爸,就算是家里来了不大来往的亲戚,跟你一锅吃饭共用一个马桶,你也觉得别扭不是?”

“是。也不是。”夏汐皱着眉头冥思苦想,努力砌词说出内心最真实的感受,支吾地说,“我担心我跟他处不来,我妈夹在中间为难。我听说他吃素而且饮食清淡早睡早起,可我是个肉食动物无辣不欢还喜欢熬夜。就算生活上彼此迁就,可到了大事上要做决定时,如果我和他意见不统一,我妈怎么办?这些还是其次,我最担心的是,他是不是真心对我妈好?我担心我妈会受伤害。”

“我感觉你有些多虑了。”赵小天干笑了两声,不紧不慢地分析,“你妈走过的路吃过的盐比咱俩加一块都多,哪有那么容易上当受伤?”

“你不了解情况。”夏汐像只护主的守卫犬,紧锁眉心急忙为母亲争辩,“她的生活阅历虽然丰富,但她的感情生活基本上就是张白纸。除了前夫,就是魏叔。这才是她第二次和男人交往。”

赵小天对夏汐本人的好奇远大于对她家庭背景的好奇,因此也没能从“前夫”而非“爸爸”的称谓中觑见端倪,而是一味地打探:“听你这口气,好像你谈过很多次恋爱似的。”

“就一次。”夏汐的眉头蹙得更紧了,切齿低语,“不过,他已经结婚了。”

“那也比我多。”都说世间最凶猛的野兽不是狮子和老虎,而是前任。听说夏汐的前任已为人夫,赵小天如释重负,言之凿凿道,“你是我初恋。”

纵然结识于著名的婚恋网站,毕竟二人的交往仍局限于网络,被一个未曾真正见过面的男人直言不讳地当作初恋,夏汐讶异之余,心中像是有只麋鹿奔腾,莫名地慌乱起来。

就像一个小学生在班会上向老师报告自己扶了老奶奶过马路或捡到一元钱拾金不昧却没得到表扬一般,赵小天的告白没能换来预期的迎合,因而有些泄气,讪讪地问:“你不相信?”

“不是。”夏汐双手托着微烫的面庞，踟蹰说道，“我是担心你见到我以后会后悔自己说过这样的话。”

“怎么可能呢？除非你用假照片。”

“那倒不至于。”夏汐哂笑，悻悻然地坦诚相告，“反正，我初恋男友和我最好的朋友都跟我渐行渐远了。我也不知道为什么。可能我这个人不太讨喜吧。”

“那是他们没眼光走了宝。”尽管见不到赵小天的样子，从他飞扬的语气中也不难听出他此刻的得意，“我看人一向很准的。而且我特别死心眼。我认定的人，就算把我弄得遍体鳞伤，我也要守着她直到生命最后一秒。”

“愿得一人心，白守不相离。”夏汐喃喃自呓，与其说是被赵小天海誓山盟的豪言壮语所打动，莫如说是被她自己所解读的誓言感动了。眼中泪影浅浅，夏汐带着哭腔回应，“其实我要的特别简单。我就想找个一辈子离不开我的人。”

“这周末见面吧？”赵小天惴惴不安的一颗心飞蹿到嗓子眼，声音难以自持地颤抖着，“正好周六是万圣节，你喜欢大海吗？”

“喜欢。其实去哪儿不重要，”夏汐面红耳赤地补充说道，心如鹿撞，“和谁一起去，才最重要。”

4

夏汐26年的为人生涯中，从未有过与异性共同生活的经历，即使与欧阳昊你侬我侬时，也是到点就各回各家各找各妈。因此，尽管做足了思想准备，魏如海的到来，还是引发了许多不便，给夏汐的日常生活制造了不小的困扰。

往常家里只有母女俩，夏汐经常忘记拿睡衣，洗澡时顺手洗了衣服，于是裹着一张浴巾出来，闲庭信步地踱回房间慢慢换上干净衣裳。多年养成的习惯怎是一朝一夕改得了的？接夏岚出院的那个傍晚，魏如海一直关着门在厨房里忙活，以至于夏汐忘记了家里还有另一个人的存在。洗完澡，夏汐照例裹着浴巾，掬着湿答答的衣服走出卫生间，迎头撞上了端着上汤豆苗的魏如海。两个人不约而同地惊呼一声，魏如海慌忙别过头去，举起菜盘漫过头顶双臂夹紧挡住自己的视线，夏汐揪住着心口前的毛巾呆若木鸡，一时间竟不知是冲回房间好还是躲回卫生间好。夏岚听见动静从卧室里出来，见这场景，眉头一紧，轻轻一巴掌拍在夏汐背上低喝："还愣着干什么？赶紧把衣服穿上！"

夏汐也顾不上手里淌着水的衣服，红着脸蔫头耷脑地冲进房间，只听见母亲带着愠色的声音在身后碎碎念道："这么大的人了，还是这么毛躁。总是丢三拉四的，做事总是不走脑子，你看看你这一路，刚拖过的地板全让你打湿了……"夏汐不吭声，换好衣裳呆坐在床头，怔怔地望着地板，心里的委屈无处排解。

魏如海茹素多年，胃肠如同一汪纯净水，稍染荤腥就会引起不适甚至腹泻。因此，夏岚添了双公筷，以避免母女二人交叉夹菜时连带着油水污染了魏如海洁净的肠胃。开饭前，夏汐心里直念叨，"记得要换筷子、换筷子"，可吃着吃着就放松了，一双筷子刚拈起一块红烧排骨，转头又伸向清炒豆角。碍于食不言寝不语的家规，母亲眼明手快地中途拦截，也不说明，只是严肃地瞪着夏汐，眼神飘向公筷示意她"换筷子"。就这样，三个人一言不发又手忙脚乱地吃了一顿饭，这顿饭吃得夏汐如坐针毡，第一次感觉到吃饭是件如此累心劳神的苦差事。

护理病妻多年，魏如海深刻认识到健康的重要性。平常一个人在宿舍，看完新闻，魏如海不是翻几页书就是习一篇毛笔字，然后洗漱入睡。每晚十点，魏如海便早早熄灯上床，雷打不动。可十点对于夏汐而言，正是一天黄金时段的开始。往常这个时候，母女俩散步归来看两集电视剧后，夏汐的私人时间才刚刚启动：上微博看美剧刷淘宝，随便折腾几下，子夜就降临了。可如今夏汐的私人空间被魏如海征用了，她只能捧着笔记本电脑窝在母亲床上，才打开两个网页，便被母亲催促："你还要搞多久？电脑光太亮了，闪得我没法睡。"无奈，夏汐只能乖乖躺下，和心中默数的羊群做斗争，越数数越精神。

夏汐轻轻翻了个身，母亲也跟着翻了个身，惊得夏汐手臂枕到麻木也不敢动弹，生怕惊扰了母亲。久久难眠的夏汐踮着脚尖轻轻下了床，蹑手蹑脚地走到房门口，就听见母亲低沉的叮嘱："你经过那间房时动作轻一点，上厕所记得关门，冲水要盖上马桶盖。"

"哦。"夏汐用气息轻柔地应了母亲一声，心中却在豪迈地呐喊，不，在咆哮。新生活开始的第一天，夏汐崩溃地想逃离。

家里添了一个人，不仅仅是多一双碗筷的事情。对夏汐而言，魏如海的"入侵"，带给母亲快乐的同时，也给她带来无尽的烦恼。沉沉的夜色中，夏汐仿佛看见了一个千手千足的黑影，从四面八方涌来，牢牢攫住了她，撕扯着她。换作从前，夏汐可以逃难到颜笑那里，又或者游说欧阳昊收留她，可现在她无路可退。如丧家之犬的夏汐，已然看到了原有生活被一点一点地撕碎和改变的趋势。

令人窒息的同檐生活，消除了夏汐与赵小天初次见面的陌生感。同病相怜的两个人，仰卧在金灿灿软绵绵的沙滩上，分享着被陌生人闯进生活的心路历程。那一天是万圣节，城市里的年轻人戴着装神弄鬼的面具穿着奇装异服涌上街道、广场、酒吧和欢乐谷，还给一望无际的桔钓沙海边一个难得的清净。

"不用发愁，你不是说他只是暂时住几天照顾你妈吗？"赵小天开了瓶白葡萄酒，斟入一次性水杯递给夏汐，温和地宽慰，"你再忍几天，等他走了，一切都会回到常态的。"

"我看难了。"呷一口酒，低落地吸吸鼻子挤挤眼睛，夏汐噘嘴说，"看情形他们是来真的了。魏叔调来没几天，学校就给他分了套不到二十平方米的职工宿舍，将来他们结婚，不可能挤宿舍里过吧？我家，不，我妈家早晚都是他的家。对我来说，现在的生活才是常态。而且是一场痛苦的煎熬战、拉锯战、持久战。”

“看，流星！”赵小天正想词安慰，眼睛突然一亮，夏汐朝着他手指的方向，也跟着惊呼起来：“哇！流星！”

“快许愿！”赵小天皮球一样从沙地中弹起，双手合十，虔诚地闭目，夏汐也忙不迭地效仿他，默默在心里许了一个愿望。

“你许的什么愿？”缓缓地打开睫毛，赵小天目光炯炯地凝视着夏汐，言之凿凿地说，“据说对着流星许愿特别灵验。”

“愿望说出来就不灵了。”夏汐垂手，粲然而笑，不怀好意地偏头打量赵小天问，“你呢？你许的什么愿？”

“不管你许了什么愿，我都希望你心想事成。”

“……”

“真的。你美梦成真，我的愿望就实现了。”赵小天咧嘴而笑，停留在夏汐脸上的眼眸，如划过天际的流星一般熠熠发光。定睛打量这个宽额肉鼻粗眉大眼的西北汉子，夏汐心里泛起一阵柔情，无端地想靠在他宽厚的肩头，就像船只停泊进港口，从此终结心灵的飘泊。

两个人枕在细软的沙砾间浅酌慢谈，赵小天的言行绅士而得体，手脚也相当规矩，这使得夏汐暗暗认定他是一个君子。离开的时候，夏汐寻公厕方便，赵小天像个忠诚的护卫一样，亦步亦趋地跟在她身后。公共海滩的厕所没有灯，赵小天背过身去，反手擎着手机为夏汐照明，不厌其烦地叮嘱：“光线不好，你动作慢一点，好了告诉我一声，我保证不回头。”

手机发散出的荧荧蓝光，照着赵小天山丘一样敦实的后背，夏汐忽而就湿了眼眶，提好裤子嘤声说：“我好了。”

“那我转过来了？”得到夏汐的默许，赵小天慢慢回转身子，面向她，小心翼翼地举着手机叮咛，“看着点路，前面有个台阶，当心啊。”

回到停车场的路上，赵小天忽然停住脚步，指着远处树阴中幽冥的光点，喜出望外地说："快看，萤火虫！"

"哇噻！"夏汐跳脚，情不自禁地挥动双手，开怀笑道，"这是我第一次看见真的萤火虫！"

"难道以前看的都是标本？"

"原来只在电影里，从来没有这么活生生地出现在我面前过。"

"缘分呐。"赵小天一语双关，神气十足地笑看夏汐，期待着她的回应。

赵小天从来不是夏汐预期中的另一半。如果说让她一见倾心的欧阳昊是风流倜傥的楚留香，那么赵小天就是体宽心细的绿巨人。如果欧阳昊是玩世不恭的公子哥，那么赵小天就是脚踏实地的食草男。如果欧阳昊是特立独行的大众情人，那么赵小天就是无足轻重的电车男子。

总而言之，其貌不扬个性温吞的赵小天，从来不是夏汐预期中的另一半。

然而这一天，他们观海听涛，品酒谈心，一同对流星许愿，与萤火虫做伴。太多意料之外的美好，使夏汐不得不相信，在自己走投无路时遇见赵小天，是神的旨意。

如果，月老和丘比特真的存在。赵小天就是他们为夏汐牵的红线、射的箭。

下车时，夏汐低头蹭着脚尖，声轻如蚁地告诉赵小天："我刚才许的愿，是想要一个贯彻始终的爱侣，一个风雨不倒的小家。"

"我会帮你实现的。"赵小天手把方向盘，目不转睛地注视夏汐，信誓旦旦。夏汐不置可否，说了声："谢谢你，今天过得很愉快。"转身跑出几米远，夏汐猛一回头，翩然倩笑，轻轻挥手说："赵小天，开车注意安全。改天见。"

5

疼痛与改变，是成长必不可少的两个要素。适应生活改变带来的新习惯，伴随着不舍与疼痛，扭转固有的旧习惯，这就是成长。而习惯，是纵使对某个人生闷气，拒绝接听她的电话，却又在路过她曾经的家门口时驻足，默默地想念她。习惯是端起可口的饭菜下楼，半道上忽然回过神来的惆怅；习惯是迫不及待地拨出电话号码，中途负气挂断的慌张；习惯是一个人不经意在你心田上投下的种子，无论世事变迁仍经久不衰地发芽；习惯是对一个人心生责备的同时，情不自禁地想和她分享所有的喜怒哀乐。

习惯是当赵小天向夏汐求婚时，她第一时间拨通了颜笑的电话。

“亲爱的，你终于原谅我了。”颜笑正和客户探讨方案，看见静音的手机上闪烁着夏汐的名字，欠身而起，抓起手机冲出会议室，喜出望外地调侃，“你这个缺大德的家伙，给你发邮件不回，打电话不接，寄快递被退回，去你家找你还总扑空，我以为你避世当尼姑去了呢。”

“我想让你见个人。”

“男朋友？”颜笑反问，并不感到意外。NBA的坏小子罗德曼仅用了7天时间，便完成了与卡门·伊莱克特拉从闪婚到离婚的全过程。世事瞬息万变，何况自己与夏汐已有两个月不曾来往。

“呃，”夏汐稍作沉顿，掩着话筒支吾说道，“可以说是未婚夫吧。”

“你要疯啊？”颜笑跳脚尖叫，像是被掐住喉脖的公鸡，声嘶力竭地打鸣，“你们才认识几天啊？你了解人家吗？我可告诉你，婚姻不是上市场买斤虾斩只鸭,可不能由着你的性子胡来!”

“见面说吧。”夏汐仓促地说,隐隐中有些得意,不知是自己最终以更惊人的变化“报复”了颜笑而生出的快意,还是终究验证了颜笑依然关心她至深而产生的自得。夏汐得意扬扬地通知颜笑,“明天中午1点,东门必胜客见。别迟到,别带闲杂人等,必须单刀赴会。”

是否要嫁给赵小天,在得到闺密的认可和支持以前,夏汐没有做出最后的决定。民政局的钢印是法律对一段婚姻的祝福,而夏汐,更需要得到跌跌撞撞的成长路上与她相扶走过的颜笑的祝福。不管怎么说,那个陪她历经风雨的女子,理应见证她的喜乐。

次日见面时,赵小天倒是不认生,喋喋不休地主动和颜笑拉家常。服务生递上菜单时,坐在最里面的赵小天探长手臂一把抢过菜单,如数家珍地点了一桌食物,自说自话道:“芝心比萨麻烦多放点芝士,薯格也请多给两袋番茄酱,可乐少加两块冰,谢谢。”

“给我换一杯乌梅茶,谢谢。”颜笑唤住服务生,轻蹙眉头低声嘟哝,“我不喝碳酸饮料。”

比萨刚端上桌,赵小天夺过服务生手中的铲刀,嘴里嘀咕着:“我们自己来。”一面铲起一片比萨放进自己的餐碟中,豪迈地将铲刀递给颜笑,“来,比萨要趁热吃。都是自己人,就都别客气了。”

颜笑似笑非笑地接过刀,铲起比萨轻放入夏汐的盘中,意味深长地看了她一眼,不由自主地摇了摇头。

囫囵吞枣似的扫空桌上的盘盘碟碟,赵小天打了个饱嗝,拍拍肚皮冲夏汐做了个鬼脸说:“好久没吃得那么撑了。我先埋单回公司,你们慢慢聊。”

“他一人吃掉四人的量,能不撑吗?”赵小天走远后,颜笑嗤笑,研究化石一样盯着夏汐仔细打量,苦着脸问,“我说:这家伙是你从丐帮里挖出来的吗?”

“他没吃早餐,饿了大半天了。”夏汐嗫嚅地为赵小天辩解,声音却明显底气不足,暗地里对他今天的失态生出几分不满。

“不就是半天没吃饭吗？我还以为他家闹饥荒呢。”狠狠地翻出眼白，颜笑憋了一中午的郁气冲口而出，“饿得连礼仪风度都不顾了，他是上辈子是饿死鬼呀？”

“喂！”夏汐怒目，一巴掌拍在颜笑手背上，“他是有点不拘小节，但真性情总比虚伪强吧？”

“谁虚伪了？”

“还能有谁？你的刘晓呗。”

“还能不能好好聊天了？”二人带着敌意四目相对，稍顷，颜笑倒吊的眉梢渐渐舒展，喟然长叹，“我知道你对我有气，但咱们就事论事，你要跟他谈恋爱我没意见，但说到结婚过日子，这个男人真不行。”

“你又没跟他过过日子，你怎么知道他不行？”夏汐心中一沉，倔强地昂头反问，挑衅地瞪着颜笑。

“女人结婚，嫁的不是男人的外表和职位，而是他的品行。两个人过日子，决定生活品质的是彼此的为人。自私，是婚姻的大忌。”

“不就是没经你同意点了菜么，不就是第一块比萨没盛给你吗？”心里虽为颜笑折服，可一想到自己在对方工作、恋爱和迁居的问题上纵有再多的意见也不曾这样阻挠过她，夏汐也硬起心肠反击，不是为赵小天说话而是为了自己被轻慢过的尊严而战斗，“那人家掏钱请咱吃饭人家点菜也正常，再说他不是拿你当自己人才不跟你客套的吗。”

“你听我一句劝。”一想到因为自己处理不当而造成两人之间的误会，以至于夏汐病急乱投医找了个眼中只有自己的未婚夫，颜笑既心焦又自责，苦口婆心地劝导这只迷途羊羔，“他怎么待我都无关紧要，因为将来我不需要和他一起生活。可是你不一样，如果你真嫁给一个利己主义的男人，日后你就会成为他取悦自己的工具。你所挣的每一分钱，都将成为喂养他私心的养料。你所有的迁让和宽容，都将成为他壮大自我的牺牲。你要知道，一个太爱自己的人，是舍不得去爱别人的。”

“好啦，小妈。”夏汐耸鼻哂笑，撒着娇往颜笑肩膀上靠，求饶道，“青天白日的，咱不危言耸听了成吗？”

往常，夏汐感到彷徨时，颜笑也是这样动之以情晓之以理地谆谆教导她。有一年在家里过元旦，不知怎的说起颜笑与井一分手的陈年旧事，母亲细细端详着夏汐，怒其不争地说："你看看人家颜笑，还比你小2岁，不仅比你懂事，做事也比你果决干脆。"

"那是。"夏汐挤眉弄眼地打趣，"你是我亲妈，她是我小妈。有你们两位妈监护着，别说三观了，就是我的五官也歪不了！"

自此，"小妈"就成了颜笑的代号。发生争端时，夏汐突然叫颜笑小妈，就表示她举白旗投降，像反躺身子亮出肚皮以示臣服的小狗一样，示意她已偃旗息鼓了。听到这个熟悉的称呼，知道过去两个月间的不快已冰释，颜笑也不好再咄咄逼人，换了话锋简单解释了搬家的缘由，遂又关心地追问："你真打算跟他结婚啊？"

"还没想好。"夏汐敷衍道，神情不自然起来，"反正我没答应，也没反对。"

"你们好了多久？怎么认识的？这么快就求婚，这人也太草率了吧？他不会是有什么阴谋吧？"

"也不是正式求婚，就是突然间说了那么一嘴。"在闺密连声的追问中，夏汐溜溜地转动着眼珠，陡然间焦躁不安起来。

"咱妈见过他吗？对他啥看法？"

"我妈？"夏汐撇嘴，苦笑着摇了摇头，"第二春就够她忙的，哪儿顾得上我呀。"

"我去！"颜笑正要详细打听内情，操起响个不停的手机匆匆说了两句，歉疚地望向夏汐。

"刘晓吧？没事，你忙你的吧。"

"不是私事。他们公司搞展会，我们接的单。"

"不用解释。"夏汐浅笑，摆手说道，"赶紧去吧。"

"忙完找你，不许不接我电话！"呼啦一下将桌上的手机、耳机、iPad划拉进包里，颜笑掷地有声地命令，"还有，千万别着急领证。多接触多观察，不许意气用事。"

“啰唆。”微笑着目送颜笑远去，目光逐渐呆滞，生涩的笑容渐次在夏汐的脸上僵化。

6

赵小天原本就在夏汐的理想对象的名单之外，对于结婚一事，夏汐一直拿不定主意，经颜笑一游说，她就更加犹豫了。

和大多数女子一样，夏汐不止一次幻想过自己被求婚的浪漫场景。他不需要像至尊宝一样驾着七彩云而来，但至少手里要有一捧鲜艳欲滴的桔梗花，手擎一枚别出心裁的戒指，单膝触地，托起她纤细的无名指，深情款款凝视她眼眸，郑重其事地许下一生一世的相守誓言。

而现实却是，那天两个看了场索然无味的电影，退场时赵小天歉意地请求：“难为你了，陪我把这么无聊的电影看完。为了补偿你，今天晚上我来给你做顿晚饭露一手吧。”

赵小天曾经跟夏汐这样形容过他的继母：“她的心眼比肉眼多，脑回路拐的弯比肠道都多。我和我爸两个人加一块，都不是她的对手。”也因此，赵小天大学毕业后就搬出来单过，没什么事尽量不往家里凑。离家后的赵小天学会了自己缝扣子，自己包饺子，自己过节，自己旅游。尽管日子过得冷清，但少了继母眼睛不是眼睛鼻子不是鼻子的压迫，倒也自得其乐。

一年前赵小天贷款买了套二手公寓，彻底告别了租房时代，并将户口迁了出来，成了名副其实的独立户主。就是在这套炒菜都转不开身的单身公寓里，赵小天为夏汐变出一桌油泼面，尖椒豆皮，芝士土豆泥和孜然牙签羊肉。

也许是久违的孜然羊肉触发了夏汐的记忆，热恋的甜蜜因味觉的冲击而一发不可收拾。吃过饭，二人抢着刷碗，争抢中双手绞缠在一块。赵小天笨拙地俯头亲吻她，夏汐没有拒绝，任由他散发着孜然浓香的唇齿在自己的身上莽撞游走。

“对不起。第一次，有点紧张。”赵小天拉过毯子覆在夏汐身上，目光游离，山丘一样厚实的身体不自控地哆嗦着。

夏汐咬住嘴唇，合紧眼皮，睫毛飞快地抖动着，心乱如麻。这感觉，就像是一个报幕员用了俳句、诗词等各种引人入胜的形容吊足了观众的胃口，“唰啦”一下拉开幕布时，却只见一排演员并肩鞠躬，直接谢幕。场面之尴尬，可想而知。

“没关系的。”夏汐不敢睁开眼睛看赵小天，稍稍侧身背对着他，拉住被角护在胸口，言不由衷地安抚，“万事开头难，别担心。”

“你会不会……也嫌弃我？”赵小天手忙脚乱地提起裤子，一双空洞的大眼睛分布在那张酱猪肝色的脸庞上格外刺目，黯然神伤地嘀咕说，“如果你介意，我也能理解。我尊重你的选择。”

一个“也”字，登时让夏汐茅塞顿开，骤然理解了赵小天一直对她循规蹈矩的君子之仪，也豁然理解到自己是赵小天“初恋”的真正因由。赵小天的问题绝非只是第一次的紧张所造成的。

没有过鱼水之欢，赵小天于是初夜永存。

夏汐被赵小天看得有些羞恼，为自己的轻浮，也为他的力不从心。可事已至此，她总不能像之前那些女子一样落荒而逃。毕竟，在此之前，他们交过心，看过萤火虫，对流星许过愿。就像一曲前奏悠扬的琴谱，总不能因为副歌不理想便虎头蛇尾地草率结束。夏汐摸瞎在被窝里穿好衣服，努力让自己看上去很镇定，小声宽慰：“没关系，我不介意，你也别太在意了。”

“我们结婚吧。”赵小天脱口而出的冲动，也把自己吓了一跳。怔然凝望夏汐，片刻，赵小天平复好情绪，悲壮地承认，“你是第一个没有被我吓跑的女人,我想娶你。”

痴痴地盯着赵小天一开一合的两片嘴唇,机械地眨巴着眼睛,夏汐拢着嘴,呆呆地说不出话来。

“我看过医生了,这毛病可以治。”长时间低首含胸导致血液循环不畅顺,使得赵小天的脸看上去十足一枚熟透的圆茄。圆茄一样的脸盘下方,翕张的口中念念有词地交代着,“我原来不这样。医生说了,这是心理问题,可以治。”

“哦。”夏汐艰涩地应和一声,呆望着那一颗紫得发亮的“圆茄”,生平第一次感受到了骑虎难下的煎熬。此时拒绝,无异于往赵小天溃烂的伤口上撒一把粗粝的盐,违心答应又等于将自己往望不见底的深渊里推。痴望着那个绝望凄厉的身影,夏汐无端地想起了不能生育的母亲。倘若母亲的输卵管健全,此时也许正与亲生子女和乐融融地生活在一起。而她,便不再是夏汐,也许被乡下的某一户人家收养,随便取了个阿春阿花的乳名,早早辍学,过着面朝黄土背朝天的农耕生活。夏汐不想像母亲的前夫一样剥夺赵小天的希望,因为身体机能的缺陷并不能决定一个人的好恶,更因为每个人都值得拥有幸福。这样想着,夏汐迟疑地与赵小天商量:“你这婚求得有点太突然了,你给我点时间考虑,行吗?”

“成。我等你答复。”

就这样,没有鲜花,没有戒指,没有海誓山盟和喜极而泣,在经受一番惊吓后,夏汐迎来了更大的惊吓。

事后夏汐认真问过自己,如果赵小天那方面没有问题,她是否会同意他的求婚。答案仍然是个谜。正因为此,夏汐将颜笑约出来,想从闺密那得到指引。谁曾想,还没揭开难言之隐,赵小天已被颜笑批判得体无完肤。若是深聊下去,颜笑是否会将赵小天摁在地上暴打一顿也未可知。

夏汐带着满腔心事而去,带着更加沉重的心事而归。

那个时候,夏汐只是单纯地以为,赵小天的性格和生理稍有不足,却不知道心理原因会诱发生理障碍，同理，生理缺陷也会影响一个人的心理健康……

7

晚饭过后，母亲砌了杯普洱茶，呷了一口，自然而然地反手递了出去，魏如海习以为常地接过杯子，嘬了一口，低头读报。夏汐看在眼里，心下了然，这二人的感情已在点滴的日常生活中逐渐升温，关系也已逐渐明朗。

“妈，我想跟你商量件事。”夏汐将母亲唤进卧室，含胸搓手，小心翼翼地措辞。

“正好，我也有事跟你商量。”母亲推开衣橱，拉开暗格，抽出几张图文并茂的房产广告，一丝不苟地说，“前两天我去考察过了，这房子地段不错，小区环境也好，周边设施完善，交通也方便。”

“你们要买房?”夏汐猛一抬头，错愕地望着母亲。

“给你买。”母亲抬手捋了捋鬓角散乱的碎发，目光浑浊而温柔，“这段日子辛苦你了，吃不好睡不稳。我也想清楚了，年轻人有自己的生活方式，勉强你跟着我们的节奏生活确实挺难为你的。我和你魏叔商量过了。这房子虽然不大，但是五脏俱全。30平方米一房一厅一厨一卫还有个小阳台，最关键的是带装修和厨具卫具，拿到钥匙配些家电就能住。我们这些年的积蓄加一块可以给你付个六成的首期，剩下的月供2000，你压力就没那么大……”

“你们这是撵我走?”初恋男友的移情别恋，闺中密友的搬迁，乃至即将到来的“驱逐出家”，这一系列与她息息相关的改变，夏汐总是最后一个被通知到。不被尊重的羞愤点燃了夏汐胸腔中的怒火，绷脸横眉一字一顿地拷问母亲，“我在你们眼里就那么碍事吗？我已经尽量配合迁就你们了，你们就那么迫不及待地赶我走吗？”

“你这孩子，想事情总是那么偏激。”夏汐和欧阳昊的矛盾升级那段时期，夏岚就动了给女儿买房的念头。母女俩现在住的这套房子是学校分配的集资房，产权并不属于夏岚，将来能否过户还是一个未知数。在深圳这样一个竞争激烈物价高的经济特区，母女俩既无后台也没有人脉，夏岚想着，无论如何女孩总需要一个不朽的保护盾。即使有天自己不在了，少了男人的臂膀，至少还有套房产可以成为女儿最坚固的庇护。夏岚背着女儿跑了不少地方，看了不少楼盘，价格合适的地段又太偏，位置好的价格又太贵。前不久听同事说南山中心区盖了套酒店式公寓，夏岚拉上魏如海专程跑了几趟，多方了解后确定这是目前的最佳选择。二人翻出存折，拿出计算器一通点击，好不容易商定了这个方案，这才胸有成竹地和女儿商议。挺好的一件事，却叫夏汐曲解成不堪的动机，夏岚难免感到心酸，“你怎么就是不能理解妈的苦心呢？我们不是怕你妨碍我们，是怕我们影响你。”

“那就别互相影响了。”在夏汐看来，这是她和母亲共同生活了多年的家，这里有她的记忆，有她的气息，有她闭着眼睛都能找到的一钉一铆。夏汐还真切地记得，当初分到这套毛坯房时，为了省钱，母女二人亲自去八卦岭家装市场买油漆瓷砖。烈日炎炎，母女二人租了辆三轮车，一人坐在一边的车板上守着一车材料，全程像乌龟一样四脚朝天地缩着腿，生怕踩坏一块砖。到了家楼下，三轮车夫见没有电梯而坐地起价，夏汐便主动请缨：“不用你了，我自己搬！”

夏汐提着油漆桶，抱一沓瓷砖，一趟一趟地爬上五楼，后来又一箱一箱地往家里搬配件，就连客厅那盏带玻璃台面的落地灯，都是夏汐自己照着图纸一个螺丝一个螺母地组装而成的。那时候，因为马桶未到位，跑一趟公共卫生间来回需要爬楼，一来一去就是20多分钟。八月酷暑，为了节省时间和体力，夏汐索性不喝水。实在口渴，就将水倒进瓶盖象征性地抿两口。

装修两个月，夏汐瘦了12斤，磨破了两条牛仔裤，晒脱一层皮。这是她和母亲一手一脚搭建的家。而家是什么？家不正是亲属共同生活的地方吗？这个家是属于她和母亲的归宿，如果说必须有一个人离开，那也应该是那个说好暂住些日子的闯入者，而不该是曾经为这个家抛形象洒热汗的夏汐！装修时期的艰苦还历历在目，而这个家却将与她无关。夏汐想不通，自己亲力打造的家怎么就成了别人的房子，自己住了5年的房子怎么就成了别人的家。活了26年，一个毫无关联的人顺理成章地在她的家里安营扎寨了，她却变成一个多余的过客。夏汐越琢磨越难以理解，钻了牛角尖的夏汐负气对母亲说："你们嫌我多余想让我走不需要打着为我考虑的借口，我可以走，房子也不需要你们给我买。"

"你走去哪儿啊？"

"你不就想结婚过新生活吗？我也结婚呐，结婚就有房子住了。我也像他一样找个有房的人嫁了，自然就有家了。"

话音未落，一记响亮的耳光，干脆地扣在夏汐的右颊上。母亲扬着微颤的手掌，怒不可遏地斥问："胡闹！你知道你自己在说什么吗？"

"我可没跟你闹着玩。"夏汐手捂右颊，寒光凌凌地斜睨母亲，挑衅道，"我今天本来就是想问你要户口本结婚的。我是成年人了，我有权决定自己的生活，而不是任由你们支配我的去留。"

"结什么婚？跟谁结婚？莫名其妙！我看你是疯了！"母亲原本攒了一肚子的话要对女儿说，比如自己和魏如海搭伴过日子相互有个照应可以减轻夏汐的负担，比如新房可以为夏汐提供充分的自由空间，比如日后夏汐找了婆家将房子出租可以改善她的生活，比如人生遇到低谷时夏汐还有套房子可以防身等等。但在她毫无防备时女儿拿婚姻作为赌注与她对抗，夏岚彻底出离愤怒了，口不择言地训斥："你认识人家多久？知道对方什么品行？你知不知道一段错误的婚姻对女人的摧残是毁灭性的？你才26岁，急什么！生怕自己嫁不出去是怎么着？还是听说欧阳昊结婚了所以你也随便找个人结婚报复他？”

不提欧阳昊还好，一听见这个名字，夏汐心里登时被千军万马踩踏而过，鼓腮气呼呼地反击：“当初要不是你阻拦，一毕业我就跟昊子结婚了，现在恐怕连孩子都有了。我就不明白了，就许你悄摸地找个老头，为什么就见不得我好呢？”

又一记清脆利落的耳掴子抡向夏汐的左颊，母亲双肩剧烈地抖动着，面如死灰，灰褐色眼眸渐渐洇出一汪泪雾，声音如拨弦般颤动：“我说你这几年怎么总跟我唱反调，原来一直为这事怨恨我。你刚毕业还没找到工作，那会儿他一个月就挣2000块钱，你们拿什么结婚？结了婚拿什么生活？我是不是说过两家一人出一份钱给你们买套房，是他妈不答应，能怨我吗？人家家里不看好你们，你不记恨他们，却对我怀恨在心。我处处为你着想，你却拿我当仇人。我怎么养了你这么一只白眼狼！”

“对，我就是只白眼狼！”夏汐昂起落了指印的脸庞，咬牙切齿，半晌，哽咽说道，“我辛辛苦苦装修的房子，别人说占就占了。我一心一意照顾的老娘，别人说拐走就拐走了。你们都是大善人大好人，只有我是恶人。就许你们幸福，我不配得到快乐。现在不是称了你们的心意吗？我嫁人，我滚蛋，我给你们腾地方！”

魏如海半弯着腰坐在沙发上，手边的茶水渐凉，视线始终停留在腿间不曾翻页的报纸上，心里已是巨浪滔天。听到这里，魏如海实在坐不住了，摘下老花镜轻搁在茶几上，放下报纸，趿上拖鞋，迈着沉重的步伐敲开卧室的门，声音沙哑地说：“小汐，这事不怨你妈，都怪我……”

“不用说了。”夏汐“噌”地跃起，一摆手，斩钉截铁地打断道，“这事就这么定了。我不挡你们的道，你们也别拦着我。我祝你们百年好合，早生贵子！”

一阵旋风刮过，夏汐夺门而出。魏如海牵拉未果的双手，渐渐在空中蜷成一双无力的老拳，垂头丧气地对夏岚说：“跑太快了，没拽住，对不起啊。孩子在气头上说的话，你别太往心里去。回头她消了气，我好好跟她解释，她会明白的。”

夏岚双手攥住床单，缓缓地摇头，默默无言地抬眼望向魏如海，老泪纵横。

第七章

生活爱跟人捉迷藏

L·O·V·E

1

瞠目结舌了好一会儿，赵小天语无伦次地问："来了？你怎么来了？"

"赵小天，你说话算话吗？"徒手抹一把泪水与汗水融会的脸，夏汐红着眼眶问，"你说想娶我，还作数吗？"

"啊……"赵小天宽阔的大嘴足以塞下一枚囫囵的鸭蛋，尾音拖得老长，一鼓作气地点了七八下头，"当然，当然算数。"

"那成，等我把户口本要到，咱们就去领证。"

"为什么？为什么突然想通了？

"不为什么。"继续瘫倒在沙发深处，夏汐抽抽鼻子，两颗晶莹的泪珠从眼角滚落，"就是想有个家了。"

"你确定？"不明所以的泪珠像两面锃亮的镜子，映射出夏汐的无助与悲伤，赵小天忽然就没有了把握，顾虑重重地试探，"你想清楚了吗？不会后悔吗？"

"不后悔。"夏汐气若游丝地回答，泪水像失灵的滴管一般滴滴答答地越滚越多，"我没什么亲戚，也没几个朋友，我们不摆酒。"

"好。"

"化大浓妆摆拍的婚纱照没意思，我们也不拍。"

"好。"

"工作走不开，旅行结婚也省了。"

"好。"

“就是领个证,然后关起门来过自己的小日子。”

“嗯。”赵小天沉吟一会儿,鼓足勇气问,“那,领证前,我需不需要拜见一下你家里人?”

“不用。”夏汐弹弓一样从沙发上弹坐而起,横眉斜眼斩钉截铁地说,“我自己的事自己做主,用不着别人批准。”

“哦。”赵小天伸舌做了个怪相,顺从地表示,“我都听你的。”

夏汐走后,夏岚从小卧室书桌右下角的抽屉里,翻出两本相册,坐在床边细细翻看。好几次,指腹滑过母女相偎的旧时光,夏岚都有一种撕毁过去的冲动。可伸手掀起相片的一角,垂注着女儿烂漫无邪的笑容,夏岚心一软,又朝着相反的方向仔细地用指肚将相片熨平。怔怔地看了一晚上的老照片,夏岚的眼睛始终是潮湿的。

“看了难过就先别看了吧。”魏如海探出手想替夏岚收起相册,心中又觉不妥,悻悻地缩回手去,手足无措地倚墙而站,低声安慰,“女儿是娘的贴心小棉袄,小汐冷静两天,想明白了就会回来的。”

“你说我这个妈是不是当得特别失败?”双手把着相册的两个角,夏岚幽幽地抬头,泪光盈盈地问,“她什么时候谈的对象?都打算结婚了,为什么我毫不知情?是不是我对她的关心太少了?是不是我太自私了?”

“千错万错都是我的错。”魏如海连连摆手,像是驱赶苍蝇一样徒劳地想将烦恼驱走,垂头耷耳地说,“我不该自作主张给她打电话,不该打乱你的计划,不该在她没有任何思想准备时强迫她接受我,不该……”

“算了。”夏岚苦笑着放下相册,“你也是没有办法。关心则乱,我不怪你。再者说:就算依我的计划走,她也未必不是这个反应。老话说,‘儿大不由娘’。我是越来越看不清我这个女儿了……”

长吁短叹后,夏岚陷入持久的沉思。当年抱养夏汐时,六姑就曾警告过她:“不是自己身上掉下来的肉,不亲。就算你要领养,也得养个儿子,养儿防老嘛。你养个闺女,日后是要嫁人的,你这是替别人养媳妇,划不来。”当时夏岚笑话六姑愚昧,且不说乡下重男轻女有健康的男婴家里抢都来不及，谁会往外送，就冲女子不如男这一点，夏岚就不答应："我偏要让你们看看，我教育出来的姑娘就是比汉子强。"六姑若是听见夏汐今日羞辱她的那席话，恐怕要从棺材里笑醒过来，指着夏岚的鼻尖嘲讽："早跟你说过，不是自己身上掉下来的肉养不亲，现世报了吧？"

纵然不是她十月怀胎从她子宫里呱呱坠落的孩子，夏岚扪心自问：这26年来她可曾亏待过孩子一分半毫？夏汐被抱来那一年，深圳正处于渔村向都市发展中的过渡阶段。夏岚一个月就能买到二两肉，自己餐餐顿顿吃莴笋叶子白米饭，那二两肉一钱不差地熬在粥里喂给女儿。夏汐5岁那年，自己在学校大门口和孩子们玩闹，一不留神叫大铁门磕中了脑门，霎时被撞得鲜血直流。那时候别说的士罕见，就连公交车都难看到一辆。临时临忙的，夏岚抓了个音乐老师做壮丁，两个人抬起夏汐三步并作两步一路狂奔进医院。夏汐13岁那年出水痘，疼痒难耐。为了防止女儿抓破痘子留下疤痕，夏岚向学校告假全天在家护理女儿，用酒精棉为女儿贴身擦洗水痘。5天后，夏汐痊愈，夏岚却高烧不退，浑身冒出亮晶晶的水痘，像是漫山遍野撒落的椰果。夏汐15岁那年，着了魔似的嚷嚷着要学钢琴。几个音乐老师都劝夏岚："这个年纪才起步，学不出什么名堂。再说过两年就要高考了，哪有功夫弹琴？"可夏岚想，难得女儿有个明确的爱好，如果打消了她的积极性，怕日后落下埋怨，更担心女儿从此没了追求，做事半途而废。夏岚一咬牙，花一万二给女儿买了台珠江钢琴，再一跺脚，给女儿请了个钢琴老师，一周三堂课，每节课两百元。除了没有血缘关系，天底下的亲娘会为子女做的事情，夏岚也心甘情愿地为女儿付出，奉献和牺牲。夏汐考上大学后，家里亲戚总劝夏岚，"孩子也懂事了，就把真相告诉她吧。她要是个知恩的人，还能记你个好"，可夏岚不同意。有些事情，未经亲口证实就永远不能被坐实。她一天不承认夏汐是被领养的，孩子就能心安理得地接受自己是亲生女儿的身份。一念及此，夏岚懊悔不已，噙着泪颤抖地问魏如海："我刚才的话是不是说重了？我不该骂她白眼狼。小汐那么敏感，我这样讲，不就是承认了她不是我亲闺女吗？"

“快别胡思乱想了。”雷厉风行的辅导员夏老师，此刻像个方寸大乱的小学生一样哀哭，魏如海的心上像是挨了记闷棍，钝痛不已。于心不忍地拍拍夏岚的肩膀，魏如海暗自下了决心，轻声细语地安抚，“你病刚好。医生不是说过嘛，胃病靠养，不能思虑太重，不能上火动气，不能熬夜。赶紧休息吧，我保证把小汐劝回来。”

2

“小汐，魏叔先跟你说声对不起。你们母女之间的误会全因我而起，所以我想了想，解铃还须系铃人，还得由我亲自把事情解释清楚。”经过离家三日的冷静，夏汐最终同意和魏如海见上一面。心里纵使再多委屈，母亲始终是她至亲的也是唯一的亲人，那就意味着自己早晚要和魏如海打交道。

两个人在公司附近找了间咖啡厅，临窗而坐。夏汐眼泡浮肿，鼻洼深陷，下眼睑像挂着两个白面口袋，看上去很是忧愁憔悴。定睛看着夏汐，一双千沟万壑的手抱拳搁在身前，双肘枕在台面上，魏如海面沉如水，笑容全搁在话音里：“这些天你一直睡不好，我跟你妈都知道。你妈说了，老年人觉本来就少，她倒没关系，就是心疼你白天工作忙夜里还休息不好。其实她早就想给你买房子了，等你回去可以打开她衣柜里的抽屉，里面一沓房产广告呢。她说了，学校这房子将来不一定能过户给个人，再过两年她就退休了，万一中间有闪失，她担心她走了以后你没地儿住，所以想趁她有能力的时候给你把后顾之忧解决了。她怕你担心所以不让我告诉你，其实这两年她没少上医院。上次你出差她崴了脚，在骨科医院躺了好几天，嘴里一直念叨'幸亏小汐不在，不然她要担心死还耽误她工作'。她总跟我说，自己的身体一天不如一天了，你一个女孩子身娇体虚的，她最担心自己万一病倒了会拖累你，这才同意跟我搭个伴好减轻你的负担。但她也说了，如果你不同意，我们就还是同事，朋友。所以，今天魏叔来找你，也想跟你表明我的态度。我是真心想跟你妈妈一起生活，照顾她，爱护她。但如果你不接受我，我也不会让你为难。我保证，就算只是做同事做朋友，我也会尽最大的努力照顾你妈妈。"

夏汐目不转睛地盯着魏叔舒张有秩的两片嘴唇，竖起耳朵仔细捕捉一字一句背后隐藏的情绪，睫毛忽闪忽闪地眨出了水汽，揪作一团的心脏被猛猛地扎了一下又一下。

"我今天来，就是请你回家的。"魏如海稍作停顿，拱手作揖似的比画几下以示拜托之恳切，轻咳两声，眼角一弯，朴实而憨厚地笑说，"我昨天已经收拾东西回宿舍了，你可以回自己的房间睡个踏实觉了。"

"魏叔，"难为情地舔了舔嘴唇，沉吟好一会儿，夏汐猛然抬起泪影重重的眼睛，呜咽问，"我妈，她好吗？"

"实话实说啊，吃不香睡不沉。"魏如海咧嘴安慰，"不过，你就是你妈的药，你一回去她一准药到病除。"

听说母亲寝食难安，夏汐愁眉不展，五官拧成一个冏字，忧心地打听："她还在生我气吗？"

"哪儿能啊？孔子虽然说'天下无不是之父母'，但在众爹妈心里，天底下就没有不对的儿女。"魏如海深思片刻，小心翼翼地道出夏岚茶饭不思的重要原因，"你妈不找你不是因为生你气，她是在跟自己怄气，气自己说了不该说的话。"

夏汐一挤眼，大脑飞快地运转着，瞬间明白过来，干笑两声："咳，我妈说的没错，我的确是只不识好歹的白眼狼。"

"其实，你妈她就是刀子嘴豆腐心，她是真拿你……"

"魏叔，不用说了，我心里都明白。从小到大，她为我操碎了心。就是因为有这么一个好妈妈，我从来没觉得自己比别人家的孩子差了啥。我知道她那是气话，就是因为亲近说话才敢不把门。”

“那就好，那就好。”魏如海垂下双手，微微撇开紧拢的膝盖，如释重负地点了点头。

“不过，”夏汐话锋一转，魏如海立刻如临大敌并拢双腿，挺直腰杆，正襟危坐地看着她。

“您暂时还不能走。”夏汐抿嘴，眼眸似星光般闪闪发亮，耸鼻贼笑说，“最好以后都不走了。虽然咱们一起生活才半个多月，但我看出来了，我妈需要你，也特别依赖你。”

魏如海研究文玩似的认真端详着夏汐，一时之间拿不准她前后一百八十度大转弯的态度，目光疑惑地问：“这么说你同意买房了？”

“我不要房子。你们辛辛苦苦攒的血汗钱，留着给自己养老。不用担心我，我有地方住。”在魏如海言辞恳切地讲述母亲不为她所知的苦衷时，夏汐就已暗下决心。老人们常说，世界上的孩子有一些是来向父母讨债的，而有一些是投胎来还债的。夏汐不知自己与母亲前世结了怎样的缘分才轮回成今生不解的没有血缘的亲人，如果说此前母亲为她奉献的种种是偿还前世的因果，那么现在也该是她还债的时候了。母亲为了她含辛茹苦大半生，好容易遇上个知冷识暖的人可以相扶终老，怎么能再为了她错过这来之不易的机会？夏汐暗自思忖，“反正我早晚是要嫁人的。这三天赵小天的表现还算是不错，知道我心里难受带我看相声解闷，知道我胃口不好辣得自己嘴都起泡了还坚持陪我吃水煮鱼。要说赵小天有多优秀倒不见得，但也算是个可以托付的适用男。既然人家肯收留我，不如就顺了他的意把证领了。我有了落脚的地方，妈就不用花光大半辈子的积蓄，还能踏踏实实地跟魏叔过日子。”

魏如海不知道夏汐心里走的什么棋，隐约间有种不祥的预感，眉头锁得更紧了，焦虑地摩拳擦掌道：“小汐呀，有些话魏叔跟你说可能不太合适，但我还是要代表你妈妈提醒你，人生中的每一步都是落子无悔的，尤其是女孩子，不管做什么事都不能草率，因为你走错一步棋，很可能就输掉整个人生。”

“放心吧魏叔，我不是任性冲动，我是经过深思熟虑的。”夏汐试图让魏如海宽心，才说了两句，颜笑打来电话惊恐万分地叫嚷：“快来，土哥不行了，正在抢救！”

踩地雷似的炸起身，夏汐神色突变，慌慌张张地跟魏如海告辞：“人命关天，我必须走了。家里的事改天再说。”

3

夏汐第一次零距离接触死亡，才知道生命最终的颜色，是凄怆的蜡黄色，是寂寥的死灰色，是无瑕的雪白色。病房里，一股死气沉沉的腐坏的气味，侵扰着她的嗅觉。夏汐掩上白床单，轻皱眉头，不由自主地往后蹴了两步。

因为是突发心脏病，远在国外的家属根本来不及见他最后一面。土哥为了两任妻子和三个儿女拼搏一生，喂养过数以千计的腹囊，离世时却孤苦伶仃地躺在一张狭窄凄冷的铁床上。如果不是医生说起，谁也不知道土哥3年前动过心脏手术，胸膛里安置着连接生命的起搏器。

记得也好，忘却也罢，生命消融的刹那，所有爱过的恨过的，无法原谅与已然释怀的，都将灰飞烟灭。夏汐咬紧下唇，垂睑凝视骨瘦如柴但面容安详的土哥，眉宇渐舒。人生有太多的事情，无法跟命运去讨价还价。比如出生，比如死亡，比如离合聚散。

探出冰凉的五指，握住颜笑瑟瑟发颤的手腕，夏汐轻呓：“不要哭。土哥终于可以好好休息了。”

二人心神忧伤地出了医院，颜笑忽然想起什么似的，反手攥住夏汐的袖口，正色说："你妈昨天给我打电话了，问我知不知道你要结婚的事。"

夏汐心下一惊，眼皮跳得飞快，紧张地反问："你怎么说？"

"还能怎么说？我就见过赵小天一面。你妈问我你们是怎么认识的，我假装接客户电话躲开了，但我答应回头打给她汇报情况。"左手掌扶在夏汐右肩头，轻轻一推搡，颜笑颦眉厉色道，"说吧，你老实交代，我好跟老太太交差。"

"朋友介绍的。"夏汐偏过头去，目光闪烁，含糊其词，心想颜笑要是知道自己在婚恋网站上扒拉来的一个人，相处不到三个月就要结婚，非把她撕成两半不可。

"你哪个朋友是我不认识的？"夏汐越躲闪，颜笑越觉得蹊跷，不依不饶地盘问，"敢不敢报上介绍人的姓名？"

"也算不上朋友，新公司的同事，你没见过。"干干地眨巴几下眼睛，夏汐反客为主地板起脸反问，"有什么可奇怪的。刘晓不也是邓小池给你介绍的吗？"

"就算是知根底，我也没着急结婚哪。我不是告诫过你，赵小天为人不怎么样还有待观察吗，你还真铁了心嫁他？"

"这不是事赶事凑巧了嘛。"夏汐于是避重就轻地将母亲与魏如海要给自己买房的事告诉了夏汐，语重心长道，"土哥还没让你看透人生吗？辛苦一辈子，临了身边连个送终的亲人都没看见。人生苦短，我妈好不容易碰上个相濡以沫的老伴，我可不想因为我留下什么悔憾。"

"两码事。非得先把你这盆水泼出去你妈才能再婚啊？"颜笑一语中的，怒目而视，"欺负我智商不够是怎么的？你分明是偷换概念。"

"我不结婚，他们就要凑钱给我买房。魏叔以前的老伴长期抱病卧床，兜里能剩下几个钱？再说我妈，一辈子拿小学老师的死工资，管我吃穿温饱不说，供我上重点学校，打小培养我上书法班、绘画班、学钢琴、学声乐，还能攒下几个钱？总不能他们节衣缩食大半生，快退休了还把积蓄全为我押在水泥壳里吧。”

“狡辩！照你这说法，买不起房的都得上大街随便逮个人结婚蹭房住？”颜笑既为夏汐的孝顺感动，又为她的腐而气愤，“不买房你可以租房啊，深圳那么大的房屋空置率，你还怕找不到住处？”

“你觉得我妈能答应吗？”夏汐撇嘴苦笑，没好气地反问颜笑，“我妈你还不了解？只要是关系到我，她恨不能上天给我摘星星捞月亮。要是我在外面租房给他们创造空间，你感觉她心里能踏实吗？没准逼急了他们就把家留给我，两个人去挤那巴掌大的校工宿舍了。”

颜笑撇嘴，乜斜着夏汐，冷笑反诘：“你也了解你妈的脾性，你觉得你要跟赵小天闪婚，她能同意？”

“哎呀小妈，我已经26岁了，晚育年龄都过了，你就别为我操心了。”双手抱住颜笑的胳臂轻轻摇晃，夏汐扭捏地缠着她撒娇求饶，“再说了，婚姻又不是洪水猛兽，他赵小天还能吃了我不成？”

“别喊我！”听出她壮士断臂的决心，颜笑愤懑地抡起手臂狠狠往后一甩，发狠似的挣开夏汐，怒发冲冠地呵斥，“这件事非同小可。叫小妈没用，叫姥姥都不成！我警告你，你要是敢跟他领证，就别怪我跟你绝交！”

夏汐原指着游说颜笑替自己做通母亲的思想工作，不承想还没等母亲责难，颜笑的怒火已有烧山之势，只好嬉皮笑脸地耍无赖央求：“那不行。你自己答应过不管发生什么事都不会不理我的，你不能食言。”

“前提是你得自爱！”土哥骤然辞世像一记重锤砸在颜笑的心尖上，惋惜之余，她也为自己许久不曾探望土哥而深深自责。成立自己的公司后，颜笑疏忽了许多重要的人与事，土哥已是无可挽回的失去，颜笑希望自己还能及时补修依然健在的亲友关系。可她还没做出补救，夏汐已双脚离地，倒栽头，一猛子就要往火海里扎，劝不听也拦不住。颜笑鼓着腮帮呼呼地喘着粗气，气急败坏地威吓夏汐，“如果你都不自重不自爱，我还有什么必要爱护你？反正今天我把话撂这儿，你要是敢嫁给那个自私的胖子，我就当不曾跟你认识过！”

一鼓作气地撂下狠话，颜笑龙卷风似的疾驰而去。跳进的士，颜笑咬咬牙，把心一横忍住了回头的冲动，心存侥幸地琢磨，我跟那个死胖子之间，非要选一个的话，那傻丫头应该会选我吧？

4

夏汐跳下车，与赵小天道了再见，心事重重地踩着碎步推开小区大门。沿着墙根走了五米远，余光中有个恍惚的影子随着她缓慢地漂移。夏汐猛一抬头，围栏外那辆鹅黄色比亚迪F0冒出拱型车顶，龟爬似的随着她的身影缓慢挪动。夏汐停下脚步，摆了摆下巴，招呼赵小天："你这是干什么？"

"我不放心你。"赵小天摇下车窗，露出一颗圆滚滚的脑袋，偏着头似笑非笑道，"我怕你这一走就不会回来了。"

"德行。"夏汐轻嗔，无可奈何地朝停车入口比画一下，"进来吧，我们一起上去。"

"真的？"赵小天的瞳仁像拧开的手电筒似的放射出两道强光，嬉皮笑脸问，"第一次拜见岳母就要拐带她女儿，你妈不会把我剁了下酒吧？"

"难说！"夏汐"扑哧"一下乐了，虚张声势地吓唬赵小天，"我妈不喝酒，不过你这身膘够她炼几桶油倒是真的。"

"那我也认了。"赵小天美滋滋地晃动脑袋，说话间就将车泊好，搂着夏汐上了楼。

夏岚听见动静，知道女儿回来了，欣欣然地迎上前去。打开门，赵小天先是一愣，旋即堆出一脸褶子痴笑说：“阿姨好。”冷眼打量搭在女儿肩胛处的那只熊掌一样肉乎乎的五指，夏岚表情一沉，微微侧身，不动声色地道：“进来吧。”

三个人各据沙发一角，形成一个等边三角形。夏汐探眼朝卧室张望，讨好地问母亲：“我魏叔呢？”

母亲不予理睬，直勾勾地盯着赵小天，开门见山问：“你们怎么认识的？”

上楼前，夏汐千叮万嘱说母亲为人传统保守，接受不了网恋，不管她怎么打探，咱们都要一口咬定是熟人介绍认识的。因此，赵小天胸有成竹地撒谎说：“朋友，朋友介绍的。”

“哪个朋友？”

夏汐交代他时胡口诌了个名字，赵小天当时默念了几遍，可这会话到嘴边却忘得一干二净。情急之下，赵小天自作聪明道：“叶芝。”说罢，赵小天还为自己的急才得意不已，冲夏汐挤了挤眼睛。

“叶芝？是那个爱尔兰诗人吗？”夏岚交臂而坐，神色威严，目光锐利，像一个揭穿魔术漏洞的观众，看好戏似的等待赵小天收拾残局。

“嗡”的一声耳鸣，赵小天大脑瞬间短路。他低估了小学教师的阅读面，也轻视了准岳母察言观色的洞察力。

“啊？不，不是。”赵小天干巴巴地矢口否认，飞快地组织着语言，耳垂渐渐有了热度，吞吞吐吐地说，“是个女孩，也叫叶芝。”

“我公司同事。”夏汐面不改色地接过话去，一面为赵小天救场，一面冷不丁地剜他一眼，信口雌黄说，“叶芝大学跟赵小天同班，现在是我们公司的出纳。”

母亲瞥一眼夏汐，收回目光，重新聚焦在赵小天脸上，将信将疑。

赵小天躲避着夏岚的注视，低头瞄见脚边的袋子，这才想起刚在楼下百果园买的水果，忙不迭地抽起袋子摆到茶几上，毕恭毕敬地说：“对了阿姨，听说您爱吃车厘子，我给您买了两斤，洗给您尝尝？”

夏岚不置可否，夏汐朝赵小天使了个眼色，敦促道：“果盘在消毒柜里，池子边上有水果专用的洗洁精。”

不消一会儿工夫，赵小天捧着淌水的盘子出来了，夏岚扫一眼那个装鱼用的鱼碟，眉头锁得更紧实了。欧阳昊第一次来家里做客，根本不需要指引，就准确地找出那个盛水果专用的水晶玻璃碗。可眼前这个只知道傻笑的胖小伙，居然以为瓷碟上有青苹果图案的就是果盘！谁家拿长浅的碟子装水果？缺少常识也就罢了，水珠都滚到盘底了也不知道擦一下，可见此人生活中何等懒惰与邋遢！

愁眉苦脸地看着茶几上洇出一圈水渍的鱼碟，夏岚心中哀叹连连。

母女交锋的战况中，夏汐忽然说要结婚，夏岚以为那不过是女儿无中生有的对抗。可通过向颜笑求证，夏岚才知道女儿当真背着自己交了个男朋友，心里对这个来路不明的男人多少有了几分反感。如今见了面，夏岚发现赵小天从外貌到谈吐毫无过人之处，家庭背景和教育背景也乏善可陈，心里不禁要拿他与欧阳昊作一番比较。这一比较，夏岚更要替女儿叫屈了。若不是现实太叫她失望，夏汐怎么甘心退而求其次找这么平庸的男朋友？可致使女儿病急乱投医的到底是欧阳昊的婚事，还是自己与魏如海的关系？又或是颜笑的新恋情与搬离？

或者，是与女儿最紧密相关的他们，一同将夏汐推进了急于求偶的深渊。

赵小天不懂夏岚的心事，见她没有动静，便抓了一把车厘子捧在手心，拈起两颗囫囵吞下，吐出果核由衷地赞叹：“唔，挺甜的。阿姨，您也吃啊。”

赵小天的吃相再一次获得夏岚的差评，摇头望着女儿苦笑问：“你这几天都住他那儿？”

“对了阿姨，我们正想跟您商量这事。”赵小天侧扬起下巴，看了看手中的车厘子，舍不得放下便继续托举在空中，嘴巴吧唧吧唧地抢话说道，“我跟夏汐求婚她答应了，所以，我今天来，也希望能得到您的同意和祝福。”

“你说什么？”瞳孔扩张成两枚杏桃，上身往后一挫，夏岚连忙张开双手扶稳扶手，惊诧地瞪着赵小天，一字一顿说，“你再说一遍。”

“我想跟夏汐结婚，希望您成全我们。”意识到事态严重，赵小天这才依依不舍地放下手中的水果，搓手战战兢兢地迎向夏岚的怒目。

夏岚还是不能相信自己的耳朵。虽说活了大半辈子见识过人间百态，但她从来没听说过谁提了两斤车厘子就登门提亲的。夏岚不是个见钱眼开的势利眼，但也容不得女儿被如此轻慢。撇开赵小天自身的条件与人品不说，单说他漫不经心的提亲态度就足以证明婚姻对他而言，就是个彻头彻尾的儿戏！

“真是稀罕。你这样的提亲我还是头一回碰见。”兀自平复好情绪，夏岚跷过腿，端起姿态，冷脸乜着赵小天，讥讽的话却是说给女儿听的：“小汐，你在他眼里，就值两斤樱桃，你知道吗？”

“妈！”

“阿姨，您误会了。”赵小天知道自己的不拘小节又闯了大祸，赶忙想辙补救，话都来不及过脑子就脱口而出了，“今天来得太急没时间做准备。主要是小汐着急见您，我们就直奔家来了……”

“什么都没准备就要娶我女儿？婚姻大事都敢随便对付，你还能对什么事认真？”

“阿姨，我是真心娶夏汐的。您有什么要求就跟我说，我一定尽量满足。”

到这份上了，赵小天言语间仍下意识地给自己留下转圜空间，话还不敢说满，夏岚打了个冷鼻，丝毫不掩饰地蔑笑：“用不着。我的女儿我不会让她吃苦受累，你那点力气还是给自己留着吧。”

“妈咪。”见势态越来越不可收拾，夏汐只好使出杀手锏，起身匍匐在母亲肩头，缠晃着母亲手臂撒娇，“你听我们解释嘛。”

“没什么可解释的。我不同意。”无论女儿怎么摇晃纠缠，夏岚岿然不动，黑着脸厉声说，“你让他走。我不会同意的。”

“妈……”

“别叫我妈！”

“妈!”

“你赶紧让他走! 荒唐! 开什么国际玩笑!”

“我们没开玩笑。”夏汐徒劳地争取着,努嘴朝赵小天使眼色,他却已被母亲的阵势吓得干站在一边,不知所措。

“你不是跟我开玩笑,那就是在拿你自己开玩笑!”夏岚挣开女儿,径自走向大门,笔挺而立,拉开门,声色俱厉地驱逐赵小天:“你走吧。不要再来了。”

赵小天灰溜溜地挪到大门口,双手垂放在腿根,扭脸看一眼夏汐,“扑通”一声,猝不及防地跪在夏岚面前:“阿姨,求求您了。我和夏汐是真心相爱的,求您成全我们。”

“你! 你给我起来!”身子往后一步退到墙角,夏岚怒不可遏地指着地上那团抖动的肉体,手指划向门外,厉声呵斥,“出去! 你给我出去!”

赵小天破釜沉舟地使出苦肉计,却不料更遭夏岚看轻。对于这种轻易舍弃尊严,为达目的无所不用其极的男人,夏岚从骨子里瞧不起他。夏汐刚要为赵小天求情,母亲老鹰一般锐利的目光立刻照在她脸上:“你给我闭嘴。再多说一句,我就跟你脱离母女关系。”

无奈,夏汐只能对着地上那摊蔫头耷脑的肉体说:“赵小天,你先回去吧。”

5

夏汐终究少不经事,看人不如母亲透彻,对事物的判断不如母亲深刻,自然也不会懂得轻诺必寡信的哲学。赵小天膝头触地的扑通一跪,没能软化夏岚的心，却彻底征服了夏汐。如果说，此前答应与赵小天结婚多少有点赶鸭子上架的情非得已，那么在赵小天下跪请求后，夏汐是真的剖开胸膛手捧着那颗血淋淋的心，心甘情愿地要为他双手奉上。

这个男人，在她被世界孤立时接纳了她，在她走投无路时收留了她，在她一无所有时给予她爱和肯定，甚至为了她抛舍自尊。赵小天用他粗糙的付出与廉价的舍弃，成全夏汐对爱情的幻想。在26岁傻姑娘夏汐的眼中，赵小天甘愿受辱，背负责难，绝不言弃，就是爱情的全部了。

何况，赵小天把男人最痛的隐疾，都毫无保留地铺陈在她的面前。对男人而言，那方面的不尽如人意，兴许比倾家荡产更使他抬不起头。然而，赵小天还是带着他的难言之隐，毫无保留地将自己交给了她。他给得那样不顾一切，给得那样奋不顾身，给得那样楚楚可怜，给得那样尊严扫地。

倘若就此放弃，夏汐无法原谅背信弃义的自己。

因此，任凭母亲苦口婆心地劝导，一一罗列出赵小天不可取之处，夏汐一声不吭，默默在心里替他反驳。趁母亲冲凉时间，夏汐偷出户口本藏在包里。次日母亲上班后，夏汐偷偷返回家中，留下一封书信，携户口本潜逃出家。信中，夏汐对赵小天的生理状况守口如瓶，只是反复强调他如何善待自己，自己又是如何喜爱他。信末，夏汐字字真切地恳求母亲："妈妈对不起，从小到大，你指东我不敢往西跑，你说走我不敢停下脚。我听话不是因为我认为你都对，而是因为我爱你心疼你舍不得惹你生气。可是这一次，我想听自己的话。我知道你看不上他，可婚姻始终是我和他的事，日子也是我和他一起过，我希望在这件事上能够有一次自主权。希望你能理解我，体谅我。对不起妈妈，我爱你。"

夏汐盘算着，与其拉锯战大家都痛苦，干脆一不做二不休直接把证领了。待到母亲发现，木已成舟米已成炊，母亲纵然有千万条反对的理由，也改变不了什么了。其余的事就交给时间，夏汐对赵小天千叮咛万嘱咐："领完证咱们就登门谢罪，什么时候妈原谅我们了这事什么时候才算完。赵小天，你以后必须对我妈好一点。”赵小天唯唯诺诺地应承着，心里揣着一只活蹦乱跳的麻雀，驱车赶了过来。夏汐换了身颜色清爽的干净衣裳，略施淡妆，拉着赵小天上指定照相馆拍结婚证件照。民政局登记预约已满，赵小天塞了个颇丰厚的红包，这才加塞讨到一个当天下午的注册排号。夏汐千算万算也没算计到母亲中午会回家。由于忧心女儿，夏岚头一晚几乎没睡觉。到了学校整个上午都困顿得哈欠连天，中午饭都没吃，就回家来补觉了。进了门，夏岚一眼就瞧见茶几上的留信。信读了一半，一股热血直灌颅腔，夏岚甩手将信纸扔到一边，扑到衣柜前，着了魔似的抽出内格，反手将所有东西倾倒在地，发疯似的翻找着。

“老魏，快来，户口本不见了！小汐要造反！”颓坐在一屋狼藉之中，夏岚欲哭无泪。接通电话草草嘱咐两句，心头一口气未能提上来，眼前骤然黧黑一片，夏岚一头栽倒在地。

魏如海跟着救护人员一同将夏岚推上急救车，一面通知夏汐。二人正在民政局填写《申请结婚登记说明书》，电话里听见120呼啸的警笛声，想象着母亲不省人事的样子，夏汐掷下笔喊了声“妈！”，哇地放声大哭，肝胆俱裂。

夏汐边哭边跑，怎么叫都不回应。赵小天不明就里，只能拔腿紧跟着她身后。二人赶到市二医院急诊室时，夏岚正在输液，细长的针头嵌进她青得发蓝的血管中，灰白的脸上没有一丝血色，透着暗哑的蜡黄。似曾相识的灰得发白，白中透黄的一张面孔闪过，夏汐陡然间想起了盖着白被单的土哥，揪紧的心像是被人狠狠揍了一拳似的炸裂开来，撕扯的疼痛噬咬着她。

“妈，对不起。”说话间，夏汐奔到病床前，手忙脚乱地摸出户口本塞到枕头底下，双手握住母亲冰凉的手掌，啜泣说，“对不起妈妈，我错了。”

母亲抻开眼皮看一眼呆站在不远处的赵小天，目光了无生气，声音低沉乏力：“办好了？”

“没有。妈妈,我听你的。我不结婚了。”为心爱的芭比娃娃拂尘似的抚摩着母亲的手背,夏汐抽抽噎噎地回答,下巴抵在锁骨间,带着浓重的鼻音对赵小天说:“赵小天,对不起,我妈都这样了,我不能跟你结婚了。对不起,我对不起我妈,也对不起你。赵小天,我配不上你。我祝你幸福。”

“没,没关系。”这一切发生得太突然,突然得让思维神经都休克了一般。就像一辆直线疾驰的赛车,在临近冲刺时突然一个急转侧翻飞出跑道,人仰马翻地看着胜利化成泡影。除了惊悸,赵小天大脑中一片空白。20分钟前,他们还是准夫妻,这一刻,填写好的登记表却宣告失效了。赵小天还来不及梳理自己的情绪,就要应对胜利前的翻车,他只能机械地摆手摇头,口中嗫嚅道:“那,我就先走了。阿姨,您好好休息。夏汐,我不怨你,你别太难过了。”

赵小天滑稽地挥了挥手,企鹅一样步履维艰地退出病房。

“真走了?”母亲嘟哝一声,收回远光灯似的目光近距离打量夏汐,灰青的脸上浮现一丝难以捉摸的犹豫,有气无力地问夏汐,“你恨妈妈吗?”

“不恨。”重感冒似的从鼻腔中挤出两个字,夏汐一垂眼,眼泪哗哗直流。

“医生说了,问题不大,别太担心。”许久不吱声的魏如海怅叹一声,安慰夏汐,“主要是因为前一晚没睡好,焦虑加上悲伤过度导致大脑缺氧,引起的突发性晕厥。好好休息几天,保持心情开朗,就会好起来的。”

“魏叔,对不起,又让您受累了。”

“这孩子……”

“妈,对不起,我以后一定听话,再也不惹你生气了。”

“傻孩子,别哭了。妈真的没事。”

“赵小天,对不起,希望你能遇到比我勇敢的女人。”

夏岚与魏如海互换一个眼神,错愕地轻拍女儿后背说:“小汐,他已经走了。”

“我知道。但我还是欠他一句对不起。”夏汐抬起头，桃核一样红肿的眼睛蓄满泪水，手摁在心口，嘤声说，“我也不知道怎么了，就是这里特别特别疼，就是觉得特别特别抱歉。我觉得自己糟糕透顶，失败至极，你们对我那么好，可我总是让你们失望，惹你们生气，害你们伤心。我对不起你，也对不起魏叔，还对不起赵小天。我讨厌对不起你们，更讨厌这样的自己……”

6

母亲出院后，魏如海又搬进了夏汐的小屋照顾母女俩的饮食起居。生活看似如常，但母亲看得出来，女儿并不快乐。回到家的夏汐，身体就像是一条管道：每天给她输送活命的水分和食物，但吃进去的养分并没有被吸收，而是遭到情绪的消极抵抗，使得夏汐日见消瘦。

这一夜，母亲做完脸部的基础护理，拉过化妆凳端坐在床尾，一本正经地打量窝在床头翻书的女儿：“小汐，你跟妈说句实话，你跟赵小天还有联系吗？”

“只是聊聊QQ打打电话。”夏汐抬了抬眼皮，忐忑地回应，“没再见过面。”

母亲往前倾了倾身子，语气温和，试探地问：“你还想跟他结婚吗？”

夏汐不知母亲的葫芦里卖的是什么药，一时语塞，良久，答非所问地回了一句：“他是个好人。是我辜负了他。”

“你们要结婚也行，但你必须答应我一个条件。”母亲正色庄容地说道，一点也不像是在开玩笑。夏汐惊呆地昂着下巴眨了眨眼睛，好一会儿，才从汤圆似的口型中挤出一个“啊”字。

“这些天妈也想明白了。你早晚是要嫁人的，何不让你嫁个你想要的结婚对象呢。”夏岚回身拉开梳妆台的抽屉，抽出早已准备好的户口本和存折，郑重其事地放在床上，掷地有声说，“要结婚可以，但你先得把房子买了。”

这几天，魏如海一直劝导夏岚，没有哪个孩子可以不摔跤就学会走路，你总归是要学会放手的。“小汐也不见得觉得我特别合适，但是因为你选择了我，她就尝试着接纳我。”魏如海语重心长地给夏岚做分析，“我必须替小汐说句公道话。她比你更懂得爱。爱应该是让对方自由，而不是捆绑对方的意志。虽然她是你女儿，但她也是个成年人，有能力对自己的选择负责任。既然她选择了赵小天，你爱她就应该尊重她的决定，就像她尊重你和我在一起一样。”

看着笑容从女儿眼中消失，和她渐渐凹陷的脸颊，夏岚似乎明白了魏如海所说的爱的自由。回想赵小天当日在医院的表现，夏岚不得不承认，这个男人还是有他的可取之处。面对突如其来的变故，赵小天并没有像泼猴一样大吵大闹，而是独自承受了结果。难得的是，他没有因此心生怨恨，也没有望而却步就此放弃，而是瞭望塔一样远远地守望着夏汐，继续照亮她的生活但不奢求回报。

与其让两个年轻人内心煎熬，倒不如成全了他们。横竖婚后的生活是他们自己的，个中的喜怒哀乐也应该交还他们自己去体味。既然夏汐结婚成家是不可逆转的，身为母亲，夏岚唯一能做的不是阻挠必然会发生的事，而是为女儿做最周全的保护措施。因此，夏岚提出，“我折子里的这些钱早晚是要留给你的。一旦你结了婚，就成了你们婚内的共同财产，所以我必须在你成家以前，把这些钱变成你的婚前私有财产。妈没有太大能耐，能留给你的就是这点积蓄，所以我不能冒险让别人坐享其成。”

为确保万无一失，夏岚要求女儿在结婚前将南山那套公寓买下来，并要求女儿对赵小天保密："房子买了你可以租出去，以租养贷减轻你的负担。另外，这是妈给你的嫁妆，你犯不着告诉他。这房子就是你的退路，是你回旋的余地，是你的永久牌保护伞。你自己心里有谱就行了。万一婚姻出现变数，你也不至于无家可归。"

二人交锋，先认输的人是因为爱，但最后让步的人，往往是爱得比较深的那一方。持续了一个多月的内战，因母亲的让步皆大欢喜。夏汐也做出让步，同意买房，但前提条件是母女联名："不能光保障我一个人。母女连心，没有你的房子怎么可能是我的家？要想让我踏踏实实地领钥匙，房产证上必须有你的名字。"

就这样，母女二人联名买下了南山的酒店公寓后，夏汐直接敲开赵小天家门，亮出户口本窃笑问："赵小天，你还想结婚吗？还敢娶我吗？"

"你又偷户口本？"怔色看一眼朱红色证件，赵小天心有余悸地问。

"我妈给我的。她同意了。"

有过一次临门出局的惨痛教训，赵小天这回不敢得意忘形了，俯首帖耳地应了声："嗯。想。"

生活就是这样爱跟人玩捉迷藏。你以为自己藏身得天衣无缝，它却张牙舞爪地跳出来大喝一声，将你生擒摁倒在地。而你放弃抵抗时，它却举手投降，宣布最终的胜利还是属于你。

夏汐在电话里通知颜笑说自己将于三天后跟赵小天注册结婚，话没说完，听筒里就传来急促的"嘟嘟"声。无奈，夏汐给颜笑写了封邮件，言真意切地请求："我妈已经同意了。亲爱的，我知道这世上除了我妈之外，只有你最在意我是否幸福快乐。但幸福不是一蹴而就的事，需要用漫长的光阴去经营和验证。所以，我现在无法向你证明我会幸福，但我可以跟你保证，我会朝着这个方向努力。你是我最好的朋友，我真的很希望你能见证我最重要时刻。"

夏汐每天检查邮箱四五遍，始终没有收到颜笑的回复。三天后的早晨，福田民政局玻璃门外，颜笑置身于熹微的晨光中，披一身嫩绿色及地长裙，捧一束绯红斑斓的玫瑰百合，粉面生威地对夏汐嗔笑："我是真不想理你了。没办法，你不听话，我的腿也不听话，莫名其妙就到这儿了。给，新婚快乐。”

7

颜笑24岁生日，说好吃湖南大碗菜，一行人半道又临时被刘晓拉去了北海渔村。一桌重口味的人点了七八道清淡如草的粤菜，各自叫了份酱油泡指天椒的蘸料。

“真是脱裤子放洋屁多此一举。”夏汐啼笑皆非地戏谑，“这种吃法就像是咬一口面包嚼一口牛肉，然后骗自己说‘我吃的是洋汉堡’。”

“他说要入乡随俗。”颜笑压低音量，替男朋友打圆场，“毕竟这里环境好一点，大碗菜连包房都没有，说话不方便。”

真是笑话！夏汐暗笑，来深圳工作几年，别的长进没有，就跟暴发户学会贪图享受穷讲究的本事了。可骨子里与生俱来的DNA是那么容易被改写的吗？就像《功夫熊猫》中的阿宝，虽然是被一只鸭子用面汤喂养大的，可血液里流淌的始终还是熊猫血，成不了鸭子或面条。见刘晓夹着清蒸石斑的筷子往辣椒碟里伸，夏汐恶作剧地夺过调料碟，黠笑说：“这么贵的鱼，沾了辣椒就不值钱了，你这么会吃，还是依正宗粤菜的吃法，享受它的原汁原味吧。”

刘晓还没皱眉头，赵小天脸上却挂不住了，急忙拿起自己的调料碟托到刘晓的筷子下，愠色说：“夏汐，别闹！”

见状，颜笑拉过夏汐轻声咬耳问：“看不出来赵小天还是个‘妇严结’啊，他对你好吗？”

“什么?”

“管老婆管得严厉可不就是‘妇严结’吗?”颜笑做了个鬼脸,关切地问,“结婚好几个星期了,想请你吃顿饭都困难,真被他拿住了?”

“没有。最近事太多。”夏汐心头“咯噔”一沉,神色依旧泰然,巧妙地转开了话题,“我妈打算跟魏叔把证领了,他们不打算操办,所以我最近忙着帮他们把房子重新粉刷一下,添添喜气。”

“好事成双啊。我得给咱妈包个大红包。”

“你可别。我妈保守着呢,生怕枯木逢春叫人家笑话,连老家亲戚都没告诉。”

“你们可真是一家人,结婚都比着低调。”闺密不声不响地出阁始终是硌在颜笑心头的一枚石子,鲠在她气口上,不吐不快。起初夏岚也坚持要办婚礼,可夏汐劝母亲说赵小天家里人丁单薄,母女俩在深圳的亲朋好友加一块都凑不满一桌。若是要酒席热闹,就得把学校的同事聚到一块,那就意味着母亲与魏如海的关系将被放到桌面上。母亲是个好面子的人,饶是学校里不少人对她和魏如海的关系心照不宣,到底因为当事人不曾公开也就仅限于揣测与耳语。一旦二人坐上婚礼的主桌,回学校后少不了要听到多少流言蜚语!夏岚没有像样的出身,没有过硬的后台,没有值得炫耀的幸福家庭,甚至没有女人应有的生育能力,而名节就是她最为骄傲的饰品。用不了两年就要退休的夏岚,想在学校最后一段时间里保住自己的清誉。夏汐就是吃准了母亲的心思,经她一分析,母亲果然默许了他们一切从简的形式,由得她用9块钱把自己便宜地嫁了。

母亲那一关算是闯过了,夏汐还得想办法顺了闺密这口气。因此,颜笑耿耿于怀时,夏汐赔笑安抚:“放心吧,好菜好酒会有的,一定给你机会送红包。”

颜笑的生日,邓小池照例迟到半小时。行色匆匆的邓小池赶到包房门口,从门缝里贼了一眼,做了手势将刘晓叫了出去。缝隙之外,依稀可见表兄妹二人时而比手画脚,时而交头接耳,神秘兮兮地密谋着什么。

夏汐趴在颜笑耳朵边上掩嘴嘀咕："我可提醒你啊，那表兄妹俩不对劲，你得多留个心眼。"

"可能是商量买房的事吧。"颜笑不以为然地剥了只虾，放进夏汐碗里，轻描淡写说，"我们打算买房了。"

"你、们？"

"刘晓出钱。就是我和邓小池现在住的那套房。他同事可能留在北京不回来了，房子要转手，刘晓出个首期打算买下来，我们负责月供。"

"脑袋让门挤了吧你？"夏汐挑眉，不由得拔高了音量："就你们仨这剪不断理还乱的关系，怎么买房？房产证写谁的名儿？"

"刘晓呗。他出大头，就写他名。"

"然后他妹住着，你给供着，回头他成了业主，你就是个替人家兄妹卖命的傻帽。"夏汐勃然大怒，"哼哼"地喷着热气挖苦，"扶贫也不带你这样的，好处全让人家占了，你帮人还房贷还只能住半套房，凭什么？"

"公司每月拨款还贷，"颜笑满不在乎地抓起一只凤爪，啃一口说，"邓小池也是股东，公司的钱也有她的一半。"

"股东还是股空？她的钱八百年前就撤走了！"夏汐虽然离开了"当然文化"，还是陆续从颜笑口中得知，邓小池以家里要盖房子和父亲要做手术为由，先后把初期投资的几万块都抽走了，却依旧占着干股每年与颜笑对半分红。夏汐越琢磨越觉得不对劲，越琢磨越生气，也顾不得今天是颜笑的生日，扔下筷子侧身对着颜笑，气鼓鼓地诘问，"我说你是真傻还是心真大啊？让人家占足了便宜还替他们说好话！"

"算了，都是一家人，没必要太计较。"颜笑宽颜一笑，嘟嘴卖萌向夏汐讨饶，"你想想，一个是我男朋友，一个是那么多年的校友老友加工作伙伴，如果为了点钱斤斤计较，弄得大家都下不了台，那不是因小失大了吗？"

"一家人有事不能敞开窗说亮话，为什么要背着你嘀嘀咕咕？"说话间，夏汐已蹿到包房门口，拉开门冲着表兄妹二人，横眉冷对问：“你们悄悄话说完了没？今天到底是谁的主场？需不需要我找服务员再给你们单独开个房间单聊？”

“家里出了点状况，不好意思了。”到底是在4S店伺候过各种脾性金主的专业人士，叫夏汐那样冷嘲热讽，刘晓也彬彬有礼地堆着笑，招手让服务生将主菜回炉温热，一面举杯对颜笑说生日祝词，情绪丝毫不受干扰。

出了北海渔村，夏汐依依不舍地拉着颜笑的手，放心不下地唠叨：“亲，算我求你了。长点心吧，多少为自己打算一下，行吗？”

不等颜笑回答，夏汐就被赵小天拉上了鹅黄色龟壳似的F0。隔窗微笑摆手道了再见，赵小天转身面对夏汐，满面阴云说：“这么舍不得，干脆跟人回家得了。”

“就是舍不得，我们都多久没见了。”

“难怪，又是抢人家的碟子，又是抛眉弄眼，又是要开房间的。”赵小天阴阳怪气地挖苦着，两道浓眉像爬虫一样在眉骨上方伸缩舒张，夏汐这才听出来他话中有话，脑袋“嗡”地炸开了锅，愤愤地问：“赵小天，你什么意思？”

“你都公然跟别人的男朋友调情了，我能有什么意思？”

“又来了。你有病吧赵小天！”

“对，我就是有病。”赵小天一缩脖子，肚子便顶到了方向盘上，在狭小的驾驶室里蜷成无精打采的庞然大物，看上去像极了猪肉摊的案板上硕大的一摊后腿肉。这摊会说话的肉咬牙切齿地说，“可不就是因为我有病，你耐不住寂寞，所以才调戏别人的男朋友吗。”

结婚一个多月，赵小天这样无中生有地中伤她辱骂她已不下十次，有时夏汐不过接了男同事一个电话，赵小天也会恶毒地意淫出他们借工作之名行苟且之事。起初，夏汐还费心唇舌跟他解释，渐渐地，不堪其辱的夏汐会破口反击，而赵小天总是在夏汐濒临崩溃时抱着她痛哭流涕地求饶。得不到生理上的满足，赵小天便在对夏汐的精神施暴中寻求快慰。赵小天总是哭着辩解说自己太爱夏汐才会吃醋，但在夏汐看来，他不过是因为自己的欠缺而妒恨所有正常的男人，并将对正常男人的仇恨宣泄在她的身上。

平日赵小天如何造谣折辱她，夏汐都会因怜悯他而宽恕他。但这一次，他污蔑的不仅是夏汐和刘晓，更是把那恶臭龌龊的屎盆子扣在了颜笑的头上。他可以怀疑她的忠贞，但他不能辱没她对颜笑的忠诚！

"去你大爷！"夏汐抓过手袋，拔起门锁，赵小天立刻慌了神，通电似的弹起双手搂住夏汐的手臂，心急如焚问："你要去哪儿？"

"找男人！称了你的心！"俯冲向下狠狠咬开赵小天蹄髈一样的手掌，夏汐一蹬腿，摔门而去。

第八章

人心易碎，恩宠难回

L·O·V·E

1

夏汐没有走远，赵小天跳下车，宛如一只痴肥的加菲猫，夹着脖子端着膀子，蹑手蹑脚地走在她身后，拖着长长的尾音央求："老婆我错了，别生气了，我再也不胡说八道了。"

夏汐不理他，赵小天依旧亦步亦趋地黏着她，就像是一块咀嚼得失去味道的口香糖，牢牢地粘在鞋底，即使被撕扯下来，也总有几绺胶丝会挂在鞋上难以清除干净。赵小天就是吃定了夏汐别无选择。夏汐再委屈又能如何呢？总不能回家对母亲哭诉，总不能向颜笑诉苦，赵小天身体不够"硬朗"而用强硬的气势压制她。

家丑尚且不可外扬，何况床帏之事？纵使夏汐恨得牙根发痒，终归还是要随他回到那个掩藏了难以启齿的秘密的家。正因为清楚这一点，赵小天再三道歉和保证下不为例，认错态度一如既往的良好，但永远知错不改。

夏汐不愿像耍猴一样在街头被围观，只好随赵小天上了车，一路上鼻子不是鼻子眼睛不是眼睛地晾着他。进了门，赵小天鬼鬼祟祟地从身后缠了上来，丰满且短粗的十指掀开夏汐的衣角，顺着腰间向上攀爬。夏汐攥住他的手腕朝下推压，咬紧牙槽奋力抵抗着，拧眉斥责："讨厌！别碰我！"

"你是我老婆，不让我碰，你想让谁碰？"赵小天歪嘴嬉笑着，眉宇间却添了几分戾气，推闹间就顺势将夏汐摁进沙发，右手钳制住她的挣扎，左手不由分说地扯开她的衣襟。心中无端升起一个恶念，赵小天猛然拉开下巴颏，老鹰扑食一般狠狠地咬了下去。

“哇呀！”一声尖叫，夏汐本能地缩紧大腿根照着赵小天圆咕隆咚的肚皮踹去，翻身坐起颔首盯着身上的两排血印，“嘶嘶”地倒抽几口凉气，龇牙咧嘴地叫骂：“姥姥！赵小天，你属狗的吧！”

“嘿嘿，我就属狗。”赵小天用虎口蹭掉嘴角的唾沫星子，不怀好意地睨着眼睛，意犹未尽地说，“咬你是为了让你长记性，看你以后还敢不敢找野男人。”

“滚！你去死吧！”从牙缝中蹦出这几个字，夏汐跳下沙发，冲进洗手间，“嘭”的一声摔上门。看着镜子中渗着密密麻麻的红斑的胸口，夏汐探出二指轻抚印痕，钻心的疼痛使得她面容扭曲，盯着那张变了形的脸，夏汐万念俱灰地问镜子中陌生的自己：“蠢货，这日子什么时候才是个头？”

颜笑扣好安全带，视线还没离开安全扣，不经意地问：“你们刚才聊那么久，家里还好吧？”

“没什么事。”刘晓敷衍道。

“出了点小问题。”邓小池在同一时间给出了不一样的答案。

显然，刘晓和邓小池料想不到颜笑会杀一个回马枪，不曾统一口径，因而露出了破绽。颜笑抬额看着后视镜中的邓小池，目光交会的一霎，邓小池慌乱地别过脸去，偏头靠在车窗上，自我解围道：“不过问题不大，已经解决了。”

狐疑地看一眼佯装专心开车的刘晓，扭头看看故作镇静的邓小池，耳边响起夏汐的提醒，颜笑心生一计，面不改色地试探刘晓：“唉，你打算跟我结婚吗？”

“当然。我像是只谈恋爱不结婚的流氓吗？”

“既然这样，干脆我也出一半首期，就算是我们联名买婚房了。”

“那小池怎么办？”尾音是上扬的提问式，刘晓的语气却是不容商量的。

“不需要她出钱，我用我的工资还贷。房子她继续住着，想住多久都行。小池，你说呢？”

“我都可以，听你们安排。”邓小池颧骨高耸着，嘴角僵硬地上翘，生涩的笑容比哭还难看。颜笑从邓小池生硬的笑容中隐约找到了答案，却仍不死心，摆摆下巴笑问刘晓：“她没意见，你怎么说？”

“我再考虑考虑吧。”刘晓依旧目视前方，自言自语似的辩白，“家里那么多亲戚就只有我们俩在深圳打拼，我答应过表姨妈要照顾她，我不能只考虑自己。”

“还有一种办法。还是按原计划写你的名字，但不用公司的钱月供。我们各自给你交租金。你收她多少钱我不管，我这份保证分文不少，你们觉得行吗？”

“这样也行。”销售做久了，刘晓不需要计算器也能在最短时间内心算出对自己最有利的交易。他固然是喜欢颜笑的，只是没有喜欢到超越一切的地步。4S店浸淫多年，刘晓见过太多挥金如土的男人，也领略过太多被钞票征服的女人。在刘晓眼里，万事万物都自带价码，无论是女人的姿色，还是男人的能力，甚至是男女之间的爱情，都是明码标价的易物交换。恋爱如试车，彼此看着欢喜上路溜达几圈无妨，但婚姻却是一锤定音的买卖，谁也不可能空手套豪车。因此，他不介意送颜笑小礼物或请她吃几顿像样的晚餐，若是要他用卑躬屈膝赚来的房子换一个老婆，那就是他负担不起的赔本买卖了。刘晓除了请客装阔时下馆子外，每餐只舍得吃10块钱以内的盒饭，除了工作服，每年只是在春节才上某宝买两身高仿的假名牌犒劳自己。5年时间里，刘晓从学徒做到业务员，同期入职的许多人都在外面租房子了，他依旧挤在6人一间的员工宿舍里。刘晓就是这样光鲜而潦倒地压榨自己的青春，克扣自己的生活，这才凑够一套房子的首款，若是为一个女人割地让权，岂不是平白遭受那么些年的冷眼呵斥为难辛酸？因此，对于颜笑的提议，刘晓想也不想，爽快地表示同意。

尽管念书时二人关系不算特别要好，毕业后因境遇不同彼此的价值观也存在分歧，毕竟相识快十年了，邓小池还是相当了解颜笑宁玉碎不瓦全的脾性。万一事情处理失当惹恼了颜笑，很可能赔了女朋友又折了房贷。反正对颜笑来说，租谁的房子不是租？何必替他刘晓养房子？若是颜笑撒手不管，这房子就成了块难啃的骨头。刘晓的基本工资不高，收入不固定，到时还贷的重任岂不就落在她邓小池一个人的肩膀上了？当然，一旦颜笑翻脸，让邓小池心神不宁的就不仅仅是房子的事了。因此，邓小池连拍几下椅背，善意地提醒刘晓："哥，买房子是大事。你还是再好好想想吧。"

"你不用劝，他肯定早就想好了。"颜笑一摆手，提眉哂笑，简单的几个来回，她已然清楚自己在刘晓心中的位置，因而洒脱地拂袖甩头说，"就这么说定了。这样他买得放心，我住着也安心。人嘛，问心无愧就好。"

2

邓小池显然担心错了重点。颜笑确实对刘晓感到失望，但也只是转瞬即逝的失落感。毕竟，二人交往一年多，感情算不上深厚，也没有发展到谈婚论嫁的地步，这种时候刘晓愿意在房产证上添上颜笑的名字是情分，不愿意也在情理之中。现在想来，当初之所以和刘晓凑作对，除了同乡与邓小池这层关系外，颜笑也藏了私心，那就是尽快从自己和陈朝民、夏汐的微妙而缠绕的三人关系中解脱出来。在这段感情中，颜笑与刘晓的付出不相伯仲，他们都是在观望中小打小闹地加注，谁也没有抱着必胜的决心而竭尽全力。就像是拥有一盒糖果的孩子，只抽取表层的几颗分给身边的小伙伴，便也无权指责对方不肯将全部的玩具与她分享。颜笑始终相信，爱情也有因果轮回。当初她放弃了不顾一切娶她为妻的井一，如今碰见有所保留的刘晓，也就不足为奇了。

爱情本不存在那么多顺理成章的天造地设，倘若每一段恋情都是你来我往你情我愿的正当好，又何来那么多的惋惜和遗憾？

相较一段关系中的精打细算，颜笑更不能容忍的，是欺骗。

元旦前一天，颜笑重感冒烧至38.6℃。后半夜在点滴室里输液，天蒙蒙亮时颜笑要求医生再给自己加一针退烧针，然后直接赶赴活动现场。筹备半个月，超市开张的庆典活动不容有失。重头戏即将上演时，围观的民众已将丁字路口挤得水泄不通。颜笑从苏荷酒吧重金聘请的乡村歌手穿一件纯白色T恤，笔挺的紧身牛仔裤腰上，挂着一个醒目的金属扣，脚下一双西部风情的马靴，身挎一把原木色民谣吉他，帅气逼人地登上高台，迎风飘飞的卷发在艳阳下闪着金光。

乡村歌手朝台下打了个招呼，笑容便从他的脸上消失了。转身背向观众，乡村歌手皱眉摊手，肩膀冲颜笑不满地吐英文。

颜笑快步冲上台，亲自对着话筒喊了两声，耳边仍只有台下闹哄哄的骚动。一旁的乡村歌手气急败坏地成串成串地吐英文，颜笑只听懂了大概，似乎是在抱怨她们不专业毁了他的演出，又像是在催促说自己一个小时后还要赶场。清风拂袖，颜笑不由得打了个寒战，叫针药暂时镇压下去的病毒又在体内酝酿新一轮的袭击。颜笑给夏汐打电话，上牙嗑着下齿哆哆嗦嗦地讲解："音箱设备出故障了，老外歌手急得跳脚，我跟他解释不清，你帮忙稳住他的情绪，我叫师傅抓紧抢修。"

接过颜笑递来的手机，乡村歌手先发制人，根本不给夏汐发声的机会，劈头盖脸一通批判，威胁说："最多十分钟。我最多给你们十分钟，如果话筒还没有声音，我只能表示遗憾了。"

夏汐打车赶到现场时，乡村歌手已奔赴下一场走穴活动。颜笑被超市品牌部的专员围在台子中央，豆大的汗珠挂满她苍白的面颊。夏汐一把拉开面积最大的工作人员，横切进人形圈子中，张开双手挡在颜笑身前，抻直了脖子怒目而视："喊什么？吵什么？不就是出了点意外吗？你们还想把她吃了是怎么着？"

"我们今天开业，请她们是来搞宣传活动，不是让她们来砸场子的。"对方也不甘示弱，随手一挥扫过台下黑压压的脑袋，盛气凌人道，"你们自己看，开张第一天，让那么多人看我们笑话，触多大的霉头！"

"看热闹从来不嫌事大的。要没有这一出，兴许围观群众早散了，能有那么多人注意你们吗？"夏汐小声反驳，口气缓和了不少，"音响坏了，歌手也走了，表演肯定进行不下去了。你们看看，怎么和解吧？"

"人是你们请的，设备是你们租的，按照合同，你们必须赔偿我们的损失。"

夏汐看一眼颜笑，默契地点了点头，一面安排人清理场地，一面挽着颜笑随他们进了办公室。颜笑接过对方递来的合同，难以置信地来回看了三遍，血气不足的脸孔渐渐呈现出鸽灰色，失神地看着夏汐低声说："这不可能。这合同不对。"

公司档案夹里，颜笑亲自审核盖章的合同项目款明明是6万元，而眼前的这份合同报价却是10万元。

"你再好好想想，这可不是闹着玩的。"夏汐颦眉，贴近颜笑耳窝忧心地说，"中间差着4万块呢，违约金可就是五位数起价了。"

见二人嘀咕半天也给不出定论，工作人员有些不耐烦了，原本就不大好的脸色更加垮塌："白纸黑字写着，就是把纸张翻烂了也还是这些数。"

"这跟我签的合同不一样。"脑袋灌了铅一样沉重，四肢的神经末梢已经感觉不到温度了，颜笑只想尽快解决此事回家躺着休息，于是如实相告："我盖章的那份合同，报价只有6万。"

"那就要问你们邓经理了。"对方见怪不怪地撇嘴，"这种事我们见多了，签阴阳合同私吞差价，好多人都这么干。反正策划费我们是按10万打的款，银行存根也在，至于你们内部怎么处理我们管不着，但违约金得照这份合同赔偿。”

“明白了。”扶着桌边起身，颜笑惭愧地表示，“今天的事实在抱歉，明天一早，我就把违约金转给你们。”

二人一声不响地出了办公室，夏汐忽然想起什么，转身往回走，却被颜笑叫住：“别闹了，是我们的责任。”

“我去让他们把合同复印一份。”

“干吗？”

“留证据啊。邓小池那么狡猾，没有证据她能认账吗？”

“算了。”颜笑苦笑，无精打采的眼睛如同浸泡在一汪死水中，“她既然这么做了，肯定知道会被揭穿。有没有证据她都不会否认的。况且，钱没了还可以挣，人心丢了，那才是真的无可挽回。”

“走吧。”夏汐双瞳剪水，唇角扬起温度的弧度，二话不说挽过颜笑，款款走去。

二人上了的士，夏汐报上自己的家庭住址。知道颜笑会问，索性抢先开口：“你虚成这样，先别考虑其他事了。赵小天出差了。你正好去我那儿住两天，我照顾你也方便。”

“你怎么不骂我？”颜笑有气无力地微笑，“我还以为你会笑话我是养蛇的农夫，以为你会说‘看吧，早就提醒过你她不靠谱吧，果然被人卖了还帮人数钱’。”

“你已经替我教训自己了，我就省点火力吧。”夏汐莞尔，目光深邃悠长，“还记得五年前我们第一次见面的场景吗？已经有那么多人欺负你了，我怎么忍心雪上加霜？”

心领神会地点了点头，瑟瑟地张开五指抓紧羽绒外套的领口，偏头枕在夏汐的削肩上，颜笑情不自禁地感叹：“深圳的冬天真冷啊。”

由于没有供暖设备，深圳的冬天像是一张湿了水的化妆棉，服帖地敷在皮肤表层，潮冷悄无声息地渗入骨血。纵使墙皮反反复复地起泡脱落，纵使瓷砖周而复始地滋生霉菌，纵使空调的制热功能驱不散渗透骨血的森冷，但这个阴冷潮湿的冬天，势单力薄的她们，是彼此的火柴。哪怕燃尽自己，也要用一丝微弱的火光，温暖对方。

3

周末的农批市场，俨然一个热闹非凡的市集。各路人开着车蹬着三轮或拉着小推车，在每一档蔬果摊中鱼贯而行。赵小天像个夺宝奇兵似的在人群中冲锋，一会儿对着光照举起阿克苏苹果翻来覆去地看，一会儿搓着脐橙的果皮凑近嗅嗅气味，一会儿俯耳叩击聆听宁夏硒砂瓜的动静。

太阳还挂在东南方的上空，鹅黄色F0尾箱中已塞满了赵小天爱吃的各种水果。夏汐蹲在一档进口果摊间，摩挲着手中个头饱满香气四溢的橙红色澳洲香杧，欢天喜地地招呼赵小天："老公你快尝尝看，那边有试吃的，这杧果真的好甜！"

赵小天连吃三块果肉，瞪大了眼睛挤出三道抬头纹，满怀戒备地问老板："杧果怎么卖？"

"别人卖55，我便宜一点给你们，50一斤。"

赵小天深深地皱了一下眉头，用牙签从试吃碟中戳起两块果肉丢进口中，慢条斯理地劝说夏汐："杧果不经放，摆两天就长斑了。已经买了一车，那么多水果，吃不完就浪费了。"

"我能吃完。"夏汐不悦，心知肚明他是嫌杧果太贵，因而嘟哝说，"你买的那些都是我不爱吃的。"

"我买的都是有益健康的。医生都说苹果防百病，橙子补充维C，西瓜利尿对吧？杧果又湿热又上火，应该少吃。"

不好你还一口接一口地吃？摊主暗笑，心中的嘲弄全写在了脸上：“杧果好处也多啊，健胃止呕还含丰富的维生素A，而且，我们这个澳洲杧果是杧果中的‘王子’。”

赵小天高挑着眼角眉梢，睨着摊主，不屑地冷笑：“那你听没听说过很多人吃杧果过敏，严重的还会引发肾炎？”言下之意是，一个卖水果的，就别在这丢人现眼了。就你肚子里的那点说明书上的知识，还敢在我面前卖弄？

“赶紧走吧。就是要买也不买他家的。”赵小天看也不看夏汐，不容置疑地扔下一句，背着手扬长而去。夏汐悻悻地放下手中的“王子”，讪笑着冲摊主欠了欠身，耳边回响起颜笑的那句“一个太爱自己的人，是舍不得去爱别人的”。

这一年的婚姻，叫颜笑不幸地一语成谶了。结婚头三个月，赵小天还有所收敛，但是在夏汐的忍让与姑息中，他渐渐原形毕露，甚至肆无忌惮。赵小天每天要抢在夏汐前面洗澡，为的是躲过收拾浴室碎发的劳动。二人出去吃饭，赵小天一定要挑选合他口味的菜系，夏汐新买一台电脑，赵小天假借熟悉性能之名强占新机器。一年来，所有新的好的高大上的玩意儿，毫无例外地成为赵小天的新宠，而夏汐，就像个受气包妹妹一样，永远在捡他的“剩儿”。如今发展到夏汐自掏腰包买水果，也要看赵小天的眼色。夏汐当然也可以豪气地为自己买一箱澳洲香芒，但等待她的将是暴风骤雨般的谩骂与凌辱。为了躲避他在她身上与耳边那无休无止的磨折，夏汐战战兢兢，老鼠一样活在他的阴影里面，稍就风吹草动就抱头鼠窜。

“活该！”垂头丧气地离开杧果摊，夏汐愤恨地骂了自己一句。这桩力排众议争取而来的婚姻中，夏汐已完全沦为一个不折不扣的可悲可泣的弱者。如果说赵小天曾对她表现过恩慈，那也只是在他未将她全然占有之前的误导。那个时候，因生理欠缺吓退无数花颜的赵小天，还是一个微不足道的存在。他精心伪装的示好，只是为了博得留在夏汐身边的一个机会。但当他们的身份发生了变化，当他在法理上完全占有了她，当夏汐在他无事生非的精神暴力中节节败退后，赵小天便不惧露出自私狰狞的本质。

夏汐不是没有想过结束这段婚姻。有一个周末，赵小天因为她跟快递小伙多说了两句话，对她实施了两日两夜的软禁。赵小天没收了夏汐的电脑和手机，将她反锁在卧室里，每隔三小时进去看她一眼，逼迫她写下认罪书承认自己动机不良，有意勾引快递小伙。夏汐不依，赵小天便将她摁倒在地，胡乱操起梳妆台上的化妆品，在她脸上龙飞凤舞地走笔挥毫。赵小天提着夏汐的后脖领，叼猫崽一样将她拎到梳妆镜前，指着镜子里那张触目惊心的大花脸，恶声恶气地恐吓："你再不守妇道，以后我就让你用这张脸出门，看你还怎么勾引男人！"

第二天，夏汐在上班路上拐道去派出所报案。警察随夏汐一起登门了解情况，赵小天亮出一沓认罪书与保证书，自取其辱地承认自己满足不了夏汐，所以她经常在外面勾三搭四。夏汐辩解说自己是在非自愿的情况下不得不写下赵小天凭空捏造的事情。警察问夏汐："他怎么强迫你？动手了吗？"

"没有。"夏汐面若樱桃，声音颤抖，"但是他骂我，污辱我，软禁我，剪我的衣服，没收我的钱包手机，在我脸上乱涂乱画。"

"证据呢？"没有证据就无法立案，而且，不构成民事案件的家庭纷争连包拯也难断是非，警察也只能奉劝，"家和万事兴，夫妻双方应该多理解，互相包容，多找找自己的问题。"警察说到这，意味深长地瞟了夏汐一眼，似乎对她的清白有所怀疑。当赵小天对警察赤诚相见地撕开自己的软肋，就等于击剑场上一亮相就丢盔卸甲扔掉武器掀开自己血淋淋的疮疤，叫对手不忍心再朝他刺目的伤口上补一剑。赵小天用自毁长城的方式，极不光彩地赢得了支持。警察离开后，赵小天变本加厉，以不着痕迹的变态方式凌辱夏汐，叫她欲哭无泪。

夏汐不是没有想过结束这生不如死的婚姻。但当她提议分居，赵小天立刻变身为一头暴走的黑熊，撕扯她的衣服鞋袜，眼冒火星地扬言："离婚？你想都别想！你别打算一走了之，我知道你家在哪儿，就算你跑了，我也能找你妈要人！”夏汐知道：一旦惊动了母亲，最好的结果也将是三败俱伤。夏汐也曾想过寻求颜笑的帮助，可连法律都惩治不了的病徒，手无寸铁的颜笑又能如何拯救她？夏汐担心求助的结果，不仅让自己境遇堪忧，还会连累颜笑。无奈，她选择哑忍，希求自己在时间长河中逐渐麻木，最后失去感知，不再心惊肉跳，直到体会不到羞辱和疼痛。

恐惧是软弱的原罪。夏汐怜悯身不由己的赵小天，同时恐惧着他的丧心病狂。夏汐的软弱助长了赵小天的残暴，她是他囚禁在围城中的黑奴，只能咬牙咽下他所给的噬心的煎熬。

4

在这桩自食其果的婚姻中，唯一令夏汐庆幸的是，她听从母亲的劝导隐瞒了买房一事。母亲孤注一掷为她买下的房子，就像是武侠小说中修建的密道，通往安宁，免除纷扰。夏汐想象着有朝一日，她侥幸从赵小天身边脱逃，总还有一处藏身之所可以容她清静度日，远离那些咆哮与疯狂。

和母亲一起验收房子这一天，夏汐谎称陪母亲逛街。赵小天开车将夏汐送到娘家楼下，亲眼目送母女俩走进地铁站，这才放心发动车子离开。母女俩在验收表上签了字领了新房钥匙，夏汐使走母亲，给邓小池打了个电话。

“不是第一次这么干了吧？”周日的咖啡馆人声鼎沸，夏汐也不绕弯子，扯着嗓子开门见山问邓小池，“说吧，过去两年你到底搞了多少份阴阳合同?"

"关你什么事?"正如颜笑预测的那样,邓小池早料到会有东窗事发的一天,因而既不否认也不承认,面不改色地说,"这是我跟颜笑之间的事,轮不到外人插手。"

"你别忘了,我是公司的法人。"当时急于注册,而三个人之中只有夏汐是深户,因此"当然文化"是拿着夏汐的身份证进行注册的。夏汐似是而非地笑笑,眉眼间掠过一丝寒光,"你别忘记,阴阳合同是不具备法律效应的。如果我明天注销公司,你准备怎么跟手上那些甲方交代?"

"这么做对你有什么好处?"邓小池气势上不肯松懈,肢体语言却有了变化,原本傲立的鼻梁向下倾斜了30度,左右转动眼珠揣测着夏汐的意图。

"一拍两散对我没有好处,但对你绝对弊大于利。"冷冷地哼哼两鼻子,夏汐不怀好意地乜着邓小池,"你应该比我清楚,公司清盘他们也追究不了我的责任,但是你就不好说了。活动是你谈的,合同是你签的,违约也只能由你担着。"

超市活动夭折之后,颜笑只是把刘晓表兄妹叫到一块,向他们各提出一个问题。颜笑问刘晓是否知道邓小池利用公司名义做阴阳合同的事,刘晓如实交代介绍车展活动时他主动提议这么做的,并表示:"其实这也没什么。许多公关、策划公司都这么干,做业务的不就是按能耐吃饭吗?反正公司没有损失,超出预期的部分就算是对业务员的奖赏呗。"颜笑问邓小池是否从每一单业务中获利,邓小池也如实交代只有自己接洽的活动才做阴阳合同,并表示愿意由她全部承担超市的违约金。弄清原委后,颜笑不再追究,按兵不动地继续租住在刘晓买下的房子里,继续履行其他合同上未完的活动。虚惊一场后,邓小池庆幸风波就这样结束了,私下里还向表哥夸耀:"我给你介绍的女朋友不错吧?聪明漂亮而且能干大度。"事情过去两个月了,夏汐突然翻出旧账,不免叫邓小池摸不着头脑,闷着一张脸心虚地探问:"你到底想干吗?"

“想让你跟颜笑道歉。”夏汐敛眉，正色说，“我会跟她商量，公司和现在手上的项目都转给你。过去你多赚的那些就不跟你计较了，你只需要把她的那部分还给她，我们就不追究你的责任了。但是，你必须跟她郑重道歉，真心实意地道歉。”

张口结舌地望着夏汐，邓小池的脑子里一片混沌，好一会儿都反应不过来。等到仔细梳理好夏汐字句里传递的信息，邓小池依旧难以置信地问：“你的意思是，只要我道个歉，这事就算是彻底了了是吗？”

“是。”夏汐斩钉截铁。

“那没问题。”邓小池当机立断，只要落进她口袋里的钞票不安插上翅膀飞出去，只要她装痴卖笑谈下来的活动还能继续为她赚来钞票，别说认尿装孙子，哪怕让她淌两行鳄鱼的眼泪她也会毫不犹豫地立刻挤出泪来。

“你记住，我要你诚心诚意地道歉，发自内心地跟她说声对不起。”

“明白。确实是我不厚道。”邓小池并不羞愧地承认：“不过，我也是靠本事吃饭。如果不是音响故障，我这么做也没给公司造成损失，而且……”

“你考虑过颜笑吗？”愠恼地打断邓小池的自我开脱，夏汐的眼神中明显有了敌意，“如果不是颜笑带你来深圳，如果不是她收留你，给你提供食宿给你工作平台给你介绍客户，你怎么钻空子捡漏洞？10万的项目，你独吞4万，扣除场租人工，公司才赚不到2万，而且这2万你还要跟她平分。她发着烧在外面挨骂，你坐在屋里数钱。你这不是凭本事吃饭，你是从她的牙缝里抢食，你知道吗？”

“那不是意外嘛。”邓小池叫夏汐喷得直冒虚汗，振振有词地辩解，“又不是我一个人这么干，这行都这样。反正公司有钱赚，多谈出来的部分也是我能力的体现，如果叫她去谈，可能也就是6万的事。”

“狡辩！恶劣！”夏汐撇嘴反眼，无法掩饰自己的鄙夷，“占了大便宜还卖乖。说得像是你们只是毫不相干的工作关系一样，你别忘了，她是你同学，是你老乡，是你认识了很多年的朋友！怎么，现在已经不流行坑爹改为坑朋友了吗?”

“话别说得太难听。我坑谁了?”想到这兴许是二人间最后一次打交道了,邓小池终于把过去那些欲发难发的情绪推进枪膛,对着夏汐就是一通扫射,“别占着三分理偏说十分话,告诉你,我也忍你很久了。跟我玩什么清高?我要是有你的好运气,出生在大都市,有个精明能干的老妈,我犯得着背井离乡跑这来看你们脸色挣钱?我不像你,从小衣食无忧,念个大学出来随随便便就能找份白领工作,轻轻松松就能找个有房有车的男人成家。我6岁就要下田,暑假不打工就交不上学费,大学毕业还要赚钱供我弟读书。为了多挣点钱,我25岁了还没谈过恋爱,根本不知道牵手是什么滋味。就算是我造阴阳合同多找了几个钱,那也是我风里来雨里去费尽唇舌谈下来的生意,也不是我偷来抢来的不义之财。别说得我受你们多大恩惠一样。颜笑叫我来深圳,还不是因为她自己搞不定?她跟我一起开公司,还不是因为我有经验,我对她有利用价值?明明是互取所需,到你嘴里就成了你们无比高尚,我何等龌龊。你们不过是运气比我好罢了,有什么资格对我评头论足?”

望着那张红口白牙飞快地张合,夏汐情不自禁地笑了。轻蔑而清醒地笑了。不知从何时开始,邓小池的飞扬跋扈的脸与赵小天作威作福时的神情重叠在一起,合而为一。这世上果真有一类人,擅长颠倒是非,理直气壮地将自己的不幸转嫁到他人身上,理所当然地让无辜的人承担他们的卑劣。比他们的恶行更可耻的是,他们拒绝反省。

“有一点你说对了。我们确实不一样。”认清二人所在的阵营,夏汐冷笑承认,懒得再费口舌与邓小池辩论。要点醒一个缺乏自知之明的人,远比叫醒一头冬眠的熊更浪费时间,因而夏汐草草结束了毫无意义的对话,“就这样吧。你认真地跟颜笑道歉,然后找一天我们去办转让手续。”

“矫情。”邓小池不肯善罢甘休,皮笑肉不笑地嘟哝,“一句不痛不痒的对不起有什么意义?”

“对你来说可能就是个一文不值的响屁。”夏汐嘴角抽动,冷哼一声，“对颜笑来说，就算一个屁也是有气味和温度的。人可以什么都不要，但是要有心。我这么做，不是为了你。伤透了她的心，总要还她一丝慰藉吧？我不能让她对人性失望，不能让她对朋友感到寒心。”沉吟片刻，忍住鼻酸，夏汐一字一顿地接着说：“以我对颜笑的了解，她带你来是为了给你提供更好的机会。她之所以还没跟你翻脸，是因为她要对那些甲方负责。我可以负责任地告诉你，离开颜笑你一无是处，但是她没有你会发展得更好。”

邓小池挣扎地张了张嘴，一时间竟无言以对。夏汐唤来服务生，掏出钱埋单，起身扔下两张粉票，傲骄地指了指邓小池发话说：“剩下的钱就找给她吧。那位小姐比较缺钱。”

5

夏汐与邓小池谈判期间，手机调了静音。赵小天联系不上夏汐，原本咽进肚子里的一颗心，又蠢蠢欲动起来。

赵小天进了门，递上他从纸箱中挑出的已不算新鲜的苹果和橙子，美其名曰：“妈，我来看看你们，顺便接小汐回家。”

夏岚依照女儿的吩咐，搪塞道：“我走累了先回来了，小汐跟朋友继续逛呢。”

“是跟颜笑逛街吗？”赵小天声线依旧是平稳的，脸色却暗沉下来，猜测间已摸出手机，翻找颜笑的电话。

“好像是叫邓小池。”夏岚顿了顿，不解地瞟了女婿一眼，徐徐问道，“怎么，出什么事了？”

“也没有，她不接电话，我有点担心。”赵小天嘴上轻描淡写地敷衍岳母，心里早已翻江倒海：谁不知道夏汐跟邓小池不对付？那两人见面就像藏獒碰上狼，不互相撕咬就不错了，她们怎么可能一块逛街？这母女俩是拿我当傻子晃点呢吧？

“街上太吵，估计没听见电话响。”久久注视着赵小天，夏岚蹙着眉，意味深长地宽慰，“那么大个人，丢不了。你吃点水果看会儿电视坐着等会儿，她说了要回家吃晚饭，估计快回来了。”

这明摆着是为她拖延时间的节奏啊。说得好听，背着我不知道怎么跟女儿对供，教唆她欺骗我呢！暗自琢磨着母女俩的“阴谋”，赵小天的脸色越来越难看，焦躁地拿起茶几下的报纸胡乱翻了翻又放下，起身倒了杯水没走两步又回身将杯子放下。见赵小天坐立不安，魏如海于是没话找话分散他的心思：“小汐还算是通情达理的，她不能故意不接你电话，肯定是街上太吵没听见响。”

赵小天的眉头锁得更紧了，心想：什么叫她通情达理？难不成我是胡搅蛮缠？这一家人都没个讲道理的，老公找老婆不是天经地义的吗？心里的不愤，不经意地冲口而出：“我没说她是故意的。打了好几个电话都不接，我有点担心而已。”

听出赵小天言辞间的烦躁与不悦，魏如海摘下老花镜，将手中的报纸搁到一边，全神贯注地与赵小天谈心：“担心是对的，说明你关心自己的媳妇。但有时候太紧张也不行，人跟人之间的关系，就好像一根橡皮筋，绷得太紧反而容易断。”

魏如海本可以坐视不理。说到底，他和夏汐接触时间不长，关系上说是继父也显得牵强，对于她的家事置身事外才是明智的选择。但在夏汐闪婚这件事上，魏如海是站在夏汐一方联手劝说过夏岚的，他认为自己在其中起到过推波助澜的作用，因此觉得自己需要对夏汐的幸福负责，这才耐心劝导赵小天：“一会儿小汐回来，你也别着急，有话好好说，能和和气气解决的问题尽量不要针锋相对。”

赵小天不吱声，似是而非地顿了顿下巴颏算是对魏如海的回应，心中愤愤不平地想:叫你声魏叔是我敬老,你还真拿自己当盘菜了。你算哪号人物?我管媳妇轮得到你插嘴?

这一年来,夏汐从未在他们面前说过赵小天的一句不是,但魏如海仍从她的变化中隐隐感觉到她过得并不舒心。婚后夏汐不经常回家。即使回来,也总是一个人独来独往,每次离开母亲,眼神里总是涌动着眷恋。私下里,魏如海和夏岚探讨过,猜测赵小天可能还介怀在医院当众被退婚一事,因此商量着多给他一些时间和关爱,慢慢消除他们之间的隔阂。女儿领证后,夏岚依了他们的意思不设宴不铺张,赵小天也算是会来事,主动提出给夏岚换台液晶电视作为聘礼。不几日,赵小天就用一台50寸创维液晶换走了家里43寸的三星背投,看上去是姑爷对岳母尽孝,但魏如海心里清楚,且不说用国产电视换走进口背投,单从单价上,二者也差了3000多块钱。后来魏如海陪夏岚去看望女儿,发现赵小天正用那台大背投热火朝天地打电玩,这才明白他以新换旧的利益终端还是他自己。这世上能够忍辱负重的人分为两种,一种是卧薪尝胆的义士,一种是伺机报复的小人。魏如海不愿相信赵小天是后者,因为他不希望自己成为夏汐的不幸婚姻的制造者。因此,赵小天明显表现出不耐烦,魏如海还是不识趣地补充说明:“小汐是个好姑娘,你对她好,她就会对你更好。”

这一次,赵小天直接拿眼白瞅魏如海一眼,猫身抓过报纸,“啪啪”地翻页不再理会他。魏如海心头一沉,幽幽地叹了一口气。

夏汐进门看见赵小天,只管低头换鞋,若无其事地说了句:“外面太吵,想回电话时手机又没电了。”

“东西呢?”赵小天撇下报纸走到夏汐身边,简单的几个字,不怒而威。

“什么东西?”

“你逛了大半天,空手而归?”

“没看见合适的。”夏汐言简意赅,以免自己说多错多,惶惑地探头张望问,“我妈呢?”

魏如海嗅到一丝暴风雨来临前的紧张气息，想起夏岚早几日为女儿买了身裙子搁在衣柜里，便不动声色地帮腔解围："你妈在厨房忙活呢。你们今天买的衣服在卧室，一会儿你记得拿走。"

"好的，谢谢魏叔。"夏汐轻轻颔首，冲魏如海微笑，感激他的搭救。赵小天将这个颇有意味的笑容看在眼里，对魏如海的不满又多了几分，愠色追问："怎么想起来找邓小池逛街了？"

"找她谈点事。"夏汐抿嘴，忍耐地拧眉看赵小天，用眼神示意他别在母亲面前生事。想想，仍是对赵小天不放心，钻进厨房歉疚地知会母亲："妈，晚饭不在这吃了。家里还有事，我们这就回去。"

"天大的事也不能饿肚子啊。"望着锅里"咕嘟"冒泡的辣子鸡和豆瓣鱼，母亲的神情渐渐流露出落寞。魏如海茹素，这两口锅像夏岚的日子一样，寡得剐不出油。魏如海待她再和善，到底不如女儿贴心。好不容易盼到女儿回家，可以重温昔日的欢闹，菜还没出锅女儿又要离开。夏岚撇嘴，眉眼倒吊依依问道，"就这么着急吗？不能等吃完饭再走吗？"

昔日雷厉风行的母亲，此刻却像个孤苦无依的孩子，巴望着女儿多陪她些时间，哪怕只是一言不发地陪她吃个晚饭。夏汐不落忍，眼窝一酸，弯腰取出碗筷帮忙摆桌，暗暗祈求赵小天不要再刁难，让一家人吃顿安生饭。

多亏了"食不言"的家规，一顿饭虽各怀心事倒也结束得平静。吃过饭，夏汐抢着帮母亲收拾好厨房，母亲将荤菜打包好塞到她怀里，恋恋地目送她离开。下了楼，赵小天就发作了，阴阳怪气地说："我发现魏如海好像特别欣赏你啊，你是不知道，你不在的时候他一个劲跟我夸你。"

夏汐不理会，赵小天愈演愈烈，扯住她衣领逼问："怎么不说话？心虚了？其他男人夸奖你是不是让你特别陶醉？"

"你够了。"夏汐低声制止，生怕赵小天闹出大动静来惊动母亲，压着嗓子提醒，"那是我魏叔，是我妈的老伴，麻烦你尊重他们，也尊重你自己。”

“哟，心疼了？”赵小天拉长了尾音，刻薄话说得又细又尖，眉飞色舞的演绎活脱宫庭戏里的太监，“别说我没提醒你，就算他们领了证他和你也没有血缘关系，你们要真想怎么样也不算是乱伦。”

胃里突然一阵剧烈的翻腾，夏汐飞身冲到垃圾桶旁边，俯头惊天动地呕吐，母亲忙活大半天的鱼和鸡，原封不动地滚落垃圾桶。

“开个玩笑，至于吗？”赵小天讪笑着，凑上前伸出手，试图帮夏汐抚背。夏汐一手捂着火辣辣的胃腹，一掌推开赵小天，极其厌恶地剜他一眼，从牙缝中吐出三个字：“别碰我。”

6

没来由的剧烈呕吐，一度让赵小天误以为是夏汐孕期征兆而欣喜不已。第二天一早，赵小天拉着夏汐直奔妇幼医院，各项检查做下来已是中午，赵小天捏着结果呈阴性的粉色化验单，落落寡欢地送到诊室。医生对家属的反应司空见惯了，瞄一眼化验单，心平气和地开解：“不要紧。你们还年轻，才结婚一年，要孩子这种事急不来，早晚会怀上的。”

夏汐只是因为空腹喝咖啡刺激了肠胃，再跟重油重辣的晚餐一混合，搅出了急性肠胃炎。从消化科出来，领了药，夏汐收好病例，看也不看赵小天，如释重负地说：“走吧。”

赵小天原以为自己再不济，总会有一颗特别强壮的精子，能在千钧一发间幸运地冲破子宫颈管和子宫腔，在输卵管壶腹部着床，与夏汐的卵子相遇。如此，再没有人胆敢质疑他的能力，他从此可以在床前昂首挺胸，而夏汐，也会因这个结晶而被牢牢拴在他的身边。激动得做了一夜的美梦，就这样成了泡影，赵小天对自己不争气的身体的怨愤，需要一个管道宣泄，于是当众拽住夏汐，凶神恶煞地责问："没怀上你特别高兴对吧？你根本不想跟我有孩子对吧？"

"你没听医生说吗？这种事急不来，顺其自然。"夏汐无法伪装她的释然，因为她此刻内心的声音正在欢呼，"谢天谢地，幸亏没怀上"。

夏汐的窃喜没能逃过赵小天的眼睛，他死死抓住她的手腕将她箍得生疼，咬牙切齿地问："你是不着急，因为你认定我不可能让你怀孕，对吧？"

"你弄疼我了。"夏汐扭动前臂试图摆脱赵小天，他日见猖狂的精神折磨已耗尽了她的慈悲，此刻，她连善意的谎话都懒于启齿了。二人在医院大厅缠扭在一块，很快惹来了热心群众的询问。赵小天撒开手，气急败坏地警告夏汐："你别得意太早，我会让你怀上的。"

叫赵小天这一吓唬，尽管知道受孕的几率微乎其微，夏汐还是瞒着赵小天戴上了节育环。夏汐属于敏感体质，上环后经常腹痛，经血加重，但她宁愿忍受肉体上的痛苦，也不愿意将一个无辜的小生命带到世上，跟她一起承受无穷尽的精神煎熬。

27岁生日这一天，魏如海和母亲送了夏汐一台苹果手机。此前听说黑客能够通过苹果手机掌握机主信息，因此夏汐注册APP账号时留了个心眼，没有选用常用邮箱，而是用多年不曾登陆的旧邮箱进行注册。那个以欧阳夏汐的拼音组成的hotmail邮箱，是多年前夏汐注册的第一个邮箱。因为与夏汐同名的邮箱已有人抢先注册，欧阳昊便打趣建议："干脆你叫欧阳夏汐吧，反正你迟早是欧阳家的人，结了婚也是要跟我姓的。"那是夏汐在欧阳昊的见证下注册的第一个电子邮箱，分手多年后，他已是别人的夫君和父亲，她还是自己的欧阳夏汐。

由于多年未登陆，注册成功后，手机不停地提示有新邮件。夏汐进入收件箱，怔怔地盯着手机屏幕看了几秒钟，视线越来越模糊。分手4年，欧阳昊每月给夏汐写一封邮件，加上她每年生日发来的祝福，一共

52封电子邮件，均来自一个叫欧阳昊的发件人，每封来信的标题都是“夏汐，最近好吗？”

夏汐点开最新的一封邮件，欧阳昊在凌晨零点发来的短短几行字，已叫她潸然泪下：“夏汐，生日快乐。不知道最后送你的‘叮当杯’是否安然无恙？过去我们总以为一辈子很长，一转眼我已经是而立之年了，而你离开我也已四年了。颜笑说不打扰才是我能给你最大的慈悲。原谅我做不到，就像我无法忘记你的生日。我负你太多，所以上天用失去你来惩罚我。我会继续给你写信，你是否会看到或回复其实已经不重要了，但我还是会写下去。因为，只有在跟你说话的时候，我才感觉到自己依然活着。生日快乐。愿你安好。永远的昊子。”

擤一把鼻涕，抹掉脸上的泪痕，夏汐四下张望，如同一个偷考卷担心被逮住的学生，心惊肉跳地删除掉邮件。余下的51封信，夏汐再无勇气点开。事隔多年，她该如何回应他的挂念？以沉默？以眼泪？以感动还是以遗憾？心头涌动的复杂情绪似乎包含了这一切，隐隐间觉得哪一种反应都不对，无论是沉默，眼泪，感动还是遗憾。

有了赵小天作为参照物，夏汐才真正体会到欧阳昊曾怎样爱过她。至少，在他的心出现异动以前，他是真心实意地宠爱过她，怜恤过她的。直到这一刻，夏汐才不得不承认，一年多以来活在刀尖上的每一天，无不使她怀念欧阳昊柔情似水的爱。夏汐泪眼迷蒙地清除邮箱，一键一键地从心底删除掉旧日平滑的爱情，丝毫没有留意到门口有双眼睛，正虎视眈眈地注视着她。

赵小天是在邮箱里只剩下最早的两封邮件时冲进来的。使出蛮力从夏汐手中夺下手机，点开邮件，赵小天瞬间变成一头暴怒的狮子。

“我就知道你们藕断丝连！一边勾搭我，一边跟老情人纠缠，你怎么那么贱啊！”欧阳昊的来信时间让夏汐百口莫辩，赵小天发现邮箱账号的全拼是欧阳夏汐时，筛糠一样全身发抖，一把薅住夏汐的头发迫使她仰视自己，大发雷霆道，“说，你背着我跟他搞了多少回了！”

“我没有。”夏汐矢口否认，赵小天摔下手机狠狠地踩上几脚，一耳刮重重地掴在夏汐脸上，浓烈的血腥味立刻在夏汐的鼻腔中扩散。

“婊子！”赵小天一个俯冲，张开血盆大口朝夏汐喷吐热气，他的牙口距离她的脸不到两毫米，夏汐可以清晰地看见他修补过的牙根上的银汞合金。因为声带距离她太近，赵小天的每一个字都振聋发聩：“人家玩腻了你把你甩了，你还不知羞地送上门，水性杨花的贱货！”

被赵小天扯住头发的夏汐，脖子亘在椅背顶上，身体被他钳制得无法动弹，唯一能转动的眼珠绝望地盯着他脚边被踩得稀烂的新手机。买了房子后，母亲更节俭了，说是要攒钱给夏汐添家电，所以夏岚一年没给自己买过新衣服，到现在用的还是800块买的非智能手机。母亲就是这样省吃俭用攒下来的爱，瞬间变成了地上的一摊零件。狼狈不堪地散乱在地上的，不是手机，而是被赵小天践踏成碎片的不肯亏待女儿的妈妈的心。眼泪与鼻血融合成咸腥的液体，从嘴角钻进夏汐口中。原来，无论她怎样忍耐也不会有麻木的一天，就像赵小天永远不会满足于她的卑微。随着他手段的升级，她的痛苦也在加剧。

“对，我就是贱。我不要脸，我是婊子。”感受着赵小天扑面而来的浑浊热浪，夏汐言轻意决，万念俱灰，“我配不上你。请你放了我吧。”

“放了你？想得美！”赵小天咆哮着，盛怒之下恶向胆边生，揪住夏汐的头发将她拖进卫生间，手上一使劲，一把将她揿在浸泡着换洗的内衣裤的水桶里，撕心裂肺地喊叫，“贱人！臭不要脸的婊子！我弄死你！我死也不会放你离开的！我要跟你同归于尽！”

双手在空中徒劳地扑腾、挣扎着，有那么一瞬间，夏汐的大脑里闪过一个念头：死了也好，死了就解脱了，不用再受折磨了。夏汐停止了反抗，等待着死神将她救赎，转念想到母亲和颜笑，又奋力挣扎着，手脚并用地与空气作对抗。

夏汐使出所有的力气呼救，声音到了水中却成了无言的气泡。赵小天死死摁着夏汐的头，野兽一样呼啸。往常二人争执时，因为夏汐的忍让而很快平息，邻居也就没当回事。今天的动静实在过于反常，加上赵小天口口声声喊着要同归于尽，怕闹出人命的邻居终于被惊动了，一面致电管理处一面急迫地敲门。

保安破门而入后，夏汐趁乱逃出屋外，赤足飞奔到便利店，打摆子一样嗑嗑巴巴地问收银小伙借电话。见她衣衫不整，脸上飞着泪和血，一副惊魂未定的模样，收银小伙小心翼翼地替她接通电话，夏汐接过手机，听见颜笑的声音，双脚一软，瘫坐在收银台前的地面上，通电似的全身颤动，抽抽噎噎地呓语："颜笑，救我。"

7

母鸡似的将夏汐裹在自己腋下，护送她上医院做了详细的检查后，颜笑陪着夏汐一同到派出所报案。做笔录时，处理过他们家庭纠纷的警察翻看了夏汐的病历，再看看她红肿的眼睛和瘀青的额角，耸眉咂舌说："我去，他还真下得去手！"

夏汐轻扬下巴，目光冷而利："现在可以立案了吧？"

"这种程度的伤势属于轻伤及以下，我们出面也只能做调解。"

"你的意思是，非得把她打死，你们才处理？"颜笑从凳子上一跃而起，蹿到警察面前，高昂着头逼视对方。

"这既不属于治安问题又没触犯刑法，家暴这种事最好还是找妇联……"

"行了。不用跟他们废话了。"颜笑搀起夏汐，愤然说道，"他们不管，我管。"

颜笑将夏汐带回自己的出租屋内，煮了个连壳鸡蛋，找了条纱质睡裙裹着鸡蛋替她去瘀。鸡蛋在夏汐额头来回滚动，颜笑出神地看着夏汐，哽咽地说："你看看你现在的样子，要是让你妈看见了，得心疼成什么样！"

"你骂我吧。"

"干吗？"

"我当初不听你们的劝，自作自受到今天这个田地。看你难过我也难受，你骂我，我反而好过些。"

"你都被欺负成这样了，我怎么骂得出口？"颜笑嗔笑两声，眼泪却"吧嗒"而落。

"哭丧呢？我又没死。"夏汐含泪调侃，吸吸鼻子，撇嘴说，"喂，帮我给我妈打个电话吧。赵小天找不到我，肯定会去我妈家闹。我妈上周体检查出来有高血压，不能受刺激……"

"早打过了。还用你说？"眉毛一弯，颜笑板脸吩咐，"我跟咱妈说了，你们闹了点矛盾，你在我这儿住几天，让她不用担心。你呢，安心在这养伤，剩下的事我替你处理。你放心住着，我不会再给他机会伤害你了。"

为了早日拿到公司和客源，邓小池和夏汐谈判后的第二天便主动向颜笑认错道歉，并提出合力将余下的活动善后，连本带分红将颜笑应有的部分归还。至于自己过去私吞掉的那部分，邓小池表示家里确实困难，只能拿出5万偿还颜笑，也算是弥补自己对她的亏欠。颜笑对此没有异议，重新租了间房子，打算完成手头的工作后另谋出路。房子新租不久，夏汐也是第一次到访，因而赵小天像无头苍蝇一样转了三天也没找到她们。

颜笑将夏汐安顿好，买了根棒球棒，花600块钱雇了两个牛高马大的保安，正经八百地对他们说："不需要你们动手，只需要借用你们的气势，到时候你们在旁边看着就行。"

赵小天起初气焰冲天，但看见颜笑身后两名壮汉后顿时露出屃相。颜笑亮出验伤证明和报案存根后，赵小天彻底疲软了，缩水毛衣一样窝在沙发里，灰头土脸地问："你到底想干吗？"

颜笑将离婚协议扔到赵小天脸上，举起棒球棒，傲睨一切地说："三天之内如果你不签字，我们就去法院起诉你。而且我会发微博，找记者，去你们公司，在你们小区，把你的变态行为公诸于众。如果你不要脸，我可以比你更无耻。不信你试试。"

尽管跟颜笑没有过多的接触，但通过夏汐口中所了解到的颜笑也不是个好惹的人物。想到自己那点短处有可能闹得满城皆知，赵小天到底是心虚了，和颜悦色地说："我确实有错，但我真不是故意的。不管怎么说，这是我和夏汐的家事……"

"你已经没有家了。"恃强凌弱往往是无能者在极度自卑的情况下虚张声势的表现，面对比自己更强大的强者，他们通常束手就擒，示弱讨好。就好比赵小天此刻那张假笑的脸，直叫颜笑阵阵恶心，怒目切齿地说，"现在已经没有夏汐的事了，这是我跟你之间的事。我就给你三天时间。你不是喜欢同归于尽吗？你不离婚，我跟你同归于尽！"

赵小天试图阻拦，但颜笑花钱雇来的两名壮汉横身往卧室门口一堵，赵小天便悻悻地靠边一站了。颜笑收拾好夏汐应季的换洗衣物，提着行李袋，举着棒球棒，经过洗手间时瞥见那个淹过夏汐的赤色水桶，一股怒火直蹿头顶，抡起棍子冲过去，照着水桶一顿抽打，三两下就将水桶变成了几块塑料板。

"猪狗不如的畜生！"起脚将其中一块水桶残片踢飞到赵小天面前，颜笑义愤填膺地痛斥，"当初我就该拦着她的。我还陪你们注册！我还亲手把她交给你请你给她幸福！我现在恨不得抽我自己！赵小天，竖起你的狗耳朵听清楚了，这婚你离也得离，不离也得离。你敢再靠近夏汐一步，我废了你！"

夏汐看见颜笑手中拎着自己的衣物，先是一惊，再一看她手里的棒球棒，更是惊讶得目瞪口呆。

"相信我，最多三天，你就彻底解脱了。"说话间，颜笑瞟一眼夏汐，见她额角鼓起的包消了肿，鼻翼的瘀青也已散去，苦笑着打趣，"还好，没破相。”

“你是怎么做到的?”夏汐惊讶不已地问,“打架了?”

“我是真想揍他。”想到赵小天那副恬不知耻的屄样,颜笑从心底反出一股厌恶,“但我不愿脏了我的手。”

“他同意离婚?”眼中浮现出赵小天兽性大发的面孔,夏汐心有余悸地问,“怎么可能? 他不可能这么轻易放过我的。”

“恶人自有恶人磨。”狡黠地挤了挤眼睛,颜笑颇为得意地扬起嘴角。”

“万一……”

“没有万一。”颜笑斩钉截铁道,“从现在起,我不会再给他‘万一’的机会。”

二人经过一番商量,决定办完离婚手续再一块向夏岚禀报情况。无赖从来不轻易善罢甘休,因此颜笑建议夏汐辞职,并放话说:“这段时间你就安心在我这白吃白住,等风波过去了,再做进一步打算。”

“万一我赖这儿不走了呢?”夏汐俏皮地眨巴眼睛,做了个鬼脸。

“那我就把你当猪养呗。”颜笑眯眼揄揶。

“你家刘晓能答应吗?”

“不是我家的了。”颜笑耸肩一笑,脸上看不出悲喜。

“因为邓小池?”

“也不全是。”颜笑稍作沉思,坦率地说,“本来就不是一路人,没有邓小池那件事,我们也不可能走到头。”

“唉,问你件事。要说实话。”夏汐正了正身子,严肃地问,“你后悔过吗?”

“没有。”夏汐没有挑明,颜笑已然读懂了她的弦外之音,“我了解她的家境。我带她来深圳就是希望她多赚点钱。现在她赚到了,尽管是以损害我的利益的方式,但也不负我的初衷。我问心无愧就行了。”

“真的一点怨言都没有?”夏汐故作惊悚地瞪大了眼睛,夸张地取笑,“中国好同学呀你,改行开善堂得了。”

"那你恨他们吗？欧阳昊，赵小天……"

"不恨。没必要恨。"空气突然凝固了，就连挂钟上的时间都仿佛静止了一般。二人各自沉思着，好长一段时间，耳边只有轻柔的呼吸声。良久，夏汐自言自语似的轻声说："大概这就是人生必经的过程吧。在不同的阶段出现不同的人，或者给我幸福，或者使我成长。"

颜笑稍加思索，啼笑皆非地回应："嗯，对。又或者让你毁灭。"

"那不是还有你拯救我吗？"

"对了，生日快乐。"从电视柜里翻找出几天前就准备好的生日礼物，信手抛起在空中划过一道漂亮的弧线，颜笑语笑嫣然说，"叫那浑蛋搅得差点忘了。"

揭开精美的礼品盒，取出天蓝色耳钉戴上，夏汐感慨万千："总感觉在束河骑马晒太阳还是昨天的事情，我却已经是27岁的离婚妇女了。"

"怕什么？不是还有我这个25岁的晚育剩女陪你吗？"

"太阳下山明早依旧爬上来，花儿谢了明年还是一样的开。美丽小鸟一去无影踪，我的青春小鸟一样不回来……"

天蓝色耳钉在光照下闪耀着荧荧蓝光，夏汐荒腔走板地唱着《青春圆舞曲》，颜笑没正形地嬉笑着纠正夏汐："第一，你依旧青春；第二，就算太阳全叫后羿射没了，鲜花全让东风摧残了，禽鸟全给青春赶跑了，我还是……"

夏汐眼角一弯，笑中带泪地抢过话头："你还是会边教训我边嫌弃我边修理我边保护我的。"

第九章

请你一定要幸福

L·O·V·E

1

两天过去了，赵小天依旧不见动静。第三天，颜笑偷学了夏汐帮她讨薪的招数，带了两个有记者证的朋友，架了台便携式摄录机，用夏汐的钥匙进了屋，有条不紊地指挥摄像镜头对准错愕的赵小天："洗手间是案发现场，这个人就是变态施暴的男主角。"

做了两年活动策划，颜笑积累了不少的媒体资源。出发前，颜笑交代跟拍的两个朋友："麻烦哥们儿配合我演一场戏。你们只管拍摄，如果真发生打斗，也不需要你们帮手，只需要你们帮忙用镜头记录下来。"

家庭纷争是很难上社会新闻的，除非性质有所改变。颜笑只是想通过曝光的方式给赵小天增加压力，假使发展成民事斗殴，只要能帮助夏汐永久摆脱赵小天，她也在所不辞。看见随行的人胸前挂着记者证，肩上掮着摄像机，赵小天就怵了，操起抱枕挡住脸，连滚带爬地逃回房间，边跑边叫："有没有搞错？你们这是私闯民宅，我要报警！"

"迅猛的！赶紧打110，手别抖！"赵小天大惊失色，颜笑的目的就达到了，于是乐不可支地追着他调戏，"我正愁事情闹得不够大呢。需不需要我帮你多找些观众来，让大家看看你这个衣冠禽兽是怎么折磨老婆的！"

"姓颜的你别欺人太甚！"赵小天从门缝里露出一双狰狞的眼睛，恨之入骨地问，"你到底想干什么？"

"我警告过你，不给你点颜色瞧瞧，你真拿我当软柿子捏了？"颜笑睨着赵小天，冷哼一声，"我可不像夏汐那么好欺负，你今天要是不签字，明天我就让你见报！”

赵小天叫颜笑狷狂的眼神看得他心里直发毛，担心自己两腿间的不如意真叫她闹得满城皆知，渐渐垂下肩膀，悻悻地嘟哝：“君子怕泼妇，好汉不吃眼前亏。”

赵小天打心眼里担心触怒颜笑，同时寄希望于见到夏汐本人，于是不情不愿地在离婚协议书上签了字。

第二天，在颜笑的押解下，赵小天终于在民政局门口再次见到了夏汐。嗫嚅地轻唤了声“老婆”，赵小天伸手拉住夏汐，企图对这段婚姻做出最后的挽救，却换来夏汐一声赛一声的尖利惨叫。从夏汐惊恐万状的神色中，不难看出她曾遭遇过多少惊吓，颜笑怒从胆边生，一记闷拳擂在赵小天手背上，遽色喝道：“死开！老实点！”

众目睽睽下，赵小天也顾不得礼义廉耻，趁颜笑去取号的空隙，蹲坐在地上扯住夏汐的衣裾苦苦哀求：“老婆，我爱你。我不要跟你离婚。求求你再给我一次机会，我保证改，我发誓再也不犯浑了。”

夏汐攥着衣襟挣扎着脱身，两腮红若丹蔻，眼眶不由自主地湿润了，一半是羞恼一半是心急，隐约间还掺杂着对赵小天的怜悯。颜笑闻声赶来，一掌推开赵小天，打心眼里深恶痛绝说道：“看看你这副德行！你还像个男人吗？别给脸不要脸，信不信我当众撕下你这副爱老婆的假面具！”

等待叫号的时间如同死囚在法庭上聆听最后的审判，结果虽昭然若揭，过程却好似堕入宇宙黑洞，暗无天日的每一秒，都漫长得仿佛永远不会看见光明。终于来到了窗口，工作人员循例调解问二人是否考虑清楚了，赵小天哭丧着一张脸，可怜巴巴地望向夏汐。夏汐紧咬住唇，羞愧地点了点头。工作人员看一眼赵小天问：“你呢？想清楚了吗？”赵小天正犹豫如何启齿，颜笑掏出夏汐的验伤报告和报案存根，拍在工作人员面前，气鼓鼓地问：“这样够清楚了吗？”工作人员也是位女性，只瞄了一眼鼻青脸肿溅着血的照片，便唇角抽动倒吸一口凉气，心里感同身受地疼了一下。

一声不响地收下材料，换了证，盖上钢戳，将离婚证递出窗口时，工作人员温柔地对夏汐说了声："你多保重。"

赵小天盯着离婚证上的三个大字怔怔发呆，好一会儿，可怜巴巴地看着夏汐，请求道："车上还有些你的东西，我顺便送送你们吧?"

"省点力气折磨别人去吧!"征求夏汐的意见决定不要那些旧物了，颜笑厌恶地呛了赵小天一句，拉着夏汐疾步跑出民政局，如同甩掉一只臭不可闻的臭虫似的甩脱了赵小天。

出了门，颜笑扬手打车，夏汐及时制止了她，诚惶诚恐地说："坐地铁吧。坐地铁他就没办法跟踪我了。"

颜笑侧目，定睛打量夏汐，痛心地叹息："天哪！你之前过的是什么样的日子啊!"

"总算结束了，不是吗?"夏汐苦笑，泪影绰绰，晃了晃手中的离婚证，像尾搁浅在海岸上的鱼，虚弱地翕动双唇，"没有你，我真不知道能不能熬过来。"

"你是猪吗?"颜笑嗔笑，眼眶泛红地嘱咐，"长点记性。以后别再犯傻了，受了欺负别总自己死扛着，刀山火海我都陪你一起闯。"

回去的路上，夏汐建议颜笑退租，搬去新房与她同住："环境好，还能替你省点租金，我们相互也有个照应。"

"这个我没意见，但房子是你的，家私你都搞定了，电器必须我来买。"颜笑眨眼黠笑，"反正羊毛出在羊身上，其实还是等于你出钱。"

"你都知道了?"夏汐抬眉，诧异地问。

"邓小池是什么人？吃人都不带吐骨头的，她怎么可能还我钱？那5万肯定是你掏的，然后指使让她说是补偿我的。"颜笑扬扬下巴，笑出了泪雾，"别以为我不知道你背着我做了什么'勾当'，我心里明镜似的。"

"你不也一样。"不服气地嘟起腮帮子，浅笑反驳，"别以为我不知道你瞒着我跟昊子说过什么，我心里也有面镜子。"

"你们还有联系?"这一次，换颜笑吃惊不小。

"他还一直给我写信,但我没看。"

"不看就对了。"回想起最后一次见面时欧阳昊欲语还休的眷恋,颜笑扼腕叹息,"他对你负疚惭愧也好,余情未了也罢,他也无能为力了。你们只能到此为止。爱情和光阴一样,覆水难收。现在他是别人的丈夫和父亲,自是有人承担他的喜怒哀乐。而且,他过得不好你心疼,过得太好你也不是滋味,何必自找不痛快。"

"我明白。"夏汐耸肩哂笑,低眉顺眼地感叹,"一晃快六年了。兜兜转转,聚聚散散,只有你,高高低低都陪着我。"

"就叫'唯友'吧。"颜笑灵机一动,眼睛眯着两道妩媚的抛物线,"我们重新注册一间公司,就叫'唯友传媒',意思是唯有朋友,方得始终。"

为躲避赵小天的纠缠,夏汐已向公司请辞。颜笑履行完手中的合同,也将与邓小池分道扬镳。二人一合计,索性联手重新开始。复读机一样连续念了五六遍"唯友",夏汐的眼睛放射出渐亮的光芒,激动地敦促颜笑:"这名字好。你赶紧上网查查能不能注册,现在就百度!"

"你再想个英文名吧。"颜笑眉开眼笑说。

"唯友,WE,就叫WE,我们。"夏汐脱口而出。

顺利注册下"唯友传媒",二人找了湘菜馆,喝着店家自酿的米酒,夏汐爱不释手地抚弄着新公司的营业执照,言笑晏晏地打趣:"姐现在一没钱二没爱,除了那套欠着银行'巨款'的房子,身边有点价值的东西就唯有你了。"

"你才是东西呢。"颜笑轻啐,面若桃花,"我不也一样吗?深圳那么大,目不暇接的特区生活跟我毫不相关,上千万的人口,与我肝胆相照的,也只有你了。"

"我发现了一个问题。"酒过三巡,夏汐脸上有了醉意,含混不清地说,"我认识你不久,你跟井一分手,紧接着我也失恋了。后来你有了刘晓,我也嫁了个混球,然后你分手,我也离婚了。这是巧合还是我们相克啊?"

"这叫情绪磁场,懂不懂?"颜笑啧啧瞠目,酌一口酒,嬉笑解释,"就像关系好的女孩总会一起来例假一样，幸福或不幸都像传染病一样，会让我们互相影响，相互感染。”

“那拜托你快一点幸福吧。”夏汐举起杯，醉眼惺忪，呓语似的喃喃道，“你比我聪明，眼睛比我毒，看人比我准。只有你幸福了，才能带动我的幸福。”

“为了我们共同的幸福，我一定努力。”

二人语笑嫣然地互相打气，酒杯碰在一起的声音，全是构建梦想的希望之声。

2

赵小天回到家，干瞪眼盯着茶几上的离婚证，枯坐到天亮。赵小天环顾四周，试图寻找出婚姻残存的余温与夏汐未曾远离的蛛丝马迹，但短短几天时间，这里又恢复了结婚前的冷清寂寥，只有一双粉蓝色的女式拖鞋，含蓄地提醒着他：这孤清寂静的屋子里，曾经有过欢声笑语。

鞋柜门半敞着，空落落的鞋架上只剩下几双男鞋，赵小天拉开衣柜，空荡荡的衣杆上除了几件男装，就剩下瘦弱的空衣架。梳妆台的表漆上，残留着被他打翻后未曾刮干净的指甲油，双人枕依旧整齐地并排平放在床头，只是没有了往日的温度。

孤行吊影地在屋内来回走动，赵小天不甘心地喊了几声“老婆”，却得不到任何回应。为时一年的婚姻，就这样叫他以妒意为矛以自卑为盾，打跑了打散了打得无影无踪，他许诺要给夏汐的美满被他亲手击毁。赵小天追悔莫及，脑袋一热，没完没了地给夏汐打电话。夏汐将赵小天的号码设置为免打扰，他便频繁更换一次性电话卡和网络电话联络她。夏汐不堪其扰，却又不能为了躲避赵小天一个人而屏蔽全世界。无奈，夏汐换了电话卡，对母亲撒了个小谎，说自己在淘宝上给了一个差评，被卖家恶意骚扰，索性换号。

曾经，无论在公交地铁上还是开会工作中，任何时间下都会在响铃三声内接听他电话的号码如今成了空号，赵小天这才意识到自己当真要失去夏汐了。联系不上夏汐，赵小天急得团团乱转，就像一个迷失方向的旅人恨不能逢人就问怎么才能重归正道。不得已，赵小天只能硬着头皮来到夏岚家门口。这一次，赵小天出手阔绰，买了整箱的车厘子，荷兰奶粉和中老年钙片，低头哈腰地进了屋。

"妈，您知道小汐现在住哪儿吗？或者告诉我她的新号码也行。"赵小天搔头怯笑，摧眉折腰地解释，"我找她有点急事。"

母亲被查出高血压后，夏汐特意请教过学医的老同学，听说高血压患者情绪激动容易触发脑溢血，夏汐惊出一身冷汗，离婚的事也不敢唐突地告诉母亲。夏汐计划着，先慢慢给母亲做思想工作，营造一个夫妻性格不同已分居的假象，再循序渐进地渗透，最后再找个合适的时间和机会，告知母亲二人和平离婚。因此，当夏岚得知夏汐离家出走并且换号码也不告诉赵小天后，望着家门口那堆丰富的礼品，心中顿生疑窦，面色一沉问："小汐没跟你在一起？她什么时候走的？发生什么事了？"

听夏岚的语气，赵小天确信夏汐没有公开二人离婚一事，便误以为二人之间还有回旋的余地，不禁喜出望外。就好似坠入井底的人，抬头看见一丝光亮，仿佛自己抓住了复合的希望。难为情地谎称二人闹了点矛盾，夏汐投奔颜笑了，赵小天赧然笑说："妈，麻烦您告诉我她的电话，我好给她道歉。"

知女莫若母，饶是不知个中细节，但夏岚清楚，依女儿的脾性，若非忍无可忍，夏汐必不会走这一步险棋。当初她不顾一切嫁给赵小天，但凡能凑合过下去，夏汐绝不会推翻自己的选择。一想到女儿在婚姻中不知承受多少委屈逼得她在那个家里待不下去了，夏岚拉下脸来，眼中阴云密布，痛心地说："我不能给你她的电话。如果夏汐不想告诉你，你也别指望我会告诉你。"

"妈，您行行好。"赵小天谄媚地拱手笑笑，甘言好语地央求，"我真的知道错了。我现在就是想接小汐回家，好好跟她过日子。"

"求我没用。你走吧。"夏岚皱起眉头，摆手送客，"当初她非要跟你结婚，我拦不住。现在她不想跟你过了，我也不会拦她。"

赵小天知道自己拗不过夏岚，当初他连下跪的苦肉计都使出来了，也没能换来一个好脸，何况是现在？被不留情面地请出门外，赵小天有些懊恼，早知道会有今天，当初何苦睚眦必报？但凡他花些心思经营婚姻维系家庭关系，今天也不至于连人带礼教人撵了出来。

魏如海回家后听说此事，心中的判断与夏岚不谋而合，愁容满面地说："那个人无事不登三宝殿的。下这么重的血本，他们之间的问题肯定非同小可。"夫妻二人一商量，将夏汐传唤回家审问。无奈之下，夏汐只好坦白自己已与赵小天离婚。夏汐对离婚的原因讳莫如深，母亲也不逼问，只淡淡地回应一句："既然离了，就收拾好心情好好生活吧。"

母亲年底就正式退休了，在魏如海的带动下，她早睡早起，每天晨运，品茶习字，性情较从前温和了许多，心态也越来越接近耳顺之年。女儿与赵小天之间既然已走到终点，再追究过程不过是逼着女儿揭疮徒增她的痛苦罢了。母亲将丰盛的饭菜打包好，又从冰箱里翻出酸奶和麦片，连同蛋架上的鸡蛋如数装进环保袋，疼惜地望着夏汐，欲言又止地叮咛："回去也跟颜笑说一声，公司做大做小无所谓，钱挣得多少也不重要，女孩子关键是要照顾好自己。在外面受了委屈，就回家。别忘了，这里是你们的家。"

母亲说着说着鼻子就塞住了。颜笑"嗯嗯"地应和着，欲语凝噎地拼命点头，不敢直视母亲微红的眼睛。

事隔两天，赵小天再登门，刚亲切地喊了声"妈"，夏岚将他堵在门外，疾言喝止他："妈不能乱叫，我无福消受。"

赵小天这才知道叫他那么一闹，离婚的事也穿帮了，心中好生懊恼。因为不知道夏岚了解多少内情，赵小天只好怏怏地承认：“是我对不起小汐。我也是一时气糊涂了，才动手的。我没想真的淹死她，就是想吓唬吓唬她，让她别再跟欧阳昊纠缠不休了……”

没等听完赵小天的辩解，夏岚“砰”地摔上门，再出现时，手里多了根扫把。事发太突然，赵小天生生叫夏岚的回马枪杀了个措手不及，定定地站着，听任疾风骤雨一般的扫把头落在他身上。夏岚暴跳如雷地抽打，不解气地怒喊：“浑蛋！瘪三！让你也尝尝挨揍的滋味！这是我替女儿还给你的！”

赵小天抱着大出血买的蛋白粉和营养品落荒而逃后，夏岚大病一场。夏汐是在母亲出院后才听说母亲叫赵小天气病了。眼泪汪汪地站在母亲床前，夏汐心里羞愧得要死。

母亲招手将夏汐叫到身边，拉着她在床头坐下，轻抚她尖瘦的面颊，心疼不已地说：“姓赵的这页就算翻过去了。以后咱们都不提了。你也别再背着这个心理包袱了。以后要是能遇见好人咱就嫁，遇不上也别害怕，妈还在这儿呢。大不了，妈养你一辈子。”

夏汐频频点头，握着母亲那只因输液而胀得血管青肿的手，泪如雨下。

3

新房入伙当晚，夏汐在凯宾斯基美食会的贵宾厅摆了桌感谢宴，盛意邀请母亲与魏如海，并找来和母亲关系较好的几位老朋友。当着众人，夏汐给母亲满上红酒，眼波流转地搂过母亲，言真意切地敬酒：“妈，谢谢你给了我一次新生的机会。谢谢你给我一个家。谢谢你的言传身教使我有幸成为一个正直、勇敢、善良的人。尤其要感谢你坚持给我买了这间公寓,使我居有定所,让我免受流离之苦,让我在生命最灰暗的时刻还能回到家,点亮床头灯,安然入睡。多余的话就不说了,谢谢妈,我爱你。”

夏汐言之有物,感恩之心溢于言表,直到这一刻,母女二人才心照不宣地将谜底揭开——夏岚虽不曾赋予夏汐生命,却给了她更为宝贵的新生。母亲眼窝一热,爱怜地轻拍女儿面庞,领了夏汐的这份情,将杯中酒一饮而下。

夏汐转身,回眸一笑,为魏如海斟满酒,亲切地举起杯:“魏叔,我也特别感谢你。从前我太不懂事,谢谢你一次又一次地包容我,不计前嫌地照顾我妈,替我尽孝。也谢谢你爱屋及乌,处处替我考虑。尤其要感谢你给了我妈一个快乐的晚年。”说话间,夏汐牵起母亲的手交到魏如海手中,郑重地呈上一对黄金对戒:“在座的可能都知道了,但我还是想给二老一个迟到的祝福,祝你们健康长寿,幸福美满,百年好合。”

精心设计的环节出乎二人的意料,魏如海接过戒指,怔了怔,这才在众人的欢呼声中,紧张得颤颤巍巍地将戒指套进夏岚的无名指。母亲掩口傻笑,少女般地面泛潮红,任由魏如海当众牵着她的手,肩头颤动地望着女儿,眉眼间竟是不知所措的娇羞。

在夏汐的带领下,众人合唱一首改编版的生日歌:“祝你婚姻幸福,祝你健康长寿,祝你美满快乐,祝你们天长地久。”

母亲被大伙逗得合不拢嘴,魏如海也不再扭捏,大大方方地环住母亲的腰,母亲顺势靠在了他肩头,笑得千娇百媚。每一个细节都被夏汐看在眼里,欣喜地笑出了泪花。

爱情是需要被歌颂的。即使年过半百,被爱神眷顾的女人,依然渴望自己的爱情被接纳,被祝福,被认可,被赞美,被宣告她爱着的男人正好也深爱着她。夏汐亏欠母亲太多,却又懂事得太晚,因而让母亲的这份幸福,迟到得太久。

那一晚，心花怒放的母亲不听劝阻贪了杯，回到家便觉头晕。魏如海照顾夏岚服了降压药，发现三七片的瓶子空了，便摸黑下楼找药店。回来的时候，步履匆匆的魏如海在楼道上跌了一跤，起身检查了一下膝盖和手肘，没有发现外伤，便握着三七片疾步往回走，摔跤的事也没对任何人提起。

夏汐和颜笑回到新房，两个激动得难以入眠，又找便利店买了半打RIO，席地而坐地对饮。

"你怎么会想到让他们交换对戒啊？"回味着席间发生的每一个瞬间，颜笑乐不可支地说，"太刺激了！你留意没？我们唱歌时，咱妈把'你'换着了'我们'，一直在唱'祝我们美满快乐'，没想到咱妈也有颗少女心啊。"

"我早该这么干了。"夏汐爆笑捶地，继而撇了嘴，"以前觉得我妈太强大了，忽略了她其实也是一个柔弱的女人。都说父爱如山，可我一直是活在强壮的母爱的山脚下，直到今天我才发现，其实我妈顶天是一株树，她也需要一座遮挡风雨的山。"

"干得漂亮！"颜笑举瓶仰望天花板，目若星火，喃喃自语说，"唉，我也想我爸我妈了。"

"咱们都加油吧。"重重地点头以示理解，夏汐言之凿凿道，"等公司挣了钱，就在这小区找套两房，交个首期，把你爸妈接过来。"

"那至少得再奋斗个几年。"颜笑轻叹，"岁月催人老啊，真希望时间对他们宽容一点。"

"要不，下月你生日，我陪你回岳阳看看他们吧。"

颜笑为之一振，嗤笑反问："是在暗示我又老了一岁吗？"

"认命吧孩子，你永远别想跟我比老。"夏汐坏笑调侃，"说真的，动车票我出，算是送你的生日礼物。"

"来回都不到三百块，就这么把我打发了？"颜笑佯嗔道，心里却像被暖风机烘烤过一般。

"不去算了。"

“去。我请你吃炒米和臭豆腐。”

“都是些不值钱的玩意儿，你比我还抠。”夏汐快快地报复一句，二人随即笑得东倒西歪。

4

夏汐是在睡梦中被惊醒的。确切地说，当“着火了”的呼喊声与人们奔逃的脚步声潜入耳时，夏汐一度以为这只是虚幻的梦境。但当呼救声与逃亡声越来越真切，夏汐猛然从余困中乍醒，掀开被子冲到窗边，定睛望出去，只见古城区黑烟缭绕，浓雾滚滚。夏汐揉了揉眼睛，突然反应过来，摇醒熟睡中的颜笑，惊恐地喊：“快跑，起火了！”

夏汐不假思索地拉起颜笑夺门而出，挤入人流，二人在你推我搡中冲上街头。

逃亡之中，忽闻脚边传来凄厉的哭号声，夏汐低下头，看见一个约摸6岁的女孩，跌坐在人群匆匆的脚步中。夏汐猫腰勾住女孩腋下，钓鱼似的往上拉扯，大惊失色地高喊：“别挤啦，当心踩着孩子！谁家孩子跑丢了？”

命悬一线的危难关头，没有人理会夏汐的呼吁。川流不息的旅客从客栈中逃窜而出，人们摩肩接踵地彼此冲撞着，凌乱的步点像是受了惊的马群，在古城区此起彼伏地“哒哒”响着。火势越来越大，耳边不时擦过木头燃烧的噼里啪啦的动静，瓦片坠落的声音，和煤气罐轰然爆炸的声响。夏汐一手拉着颜笑，一手牵着女孩随着人潮奔跑，无助而惊惶。

火光冲天,狭窄的街道挤满了求生的旅人,女孩的脚步越来越慢,拖着女孩的夏汐渐渐寸步难行。危如累卵之际,一双强有力的手掌抵住夏汐的后背,宛如一股强劲的飓风,生生推动着她前进。所有游客被疏散到四方街的警戒线外,死里逃生后,夏汐长舒一口气,这才回过头寻找那双救命之手的主人。

火光之中,缓过神来的夏汐回眸打量那张藏在黑垢下的俊俏面庞,由衷地说了句:“谢谢。”

男子如腊肉一般熏得黢黑的脸上咧出两排白花花的牙齿,如释重负说:“不客气,互相帮助嘛。”

男子让夏汐和颜笑在线外歇息,自己片刻不耽地将女孩抱去交给警察。这场因龙泉社区一间商铺引起的火灾,历时一个多小时后,终于在清晨5点30分被扑灭。这场大火烧毁了10家店铺,3家旅行社化为灰烬,夏汐与颜笑二人所住的客栈也未能幸免。

东方泛白时,夏汐凄惶地望着颜笑,梦呓道:“亲,你快掐我一下。”

惊魂未定的颜笑呆望着夏汐,伸手照着她外臂狠狠地揪起一层皮。

“疼!”夏汐闪身,茫然地说,“真疼。这不像是梦啊!”

“你掐我试试。”颜笑随即也难以置信地喊出,“好痛!真的失火了!”

二人回岳阳探望颜笑的父母后,一时兴起要重走束河,不想抵达当晚,就赶上了这场九死一生的火灾。

天渐渐亮了起来,四方街上的旅客渐渐稀疏,颜笑和夏汐面面相觑,狼狈不堪地回望面目全非的街道。夏汐牙齿间磕磕碰碰地呢喃:“这太惊悚了!简直不可思议,好好的束河古城,一夜之间,就这么没了?”

“别操心古城了,你先想想我们该怎么办吧。”上下打量二人身上的睡衣和脚下的拖鞋,颜笑习惯性地摸了摸口袋,哭丧地问,“我身上什么也没有。你呢?”

“我也是。”夏汐痛心疾首地表示,“光顾着逃命了,什么都没拿。”

由于起火原因不明，侵毁巨大，善后工作一时半会还无法开展。夏汐给母亲去了个电话，等待家人汇款期间，身无分文的两个人在四方街上游荡，忽且被一个陌生男子叫住。

夏汐侧目端详，男子大约30岁，长身玉立，俊眼修眉，顾盼神飞，眉宇间的英气似曾相识。夏汐愣了愣神，抬肘撞了撞身边的颜笑，颜笑心领神会地低声说："我知道，我知道。"

"有事吗？"夏汐轻声问男子，双颊绯红。

"你不认得我了？"男子换了身干净衣裳，洗净的脸面如傅粉，和颜悦色道，"就是回来告诉你一声，女孩的爸妈找到了。他们让我谢谢你。"

仅凭那富有磁性的浑厚声音，夏汐已认出他就是临危不乱救她们出火海的男子，只是那张眉清目秀的脸，叫她恍惚了许久。盯着男子端详了好一会儿，夏汐如梦初醒，报以羞赧的微笑："啊？不用谢。其实应该谢谢你。"

男子颔首微笑，救过夏汐的那双手，在空中比画着，费解地问："你们不打算回去换身衣服？"

夏汐摊手苦笑，垂头丧气地说："没衣服可换，都烧没了。"

男子有些诧异，露齿浅笑间顾盼生辉："旅行社不管吗？"

夏汐像考古一样研究着男子，显然已被那相似度极高的容貌搅得芳心大乱，颜笑及时帮腔道："我们是穷游，自生自灭的主。"

"如果不介意，我请你们吃早餐吧。顺便带你们买身衣服。"男子彬彬有礼地邀请，风趣地说，"忘了自我介绍了，我叫沈家俊，到昆明出差，顺便旅个游就碰上大事了。"

若是寻常日子碰见个陌生男人搭讪，她们必会断然拒绝。但这一日所发生的一切都太过不寻常，一场来势汹汹的大火，叫原本没有交集的他们，在逃亡中建立了过命的交情。况且，以她们目前身无分文随身行李只剩下睡衣和拖鞋的窘态，似乎也没有矜持的余地。

夏汐与颜笑互换一个眼神，慈眉善目地随沈家俊走进一家小餐馆。吃过饭，在沈家俊的坚持下，二人随他进了间布衣店。沈家俊指着一袭水蓝色麻布花裙对夏汐说："你穿蓝色应该很好看，去试试吧。"

夏汐微微一怔，匆匆与颜笑互看一眼，红着脸进了试衣间。

二人换上新衣，沈家俊提议为她们找间客栈休息，这一次，二人欣然答允。夏汐找前台讨了纸笔，一本正经地递给沈家俊说："留个联系电话吧。等家里的钱到账了，我好还你钱。"

沈家俊轻轻颔首，侧目而向，粲然一笑，冲着夏汐露出贝壳一样的牙齿，"没多少钱，不用还了。咱们都是经历过生死的人了，这点身外之物还看不开吗？"话虽如此，他仍低眉写下自己的手机号码，郑重其事地交到夏汐手中，温和地嘱咐，"一夜没睡，你们赶紧上楼休息，有什么需要随时打我电话。"

二人再三道谢后上了楼，关上房门，夏汐捂着心口倒抽凉气，"嘶嘶"惊叹："我去！活见鬼了！"

"确实太像了！"颜笑也啧啧称奇，随声附和，"别说你，有一瞬间，我也以为昊子跑束河来了。"

"你确定我们不是在做梦吗？"夏汐狠掐自己手背，神神叨叨地嘀咕，"这一晚上发生太多匪夷所思的事了，快告诉我，这一切都不是真的。"

"你打我电话试试。"

"什么？"

"给我打电话。"

"手机都没了怎么给你打电话？"

"那就是真的。"颜笑耸肩摊手，幸灾乐祸地说，"真不巧，我的手机也葬身火海了。这一切都是真的。"

生活常常出人意表，总教她们措手不及。谁能想到，谈笑之间，曾给她们留下美好回忆的古城已樯橹灰飞烟灭。疑幻似真的狗血剧情天天上演，新旧更迭中，任凭她们抵触或接受，被烧毁的已无法复原，新生事物也无法抵抗。

“那货不会是昊子的化身吧？”蒙被大睡前，颜笑迷迷糊糊地戏谑问，“最近还有昊子的消息吗？他不会真的来束河了吧？”

“有。没有。”夏汐昏昏沉沉地回应，“他照例给我发邮件，我还是没看过。”

欧阳昊依旧不间断地每月给夏汐写一封信，夏汐看也不看，直接删除。分手第五年，夏汐终于心如止水。对欧阳昊最后的一点依恋，就在他念念不忘的过程中，渐渐被她淡忘了。看见来信时曾有过的悸动，就如同这场大火，燃烧殆尽 。

5

由于二人的银行卡均遗落在客栈无法提现，魏如海要了个地址，去邮局给夏汐进行实时汇款。魏如海疾步如风地走着，半道上腿肚子忽然一软，左半身无缘由地阵阵发麻。魏如海找了棵树干靠着歇脚，做了几次深呼吸，缓过来后继续赶路。突发性的腿脚不利索无缘无故地发生，又无缘无故地消失了，魏如海便也没在意，出了邮局立即给夏汐所在的客栈打电话，告知她汇款单号。

古城政府组织了5个工作小组展开灾后工作，调查起火原因并安排游客食宿。夏汐和颜笑填好调查表，等着领取废墟中救出的残留物品，并联系上沈家俊，约好了见面地点。

沈家俊死活不肯收钱，夏汐便换了个方式请他吃了顿饭，路过精品店时买了个镌有黑桃K图案的打火机送他，感谢他的拔刀相助。到了下午，一群无处可去的游客被安顿在一起等候结果，素不相识的人们因一场大火困在一起，百无聊赖之际，有人提议玩“天黑请闭眼”打发时间。

沈家俊拿到了医生身份，当晚就被杀手灭了口。夏汐问他：“你没玩过3.0版本吗？你不知道医生第一晚要给自己打针吗？”

沈家俊赧然一笑，理直气壮地回答夏汐：“我知道啊。但我给你打了针。我怕他们杀你，我不想让你死。”

夏汐找不出话反驳，张口结舌地看着那张似曾相识的俊俏的脸，异样的情绪在胸中呈放射状扩散。

大火后的三天，游客陆续被疏散，夏汐和颜笑也领到了自己的物品。虽然毁了几身衣服，但幸运的是，二人的手机、钱包等重要物品安然无恙地回到她们手中。三个人租了辆车，一同来到昆明长水国际机场。夏汐和颜笑乘中午的航班回深圳，沈家俊则在下午3点返回长春。过了安检，沈家俊瞄一眼手机上的时间，喜出望外地招呼夏汐：“看，10点10分！”

“SO？”

“你没听说过吗？前后的时间一样，就代表有人正在想你。”

夏汐先是一愣，若有所思问：“什么鬼？这个点都忙着上班，谁会想我？”

“我啊。”沈家俊爽快利落地接话，嘴角稍稍上翘，眉目传情道，“我在想你。”

两腮倏忽泛起红霞，夏汐心跳若狂地支吾：“什么乱七八糟的，简直莫名其妙。”

“你是不是傻？”目光炯炯地亮出两排贝壳似的牙齿，沈家俊依依惜别地低语，“回去以后，如果看见前后一样的时间，那一定是我在想你。”

换一个人，换一个场景，换一个语境，夏汐难免会觉得对方轻佻。可沈家俊不一样，他们是在鬼门关前打了个出溜一同逃出来的难友，他们是在火光中星月下互帮互助的盟友。一场百年难遇的共患难，几日劫后余生的朝夕相处，加速了情愫的发酵。一场猝不及防的大火，烧毁了他们的财物,却也点着了他们的心。因此这些话从沈家俊口中说出来,夏汐并不觉得唐突。

缘分是个玄妙的东西。有时候花费很长的时间与一个人相处,却无论如何也无法爱上对方。有时候只是刹那间的一个动作,一个眼神,一句温柔的耳语,已足令人心潮澎湃。生活如此多娇,谁也无法预测下一秒的因缘际会,你无法选择命运发配给你的伙伴,只能选择与他同行,或互道珍重。

见夏汐低头不语,沈家俊眨眼说:“快,用你手机打我电话。”

夏汐不知他葫芦里卖的什么药,顺从地照着做了,旋即从他的手机中传来空灵的歌声,“只是因为在人群中多看了你一眼,再也没能忘掉你的容颜。梦想着偶然能有一天再相见,从此我开始孤单地思念。”

“这是我为你定制的铃声,听懂了吗?”沈家俊跟着王菲哼唱,轻言细语地说,“想我了就给我来电话,铃声一响,我就知道我的‘传奇’来了。”

“再不登机来不及了。”夏汐脑中闪过《牡丹亭》的题记,“情不知所起,一往而深。”牛头不对马嘴地回了一句,夏汐拉住颜笑,红着脸一溜烟地从沈家俊身边跑掉了。

“你也太不大气了。”二人坐稳后,偏头望着夏汐红潮未褪的脸蛋,颜笑嗤笑调侃,“人家都直白得恨不能把心挖出来给你看了,你就这么跑了?”

“不然呢?”夏汐噘嘴,怏怏地别过脸去看着窗外,“我不知道怎么跟他说再见。”

“舍不得再见,就不要说再见啊。”颜笑没好气地瞥了夏汐一眼,对她的畏缩百思不解,“人家都说了,你是他的传奇。你就不能回应一句?”

“传奇?也可能只是个传说。”夏汐苦笑,太多稀奇古怪的事凑到一块,叫她不敢相信所发生的一切,曾真实地发生着,包括自己波澜壮阔的心绪,“他在地图的北方以北,我在中国的南方以南,就接触了3天,却要隔着3000多公里谈恋爱，还有比这更不靠谱的事吗？”

“我觉得他挺靠谱的。”一想到离婚一年的夏汐又要堕入进爱情的沼泽，颜笑打了鸡血似的瞬间精神焕发，“起码他比昊子随和，比赵小天慷慨。你要知道，他原本可以不管我们的，但他不仅管了，而且还管到底了。就这一点，他就挺够男人的。”

“这又不能当饭吃。”夏汐蹙眉长叹，“你不知道吗？异地恋，凶多吉少。”

“还没开始就打退堂鼓，真没出息。”颜笑瞋目，扳过夏汐的脸正对着她，煞有介事地警告，“要珍惜良人，懂吗？尤其要珍惜那些没有义务却义无反顾善待你的人。一旦错过了他，不知道哪天还会再遇见。夏汐我可不是吓唬你，这可能是你人生中最后一次爱情了，如果你不把握住，神仙都帮不了你。”

“真啰唆，别吵我睡觉。”怏怏地闭上眼睛，稍稍往后一仰，耳边自带MP3功能似的循环回响着《传奇》，夏汐沉浸在一个人的世界里，沈家俊的音容笑貌如默剧一般一帧帧地从她闭紧的双目中滑过……

6

沈家俊每天给夏汐微信传情，频频发来他的生活视频——他在新天地影城看《饥饿游戏》，他在伊通河赏冰灯，他在长白山上滑雪，他在吉林与雾凇合影，他在南湖公园放烟花。距离并没有使他的思念松懈，相反却加深了他的想念。

沈家俊持之以恒地与夏汐同步分享自己的生活：“再美的风景，少了你都黯然失色。走过那么多地方,吃过那么多美食,我最怀念的,还是与你露宿街头的那一晚,和你分吃的那笼丽江包子。有时候,我真希望时间停留在那一夜,就这样推着你牵着你在大火中狼狈奔逃,一直跑到天的尽头。”末了,沈家俊喟然叹息:“好想你。现世安稳,却心神不宁。倘若你在,就好了。”

每每此时,夏汐总是沉默不语。她也好想和他一起滑雪赏灯牵着手把风景看透,可对未知的恐惧却令她难以举步。沈家俊说了几次想辞职到深圳发展:“只要能每天看见你,我可以什么都不要。”夏汐却斩钉截铁地拒绝:“你已不是初出茅庐的小伙子了,好容易奋斗出今天的成绩,不要轻易地放弃。”

30岁的沈家俊大学毕业后就进入现在这家外贸公司,一步一个脚印地从普通职员坐上了业务经理的位置,这份还算可喜的成绩单,是他用无数个加班加点的夜晚与千山万水的公里数换来的。深圳是年轻人的天堂,但对于而立之年的沈家俊来说,属于他的舞台未必广阔。

夏汐是为沈家俊的前途着想,也是替自己的未来考虑。经历过变幻莫测的爱情,又在婚姻中一败涂地,溃不成军的不仅仅是她的青春与感情,还有夏汐对幸福的信念和信心。节节败退的夏汐,如今已不能确定,自己是否负担得起沈家俊孤注一掷的爱情了。

举步维艰地相互牵拖了大半年,六月,沈家俊31岁生日,夏汐问他想要什么礼物,沈家俊深情款款地说:“我只要你。”

胸膛怦怦直跳,好似多头小鹿在身体里来回乱撞,继而,夏汐心乱如麻,期待重逢的激动之余,又恐惧爱情悸动后的变化。见她动了心思,颜笑鼓励夏汐:“反正公司也赚了些钱,你也辛苦这么久了,就给你放个长假,去看看他吧。”

“去了不还是要回来?”想到重聚过后的别离又将勾起新一轮漫长的思念,夏汐拿不定主意,“见了面还是要说再见,牵了手还是要松开,那又何必千里迢迢地自找难受?”

“我陪你去。这样回来的路上你也不会觉得孤单。”颜笑爽快地做了决定，拿起电话拨出了订票号码。被她一激将，夏汐也豁出去了，抢过电话订了张单人机票，神气十足地宣布："不要你陪。不就是打个飞的吗？我一个人就够了！"

飞机从深圳起飞，经停南京禄口机场，机上广播提示乘客前往长春请落机等候，也可选择在此换道。夏汐随人流走进中转候机室，看见一对相依相偎的情侣，女孩梨花带雨地在男孩耳边嘤嘤细语，男孩难舍难离地亲吻女孩的面颊。夏汐痴望着临别依依的爱侣，迷离的泪眼中仿佛看见了自己的明天。世间没有不劳而获的快乐。每一分甜蜜的背后，都蕴藏着一分苦涩。相聚，然后分开，都是对心灵的一次凌迟，对眼下那对小情侣如此，对将来的夏汐与沈家俊亦是如此。

近情，情怯。夏汐给颜笑打电话，语不成声地说："亲，我不想去了。我害怕见到他就再也舍不得离开他。我想回深圳。"

"你可以回来，但你肯定会后悔，而且我从此鄙视你。"颜笑无法理解夏汐的怯懦，就像她无法理解点球大战中的射手在临门起脚时当了逃兵，而放弃了绝佳的进球机会，因而怒其不争地斥责，"怕分别所以就不再见吗？人不能因为怕输就不争取胜利吧！如果你连这点勇气都不肯付出，那就别怪幸福不眷顾你。"

挨了颜笑的教训，夏汐喏喏地背上包，心猿意马地回到飞往长春的飞机上。

傍晚的龙嘉国际机场外，停云霭霭，时雨蒙蒙。沈家俊提前三小时赶到接机厅，殷切地频频踮脚，眼神直勾勾地凝望着电子屏上的航班信息。宽幅显示屏上跳出"抵达"字样时，沈家俊已陆续在门外垃圾箱旁边抽完了一包长白山。

手举着艳红胜火的玫瑰，口角挂着怒放的笑容，沈家俊准确地从人群中牵住夏汐的手，温柔地道了一声："你来了。"

"我来了。"夏汐巧笑，美目盼兮，贴近沈家俊的耳根轻声问，"喜欢这份生日礼物吗？"

十指交缠地上了的士，二人头顶着头，相互依偎着浅笑不语。车子在烟雨霏霏的黄昏中穿行，公路两旁的行道树妖娆地迎风摆动枝丫，轻舞飞扬的柳絮好似罗马神话中六月新娘婚礼上漫天飘洒的纸屑，美得如梦似幻。夏汐就在那一刻，爱上了长春，爱上了沈家俊所在的城池。

头枕在沈家俊肩膀上，夏汐仰面，眼如秋水眉若春山，痴痴地说："下雪了。"

"傻瓜，大夏天的哪里来的雪？那是柳絮。"

"我知道。它们下得好像雪绒花一样，所以是六月飞雪。"

"你是不是傻？"沈家俊眉眼含笑地嗔怪，指尖轻触夏汐的鼻尖。

"我不傻会爱上一个傻瓜吗？"

"嗯，你傻。我也傻。我们是一对傻瓜。"

7

沈家俊在南湖路上租了间跃层公寓，4米高的H形通顶落地窗，被改造成开放式餐厅。每天清晨，坐在仿古的田园风情餐桌前，喝一杯美式咖啡，伸手可以触摸到阳光。每天夜里，盘楼而上，倚窗枕在温软的榻榻米上，手可摘星辰。沈家俊去上班后，夏汐步行到巷子里的菜市场，与卖菜的婶子亲切交谈，学着辨认南方不曾见过的水萝卜，花皮豆角，粘豆包，虚心请教东北菜的烹调方法。回家淘了米，择了菜，炖上汤，夏汐打开沈家俊特意留给她的笔记本，上线与颜笑聊聊工作，谈谈心事。

颜笑问夏汐感觉如何，夏汐情词恳切地回答："挺好的。比想象中还要好。"

人在下决心做一件事情之前，总会有一个心理预判。而夏汐的勇敢，换取到高于预期的快乐。如同法国作家司汤达所描述的爱情七阶段，事隔一年，夏汐对沈家俊的情感，已从大火中初遇的惊叹，升级为“多么幸福”的赞叹。从花前月下延伸到耳鬓厮磨，他们不再满足于单纯的思念，而是强烈地渴望身心缠绕。夏汐爱极了这段水乳交融的时光，哪怕只是沈家俊在归来途中为她买了根涂满辣子的烤苞米，又或是看电影前从身后绕过一只手将色彩斑斓的彩虹雪糕端举到她眼前，信手拈来的生活细节，都令夏汐深信：再不会有比这更醉心的静好岁月了。

半个月后是夏汐28岁生日。沈家俊下了班，取了预订好的心形蛋糕，买了一束蓝色妖姬，揣着两张电影票回到伸手可触日月的公寓。

“最后一套情侣票被我抢到了。”沈家俊扬着手中的电影票，喜形于色地说，“你不是喜欢韩寒吗，我陪你看他的处女作。”

定睛看着票根上烫金的“后会无期”四个字，夏汐不安地轻皱眉头，心中掠过一丝惊悸。

马浩汉和江河驾车离开东极岛时，沈家俊接到家里电话，父亲在另一端悲痛地说：“你姑奶走了。沈家姓沈的就剩我俩了。你可得好好的。”

夏汐催沈家俊回家，他果断地摇头，泪光闪闪地咬牙说：“不行。我第一次给你过生日，怎么都得陪你看完。”

电影院内的哄笑声一浪高过一浪，夏汐的鼻腔却越来越酸楚。影片结尾，当马浩汉说出，“每一次告别最好用力一点。多说一句可能是最后一句，多看一眼可能是最后一眼”，夏汐再也止不住眼泪，牢牢地握住沈家俊的手，抽噎地说：“快回去吧，别让家里人等太久。”

走出新天地影城，夜空仿佛被谁粗暴地撕开了一个口子，毫无征兆地下起了倾盆暴雨。沈家俊坚持将夏汐送回公寓，这才转身再次冲进滂沱大雨里，夏汐追着冲进雨帘，再三叮嘱：“天气不好，今晚就住家里，别往回赶了。”

11点59分，沈家俊用钥匙拧开公寓大门，落汤鸡似的从头到脚淌着水，仰起湿答答的脸庞，温情脉脉地说："还差一分钟，还来得及跟你说声生日快乐。"

夏汐从榻榻米上一跃而起，赤足狂奔下楼，冲到沈家俊身前紧紧将他搂住，二人胸骨相连肋骨相牵硌得彼此生疼却舍不得放开对方。夏汐使出所有的力气试图将沈家俊搂进自己的身体，将二人搂成一个她又或者一个他，如此，便再没有什么能够将他们分开。

从葬礼上回来，沈家俊隐晦地透露出成家的渴望："我爸是单传，我又是独子，今天家里亲戚都劝，沈家可别到我这就断了香火。"

沈家俊曾与大学女友交往3年，毕业后女孩选择了更有利于她发展的公司领导。二人分手后，沈家俊处过几个对象，彼此都不大走心，故而结局都不了了之。原本被派去昆明出差的是沈家俊手下的业务员，那人不愿意离开已有身孕的媳妇，沈家俊便替人出征，于是在大火中，碰见了夏汐。

"我终于相信冥冥中一切自有安排。"含情脉脉地注视着夏汐，沈家俊一字一顿地说，"这一生能遇见你就不留遗憾了。有时候我甚至庆幸在爱情里浪荡过那些时光，所有的浪费和消磨，原来都是为了等你的出现。"

"可是我太心急了，我没有耐心草草地嫁错了人。"夏汐懊悔地叹气，因了沈家俊的出现，曾以为无悔的轻狂如今都成了她不堪回首的过往。

"对哦，如果咱俩结婚，我是头婚，你算二婚，那我吃亏了。"沈家俊无心的一句玩笑话，莫名戳中了夏汐的痛点，当下的良人悦语都叫她惊恐，生怕一个闪失，会惊醒轻如尘烟的幸福，似水的柔情就此烟消云散。

31岁的沈家俊如同一张纯白无瑕的宣纸，可以画山河也可以画花鸟。而28岁的夏汐却似一张弃之垃圾桶的旧作，那段丢盔弃甲的短暂婚姻，是她感情生活中一个抹不去的污点。

从医学的角度解析爱情的结果是：荷尔蒙决定一见钟情，肾上腺决定出不出手，自尊心决定谁先开口，多巴胺决定天长地久，命和现实决定谁先离开。而每一个人大脑内的多巴胺是有限量供应的，一辈子就那么点儿爱情激素，真心错付的次数多了，多巴胺便慢慢消耗殆尽。这也是颜笑调侃这或许是夏汐生命中最后一次爱情的缘由。

那天夜里，夏汐叹息不止。她遗憾没能将最好的自己，留给最对的沈家俊。任凭她改天换地，终究是配不上他的洁白无缺。那一夜，夏汐始终背对着沈家俊，而他强有力的臂膀，死死地从身后将她紧紧环绕。

次日，沈家俊叫夏汐不要买菜，说下了班带她去丁子户猪手世家补充胶原蛋白。夏汐如约赶到二道区亚泰超市门口，几米开外，沈家俊挽着一对夫妇朝她走来，掷地有声地介绍："爸，妈，这就是我跟你们提过好多次的夏汐。我对象。不，我未来的媳妇。"

沈家俊定是觉察到夏汐内心的不安，因而不容她有一丝防备，以这样的方式防止她逃跑，以实际行动印证他的承诺："我不介意你的过去，我只想拥有你的现在和未来。中国13亿人口，但我只要你。"

其乐融融的家宴过后，沈家俊母亲恳切地问夏汐："你家就你一个孩儿，你妈能愿意你留在长春不？"

"愿意。"夏汐点头如捣蒜，脱口而出，"我也愿意。"

"啊，那挺好。"二老放心地首肯，"那我们就放心了。"

沈家俊不声不响地朝夏汐飞来一个眼神，欣喜若狂。

二人牵手漫步在长春的母亲河边，沿岸灯火通明，将他们的脸庞映照得红光满面。沈家俊忍不住咯咯直笑："又是夹菜又是开饮料又是塞水果的，我爸我妈老稀罕你了。就没见过他们对谁那样过。对了，我妈喊你中秋一块过节。"

夏汐刚要答应，接起手机，陡然变了脸色。

撂了电话，沈家俊急切地问："咋的啦？"

"我魏叔病了。"夏汐咬唇，声轻如蚊，"我得赶回去，不能跟你们一起吃月饼了……"

第十章

突然好想你，突然锋利的回忆

L·O·V·E

1

母亲在电话里交代得并不详细，只说魏如海在晨练时摔了一跤，面部表情、身体机能和语言功能都受到了不同程度的影响，如今只能喂流食。一向报喜不报忧的母亲把病情说到这个份上，夏汐胸中有数，自然做好了心理准备。但见到魏如海的一霎，夏汐还是暗暗惊呼一声，胸口不由自主地一阵抽痛。

分别两个月，魏如海的头发白了一半，两只眼睛不对称地在鼻梁两侧高低不一地睁着，说话时左腮像有电流通过似的一阵阵地抽搐。夏汐唤了一声“魏叔”，魏如海吃力地点点头，咬字不清地回应：“小HI，辛苦，‘里’啦。”

母亲给魏如海喂了药片，他僵着口，颤颤微微地喝进一口水，忽然一阵剧烈的呛咳，刚服下的温水立刻从鼻孔中喷出，嘴角滑下一行黏液。母亲赶忙放下水杯为魏如海拍背，仓促间与夏汐交换一个眼神，夏汐心头一沉，不忍心地别过脸去，避开了魏如海的狼狈。

服侍魏如海入睡后，夏汐掩上门，难以置信地问母亲：“魏叔什么情况？怎么病得这么突然，这么严重？”

“都怪我太粗心。”母亲自责地呜咽，俯望地面吸了吸鼻子，难过得说不出话来。

几天前的早晨，母亲照例随魏如海到莲花山公园晨练。二人耍了套太极拳，母亲见天色尚好，便提议上山走走。二人拾级而上，魏如海突然脚底打滑失足滚下石阶，这一摔，就再没能自己站起来。魏如海被送往就近的北大医院，经过详细检查，被证实病灶是脑血栓。事实上，魏如海之前两次乏力摔倒半身麻痹都是脑血栓的前兆，但当时他急于给妻子买药给夏汐汇款而忽略了自己的身体，这才导致病情加重，脑内多处血栓堵塞。如今，魏如海已是脑血栓中期，除了神经受损，主管吞咽的肌肉瘫痪导致他吞咽困难，饮食需要格外小心。

母亲坐在床沿，拉着夏汐的手目光楚楚地望着女儿，痛心地说："都怪我对他关心不够，他摔过两次我都不知道，结果耽误了最佳治疗时间。人家医生说了，若不精心护理，后期怕会偏瘫甚至全瘫，记忆功能也会出现障碍。只怕到了那个时候，他不光是不能自理，连我是谁都记不得了……"

"别太悲观了，现代医学这么昌明，脑血栓又是常见的老年病，肯定会有办法打败它的。"夏汐轻拍母亲手背，哄小孩似的低声宽慰，心情却像投石入湖一般渐渐地潜了下去。如果不是那场大火，魏如海兴许不会跌那一跤，没准病情就不会发展这样迅速。但若不是那场大火，她和沈家俊也许就不会相遇，也就没有胜却人间无数的这段恋情。夏汐苦笑，不懂命运因何要摆布这样一盘棋，将她所爱的人与爱她的人，如此玩弄于股掌之间。

夏汐离开长春前，隐隐预感到这一去可能再难回来。沈家俊入睡后，夏汐悄悄起身，借着窗边荧水的星光，细细地从头到脚端详他，在脑海里记下他的轮廓。每眨一下眼睛，属于他们的时间便又流逝一秒。夏汐就这样彻夜不睡地痴望着沈家俊，用眼睛作刻刀将恬睡中的他雕刻进她心里，深深地刻进她的记忆里。

沈家俊起床前，夏汐溜进洗手间，偷摸地在他手机里留下一段录音，泣不成声地说："亲爱的，对不起，我真的真的好爱你。如果可以，我愿意用一切来交换留在你身边。可惜我必须离开。妈妈和魏叔对我恩重如山，我不能只顾自己幸福而抛下他们不管。我爱你，爱得不忍心耽误你，所以傻瓜，请你不要再傻傻地等我。我可能不会回来了。你说过可能是前世欠了我所以今生要忍受刻骨的思念等我，那么，这辈子就换我亏欠你吧。如果还有来生，我不会再跟别人纠缠，只一心一意地等你出现，然后用一生的时间偿还你。对不起，我爱你，我们分手吧。”

沈家俊曾经说过，对于相爱的人而言，失去音讯是最虐心的惩罚。因此，夏汐回到深圳后虽不接听他的电话不回复他的信息，却始终不忍心换号码或将沈家俊拉入黑名单。夏汐偏执地相信，只要保持线路畅通，自己就不算是从沈家俊的世界消失，而残留的最后一丝关联，足以令她确信数字相同的时间代表了他对自己深切的想念。

沈家俊听过录音后，疯狂地寻找夏汐。联系不上她，沈家俊便找到颜笑想听取她的意见。颜笑如实说出魏如海的病情，慎重表示：“我去看过魏叔，情况确实不太好，身边离不开人照顾。她妈妈身体也不太好，所以我估计短期内夏汐是不可能离开深圳了。”

“那我过去找她，你觉得成吗？”沈家俊刚毅果决地表示，“反正，我不同意分手。”

颜笑抿嘴微笑，长出一口气，暗自庆幸自己没有看错人，直截了当地说：“看过魏叔后，我问了夏汐一个问题。我问她有没有一个人可以让她死心塌地，不论发生什么状况，哪怕像魏叔一样无法自理甚至可能意识模糊四肢瘫痪都无法让她离开，她不假思索地说出了你的名字。既然你问我的意见，我必须诚实地告诉你。如果你不确定，我无法给你任何建议。但如果你足够坚定认准了她，我也只能告诉你：她值得你冒险。”

“我明白了。谢谢你。”沈家俊言简意赅地回应，说话间就已暗做决定。

呈交辞职报告后，沈家俊以最快的速度交接完工作，给夏汐发了条航班信息，一翅膀扎到了深圳。

再见面已是深秋，下午3点的阳光从千疮百孔的棚顶透进深圳新机场，一束一束地斜照在沈家俊脸上，形成一道道明媚的剪影。

“你怎么来了？”夏汐想笑，嘴角却不听话地弯成一座忧伤的桥，睫毛忽闪地明知故问。

“对啊，我来了。”沈家俊洒满阳光的脸上，挂着明晃晃的微笑，“我想我媳妇了，所以就来了。”

夏汐矜持地“哦”了一声，转眼已被沈家俊紧紧搂在怀中。依偎在他坚实的胸膛里，夏汐羞怯地问：“中秋节放了你爸妈鸽子，他们不怪我吧？”

“咋不怪呢？怨死你了。”望着惊弓之鸟一样的夏汐，沈家俊忍俊不禁地在她额头啄了一口，扬扬得意说，“他们不光怪你，还怪我。怪你太孝顺怪你太厚道怪你心里有事也不吱声，也怪我没早点过来跟你共同进退。”

“讨厌。”抛过去一个媚眼，夏汐抢过电话，向沈家俊爸妈报了平安，并感谢他们的理解，口角扬起甜滋滋的笑容许诺：“等这边情况稍微稳定一点了，我们一起回去看你们。”

岁月长，春衫薄，错过了一个中秋，日后还有若干个团圆佳节指日可待。

在那个当下，他们对此确信无疑。

2

从客户那开完方案会议出来的路上，颜笑没来由地问了夏汐一句：“你觉得吴广彬这个人怎么样？”

小猫一样竖起耳朵，目光敏锐地张望颜笑，夏汐狡黠地挑了挑眉反问：“什么情况？老实交代！”

和陈朝民闹掰后，吴广彬就成了公司外聘的御用摄影师。合作近4

年时间，所有甲方对吴广彬的出品都相当满意，颜笑也常在夏汐面前称赞："那家伙不错，有时尚触觉，审美有格调，能吃苦肯吃亏还不计较。"

男女之间长期扎堆在一起大多形成两种走向，要么相敬如宾，要么趣味相投。颜笑与吴广彬属于后者，二人时常因为工作吵得面红耳赤，转头又握手言和。曾经有一度，邓小池和夏汐各出50，打赌他们会否发展成情侣，可他俩不紧不慢地在工作中培养出了革命感情。几年下来，二人从开始互相尊称"颜总"和"吴大师"，演变成称兄道弟的"笑爷"与"彬少"，旁观者都觉得这俩没戏时，他俩却开始眉来眼去起了化学反应。

吴广彬是深圳的"移二代"，自幼跟着父母从沈阳移居深圳。父母早些年下海做生意赚了些钱，在楼市炽热之前投资了几套公寓，一面经营涂料生意，一面做起了租赁生意。尽管家境殷实衣食无虞，但吴广彬身上丝毫没有纨绔子弟的玩世不恭。大学毕业后，吴广彬没有听从父母的安排回家接管生意，而是拿着心爱的尼康单反，投身热爱的摄影事业。摄影师的工作时间长且不固定，拍摄路程偏远，成天背着近六七斤的器材包满城跑，时而爬梯登天，时而要下隧道在粉尘中作业，挣的辛苦钱大部分都砸到更新换代的镜头上去了。吴广彬从不叫苦也不哭穷，知道颜笑开公司不易，几年来接活从不跟她抬价格。

夏汐在长春那段时间，唯友传媒接了个宣传片的活，吴广彬请了导演架了机器找了化妆师拉来后期剪辑，前后折腾了一个星期将片子赶了出来，甲方却以片子没达到预期效果为由砍掉一半费用。颜笑最后收到的款项仅够支付第三方的人工，吴广彬便主动提出："片子不理想是我的责任，这次我就不收钱了。"不仅如此，吴广彬只代收了70%的人工费，说是导演等人给他打了个友情价，事后颜笑才知道，余下的30%，是吴广彬自己掏腰包垫付的，为的就是给她留点辛苦钱。

还有一次，公司接了个啤酒大赛的活动。原定的主持人因病无法上台，一时间找不到主持人，吴广彬自告奋勇地要来台本，临阵磨枪，一个人挑大梁将整场比赛撑了下来。替颜笑解了燃眉之急，还博得观众的满堂喝彩。活动结束后，颜笑要付他主持费，吴广彬却连连摆手，善解人意地说："就我这业余水平，拿了钱反而亏心。心意我领了，钱你留着吧，公司以后要用钱的地方还多着呢。"

二人关系突飞猛进地裂变是在一次突发状况中产生的。吴广彬为了替颜笑节约成本，拍摄一个楼盘宣传片时推荐了自己熟悉的制作班底。万事俱备只欠东风时，那股风力突然转了向，摆了他们一道。制作团队狮子大开口坐地起价，若依了他们，则颜笑辛苦攻克两个月的业务非但赚不到钱还要赔本倒贴，不答应又无法在合同期内将片子交给甲方。颜笑不知吴广彬最后使出什么样的杀手锏，结果就是她如期拿到了宣传片，并且按口头协议支付了原定的制作费，但吴广彬却确定和合作多年的制作班底闹翻了。事后颜笑问起是否后悔因为她失去一个团队，吴广彬只字不提对方的不是，只惋惜地表示可惜了那么多年的默契，半开玩笑说："江山与美人不可兼得嘛。"末了，吴广彬振振有词地说："做我女朋友吧。以后，有我在，看谁还敢欺负你。"

"这感情来得虽然不像你们那样惊心动魄，但也算是水到渠成。"颜笑难为情地说，"共事这么多年，相互之间也了解，他突然让我考虑能不能做他女朋友。我想了想，好像也没什么不可以的。"顿了顿，生怕夏汐提出异议似的，颜笑慌忙补充说明："我可不是随便就范啊，我是慎重考虑过的。其实他身上闪光点蛮多的，你也知道我一向挺欣赏他，只是从来没往那方面想过。人家既然提出来了，我一琢磨，觉得这样的男朋友真的可以有。"

"咳……"夏汐长吁一声，观察着颜笑紧张的神情暗自窃笑，故作惋惜地说，"你们怎么不早点凑对呢？白叫邓小池赚走我50块钱！"

"你到底觉得怎么样？"羞恼地白了夏汐一眼，见她一副没正形的模样，颜笑急得直跳脚，"他说跟家里人商量过了，他家正好有套公寓租约到期了，他爸妈说是要把房子收回来给我住，免我租金。"

"多好的公婆啊，还没进门呢，这么大个馅饼'咣当'一下就慷慨地砸在你脑袋上了，还犹豫什么？"夏汐笑得没心没肺的，摇头晃脑地取笑颜笑，“干脆，你们直接把房子装修一下，当新房得了。”

“还能不能愉快地谈心了？”颜笑轻推夏汐肩膀，睨着眼嘟嘴轻斥，“你到底怎么看？给个痛快话！”

“太可以了！”夏汐拢脚，挺直腰，正色反问，“当初是谁跟我说，不勇敢追求就别奢望幸福眷顾？丘比特都把天使送到你门口了，你还娇羞什么？”

“就不能是月老吗？”颜笑嗤笑回嘴，“我一传统中国女性，凭什么让外国神仙掌管我的姻缘？”

“哪国的说了都不算。”夏汐曲指握住颜笑的手掌，摆动出一条上弦弧，言之凿凿地说，“爱情啊，其实都在我们自己手里。”

“其实我主要是替你着想才考虑答应他的，”颜笑得了便宜还要讨乖，坏笑揶揄，“我搬走了，你的沈家俊才能住进来。总不能让他一直住‘如家’吧？”

“那你还是待着吧。反正彬少家里房子多，应该也不介意匀一套给沈家俊。”

“别，我还是撤吧。”下巴微弯，双颊绯红，颜笑羞赧地说，“那边地方大些，可以把我爸妈接过来。再说，我东西都打包好了。”

热火朝天地搬完家，两对情侣在香蜜湖的东北大院里大快朵颐。吴广彬与沈家俊亲切地说着东北话唠嗑，从摄影聊到网游，从动漫谈到时尚，从南北气候讲到饮食差异。夏汐和颜笑会心一笑，安静地观看口若悬河的二人，不时地交换一个欣悦的笑容。这一天，她们等了六年。回望来时路，清风明月有时，泥泞曲折有时，她们彼此支撑着对方跌跌撞撞走来，幸福终于在这一刻重叠，快乐的振动频率前所未有的达成一致。

酒至半酣，颜笑眯着眼睛，腮上飘浮着两朵红霞，满怀欣慰说：“喂，我越看越觉得你们俩有夫妻相，吴广彬，你说是不是？”

沈家俊大喜，视线舍不得从夏汐脸上移开，眉开眼笑道：“我媳妇儿比我好看多了。”

吴广彬也不甘人后,环手揽过颜笑,昂首挺胸地说:“那必须的。我媳妇儿也老俊了。”

被夸耀的两个女人唇角上扬,眼神越过身旁的男人,找到彼此,同时读懂了对方眼中闪烁的泪光。

夏汐的脚后跟叫新鞋磨破了皮。吃过饭,沈家俊替她粘上创可贴,仍是不放心,索性除下她的高跟鞋拎在手上,不由分说地背起夏汐下楼。见状,吴广彬也拦腰抱起颜笑,打趣说:“咱不羡慕,哥不差力气!”说罢,铿锵有力地迈着步子,“噔噔”地追赶上去。

道别时,颜笑在夏汐手腕处用力一握,一丝不苟地叮嘱:“亲,他真的很爱你。我能从他看你的眼神里看出来。这一次,你一定要握紧他。如果再有人敢来跟你抢,不许放手,真刀真枪地还击,别再让幸福从身边溜走了。”

“你也是,亲爱的。”眼窝一热,夏汐攥住颜笑,言轻意决地说,“记住,爱情不在别处,就在我们自己手里。”

3

病倒的魏如海完全变了一个人。校方体谅他们的境遇,给魏如海办了病退手续,并将夏岚多年未休的公休假一并清偿给她。退休前的几个月,夏岚继续领取岗位工资,人则留在家照料魏如海。要好的同事几次提出上门探望,夏岚刚要和他商量,魏如海激动地挥动巴掌拍打桌子,口沫横飞地摇头:“不要。不许看。”

刚从医院回来的那天清晨,魏如海被多年形成的生物钟自动叫醒,步履蹒跚地挪到阳台上，浑浊的目光呆滞地向下眺望。夏岚善意地建议他下楼走走，哪怕不锻炼，动动腿脚呼吸呼吸新鲜空气也有利于他的身体恢复。魏如海在夏岚的搀扶下，亦步亦趋地下了楼，见远处有人推车吆喝叫卖豆腐脑，夏岚将魏如海搀到紫荆树下的石凳上，俯耳叮咛："我去给你打碗豆花，你别乱跑，在这儿坐一会儿，等我回来。"

魏如海乖乖地坐在凳上，抻直双腿，除了半边脸上抽搐的肌肉外，一动也不动地望着广场上载歌载舞的人群。想到自己曾经也和他们一样活力四射，如今却像一抹残阳一样被挂在一边，魏如海心中一阵酸楚。

一个5岁大的孩子正兴高采烈地学习轮滑，初学的孩子把握不好方向和平衡，栽头栽脑地尖叫着朝魏如海的方向飞了过来。魏如海费力地收回腿，腿部神经却不听使唤，眼睁睁地看着1米高的孩子俯冲而来，被他不听话的腿肚子绊倒在地。翻倒在地的孩子放声大哭，家长闻声而至，黑着一张脸怒斥魏如海："有没有搞错？害我们孩子摔倒了都不扶一下？"

魏如海连忙摆摆手，面红如关公，哆哆嗦嗦地道歉："不，不好意思，我腿脚不方便。"

夏岚捧着豆腐脑踩着小碎步颠颠地跑来解围，替魏如海向孩子家人道歉，一面弯腰检查孩子是否受伤，出汗如雨地解释："孩子伤着没？对不住啊，真不是有心的。他刚出院，身上没力气。要不带孩子去医院检查一下，医药费我们出。"

瞟一眼风中枯枝似的魏如海，再三确认孩子安然后，家长不耐烦地打断夏岚，牵过孩子气势汹汹地说："有病就找人看着点啊。有病不在家待着，跑出来到处给人添乱。"

"您说的有道理，我不该离开的。实在抱歉。"为了息事宁人，人前一向不苟言笑的夏岚，好似挨了批评的坏学生一般，唯唯诺诺地应和着，以往的骄傲荡然无存。闯了祸的魏如海在一旁干着急，心里有话说不明白，想要愤然离去腿上又使不出劲。眼瞅着妻子因他挨训，自己却帮不上忙，魏如海心里阵阵发苦。

夏岚搀起魏如海，二人在众人或同情或木然或嫌弃的注目礼中，踉跄离去。回到家，魏如海气喘吁吁地宣布："我，是个废人。以后，不出门了。"

那以后，任凭母女俩怎么劝说，魏如海坚决不出门，也拒绝见任何人。有那么一两回，因为自己行动不便给母女俩增添麻烦后，魏如海羞惭地含混不清地吐字："我现在，不中用了。留在这儿只会给你们，增加负担。"无论母女俩如何宽慰安抚，魏如海依旧动了离开的念头。医生已经明确指出，这个病只能控制无法根治，而且随着年纪的增长，情况只会越来越糟糕。魏如海大半辈子都在照顾体弱多病的前妻中度过，深知照料一个病患的辛苦。老伴病逝后，魏如海原想发挥余热照顾夏岚母女俩，不料自己却成了她们的包袱。魏如海对眼下这个连出走都无能为力的自己感到悲愤，也为背负他这样一个沉重担子的母女俩感到深切的悲哀。

疾病没有完全击倒他，魏如海倒是先叫自怨自艾打垮了。

沈家俊来了三个月，母女俩做了好长时间的思想工作，魏如海这才同意跟夏汐的男朋友见上一面。尽管夏汐事先打过招呼，见到魏如海那一刻，沈家俊心里仍旧倒抽一口凉气。倒不是因为魏如海如同戴了顶针织帽似的灰白斑斑的头发，也不是因为他不时痉挛的面部表情，而是他那双不算苍老的眼睛里的一片死寂。魏如海与沈家俊的父亲同年，却俨然已是一根燃到尽头的风中残烛，从他死水一样的目光中，找不出一丝求生的气息。

开饭前，母亲问了问沈家俊的家庭情况，随口又问："那你现在做什么工作呢？"

"还在找。"沈家俊强颜微笑，轻蹙的眉头却出卖了他。夏汐连忙塞了个苹果到母亲手中，打岔说："排骨应该焖好了，开饭吧。"

母亲立刻领会到女儿的用意，用毛巾仔细替魏如海擦干净手，话锋一转："来来来，都上桌，先吃饭吧。"

经过这几年的千锤百炼，母亲待人处事温和了不少。沈家俊对女儿有过救命之恩，又肯为了她抛家舍业，母亲便对这个小伙子多了几分欣赏，少了几分挑剔，和颜悦色地邀请：“来，小沈，你挨着小汐坐吧。”

魏如海生病以来第一次和陌生人吃饭，既担心自己表现不得体有损母女俩的颜面，又担心自己吃相太怪异吓着沈家俊，于是魏如海拒绝夏岚喂饭，自己捏着勺抄着手横向舀起青菜瘦肉粥，战战兢兢地送到口中，小心翼翼地咽下。饶是这般谨慎，魏如海还是让小指甲盖大的肉末呛着了，涨红了脸咳得惊天动地。

母女俩又是揉胸抚背又是端水送毛巾，好一阵忙活后，魏如海涕液横飞地猛咳一声，“肇事者”从嗓子眼里喷出，像被摔在墙上的泥巴一样糊在沈家俊面前的红烧排骨上。沈家俊眼中闪过一丝惊讶，继而埋下头若无其事地扒饭，假装没有看见这一幕。夏岚两母女也泰然自若地继续吃饭，只是，那盘溅上稀粥和肉泥的红烧排骨，再也没有人动筷。

同桌吃饭的人越是安之若素，魏如海心里越局促不安。他就像那个愚蠢的皇帝，明明一丝不挂，身边的人哄骗他甚至夸奖他，没准心里却在暗自嘲笑他。魏如海心里特别不是滋味，他讨厌被怜悯被纵容，讨厌旁人粉饰太平，讨厌他们视而不见，但最让他厌恶的，还是力不从心的自己。

魏如海放下勺子，瑟瑟缩缩地撑着桌子起身，夏岚一把拉住他轻声问：“是要去洗手间吗？”

“我，不吃，了。”魏如海双唇抖动，身如摆柳，老泪纵横地说，“对不起，我给你们，丢人了。我毁了，这顿饭。”

无论母女俩怎样宽慰，魏如海就是不肯回到餐桌上。草草结束了并不愉快的晚餐，夏汐拉着沈家俊与母亲道别，轻叩那扇紧闭的房门对魏如海说：“魏叔，我们先回去了。改天再来看您。”

下了楼，沈家俊感慨万千：“结婚才两年就碰上这事，还能这么有耐心不离不弃的。你妈应该特爱魏叔。真的，你妈挺不容易的。”

“是不容易。见过白头偕老，不见恩爱如初。”夏汐长长地慨叹，夜色中仰鼻凝视沈家俊，意味深长地说，“我们能看见的和谐都是表面的，谁知道我妈为此吃了多少苦呢。两个人的相守，远没有想象中那么简单。”

长恨人心不如水，等闲平地起波澜。世间多少婚姻，厮守到终了，谈论爱已太奢侈，能凭借责任与恩情支撑到最后，足令人钦佩。

一波未平一波又起的生活，纵使你有一颗强大坚韧的心，可以经受种种措手不及的考验，但谁又能不知疲惫，永葆热忱呢？

4

生活像一位不怀好意的监考老师，不知疲倦地给人出着难题，然后冷眼退到一旁，看热闹似的袖手旁观。

辞职来深圳之前，沈家俊做好了从头再来的打算。但真的踏上求职之路后，他才发现事情没有想象中那么简单。31岁才被打回原形的沈家俊，就像一位马拉松选手，一旦离开了赛道，要回到起点重新出发又谈何容易？

深圳的人才市场早已被千军万马的90后攻陷，31岁的沈家俊在年龄上不具优势，原来在长春积累的人脉在这座陌生城市也发挥不了作用，加上语言不通，许多要求精通粤语和英语的岗位也对他无情地关上了大门。一心想在南方开辟新战场的沈家俊，每天信心满满地出门，夜夜铩羽而归。夏汐心疼他，便提议通过吴广彬的家人帮他找份对口的工作，可沈家俊却断然拒绝：“我找工作，凭什么找别人帮忙？你瞧不起我还是咋的？我在长春从业务员做到业务经理都没求过人，到了深圳我就不能自食其力了?”

可运气和骨气往往是两回事,沈家俊越想为自己争口气,运气越不待见他。网上找工作遇到两回骗子后,沈家俊又在人才市场游荡了3个月,可很少得到二次面试的机会,好不容易应聘上一家药业公司的业务员,进去第一天就被要求支付13000的加盟费。垂头丧气地回来把情况一说,夏汐头摇得跟拨浪鼓一样:“什么加盟? 不就是变向传销吗? 你可千万不能去。”

“这不能那不能的,那你说,我能去哪儿?”沈家俊心里比谁都明白实际情况,早已打定主意不交那冤枉钱,可夏汐斩钉截铁的否定还是令他心里极不是滋味。一百多天来,他被太多人拒绝过,听过太多的“不可以”,如今连他最亲近的人也不留情面的否决他,自尊心严重受创的沈家俊实在摆不出好脸色,皱眉撇嘴说:“那你给我指条明路吧。说个我能去的地方。”

“找份好工作就跟中彩票一样,得靠天时地利人和。”碰过几回钉子,夏汐也不敢再提议请人帮忙,拐弯抹角地安慰沈家俊,“反正咱不愁吃不愁穿,找工作不就跟玩似的。别太着急,慢慢来,总会找到的。”

“你当然不急。光吃饭不干活的又不是你。”沈家俊面露愠色,心里翻腾着复杂的情绪。虽说自己在长春时是个业务经理,但内地的工资水平到底撑不上特区的消费水平。加上沈家俊爱交朋友,平日里经常呼朋引伴请客吃饭本就没攒下几个钱。来深圳之前,沈家俊就提了2万现金,余下的存款都留给了父母。到深圳这几个月,起初沈家俊总是抢着付账,渐渐却不得不从收银台前面退到了门边。夏汐不以为意,却不知,这是由主动变被动的困窘,是对男人自信的一种消磨。

深爱的女人看不见他被磨损的骄傲,沈家俊叹了口气,眉头深锁地冒出一句:“我下楼走走。电话不带了,一个人静静。”

颓唐地坐在马路牙子上抽了两根烟,反思后的沈家俊懊恼自己对夏汐说话的语气过重,信步走进百果园,问了句:“澳洲杧果多少钱?”

“14。”满脸青春痘的潮州男孩操着一口平仄难辨的广普话回了一句。沈家俊叫对方挑了个色泽最香艳的杧果打了秤，男孩问："要'脏'袋'几'吗？"

"什么？"

"要不要袋'几'？"男孩捻动手边的塑料袋，沈家俊才反应过来，低声问："拿一个。一共多少钱？"

"加袋'几'87块2。"

"多少？"沈家俊挑眉，吃惊地看着男孩，"一个杧果6斤多？"

"两斤一两啦。"男孩也流露出不解的眼神。

"14一斤，两斤不应该是30多吗？"

"是'嘶嘶'不是'嘶嘶'。"男孩正经八百地强调了一遍，丝毫听不出个中差别。沈家俊接过男孩递过来的标签，这才弄明白"40"不是"14"。低头翻了翻钱包，除了一张50元的整钞，只能再凑出7块钱。沈家俊悻悻然地摆手说："不好意思，听错了。那先不买了。"

男孩没说什么，从袋子中掏出杧果放回货架上，闷声瞥了他一眼。

就那一个眼神，让沈家俊感觉自己受到了冒犯。

"孙子！跟这晒脸呢？身为中国人，连四和十都说不清楚，你得意什么呀？"

到底是年少轻狂，嘴上没个把门的，男孩不甘示弱地回了一句，国骂还没出口，身体已被沈家俊揪到跟前，二话不说照着他心窝就是一记直勾拳。两个男人之间的斗争还没升级成斗殴就被旁人劝阻了，在店长的要求下，男孩极不情愿地道了歉，沈家俊冷哼一声拒绝和解，一脸铁青地拂袖而去。

衣衫不整地徘徊在公寓楼下，沈家俊觉得自己窝囊透了。沈家俊觉得自己败给了那个满脸青春痘的毛头小子，因为他最终还是空手而归。沈家俊心中清楚，真正刺痛他的不是男孩的言语和眼神，而是他羞涩的钱包。那个为夏汐和她的朋友送帮助送温暖请客置衣甚至用一天房钱换她们睡个午觉的沈家俊大势已去，如今的他，落魄得连给夏汐买一个杧果的钱都掏不出来。枉说给她幸福，纯属扯淡！

路灯井然有序地亮了起来，与鳞次栉比的霓虹灯相互辉映，繁华如昼。钱包里最后一张整钞被沈家俊攥成汗涔涔的纸团，沈家俊将那个浸满他手汗的纸团掷到烟酒店的柜台上，倒出所有的硬币，用全副身家换了两包芙蓉王。握着烟，沈家俊轻轻摇头，苦笑着想起初到深圳时曾跟家里的哥们儿打趣说："特区就是不一样啊，人卖水果的都抽芙蓉王。咱才抽10块钱的长白山。"

"看看你这尿样！"沈家俊点燃一根芙蓉王，对自己冷嘲热讽说道，"装什么大爷？人说得对。在家呼风唤雨都不好使，在深圳，你狗屁不是！"

此一时彼一时。于熊熊烈火中拯救夏汐的英雄已成历史。眼前这个混得不如果贩的沈家俊，连自己都瞧不上自己。

星月都隐没在厚厚的云层里，沈家俊满身烟草味地回到公寓，夏汐飞身扑上来挂在他脖项间，泪水涟涟地哭骂："你跑哪儿去了？电话又不带，人又不回来。我都急死了。"

"怕什么？我还能去哪儿？"沈家俊撇嘴苦笑。他们都清楚，接近2000平方公里的深圳，除了这30平方米的弹丸之地，他根本无路可去。

"我以为你出什么事了。"夏汐眼睛红肿地啜泣，轻声嗫嚅，"我以为你丢了。以为你不要我了。以为你不打算回来了。"

"你是不是傻？"无奈地摆了摆头，手指穿过夏汐柔软的细发，低眉浅吻那张楚楚可怜的面庞，沈家俊痛心疾首地说，"我不远千里跑来，不就是为了要你吗？不过，"一个念头闪过，沈家俊沉吟片刻，小心翼翼地试探："万一，我是说万一。如果你真的找不到我了呢？"

"那我就哪儿也不去，就在这里等你回来。"

"你就那么确信我会回来？"

"不确定。但我还是会一直等下去。"捧住沈家俊两腮，眼泪汪汪的目光穿透他的瞳孔，夏汐坚定地说，"沈家俊你听清楚，不管你回不回来，我都会永远在这里等你。你来，我等你。你一去不回，我也等你。我已经把所有的勇气和力气都用来爱你了。除了你，我不可能再爱上谁了。"

5

“男人太要强也不是什么好事。他每天早晨吃一海碗面条就出去找工作，外面颠一天，连瓶水都舍不得买。找工作不让我插手，我心疼他，偷偷往他钱包里塞钱，被发现了，还吹胡子瞪眼睛地把我修理一番。”夏汐板着脸，斜靠在沙发扶手上，向颜笑大吐苦水。吴广彬搬了张椅子坐在落地窗边，聚精会神地看书，猛然一抬头看着夏汐，道貌凛然地说：“男人的痛你们不懂。伤了他的尊严比要他命还严重。我倒是有个建议，不如我直接跟他谈。我就说我爸妈公司里缺人，那这事就成了我们请他帮忙，而不是他有求于我们了。这样，他面子上也过得去。”

“你爸妈那边真缺人吗？”喜出望外之余，夏汐不放心地说，“你可别为了帮我们让老人家为难。”

“前不久确实走了个分区经理。他之前虽然没接触过涂料生意，但熟悉一段时间上手也快。不过，”吴广彬稍作停顿，颔首沉吟道，“你也知道，做销售的收入主要靠提成。这么的，我跟家里人打声招呼，试用期就免了，直接签用工合同。别人底薪3000，我们给他开4000，你看成吗？”

“那不成。你已经帮我们大忙了，不能让你太为难。”夏汐侧腮沉思，良久，琢磨出一条既不损害吴家利益又能顾及沈家俊颜面的两全之策，“你看这样行不行。合同上底薪写4500，我再跟你私下签一份契约，多出来的1500，我每月定期转给你们。”

“那成。回头跟家里人商量好，我自己联系他。”

"彬少，谢谢你啊。"悬在心口一百多天的石头眼看就要落地了，夏汐感恩地点头微笑，"这事再不解决，我都要叫家里的低气压弄窒息了。"

"谢啥？"吴广彬挑眉，狡黠地冲颜笑嬉笑说，"你是我媳妇儿的好姐妹，就等于是我姐妹。一家人，还说两家话？"

"别占我便宜。谁答应做你媳妇儿了！"颜笑佯嗔，眼尾却似吊灯扶桑一般微微垂下，笑靥如花。

越过了女人那层关系，沈家俊对自己无能的鄙视便打了折扣，加上吴广彬反客为主的谈话技巧，两个男人之间的倾谈比预期中进行得还要顺利。

电话接通后，吴广彬开门见山地打开话匣："哥们儿，有一事儿，你必须得帮忙。"沈家俊对自己不懂粤语稍微表现出疑虑，吴广彬立刻打消了他的顾虑，"现在是信息时代，早就不流行酒桌上谈生意了。你只要会打字会发微信和邮件，就没有谈不成的事。"

办好了入职手续，沈家俊主动开口找夏汐借钱："新人报到，总要请大伙吃顿饭联络一下感情。这1000算你借我的，发了工资我就还你。"

夏汐"噌"一下跳下床，光着脚丫直奔钱夹，抽出一沓粉票子，欣喜若狂地捧到沈家俊眼前，笑吟吟地说："拿好。不够我还有。只要你不跟我客套，钞票大大的有。"

"我也想通了。"沈家俊被夏汐逗乐了，轻掐她脸蛋含笑说，"广彬说得对，咱俩还要过一辈子呢，谁没有个高低起落呀。来日方长，我今天欠你的，将来努力加倍奉还呗。"

"早这么想就不用天天饿肚子了。"夏汐噘嘴嗔笑，眼眶却湿润了，"傻瓜，骄傲又不能当饭吃。只要你好好的，就是对我最好的回报了。"

"是啊。骄傲又不能当饭吃。"横腰抱起夏汐，拿她当西瓜一样俯头照着她平滑的脸胡啃一气，沈家俊"咯咯"地与夏汐笑闹，心想：傻瓜，骄傲和你之间，我宁可选择你。

事业是男人的脸面，经济基础则是男人的底气。有了体面的工作和稳定的收入,笑容又回到了沈家俊脸上。囊中不再羞涩,沈家俊开始蚂蚁搬家似的添置物品。隔三差五的,沈家俊拎回两套大力水手的情侣睡衣,没过两天又将二人的毛巾换成了带浴巾的家庭装,等夏汐有了觉察时,家里的碗筷水杯拖鞋等用品都已变成了对碗对杯情侣拖鞋。

“原来那些东西都没用多久,不差钱也不带这么浪费的。”

“怎么能叫浪费呢?我都送给清洁阿姨了。”面对夏汐的责备,沈家俊不以为然地挤眼,俨然男当家似的宣告主权,“以前那个叫屋子。现在这样才叫家。”

“弄几样成双成对的日用品就叫家了?幼稚。”夏汐皱鼻,眼角却笑出了细纹,神色温和,语气轻柔。

“嗯哪。我就是要让所有人都知道你是我的女人,咋的?”

“傻样。”夏汐笑倒在沈家俊怀里,发出幸福的呢喃,“记住你自己说的话啊。我拿手机给你录下来了,省得你将来赖账。”

二人如浸蜜罐似的腻歪了半年光景,沈家俊旧时的属下带着妻女到深圳旅游,提了篮水果登门拜访。除了感谢沈家俊当初替自己出差遇火险外,还答谢他留给自己的客户资源令他升了职。

闲谈间,老同事问沈家俊:“在这边挺好的?真不打算回长春了?”

“还行吧。”沈家俊瞄一眼夏汐,会心一笑,“回不回去得看我媳妇儿。她在哪儿我就上哪儿。”

“这房子不错啊。”老同事的妻子四下打量一番,真真切切地赞叹,“我们刚才在楼下还以为走错道了呢。大堂金碧辉煌的,整得跟酒店一样。”

“就是酒店式公寓。现在都流行这个。”

“你俩租的还是买的?这房子不能便宜吧?”

见沈家俊面色一沉,夏汐赶紧接过话茬,闪烁其词道:“家里帮忙交的首期,我俩一块供。”

“哦。那你现在做啥工作?”主人家的眼色也抑制不住来访者胸膛里那颗八卦的心,女人搂着孩子望着夏汐,好奇地打听。

“跟朋友合伙开了间传媒公司。”夏汐勉强地提了提嘴角，体谅地伸手握住沈家俊，耸肩说道，“公司没几个人，活也不多，瞎混呗。”

“那真不错。兄弟，你不亏呀。替我出趟差，回来就捡到宝了。”老同事一巴掌拍在自己大腿根上，似笑非笑地看一眼沈家俊，羡慕的眼神中闪过一丝难以言明的嘲弄。

沈家俊不接腔，方才还晴空万里的脸上，徐徐地飘过一层乌云……

6

许久未联系的学姐再次在QQ上找到夏汐，欲言又止地说：“欧阳昊离婚了，听说了吗？”

夏汐云淡风轻地回了句没有，这才意识到自己取消邮件提醒功能后，已许久不曾登陆那个名为“欧阳夏汐”的邮箱了。

“你想知道他的近况吗？”学姐像擂台上的拳击选手似的，小心翼翼地出拳刺探。夏汐认真地想了想，轻描淡写地回答说：“不必了。”

学姐沉默了好一阵，思疑着到底是何原因叫夏汐对初恋置若罔闻。夏汐三思后，明白到学姐是带着任务而来，于是由衷地补充一句：“其实，他过得好与坏，已与我无关。相识一场，愿他安好吧。”

欧阳昊和谭雪并没有因为夏汐的成全而珍惜彼此，随着二人接触的深入，暴发的矛盾也在升级。赶跑了情敌，谭雪真实的性情也渐渐浮出水面。时间一长，欧阳昊便开始怀念夏汐的真实。欧阳昊就像一个喝腻了泉水的人，一不留神迷恋上色泽香艳的饮料，待发现靠添加剂催生的香甜都是掺假的化学产品后，这才悔不当初开始怀念山泉水的清甜。

“他现在状态挺不好的。”尽管夏汐表示不感兴趣，学姐仍喋喋不休地为自己多年的老友争取一线生机，“离了婚，辞了职，还有一家老小要养。唉，我们都说他当年太糊涂铸成大错，不过，他也遭到报应了……”

“姐，其实，真没必要跟我汇报他的情况。”想象着欧阳昊那些年的寥落，胸腔里像有数只仰腹的蜈蚣，百爪挠心搔得夏汐难过不已。眉峰拧成两条蚯蚓，夏汐谨慎地敲打键盘，尽量用事不关己的口气写道，“除了表示遗憾，我真的没什么想说的。毕竟，一切都是他自己的选择。我要结婚了。我也有我的人生。我希望这是最后一次听你说起他。”

“你要结婚啦？”师姐惊诧地发来几个震惊的表情，怏怏不乐道，“好可惜。昊子一直牵挂着你，还让我帮忙要你的电话……”

夏汐不再回应，直接将师姐拖进了黑名单。

如风往事就让它随风飘散吧。毕竟，此刻牵动着夏汐喜怒哀乐的，与她的幸福息息相关的人，叫沈家俊。

那天晚上，夏汐加急订了个心形蛋糕，在客厅地板上排出一圈心形蜡烛，猩红色的玫瑰花瓣从入口处铺到客厅中央，“红毯”尽头的蛋糕上，巧克力做成的告白板上醒目地写着：“沈家俊，我们结婚吧。”

“你是不是傻？”沈家俊那一天拜访了三家客户，回到家时已是月上柳梢头，喊了几声不见夏汐应门，一身臭汗走进灰暗的屋子，打开灯，随即被一地血红吓得心肝直颤。被找到时，躲藏在衣柜里的夏汐已困得眼皮直打架，沈家俊将她抱了出来，聚精会神地凝视她良久，啼笑皆非问：“外面蜡泪都淌一地了，你还搁这儿猫着。万一着火了怎么办？”

“我不怕。反正你会救我的。”扬扬自得地扬起下巴，想起两年前的那场大火，夏汐双眼迷离，朱唇微启，勾勾食指和沈家俊咬耳说，“救人救到底，你娶了我吧。”

轻托着她的腰放下夏汐，沈家俊偏头侧目，坏笑挑衅：“你让我娶我就娶，多没面子。”

“骗子！你是不是想沈家绝后？信不信我打电话告诉你爸妈？”

“打呀。有种你就打。”沈家俊顺手摸进裤子口袋，夏汐以为他真要掏手机，笑着跑开，却被他一把捞了回来。从裤兜里抽出一个精巧的首饰盒，双手勾住夏汐脖子，沈家俊挤眉弄眼地示意她打开。夏汐乐不可支地抢下盒子掀开盖子，旋即变了脸色。

“傻子。”沈家俊轻嗔，兀自取出盒子中天蓝色的“海洋之心”项链，温柔地套在夏汐项间，“这个呢，代表我的心。项链是银的，东北话说这叫‘留人（银）’。你当我真不知道今天是两周年啊？我这就用我的心留住你。”

“我又不是牛，套个环就想留住我？”夏汐撇嘴，大失所望地嘟哝。沈家俊笑得更欢了，搂着夏汐“叽叽咯咯”狂笑不已：“傻子，结婚不得要户口本吗？我早晨已经给家里打电话让他们快递过来了。”

“切，谁稀罕？”倔强地昂着下巴，夏汐找到手机，迅速拨通颜笑电话，难掩心中喜悦地狂笑不已，“亲爱的，我要结婚了！啊？你要亲自恭喜他呀？等着。”

夏汐转过身，沈家俊推开她手中的电话，英挺的脸庞宛若一株熟透的果树，低眉顺眼地压了下来。夏汐双唇微张，与沈家俊火烫的唇，紧紧缠绕在一起。

7

春寒料峭，夏岚不慎着了凉，服侍魏如海吃完早餐，又昏昏沉沉地睡了个回笼觉。魏如海被肿胀的膀胱憋醒了，看了看鼾声悠扬的妻子，不忍叫醒她，自己扶着墙根颤颤巍巍地进了洗手间。

蹒跚地来到马桶前，魏如海猫腰掀起马桶盖，大脑忽然一阵晕眩，眼前一片花白。努力稳定住战栗的身子，定睛望着宽阔的U形洞口，魏如海晃晃悠悠地解开裤子，还没来得及发力，一股热浪袭来，琥珀色的尿液顺着他的大腿根汩汩而下。喉咙发出一阵悲鸣似的呜咽，魏如海又羞又恼地拍打不听使唤的身体，伸手够来卷纸，瑟瑟的五指如风中飞叶似的，悲愤地揩擦琥珀色的细流。魏如海一手扶着墙，颤动着弯下腰，试图拂去叫他羞愧的失禁的痕迹，不料脚跟一崴，身体失了重心，随即滑倒在地，半张脸朝下，一头栽在那摊黄渍里。

轰然倒地的声响惊醒了夏岚，救护车赶到时，魏如海的身体已动弹不得，舌头上翻无法拼凑成完整的字句，只是瞪着眼珠绽着青筋，徒劳地“咿呀”喊叫。

这一摔，魏如海的病情又加重了。CT结果显示，魏如海脑中的血栓面积已占大脑的三分之一，而且主要影响了他的中枢神经，视力与语言神经都受到影响。药物作用下，魏如海渐渐恢复了意识。苏醒后的魏如海开始拒绝进食，几次挣扎着想拔掉手背上的输液管，却又无力地垂下手臂。夏岚一靠近，魏如海便涕泪横飞地悲号。医生说脑血栓发病状态会引起肝气不舒，导致病患情绪异常，并建议除了做针灸治疗外，适当地让魏如海服用一些抗抑郁的药。听医生这样一讲，再看见魏如海一脸的悲怆，夏岚揉了揉泛红的眼眶，心酸不已。

“他是个顶乐观顽强的人，老婆去世都没有打垮他，这个病却把他折磨成这副模样。”夏岚端着魏如海拒绝食用的稀粥，欲哭无泪地望着女儿，“我知道他是真不想活了。不是受不了这病，是受不了自己这样拖累我。”

夏汐抱住母亲，哄孩子入睡似的轻抚她后背，喃喃细语道：“我明白，我都明白。放心吧妈，别担心，会好起来的。”

夏汐从母亲手中接过粥，咬紧牙关，听任那动物一样的吼叫声从魏如海胸腔中发出，在她耳边呼啸。夏汐拉过椅子，捧起粥坐在床头，眼神温柔似溪水，声轻如蚊地央求：“魏叔，我要结婚了。你不赶快好起来，谁给我当证婚人呢？你看看我妈，她现在就指着你活了。你不好好吃饭，她也茶饭不思，要是连她也病倒了，我可怎么办？医生说了，只要你保持心情开朗，配合治疗，不出半年，准保能像大小伙一样活蹦乱跳。你不是总说特别遗憾没有孩子吗？那你更得赶紧好起来，回头我生个大胖小子给你玩。”

魏如海虽然固执地不张口，但眼中的惊惧渐渐散开，面部呆滞的表情也略为柔和了。夏汐舀起一勺粥，放到嘴边吹了吹，楚楚动情地伸了过去：“听话，把身体养好了替我主持婚礼帮我带外孙，还有大好的日子等着我们呢，这家里可不能没有你。”

迟缓地转动着眼珠，两行老泪跌出眼角，魏如海双唇翕动地微微张开了嘴……

往常到了发薪日，沈家俊总是兴高采烈地叫上吴广彬和颜笑，请大家胡吃海喝狠撮一顿。这一天，沈家俊却反常地早早回到家，脸上阴云密布。夏汐不解地问：“怎么了？今天还上外边吃吗？要我给他俩打电话不？”

“你过来，我有话问你。”沈家俊牛头不对马嘴地接了一句，神色凝重。

“这到底是咋的啦？”夏汐顺从地在他身边坐下，侧着脸怯生生地望着沈家俊，心里被一层不明来历的阴影笼罩着。

“你觉得幸福吗？”

“幸福啊。”夏汐俏皮地吐着舌头，一只手轻搭在他肩头，照着他的腮帮子猛啄一口，挤眼打趣，“跟你在一起，我都快叫幸福淹死了。”

“你觉得我能给你幸福吗？”沈家俊丝毫不受影响，蹙眉望着夏汐，情绪依旧消沉。

“咋不能？太能了。每天能看见你就是我最大的幸福了。”

“所以你要用钱收买，让我留在你身边？”

“你啥意思？”像是有人从身后猛地提起她的脖领似的，夏汐打了个寒噤，心头一紧，无端变了脸色。

这一日，几个业务员在茶水间讨论自己的业绩和奖金，沈家俊虽不掺和，却也留神地侧耳旁听。听到别人的业务量和提成，沈家俊默默地做了道心算题，惊讶地发现自己业绩不如人反而挣得比别人多。知道其中定有猫腻，沈家俊跑上楼顶找了个没人的角落给吴广彬打了个电话。

纸迟早是包不住火的。既然沈家俊直言不讳地提出疑问，吴广彬也觉得没有必要再隐瞒，于是一五一十地将夏汐的担心和底薪的奥秘告诉了他。末了，吴广彬诚挚地说："都是哥们儿，一家人我就不说两家话了。夏汐也是心疼你，太爱你太在意你的感受，所以才想出这么个招来。我也是男人，我懂你的感受，但我觉得吧，这事要是说穿了，大家都下不来台。她这方法确实有点笨，但初心绝对是善意的。要不你就当作不知情，反正结了婚财产是共同的，谁的钱不重要，重要的是你们过得幸福。你说呢？"

沈家俊嘴上说会好好考虑吴广彬的建议，但回来这一路，心里却是巨浪滔滔，百感交集。正是因为理解夏汐的用心良苦，沈家俊心里才五味杂陈。他既不能责备夏汐用这样婉转的方式保护他的自尊心，也不能怪罪几个知情者联手将他蒙在鼓里。沈家俊唯一能责怪的人就是能力不足的自己，一个连那点可怜的尊严都需要自己的女人绞尽脑汁去呵护的男人。

"也不知道我哪里来的信心，那么狂妄地要让你幸福。"从钱包中掏出所有的票子放在面前的茶几上，沈家俊颓丧地垂着头，心灰意冷道，"我还以为自己多牛逼呢。如果没有你，我连份像样的工作都找不到，估计早就喝西北风了，拿什么给你幸福？"

"可我现在很幸福啊，亲爱的。"夏汐娇嗔地凑上前去，甜蜜的亲吻雨点一般落在沈家俊的额头，眉骨，鼻尖，面颊和柔软的唇上，心虚地解释，"我不是故意要骗你的。我真的不在乎你挣多少钱。我爱的是你，不是你的钱包。只要能跟你在一起，我就很幸福了。"

“可是我在乎。”懊丧地闭上眼睛，任凭她的吻雨点一样砸在他脸上，沈家俊愁眉苦脸地轻叹，“我想让你幸福。凭我自己的能力让你过上好日子。而不是给你弄虚作假的小快乐。”

“我不要大幸福，我只要小快乐。”说话间，夏汐双手一前一后地拦腰穿过沈家俊的身体，轻咬他耳垂，动情地说，“亲爱的，我爱你。对不起嘛，不要生我气，不要离开我！”

8

尽管夏汐和吴广彬再三承诺不再对他有所隐瞒，并将底薪下调至常规水平，沈家俊仍毅然辞职，谢绝了他们的好意。

“我说过要养你的。”沈家俊正襟危坐对夏汐说，“哪怕能力再不济，我也要名副其实地养你。只要你不介意跟我一起吃糠咽菜，我保证，每一粒谷糠每一口野菜，都是我凭真本事挣回来的。”

那是东河大火后的第二天，还未收到邮政汇款时夏汐愁眉不展地问颜笑：“万一收不到钱怎么办呐？电话、证件、银行卡什么都没了，我们怎么活？”

“没事，实在不行跟哥混，哥养你。”这是当时沈家俊随口说的玩笑话，谁都没放在心上，他自己却当了真。

沈家俊从床底的鞋盒里取出私藏的8000块钱，如数交给夏汐：“这是之前攒着给你买戒指的钱，里面掺了你给我垫的工资，你都拿走吧。”温柔似水地拥着夏汐，沈家俊一字一顿地说：“我要用戒指套牢你一辈子的，戒指代表了我的诚意和对你的爱，必须通过我自己的努力挣来的，我才能心安理得地给你套上。”

夏汐点头如捣蒜，依偎在沈家俊胸前，垂着眼，笑着笑着就哭成了泪人。

沈家俊刚到深圳那会儿，长春开鞋店的朋友曾游说他搭伙做生意。开鞋店的朋友在五马路鞋城里租了个店面，因为斜对着新天地购物广场，因此店里的人流络绎不绝。鞋城里的货源大多来自江浙或广东，老板自己是温州人，正愁找不到广东货源，因此提议沈家俊跟他联手卖鞋子。

夏汐在长春时，跟沈家俊一起逛过鞋城，见识过卖鞋的辛苦。春雨连绵的清晨4点，天都还没亮，鞋城的生意人已经冒着雨上货运站提货了。一件鞋子12双，他们一趟要拉上百件货。为了防止鞋子被雨水打湿，谁都顾不上自己打伞，而是抓紧板车两头的防水布，推着满谷满坑的鞋子，吭哧吭哧地蹚在水中，听任汗水混着雨水从头到脚哗哗流淌。

夏汐是亲眼见识过个中辛苦的，加上沈家俊在深圳人生地不熟，语言又不通，当初夏汐既体恤沈家俊，担心他受累又怕他吃亏，因此坚决反对他贩鞋。底薪风波平息后，沈家俊再次提出：“我想来想去，与其让别人挑肥拣瘦嫌我不会鸟语嫌我没有资源，真就不如自己干。我在深圳也待一年了，好多地方我都熟悉，广东话虽然说不了，大概也能听懂六七分。我朋友说了，本金都不用我出，他给垫。我就负责找货源，拍照片给他看，定下来我在这边发货，他在那边卖，按销量给我提成。只要我眼光够好，赚钱没问题。就是这职业说出去没那么光鲜，怕给你丢人。”

“凭本事吃饭，丢啥人？”夏汐撇嘴，睫毛忽闪地闷声说，“我才不嫌你丢人呢。我是心疼你身体，做买卖太累。”

“赚钱养媳妇儿累啥？”沈家俊挑眉，知道夏汐这就算是应承了，眉开眼笑地说，“等着吧，很快我就能给你挣到一枚钻戒，完事我们就结婚。”

为了尽早实现目标，沈家俊起早贪黑，来回奔忙于外贸鞋批发市场和货运站之间。两个月工夫,沈家俊瘦了8斤,原本白净的脸也晒成一颗沧桑的老蜜蜡,橘黑中透着酱红。夏汐怜爱地嘱咐他悠着点身体,沈家俊拉出鞋盒举着新旧不一的粉色钞票,抚掌大笑说:"瞧见没?谷糠野菜会有的,钻戒也很快会有的。"末了,沈家俊还有模有样地模仿批发市场里的潮汕人,操着蹩脚的闽南话,摇头晃脑地哼唱:"三分天注定,七分爱打拼,爱拼才会赢。"

这天早上,夏汐坐在电脑前,右眼皮没来由地狂跳不止。

夏汐神色紧张地问颜笑:"亲,你听说过那个民间说法吗?左眼跳财右眼跳灾,还是右眼跳财左眼跳灾?"

"好像是第一个吧。"颜笑从笔记本屏幕后探出脑袋,好奇地问,"怎么?你是哪边眼皮跳?"

"右眼。"说话间,不仅右边上眼皮抽搐,就连右眼的下眼睑也跟着痉挛。夏汐心头一沉,不明所以的钝痛渐渐从胸口向全身蔓延。毫无来由的惊慌好像一只多手多足的妖怪,张牙舞爪地将她攫住,夏汐心惊肉跳地拨打沈家俊的电话,一面救助颜笑:"眼皮跳得太厉害,怎么破?"

"贴红纸试试。老家的老人都这么干。"

二人翻箱倒柜也找不到红纸,夏汐灵机一动,剪下一块创可贴,用红笔将它涂满,"叭唧"一下贴到自己右眼皮处。

颜笑侧目瞄了夏汐一眼,"扑哧"一下笑倒在电脑前:"我再给你弄道鬼画符贴脑门上,你就可以去演僵尸了。"

"大清早的说什么僵尸,多不吉利!"夏汐轻斥,光火莫名。

10点刚过一会儿,夏汐终于听见沈家俊的声音,一颗吊在嗓子眼的心,这才安然落了地。

"媳妇儿,你找我有事啊?"

"没事,就是突然眼皮跳,有点担心你。"

"别担心,我一会儿就回去。给你准备了一个惊喜,你早点回家啊。"

"嗯哪。"

“媳妇儿，”挂线之前，沈家俊突然叫住夏汐，情深似海地说，“我爱你。”

“我也爱你。”夏汐抱着手机，依旧挥不散心中的忐忑，不安地叮咛，“早点回来，注意安全。”

夏汐回到家不见沈家俊，他的手机也一直处于无法接通状态。右眼又莫名其妙地狂跳不已，夏汐往眼皮上贴了好些红胶布，无端地心乱如麻，如坐针毡地在屋内来回踱步。

手机刚一响起，夏汐迫不及待地放到耳边，急切地问：“亲爱的，是你吗？”

电话另一端，陌生而沉稳的声音不带感情色彩地问：“这里是笋岗派出所，请问你是认识沈家俊吗？”

夏汐声轻如蝇地“嗯”了一声，整个人像炸裂的钢化玻璃瓶似的，瞬间散了架。

早晨10点30分，批发市场门口发生一起恶性砍人案件。沈家俊为了掩护一名孕妇身中多刀，送院途中伤重不治。

“案发现场太乱了，他的手机也被踩坏了。我们是通过他最后一个通话记录联系到你的。”警察指着一枚崭新的六爪白金钻戒问夏汐，“钱包，身份证都在这儿了。还有这个，这是在他裤子口袋里找到的，你看看是不是你的。”

穿透心脏的寒意从脊背而起，电光石火间，凉意已传递到每一个细胞。上牙与下牙玩命地打着架，帕金森症患者似的十指振摇着伸向戒指，夏汐目光呆滞，魂惊胆战地将戒指套进左手的无名指。

戒指毫厘不差地落到指根，没有松一分也没有紧一寸，端端地一落到底。

颜笑在一旁哭成融化的冰糕，夏汐空洞的眼睛里却干涸如枯井，灵魂出窍似的举着手，低哑的声音梦呓一般地说着：“你看，是我的。他给我买的戒指，大小刚刚好。”

双手扶着夏汐的外臂用力摇晃她，颜笑热泪纵横地冲着她叫喊：

“夏汐,你别这样。别吓唬我。”

“亲,你掐我一下呗。”夏汐依旧望着无名指上崭新的钻戒出神,声音像是从遥远的山谷间传来一般扑朔迷离,“我做了一个好可怕的噩梦。你掐掐我,我醒来就没事了。”

“夏汐……”

“你快点掐呀。要不,你扇我耳光吧。我马上要结婚了,你快把我弄醒。”

派出所里不少伤者家属看到这催人泪下的一幕,都不由分说地落下泪来。被沈家俊救下的孕妇目前在留院观察,孕妇的丈夫汗流浃背地走了过来,下巴压得很低,眼眶湿润地嗫嚅说:“真的很对不起。谢谢您先生救了我太太和孩子。我们一家都不会忘记他的恩情。有什么需要我们做的您尽管说。也希望您节哀,多保重身体。”

夏汐仿佛身处另一个次元,完全听不见对方的语言,依旧迷茫地垂着眼睑,自言自语地重复:“颜笑,你快叫醒我呀。你掐我,你打我,这个梦好可怕,快点弄醒我。”

“夏汐!”颜笑使出全身的力气大吼一声,双手扶稳夏汐,痛心得肝肠寸断,“你这样,沈家俊走也走得不安心。如果他在天上能看见,该有多难过。”

夏汐不吱声,不停筛动的身体突然松懈下来,湿水面条一样从颜笑手中出溜而下,“扑通”一声跌坐在地上,哀恸地痴望着无名指上的戒指,泪如泉涌。

沈家俊逃过了无情的大火,却没能逃过暴徒的疯狂。沈家俊拯救了别人,却没能拯救自己。沈家俊的手机屏幕被逃命的路人踩裂了,最后的通话时间永远定格在10点10分,那是他生命静止的时间,也是他对她的终极思念。

沈家俊的生命终结了,他仍活在夏汐心里。

夏汐的生命依然流动,她的爱情却静止于10点10分。

这段刚刚起跑的爱情,在距离幸福终点前的一线,戛然而止,仓促谢幕。

留给夏汐的，只有彼此手机上刺目的数字。从开始到结束，前后一致的时间，是他们这段恋情的生命密码。幸福擦肩而过。他们白首至此刻，恩爱如初。

当尘归于尘，当土归于土，当生命归于寂静，当永恒归于刹那，依然有一个永不消弭的声音，在夏汐耳畔呢喃细语：亲爱的，是我在想你。

9

从灵床到平车，再被推送进炉体炕面，沈家俊始终睡得安详。蓬勃的乌发海藻一样温柔地覆盖住头顶的刀口，黑亮浓密的睫毛如同两副百叶帘，遮住了他爱笑的眼睛。沈家俊就那样枕在冰冷的床面，一息无存地沉睡着，石膏像一样瓷白的面容，恬静如初。轻握着他坚冷似寒冰的手，夏汐记起，有一回二人闹别扭，夏汐不肯与他同被，沈家俊就那样将身体晾在被外蜷缩着睡了。后半夜，夏汐翻身时触到他冰凉的脚丫，心疼地捂在手中来回摩挲，沈家俊扬扬得意地自嘲："人家都说，手脚冰凉是因为没人疼爱。知道了吧，你根本不疼我。"此刻，夏汐捧起沈家俊的手放到唇边，小心翼翼地哈着气摩挲着，努力将自己尚存的温度一次性清偿给他，却再也不能使他回暖。

沈家俊离世前有过怎样的心理活动，夏汐不得而知。兴许生命弥留之际，他曾幻想过挽着夏汐走上红毯亲手为她套上指环的画面，兴许他也曾叹惜还没好好地跟她道一句再见。但夏汐比谁都清楚，沈家俊至死无悔。生命最后一刻，他揣着沾满血汗的戒指，说出了爱的告白。

他曾那样奋不顾身地爱过，那样孤注一掷地争取过。于夏汐，于爱情，于自己，沈家俊都不负初心。

火葬场内呼天抢地的哭声此起彼伏，夏汐一袭黑衣，面色苍白。

“叔，姨，对不起。”声若蚊蝇地说了一句，夏汐欲语凝噎。良久，一双冰凉刺骨的手轻轻环住沈家俊母亲的肩膀，隐忍地低语：“姨，坚强点。咱不哭。他肯定不愿看见我们伤心。”

情深不寿。世间有那么多彼此相厌的恋人，那么多半途而废的爱情，谁又能逃离难共白首的噩运？只是这一次，他们执手相看，从一而终，平白叫波谲云诡的命运辜负了，而他们却连追索的权利都没有。

造化弄人至此，哭喊何用？短短半小时，沈家俊32年的人生便寂静无声地落下帷幕，化作一捧白骨。将灼手的黑灰扫进紫檀木盒中，夏汐强忍泪水，昂着头咬牙冷笑，挑衅问苍天：“我不会哭的。我不会向你认输。你已经夺走我最心爱的人，扼杀了我的未来和希望。一个心如死灰的人没有什么可以失去的了，你还能拿我怎样？”

在机场拉着夏汐的手依依话别，知道她放心不下母亲和出院不久的魏如海，颜笑心有戚戚地劝慰：“家里我会替你照顾好，你安心处理你的事，别记挂这边。随你调整多久，但记得一定要回家，你还有我们。一定要照顾好自己，千万别做傻事。你说过的，你的命是沈家俊在火场里捡回来的，你必须好好活着，才对得起他。我相信，他也希望看到你坚强勇敢地活下去。”

夏汐咬住嘴唇，凄惨地笑笑，如同一朵洁白的洛丽玛丝玫瑰。凄楚绝美的笑容，是对逝者的怀念，也是对爱情的绝望。她笑自己麻木的悲痛，也笑死别对爱情的嘲讽。夏汐笑得心肌酸痛，笑这一场撕心裂肺的丧失，成全了他们的永恒。

返乡之行比计划提早三个月。原本，二人商量六月领证后回长春摆酒，彼时，沈家俊容光焕发地说：“咱俩都是夏天生的，正好回家避暑，一道过生日。你喜欢吃北方的小樱桃，六月回去正好能赶上。”

言犹在耳，却已物似人非事事休。不足一平方米的紫檀匣子里，盛着她深爱的未婚夫，还有夏汐死去的爱情。

倒春寒的三月，淫雨霏霏，夏汐地将骨灰盒紧抱在心口，坐上飞往长春的航班，远眺窗外，默默对沈家俊细语：“走吧，亲爱的，咱们回家。”

10

再次来到沈家俊的卧房，老榆木的书桌上摆满了他和夏汐的合照。床头的五斗橱上，立着一束幽蓝色的勿忘我。夏汐看得痴了过去，战战兢兢地探出手，未触碰到花，鼻梁两侧仿佛打开了两个泉眼，无声惜细流。

一年前，夏汐四处打听，沿着南湖大路边走边问。夏汐走了很远的路，穿过一个老旧的桥洞，在喧闹的农批市场尽头的一间隐蔽的小花店内，买了一把勿忘我。沈家俊见到这其貌不扬的蓝色碎花，“嘿嘿”地笑话夏汐：“你跑那么老远，就为买一把野花啊？”

“你懂什么？”夏汐作势敲打他，爱不释手地掬着一棒幽蓝为沈家俊科普，“这花叫勿忘我，生长在水边。欧美民间流传着一个关于它的凄美爱情故事。传说，一对恋人相拥在风中漫步，女孩看见一朵和天空一样蓝的花，很是喜欢。男孩冲过去为女友将它摘下，却陷进了沼泽里。女孩试图上前搭救，男孩却转过身摇头示意：‘危险，不要过来！’男孩沉没之前，摇动着手中蓝色的小花，微笑对女友说：‘Forget me not！’这就是蓝色勿忘我的由来，它的花语是，永恒不变的深情的爱。”

当其时，夏汐如何预料，自己竟一语成谶。

夏汐离开后，沈家俊收拾好东西退了租，却把他瞧不上的“野花”带回了家。

而今,他成了她永恒不变的“勿忘我”。

穿着沈家俊昔日的白衬衫,和衣躺在他的睡床上,夏汐每一次呼吸,都带着强烈而独特的属于他的气息。台灯映照下,床头的勿忘我幽幽地散发着蓝光,脑海里回放着无法被死亡带走的相爱画面,他们的生命似乎在此联结。在充满沈家俊气息的房间里,他们未完的爱,仿佛进入了一个隐形接驳站。从此,夏汐不再为自己而活,而是背负着沈家俊未了的心愿,与他一同顽强地活着。

阳春三月,枝嫩风声摇翡翠,夏汐一身素服,逶迤而行。坐在名佬麻辣烫店内,望着沈家俊生前极爱吃的一海碗食物,夏汐难以下咽。蹲在街口等待出炉的爆米花,掬一捧白花花的香豆,夏汐眼睁睁看着它们受潮软化。在重庆路追赶推车叫卖橡皮糖的小贩,买一兜甘甜,放在沈家俊遗像前,夏汐静望着它们五彩缤纷地盛开。

夏汐用半个月时间,将二人曾到之处重温一遍,用这样的方式,祭奠与道别。

离开之前,夏汐执意留下自己偷偷存作结婚用的6万元存款。孕妇一家曾联系过夏汐,想给沈家一笔帛金答谢他的救命之恩。夏汐替沈家俊婉言谢绝了。生命无价。夏汐告诉孕妇:“你们母子平安就是对他最好的回报。如果我收下这笔钱,反而是对他的轻视。”

每当想起沈家俊姑奶去世时沈父说的话,想到沈家的香火就这样夭折在她身边,夏汐自责不已,强忍的泪水在眼眶中来回打转:“叔,姨,真的很对不起。如果他不去深圳找我也不会发生这事。你们那么放心将他交给我,我却没能照顾好他。这钱是他起早贪黑挣回来的,你们收着。我知道,多少钱也补偿不了丧子之痛,如果可以,我愿意拿自己的命把他换回来。就算换不回他,我照样拿你们当自己父母,往后我一定替他尽孝。”

“这孩子,说啥呢。”沈家俊母亲浮肿的眼泡里滚出两行浑浊的泪水,吸吸鼻子呜咽道,“这事不怨你。这是孩儿的命。到哪儿他都见义勇为，不去深圳也不见得就能平安。伤心就伤身，他那么稀罕你，你自个也得好好的。”

末了，沈母让夏汐选些遗物带走留作纪念。夏汐环顾一周，什么都舍不得碰，热泪盈眶如诉如泣地说：“他的东西我就不拿了，还是让他的房间保持原样吧。”

如果命中注定失去，那就让一切静止在最初的模样吧。如此，这份爱，便定格在亘古不变的初始美好时。

夏汐只央请带回抽屉里的黑桃K图案的打火机。那是他们相遇之初，她送沈家俊的答谢之礼。

“既然你舍不得用，就还给我吧。”夏汐噙泪微笑，对着遗像中眉清目秀的沈家俊说，“亲爱的，你欠我的时光和幸福，就用它偿还了。下辈子，记得早点出现，我会一直等你。我们好好在一起，再不相欠了。”

回程的夜航班机上，夏汐拉起遮阳板，厚厚的云层，遮断归途。轻轻转动无名指上的钻戒，夏汐眺望浓重的夜色，轻言细语道：“再见了，我的爱。”

生命无常，生活如常。重回深圳的夏汐在心里上了一道锁，对这段有始无终的爱情，讳莫如深。母亲或颜笑提起沈家俊名字时，夏汐也不言语，只直勾勾地凝视她们，看得她们心里直发毛。

半年后，和沈家俊有关的一切，就这样隐没在岁月中。

只是，自沈家俊走后，时间仿佛被下了定身咒，日出日落，格外地漫长。

这一日，微博上有个善良的女孩发图说自己在长春郁金花园捡到一只小猫，期待有缘人领养。夏汐只匆匆地扫了一眼，顿觉触目惊心，呼吸急促。

照片背景是夏汐再熟悉不过的二道区。那里有他们的足迹，有他们的身影，有他们的欢笑和他们的梦想。一年半以前，沈家俊与夏汐曾牵着手去到塔尖形状的郁金花园，边看房边商量婚后攒足了钱，就在那里买一套二手房，以便和距离不远的公婆相互照应。

房子屹立如昨，一起买房的人，却天各一方。

只恍惚了那一眼，夏汐慌忙盖上笔记本，呆坐在桌前，眼泪扑簌簌地滚落。

所有远去的回忆，原来从未被时光封缄，依旧生龙活虎地活在她心里。

又过了两个月，吴广彬和颜笑上门帮夏汐重装电脑系统。三人乘电梯下楼时，见新搬来的邻居吃力地推着五个码成小山的纸箱。三人不约而同地伸手帮忙，高挑的男子连声道谢。

听见乡音，吴广彬信口问了句："你东北的吧？"男子爽快地回答说："嗯哪，长春的。"

夏汐心里"咯噔"一沉，不由得打了个寒噤，下意识地拉紧领口，霎时间全身血液都凝固了。

美酒佳肴当前，夏汐踌躇举筷，又怏怏地放下，强笑说："我不饿。你们吃吧。我想一个人走走。"

"亲，有情绪的波动正常，说明你心里还有爱。但你不能不吃东西啊。"颜笑切下一块牛扒放到夏汐盘中，疼爱地劝说："慢慢来吧。有一天你不再忌讳长春两个字时，你就彻底痊愈了。"

"我没事。放心。"夏汐顺从地吞下肉块，习惯性地瞟一眼无名指上的钻戒，微扬唇角，食不知味。

那一夜，夏汐再次梦见自己坐在沐浴晨光中的H形通顶落地窗前，安静地喝着咖啡，沈家俊在散发着体香的温软榻榻米上熟睡。她爬上狭长环绕的盘型楼梯，轻悄来到手可摘星的窗前，侧身枕在他身边，浅笑着吻醒笼罩在晨曦中的他。

犹记当时正年少，你爱谈天我爱笑。风在林梢鸟在叫，梦里花落知多少。

醒来的时候，脸上不知不觉地爬满冷泪。夏汐翻过身，凝神望着身边空了许久的枕头，哽咽说："沈家俊，你个浑蛋！你知不知道我有多想你！"

起身洗把脸，换上一尾拖地长裙，略施薄妆盖上泪印，挎上提包，夏汐优雅地带上家门。生命不息，悲伤不止。但为了她所爱以及爱她的，为了远去的以及健在的人，她必须咬紧牙关努力活着，才不枉他们相爱一场。

不过如此。只能如此。

陪君醉笑三千场，不诉离殇。

纵有千言万语，也要锁进心底。

哪怕热泪滔天，也要微笑前行。

尾声

微光中前进，摸索幸福的道理

L·O·V·E

1

如幻似真的一年就这样从指缝中流过。世界之窗的夜晚人山人海，吴广彬举起相机，夏汐与颜笑牵着手，冲镜头嫣然一笑。

跨年倒数声渐渐逼近，漫天的火树银花，焰火在空中绽放，又似瀑布，流光溢彩地倾泻而下。

沸腾声中，一个遥远的声音，坚持不懈地喊着："小汐"。

夏汐愣了愣神，如今鲜有人这样称呼32岁的她了。公司新请的90后孩子们，都尊敬地称她为"汐姐"。

"小汐，真的是你？"欧阳昊身穿一件浅驼色休闲西装外套，内搭一件杜鹃红T恤，合身的亚麻色休闲裤下，踩着一双曙红色磨砂皮休闲鞋。大概是为了应景才有了这番喜庆得滑稽的打扮，夏汐想起母亲说过，"人的衰老是从着装开始的。一个人开始穿红挂绿，说明他的心态已经不再年轻"。

夏汐回眸打量欧阳昊，不禁耸了耸眉梢，客套地笑笑："真巧，你也来跨年？"

"带女儿来。她喜欢看烟花。"欧阳昊轻轻抽动肩膀，肩上驮着酷似他的女儿。

"哦，挺好的。"夏汐敷衍道，不知如何延续对话。眼前略为发福的男子如此陌生，夏汐很难将这个完全不熟悉的慈父形象，和令她如痴如醉五年的初恋情人联系在一起。印象中的欧阳昊，是天边无拘无束的云朵，而眼前一脸憨笑的男人，是落在地上的雨水，兴许还经过加工处理,已然成了波澜不惊的自来水。

显而易见,岁月是他的加工厂。

“你一个人吗?”欧阳昊扬唇提腮,眼中隐约有惊喜和期待。

夏汐朝颜笑的方向努了努嘴,算作回答。欧阳昊抬抬肩,笑容满面地敦促女儿:“快叫阿姨。爸爸怎么教你的,见了人要说新年好。”

女儿俯头垂视夏汐,像极了父亲的眉眼拧作一堆,前思后想,甜甜地说了句:“姐姐新年好。”

“真聪明。”扬手轻抚女孩的头,尽量避开欧阳昊尴尬的表情,夏汐像是完成任务一样依循惯例问女孩,“你叫什么名字呀?”

“欧阳汐芮。汐是潮汐的汐,芮是芮絮的芮。”女孩对答如流,俨然训练有素的从容。夏汐心肝微微一颤,余光感觉到一束火辣辣的目光,从欧阳昊眼中射向自己,抽回手机械而礼貌地回应:“真好听。”

人潮人海中,颜笑和吴广彬十指相扣蜿蜒而至,定睛看了看夏汐身边驮着孩子的男子,颜笑惊呼:“昊子! 你怎么在这儿?”

“带女儿看烟花。”目光始终停留在夏汐身上,欧阳昊似是而非地笑说,“谁想到居然看见了她。”

女孩仔细聆听大人间的对话,滴溜溜地转着眼珠,好奇地看看这个再看看那个,迫不及待地拍打父亲问:“爸爸,你怕猫吗? 你为什么叫‘耗子’?”

“因为爸爸叫欧阳昊所以叫昊子啊。就像你叫欧阳汐芮,大家都叫你芮芮一样。”耐心地为女儿做解释,眼神在颜笑与夏汐之间游移,欧阳昊窘笑说:“后来,没有人这样叫过我。”

夏汐与颜笑会心对视,心下都明白欧阳昊口中的“后来”。

携手走过青葱,后来,他们南辕北辙,各自悲喜。

后来,再没有后来。

零点钟声敲响后,人影渐疏。欧阳昊提议找间咖啡厅叙叙旧,夏汐迟疑地望向颜笑,颜笑从背后轻推一把,浅笑说:“去吧。老朋友一起喝杯咖啡聊聊天,又不是世界末日。”

分手多年后，一场偶遇将夏汐推到了欧阳昊面前。孩子在他的怀中熟睡，隔着袅袅的水雾，二人默然相看，脉脉不语间，多少沧海桑田，呼啸而过。

广场上的鼎沸声渐远，万籁渐寂，喧腾后的寥落，如同一支意兴阑珊的圆舞曲。而人生，不过是一支又一支圆舞曲的接壤。

欧阳昊啜一口蓝山咖啡，目光炯炯地说："我给你写了好多邮件。"

"是吗？"夏汐神色坦然，暗中赞赏自己的演技，泰然回应，"那个邮箱我很久没登录了。"

"你好像换过几次电话。好不容易要到号码，再一打，还是空号。"

"嗯，是的。"夏汐惜字如金，懒于解释。跟他说什么呢？换号是因为不想听见有关你的幸与不幸？换号是因为害怕赵小天没完没了的纠缠？换号是因为意外火灾中我九死一生？风起云涌的生活，无人遮风挡雨，隐藏是最好的自我保护。我于泥泞中挣扎求生时，你在哪里？云淡风轻后，我又何须说予你听？

夏汐如同一只以顽石为巢为盾的章鱼，看似温和的表情与柔软的语调，却带着强烈的自我保护意识与严重的抵触情绪。欧阳昊逐渐意识到，眼前的夏汐再不是那个缠着他撒娇任性以他为天的女孩，眼前这个成熟的女人，正用恰到好处的和气，与他拉开了不可跨越的距离。

曾经，因为他语气过重或眼神过厉而梨花带雨的夏汐，如今面对欧阳昊的种种深情暗示而无动于衷。曾经，将洁白无瑕的自己完全交付给他的夏汐，如今对欧阳昊的款款深情视而不见。

欧阳昊有些错愕，又有几分不甘，讪笑问："你最近怎么样？"

"挺好的。"夏汐依旧言简意赅，不动声色，似乎对欧阳昊的近况漠不关心。

"还是一个人吗？"尽管夏汐不为所动，但欧阳昊对她了如指掌，通过多方打听始终掌握着她的生活动态，因而关切地询问，但语气却是肯定的。

肩膀微微抖动，夏汐坐直身子，眼睛盯着无名指上的钻戒，右手捂紧左心房，蹙眉深思，良久，郑重其事地说："我不是单身。我这里，还住了一个人。"

欧阳昊当然明白那个人是谁，心绪莫名地躁郁起来。无可否认，他曾辜负过她，可他也为此赔上家庭与光阴。怀着一颗负罪的心等了她8年，耐心地争取她回首。如若夏汐现在过得幸福，欧阳昊也会衷心祝福她。可她分明孤身一人，却为了一个已逝之人，拒他于千里之外。

细思之下，心有不愤。欧阳昊像是套近乎又像是示威，嘴角抽动问："听说，他跟我长得很像？"

夏汐微微颤身，抬腕看了看表，显然急于结束这次重逢，迎着欧阳昊深不可测的眼睛，神情严肃地剖白："这么说吧，在外人看来，也许你们是一个类型的长相。但在我心里，你们截然不同。我爱他，仅仅是因为他是他。和任何人无关。我不想再听见类似的流言。任何关于他的揣测，都是对他，对我们感情的亵渎。"

"我没别的意思……"

"不重要了。"夏汐勉强笑笑，扬手招呼服务生，委婉表示，"不早了，我得回去了。"

"小汐。"

"昊子。这是我最后一次这样叫你。"瞟一眼已冷却的咖啡，那是欧阳昊自作主张替她点的拿铁，夏汐坐下后连杯子都不曾碰过。犹豫再三，夏汐还是呵气如兰地说出沥血的心里话，"我已经不喝拿铁好多年了。好多事，变了就是变了。许多人，失去了就是失去了。没有人能够改写历史，我们唯一能做的就是珍惜眼前，把握当下。而你，早已不在我的眼前也不是我的当下。所以，别再因为内疚而抓着回忆不放了。过去的就让它过去吧。现在的你对我来说，只是一个不需要联系的老朋友。当然，我还是真心希望你幸福。人生不易，各自珍重吧。"

谢绝了欧阳昊送她回家的请求，夏汐挥挥手，举步无回地钻进夜色中。

诚然，沈家俊有着欧阳昊一样霸气的温柔，分明的棱角，清瘦的体形，甚至连一眼单一眼双的眼睛都奇妙地相似。但欧阳昊到底不是沈家俊。夏汐心房里的人早已易主，即使沈家俊不在人世，却安然地活在她心中。

对此，夏汐也无能为力。

承认变迁，接受失去，是人生的必修课。

只是，与沈家俊万水千山走过，轰轰烈烈爱过，夏汐血槽已空，战斗值为零，很难再投入地恋上一个人。

手表上的时间显示2点零2分，耳畔又响起沈家俊温柔俏皮的声音："你这么看，这时间里还隐藏着秘密。倒过来，它就是2020，爱你爱你的意思。"戒指已被摩挲出热度，夏汐摇下车窗，仰望如洗的墨蓝色夜空，恬笑默语："嘿，沈家俊，你在上面还好吗？有没有找个漂亮天使陪你倒数？找了就找了吧。我可不会吃醋哦。元旦给你爸妈汇了1000块过节费。他俩一切安好，今天还自己包了饺子。只要我还有一口气，都会替你给他们养老。昨天颜笑又逼我听《找个好人就嫁了吧》。她非说是你托梦让她给我听的。那个疯子，就是个纯天然的神经病！我才不信她的鬼话呢。沈家俊，你不是说过要套牢我一辈子吗？如果你后悔了，麻烦你亲自到我梦里来把话说明白，别随便给别人托梦。你住得高远看得真切，如果真想给我找个人替代你，麻烦你帮忙张罗个像你一样好的男人。否则，我看不上。这一年又过去了，新的一年又开始了。沈家俊，我爱你。新年快乐。"

2

魏如海丢了！

夏汐留意到，母亲条理清晰语气焦急地表达魏如海的失踪时用的是“丢”字，就好像他是个不能自理的低龄儿童，只会被动地走失，而不具备主动失踪的能力。

夏汐和母亲找遍了魏如海可能出现的场所，问遍了具有可能性的知情人，却一无所获。经过大半年的针灸理疗和药物控制，魏如海的病情已趋稳定，虽然表达和腿脚依旧不利索，但已不需要长期卧床，并能小范围地走动了。

身体明显在恢复之中，魏如海怎么会把自己弄丢呢？

魏如海的电话始终无人接听，夏汐就用语音微信轰炸他。相较于文字留给人丰富的想象空间，语言则更能直接地表达当事人的情绪。夏汐没完没了地在微信中“恐吓”魏如海：“魏叔，你到底在哪儿？我妈都急病了，不肯吃药又不肯去医院，你再不回来，就该见不到她了。”

被夏汐疲劳轰炸了几个小时，魏如海这才回了条吐字含糊的语音：“别找我。我能照顾好自己。你妈身体不好，你多费心。”

反复听了七八遍，夏岚才确信，老伴魏如海不是不小心走丢，而是故意失踪了。

冬春交替的时节，早晚温差大。每到乍暖还寒时，夏岚免不了头昏脑热。人上了年岁，体力成几何倍数下降，身体不适还受累照顾枕边人，这段时间夏岚的血压一直飘升在高血压的临界点上。见夏岚时常心悸气短，晚饭后打开电视不到10分钟便哈欠连天，早晨睁开眼就敲打太阳穴皱眉说头痛，魏如海既心疼又内疚，气自己非但不能分担老伴的痛苦反倒给她添负担。趁夏岚买菜的工夫，魏如海上网搜索，打了几通咨询电话，悄悄为自己安排好去处，打定主意不再拖累母女俩。

魏如海的语音信息虽简短，语气却准确地传递出他出走的决心。夏汐催母亲检查衣柜，这才发现魏如海常穿的几身换洗衣裳都不见了。母亲也顾不上装病了，咄咄逼人地发去一串微信威胁：“魏如海，你抽什么风？赶紧回来。再不回家我跟你离婚！”魏如海不回消息，母亲打去电话，语音提示对方已关机。

“这个死老头，他是想陷我于不义啊！”母亲捂住胸口，气急败坏地瞪着眼睛说，“就他现在，打个火都费劲，他还能照顾自己？离开我，谁给他做饭？谁给他洗衣服？谁给他按摩？谁陪他做理疗？这刚好一点就长能耐了，是不是？”

“妈，你别激动，一会儿血压又上去了。”魏如海生病后，母亲笑脸迎人，说话也只使七分力气，生怕自己的坏情绪给老伴添堵。很久不见母亲如此暴躁，夏汐既担心又觉好笑，掩嘴安慰，“你也说了，他现在行动不方便，能上哪儿去？慢慢找，总会找到的。倒是你，别等我把他找回来，你又气病了。”

“那也是叫他气病的！”母亲不依不饶地怒目说，“你说这人可气不可气，我拿他当祖宗供着，他倒拿自己当臭鸡蛋躲着我。”

“人家是怕你受累，心疼你。”

“心疼我就该守着我。什么是夫妻？好赖都要在一起，那才叫夫妻。这算什么事？他健步如飞时伺候我，他腿脚不便了躲着我，那我成什么了？只能同甘不能共苦？我跟他结婚又不是为了找个长工，不就是想着两个人搭伴过日子，互相照顾到老吗？”

“我懂。魏叔心里肯定也明白。”夏汐莞尔，扶着肩膀照顾母亲躺下，打来温水送上药，轻声安抚，“放心哈，我保证把他找回来。”

“这个死魏如海，回来看我怎么收拾他！”

母亲服了药，放心不下地嘟哝着，一双纤瘦的手交叉搭在胸前，渐渐闭上了眼睛。夏汐立在床边，静望着母亲略为松弛的面庞，思绪万千。

大抵，这才是婚姻的真相：不求恩爱如初，但求白头偕老。

“好赖都要在一起。”这是年近32岁的夏汐，听过的最质朴动人的情话。比起刹那激荡的相爱，福难同当的相守更令她折服。夏汐通过电脑的搜索记录，加上吴广彬托熟人打听到魏如海的社保卡动向，在当天傍晚便追查到他的行踪。

夏汐在盐田一家颐养院找到魏如海，将母亲那段慷慨激昂的婚姻论的录音播放给他听，看着他的脸由黄变红，低眉顺眼地弯下嘴角，夏汐和颜悦色地请求："魏叔，您都听见了？跟我回家吧。"

"我不回。"魏如海转过头去，孩子赌气一样噘着嘴，"我不用她照顾，我自己能行。"

"您不需要她，她还需要您呢。"夏汐凑近一步，言辞恳切地激将："当初是您自己说的，你想照顾我们娘儿俩。大丈夫一言九鼎，您不能半道撂挑子吧？"

"问题是我照顾不了了。"像是被踩了尾巴的猫，魏如海忽然来了脾气，拍打床褥气呼呼地说，"我这个样子就是个包袱。我不想给你们添负担。"

"您怎么能这么想呢？您人在家里，我们心里才踏实。就算是负担，那也是甜蜜的负担。人不在了，心上的负担才卸不掉呢。"说到动情处，夏汐倒抽一口凉气，抿嘴停顿好一阵，指着自己的心脏，眼泛泪光地哽咽说道："魏叔，不瞒您说，我这里面压了好大一块石头，特别沉，压得我快喘不过气来了。如果沈家俊还活着，哪怕他是重度伤残，只要我睁开眼能看见他，睡觉前能跟他说一声晚安，只要我能照顾他为他洗衣做饭给他搓脚按摩每天说笑话逗他开心，我愿意这样伺候他一辈子。可是我没有机会了。这里面的重担，会跟着我一辈子。谁也没办法挪开它，连我自己都无能为力……"

"小汐呀，你回去吧。"被夏汐的情真意切打动了，魏如海生怕自己动摇似的挥手打发她，声音颤抖地说，"你还年轻，人生还长，不要太悲观，要给别人机会。你妈不一样，她辛苦一辈子，晚年不该再背个包袱。走吧，回去跟你妈好好生活。跟她说一声，魏叔不争气，是魏叔对不住你们。"

"魏叔！"

"快回去！"魏如海把心一横，摁下床头的服务键，叫来护工。两个护工架着夏汐好声劝导，"探访时间也快到了，要不你先回去吧。脑血栓的病人不能动怒，这样僵持下去对他身体不好。"

“走吧，照顾好你妈。告诉她我在这有专人照顾，一切都好。都别来看我。”魏如海跌坐在床上，五官纠结在一块，朝夏汐无力又无奈地挥手送别。

“爸！”用力甩开护工，夏汐冲到床前，情到深处脱口而出，“我已经失去太多了，我不能再承受失去亲人了。求求你，跟我回家吧。”

“你喊我什么？”瞠目结舌地盯着夏汐，魏如海吞吞吐吐地说出五个字。

“爸。”生命中缺失了32年的称谓，就这样被夏汐不假思索地吐出唇边。魏如海虽不像夏岚那般殚精竭虑地抚养她长大，但他早已成为夏汐身后一股强大的精神力量，守护她逃离那遍体鳞伤的婚姻，支撑她挺过生死两茫茫的悲恸时光。直到这一刻，看着活力从魏如海身上日益衰退的痕迹，夏汐才明白这几年的真诚相待，他在自己心里，早已被看作给她护荫的慈父，一个家庭不可或缺的男主人。

和母亲一样，夏汐已无法想象家中缺少魏如海的日子该如何度过。戒烟尚且困难重重，要她们如何戒除一个习惯的存在？一个精神的依赖？失去至亲，无异于从心头剜下一块肉，而即使心上缺了一个洞，熟悉的音容笑貌依旧会在梦里百转千回。沈家俊的离世，已然让夏汐的心张开好大一道口子。无论如何，她再也不能承受又一次的失去。

“爸，回家吧。妈跟我都需要你。”夏汐拉过魏如海苍老的手，啜泣说道，“家里真的不能没有你。我真的受不了，再见不到一个亲人的痛苦了。”

“唉……”魏如海长叹一声，投降地闭上眼睛，泪流满面。

3

经过二人持之以恒的努力，唯友传媒蒸蒸日上。夏汐与颜笑里应外合，以诚信为本，在业内获得不少赞誉。经客户口口相传，4年时间，公司已由最初的两个人扩展到十数人。当初租下第一间办公室时，颜笑只跟房东签了半年租约，信心满满地对夏汐说："我相信，只要我们齐心协力，用不了多久，就不用挤在这个小蜗牛壳里了。"果不其然，不到一年时间，二人就从合租的商住楼里搬进了风景如画的广告创意园，不仅有了独立的办公空间，还有了像样的会议室和食堂。

离开颜笑，邓小池的业务每况愈下。此前合作过的甲方辗转找到颜笑，埋怨邓小池能力不济报价离谱之余，主动跟颜笑交了底，并希望与她合作。颜笑替邓小池打了圆场，婉言谢绝了对方。

"于公于私，我都不能抢她的生意。"颜笑跟夏汐商量，焦灼地搓着手，面露难色，"又是同学又是老乡的，当初还是我把她拉来深圳的，抢她饭碗这事我真做不出来。她不仁义，我不能不厚道。你说呢？"

"我听你的。"夏汐粲然一笑，赞赏地竖起拇指，"君子爱财，取之有道。咱不挣昧良心的钱。"

公司聘请了两名设计师后，吴广彬成了唯友传媒的顾问，自己成立了工作室，并买了台SUV。买车那天，刘晓主动上前打招呼，颜笑多少有些意外，诧异地问："你还？"

"对，还在卖车。"颜笑没好意思说出口的问题，被刘晓坦然地接了过去，友好地说，"换了几家店，一直在卖车。"

客套地寒暄后，刘晓替远房表妹感谢颜笑，客客气气地说了句："除了邓小池，我也应该跟你说声不好意思。"

"别别别，陈年旧事早就成风干的咸菜了，我都忘到九霄云外了。"颜笑真心实意地摆摆手，盈盈一笑，"回头帮我跟小池说一声，我们还是朋友。有时间欢迎她到公司坐坐。"

"好。我一定转达。"刘晓冲吴广彬努努嘴，扬了扬眉毛问，"那位是？"

"我老公。"睫毛弯弯地耷在眼睑上，颜笑自豪地抿嘴微笑，如同置身一座百花齐放的园林，心情无比灿烂。

事后夏汐调侃颜笑："你故意的吧？专门带彬少去砸场子晒幸福。"

"我哪有那个闲功夫？"颜笑轻啐，爽朗地笑说，"我总结了一下，喜欢纠结过去的人大多是因为过得不如从前。你想啊，前方无限春光，过得好的人，谁有功夫回头张望？"

夏汐一面笑话颜笑嚣张，一面赞许地频频点头。

这一日，许久不收拾车子的颜笑心血来潮，拉开了SUV副驾驶的储物柜，拾起跌出来的首饰盒，满面狐疑地问吴广彬："这是什么？你不会是要跟我求婚吧？"

"啊？没有啊。"慌慌张张地抢过盒子藏在自己身后，吴广彬瞄一眼颜笑，支吾说道，"我妈下礼拜生日，给她买的礼物。"

"那就好。"颜笑松一口气，漫不经心地说，"咱俩都在拼搏期，现在不是结婚的好时候。"

吴广彬扭脸，久久地注视着颜笑，欲言又止。

周五下班前，夏汐拉住颜笑，笑语盈盈地问："我在网上看到一个好去处。就在东部华侨城，可以摸鱼、可以摘橘子，可以开卡丁车，还可以烧烤。周末我打算带我爸妈去农家乐一把，你也好久没陪你爸妈玩耍了吧？要不叫上二老，一块去潇洒潇洒？"

"走着！"颜笑与夏汐一拍即合，转头问吴广彬的意见，他却交出车钥匙，语焉不详地表示周末有拍摄任务不能参加家庭活动。

湖光山色鸟语花香，两家老小玩得很是尽兴。日落入夜，父亲将颜笑叫到跟前，神色严肃地说：“我跟你妈想了好几天了，我们觉得，小吴不太适合你。”

“怎么啦？怎么就不适合了？”颜笑一头雾水，身体往后一蹴，目光超过父亲落在夏汐脸上，夏汐连忙偏过头避开她的求救信号。

“我们觉得那小子太没诚意。”父亲越说越来气，吹胡子瞪眼道，“你们都谈了四五年了，你马上就30岁了，他还没点表示。这不是耽误你吗？而且这小子一点都不重视你，这么重要的家庭聚会，他都不参加，明摆着不拿我们当回事嘛。”

“他不是有工作吗？”颜笑颦眉，不解父亲的怒气从何而来，一面掏出手机拨打电话。

电话无应答，吴广彬关机了。

“你看，我说你还不信。”父亲的怒气更重了，侧目看夏汐寻求声援，“你让夏汐说，这种男人可不可取。”

“确实有点过分了。”夏汐耸肩笑笑，如同一尾正在嗅食猎物的小蛇，冲颜笑飞快地吐了吐舌头，“好了这么多年，也该给你个名分了。”

“你们怎么回事啊？”颜笑彻底被这严肃得略嫌不友好的气氛激怒了，眉头拧成座小山丘，没好气地白了夏汐一眼，“不是人家不给我名分，是我不想结婚。”

“那就分手吧。”父亲打断颜笑，面色阴沉地说，“反正我跟你妈都觉得他不适合，你也不想结婚，干脆别耽误人家了。”

“今天的晚饭是不是被投毒了？怎么你们一个二个都跟中了邪似的。”见父亲真动了气，颜笑大惊失色，疑惑的眼神飘过每一张脸，百思不解问，“今天是怎么了？好端端地唱一出棒打鸳鸯？你们原来不都对他赞不绝口吗？这是收了人家多少钱要这么黑他呀？”

“一句话，不结婚，就分手。别互相耽误！”

父亲下了最后通牒，夏汐不帮腔解围，反倒火上浇油，鼻子不是鼻子眼睛不是眼睛地补上一刀：“当初我也是看走眼了。没想到那家伙见利忘义，有了事业就不要媳妇了。”

“说谁呢？谁见利忘义？”听不得别人说自己男人的是非，颜笑当真急了眼纵身蹿起半米高，一猛子扎到夏汐眼前，怒目而视问，“吃错药了吧你？别逼我跟你翻脸啊。”

“叔叔，你看看她。”一个灵巧闪躲，藏在颜笑父亲身后，夏汐努力憋住笑，指着颜笑煞有介事地说，“女儿果然是为别人养的啊，你看看她，为一个男人恨不得跟我们掀桌子。”

“有完没完？”环视一周也琢磨不透个中因由，颜笑连环炮似的气急败坏地放出一串狠话，“你们简直莫名其妙。我都30岁了，好不容易碰上个我心甘情愿想嫁的男人，也不知道你们哪里短路了非要拆散我们。不就是结个婚吗？谁怕谁呀。明天我们就去领证！简直不可理喻。他哪里不好了？我们怎么就不合适了？他是我男人。我觉得他够好他就是最好的。我觉得他合适他就是最合适的！”

“你都听见了？”见颜笑一副面红耳赤的较真模样，夏汐忍俊不禁，扯着嗓子冲门扉紧闭的洗手间嚷嚷，“还不赶紧出来，当心老婆跑了！”

吴广彬满面羞涩地捧着戒指，毕恭毕敬地走到颜笑面前，紧张得字字颤抖地请求：“老婆，大家都听见了，你可不许反悔。”

颜笑还没反应过来，刚才还剑拔弩张的那几个人已哄笑一堂。颜笑看着似曾相识的首饰盒，渐渐回过神来。

“你们合伙遛我玩呢？”颜笑恍然大悟。

“谁让你拆了人家的台。”夏汐笑得花枝乱颤，“人家花也订了角本也背了，还没开口就被你拆穿了。你把人逼得无路可走了，我们只好不走寻常路了。”

“老婆，别生我气，这都是你好闺密的主意。”吴广彬朝夏汐打眼色，小心翼翼地赔着不是，“她出的这个损招我抗议过，可是抗议被否了。”

“妈妈！”颜笑撒娇地扑到母亲怀里，哭笑不得地责怪，“爸爸陪她疯也就算了，你也帮着他们吓唬我。”

“夏汐说了，必须全力配合她。”母亲乐得合不拢嘴，轻抚女儿掩笑交代，“她说她最了解你，知道怎么治你。我们都想你快点结婚，所以就听她的啦。”

“戏演得真好。”颜笑睨眼打量夏汐，心头一暖，佯嗔道，“一看你就是神戏毕业的高才生。”

“姐姐，那叫上戏。”夏汐嬉笑回嘴，冲吴广彬举四指比着胜利的手势。

“我说的是神戏。你就是神经病戏剧学院的博士后。”

“同类就别相轻了。”乐不可支地搂过颜笑，夏汐的视线逐渐模糊，情真意切地轻声对她说，“恭喜你，吴太太。”

4

吴广彬跟颜笑决定不设宴，只在朋友开的露天HANA吧围上三桌，叫上至亲的家人好友见证他们的幸福。

“来的人你都认识，除了吴广彬的一个死党。前两天还在布鲁塞尔，也不知道他能不能来。”

“不是又给我介绍对象吧？”夏汐警惕地眨巴眼睛，狐疑地紧盯颜笑，“拜托，你自己出嫁，就给红娘放一天假吧。”

沈家俊去世两年，颜笑总是千方百计为夏汐安排相亲。无论工作还是休闲场合，颜笑出尽奇招，就连绕深圳湾骑单车都莫名地出现某单身男士的“偶遇”，以至于夏汐一听见陌生的异性名字，就产生了条件反射的抵触情绪。

“红娘月老丘比特都要让你烦死了。”夏汐不止一次提出抗议，“你就饶了他们吧。该来的总会来的。”

“那你倒是说说:什么样的男人才叫该来的?”搜肠刮肚想出的相亲招数叫夏汐一一化解,颜笑急得跳脚。

“我说不清楚。”夏汐抻出下唇做怪相道,“反正就是碰见了心里很肯定,就是他了。就像当初遇见沈家俊那样。”

“中国有8亿男人,抛开已婚的、低龄的和超龄的,还剩好几亿。乌泱泱的人堆里,上哪儿给你找第二个沈家俊呀?”

“找不到就不找呗。”夏汐心不在焉地撇嘴,“我可不想将就。再说,爱情这种事,找不来,只能等。”

“大姐,你快33了,还想等到猴年马月?你就是放不下他,所以看谁都不顺眼。”颜笑哀其不幸,怒气冲冲地说,“你可以不忘记他,但你不能总背着他吧?人生还很长,沈家俊肯定也不希望你孤独终老吧。”

“好啦,小妈。咱们顺其自然,好不好?”

夏汐一撒娇求饶,颜笑就只能叹息收兵,“我就是放心不下你。一个人生活,万一有个头疼脑热,身边连个可以说句贴心话给个问候的人都没有。”

“我不是还有你吗?”夏汐解颐欢笑,“就你这样天天盯梢查岗,比卫兵都敬业,我还怕有事找不着人?”

“那我也希望有个人能在身边陪伴你爱护你。”颜笑怜惜地轻叹一声,嘀咕道,“不过,这一次,你真错怪我了。”

“别想好事了。”换上一身明艳的花衣裳,略施脂粉的颜笑,楚楚动人地扑棱睫毛,“人家满世界溜达,跟神龙首领一样,专门给旅游刊物拍照。这哥们儿今天在清迈,明天在湄公河,下礼拜又窜到非洲拍大迁徙了。我都从来没见过他,怎么给你介绍?”

“那还差不多。”替颜笑戴上水晶耳环,抱臂端详镜中的新娘,夏汐嗤笑说,“不然我真跟你急。”

明月如镜,繁星烁烁,父亲牵着颜笑亦步亦趋地登上开阔的露天舞台,郑重其事地将女儿交到吴广彬手中。吴广彬拜谢岳父后,与颜笑十指相牵，握着麦克风，深情款款地唱：“只愿得一人心，白首不分离。”

唱到动情处，二人凝神对望，颜笑满面春风，吴广彬歌声如缕。

夏汐跟着众人起哄，摇头晃脑地打着拍子，温热的眼眶，缓缓淌出幸福的泪水。一直摆弄摄影机的男子捕捉到这个镜头，费解地问：“多高兴的事，哭啥呀？”

“高兴哭。你不懂。”夏汐反眼瞪他，怪他打搅了自己的情绪。

十年肝胆相照，旁人只赞颂颜笑的幸福，只有夏汐陪她穿过幸福背后的荆棘丛林。白驹过隙的十年，陪彼此走过内心的千山万水，目送对方攀上幸福之顶，这不是中头奖后的狂喜，而是精疲力竭后终见南山的欣愉。

夏汐的眼泪，唯颜笑懂得。

“幸福来之不易，于是我们放肆地哭，放声地笑，纵情地歌唱。”轮到夏汐登场，她只说了这一句，颜笑便红了眼眶。

下了台，颜笑与夏汐相拥而泣。夏汐抽噎道：“十年了。我们之中，终于有一个人被幸福垂青。亲爱的，我真的好开心。你一定要狠狠地幸福啊。为你自己幸福，也替我幸福。”

“神经病啊，光我自己幸福怎么行？”颜笑嗔骂，双手攥着空拳，抓两把空气，充满仪式感地塞到夏汐手中，低泣说，“你也要快点跟上我的步伐啊。不是说了情绪磁场会相互感染吗？我把我的幸福分你一半，你可要接稳了，别再让它逃跑了。”

二人相视傻笑，顷刻间，又哭成了泪人。

颜笑被众人拉去敬酒，夏汐唇角挂着微笑，兀自端起酒杯。“咣当”一声脆响，旁边探过来一只高脚杯，方才搭讪的男子睨视着她，似笑非笑说：“果然是姐妹情深啊，她妈都没你哭得厉害。”

“要你管？”夏汐不耐烦地别过头去，心里直犯嘀咕：“哪里请来的摄影师，挣人工钱还拿人打镲，忒不敬业了。”

“我不想管，背不住你总往我镜头里钻呐。”男子拍拍胸前的单反相机，脸上的笑意更深了。

“我又不是新娘，没事总拍我干什么？”夏汐挑眉，盛气凌人地质问，“你属苍蝇的吧，总叮着我转？”

“那你的意思你就是那啥呗？”男子开怀大笑，饶有兴致地看着夏汐。夏汐被他臊得满脸通红，自知打错了比喻，气咻咻地连身子一同转了过去，用直挺挺的后背对着他。

男子又自说自话地与夏汐碰杯，绕到她身前，和颜悦色地说：“好了美女，开个玩笑，别介意。自我介绍一下吧，秦长春。吴广彬的大学同学，专程赶回来参加他的婚礼。”

“什么？”心里咯噔一下，暗忖“你逗我玩呢吧？”夏汐惊诧地睁圆了眼睛问，“你说你叫什么？”

“秦长春。秦始皇的秦，长春市的长春。”

夏汐怔了怔，下意识地摸了摸胸口，里面那颗随时引起应激反应的敏感的心，居然没有抽搐没有锐痛。不知从何时开始，夏汐的“长春”病就这样不药而愈了。

“你就是那个游牧民族？”夏汐扬起下巴，仔细打量星光下那张棱角分明线条刚毅的脸，语气稍微缓和了一些。

“游牧？”秦长春稍一愣神，旋即反应过来，爽朗地大笑两声，“对，也可以这么说。我就是那种没有脚的飞鸟。”

“没有脚但长了翅膀到处飞的那叫鸟人。”夏汐坏笑还击，“下一站打算往哪飞呀？”

“还没想好。看我酒醒后最想去哪儿。”反手将半杯酒灌入喉，秦长春摊开手，洒脱地说，“留个电话吧。等想到下一站去哪儿，我就告诉你。”

“拍到好照片记得共享给我，说不定以后还有机会合作。”于公于私，夏汐都应该接过秦长春的手机，坦然地输入自己的电话号码，目光幽幽地望着远方，由衷感叹，“像你这样四处流浪也挺好的。无拘无束，自由自在。”

“人毕竟是群居动物。流浪，也许只是为了等一个安定的理由。”深深地看一眼夏汐，秦长春欲言又止，脸上玩世不恭的笑意渐渐消散。

“哟，动作够快的。我还没来得及介绍，你们已经认识了？”颜笑端着酒，摇摇晃晃地从远处走来，嗓音极其嘹亮。

“这位是，”颜笑被新婚丈夫架着，食指像弹烟灰似的在秦长春面前上下摆动，眯眼想了好一阵，愣是想不起对方的名字。

“秦长春。”夏汐凑上前，在另一侧扶稳颜笑，有意加重语气向闺密证明自己的进步，“长春市的长春。”

颜笑的表现与夏汐最初的反应如出一辙，身子稍稍一激灵，视线停留在夏汐脸上，定睛研究她三秒钟，轻拍她面颊说了句只有她们二人才懂的私房话：“哟，不错，长出息了。”

秦长春与吴广彬面面相觑，不解那闺密二人的弦外之音。夜风徐徐，觥筹交错，秦长春忽且调头举着红酒杯，闪烁的眼睛藏在绰约的琼浆玉液后，兴趣盎然地问夏汐：“你刚才在台上，唱的那首歌叫什么名字？挺好听的。”

夏汐怔神稍作回忆，也不接茬，自顾自地清唱起来：“说不定永远很容易，困难的只是谁愿意全心全意。我们在寂寞中靠近，拥抱中痊愈，却不敢轻易说爱情。我们在微光中前进，暧昧中小心，摸索着幸福的道理，有没有爱着爱着就永远的幸运……”

“对，就是这首。歌名叫什么？”

“《爱着爱着就永远》。”

“什么？”秦长春眼睛一亮，重复一遍，“叫什么？”

“《爱着爱着就永远》。”

“寂寞中靠近，拥抱中痊愈，微光中前进，摸索着幸福的道理。”秦长春若有所思地重复着，喃喃自语道，“歌词写得真好。”

“不求一路风调雨顺，但求路的尽头始终有彼此。送给你们的歌。”夏汐偏过脸，欣悦地望向颜笑，颜笑也正娴静地对她微笑。走到十指交缠的新人面前，夏汐郑重地拍了拍吴广彬的肩膀，意味深长地交代，“彬少，白头到老的重任就托付给你了，你们要幸福到底哦。”

“讨厌，说得像走马卸任一样。”颜笑依偎在新婚丈夫胸前，冲夏汐挤眼嘟哝，“你不得跟我们一块变老吗？你还得替我监督他呢。万一他对我不好……”

“那我必须削他！”

“听见没，姐也是有亲友团的人，”嬉笑着回望吴广彬，颜笑乐不可支地恐吓，“夏汐内功多深厚你是知道的，敢欺负我，当心她收拾你。”

“不敢不敢。”吴广彬抱拳求放过，诚意拳拳地表示，“姐你放心，我绝不让她冷着饿着受一点委屈。但凡有一丝怠慢，任凭你处置。”

“兄弟，你也有今天。”旁观多时的秦长春轻拳擂向吴广彬，幸灾乐祸地说，“不早了，我得先撤了。下了飞机直接过来的，还没check in，怕去晚了酒店不留房。”

与吴广彬熊抱道别后，秦长春扭脸看夏汐，唇角飞扬，眼睛弯成两轮下弦月，满怀期待问：“你走不走？他们喝了酒不能开车。要不要我顺道捎你回家？”

夏汐还没开口，颜笑已迫不及待地推搡她上了的士，不容置喙地敦促：“走吧走吧，这里不需要你了。”

“什么人呐，过河抽桥。”夏汐正自言自语，秦长春陡然从副驾驶上回过头，狡黠地冲她挤眉弄眼说：“喂，我已经想好下一站去哪儿了。”

“唔？”夏汐耸眉，一头雾水问，“去哪儿啊？”

含笑地凝望着夏汐，良久，秦长春似是而非地回答：“你心里。”